OEUVRES

DE

ARSÈNE HOUSSAYE

II

TYPOGRAPHIE DE HENRI PLON
IMPRIMEUR DE L'EMPEREUR
Rue Garancière, 8, à Paris

LE ROI VOLTAIRE

ARSÈNE HOUSSAYE

LE

ROI VOLTAIRE

NOUVELLE ÉDITION, REVUE ET AUGMENTÉE

Ma destinée a été d'être je ne sais quel homme
public coiffé de trois ou quatre lauriers et d'une
trentaine de couronnes d'épines

VOLTAIRE

PARIS

HENRI PLON, ÉDITEUR

8, RUE GARANCIÈRE.

MDCCCLX

PRÉFACE

DE JULES JANIN.

Eh donc! le revoilà; c'est bien lui! Je le reconnais à son sourire, à sa malice, à son génie, à sa politesse exquise, à cette élégance innée, à ses passions, à ses délires, à ses métamorphoses, à sa profonde horreur pour ce qui est lâche et vil, à son admiration pour ce qui est simple et vrai! Tant de génie et d'éloquence en un si petit corps! Tant d'autorité toute-puissante dans ce petit bonhomme — Arouet, fils de mon notaire et garçon d'esprit! — Çà! voyons comment donc M. Arsène Houssaye a pu s'y prendre avec ce papillon, ce taureau, ce zéphyr et ce volcan?

D'abord il l'a couronné roi. Rien que cela? Une simple couronne de roi... Et pour qui donc gardes-tu les étoiles?... — Ma destinée a été, disait-il, d'être un homme public coiffé de trois ou quatre lauriers, et d'une centaine de couronnes d'épines. » Il eût dit tout simplement : — d'une centaine de couronnes, » que pas un ne l'eût démenti. Le temps même, le temps, ce grand destructeur, ajoute à ce royaume, à cette domination, à cette couronne! Il est resté notre espoir, notre

a

consolation et notre orgueil, notre père et notre mère; il est
tout nous-mêmes; il est tout ce siècle; il est le monde!... Et
plus nous sommes insultés par les cuistres, et plus nous com-
prenons combien il disait vrai : — Je vous ai délivrés d'une
bête féroce! nous disait-il. Non, non! il l'avait muselée à
peine, et la bête féroce a brisé sa muselière. Il est vrai que
Voltaire est encore le seul aujourd'hui qui la puisse dompter
de nouveau.

Ainsi ce *Roi Voltaire* est un livre heureux et bien fait, qui
arrive au moment propice. Il produit sur nos esprits le
même effet qu'une image vue de loin aux yeux d'un amoureux
bien épris : il n'a pas vu depuis longtemps le portrait de sa
maîtresse,... on le lui montre : Ah! c'est vous, lui dit-il,
c'est bien vous! Que vous êtes pâlie et ressemblante, ô mes
amours! Alors il la contemple, il l'admire, il la porte à sa
lèvre amoureuse, et s'il rencontre en son chemin le peintre
heureux de cette image, il ne pensera pas à lui reprocher ce
crayon trop vif ou trop lent, ces beaux yeux remplis d'une
langueur inaccoutumée, et ce sourire où respirent à demi les
passions et les transports d'autrefois. Ce nouveau portrait de
Voltaire, et le portrait de notre premier amour, quel homme
assez hardi pour l'entreprendre? Et cependant, comme on les
remercie et comme on les aime ces bons peintres, ces peintres
obstinés, cléments, fidèles, de tout ce qui était l'esprit, la
grâce et voire le falbala de nos printemps!

Nous voyons d'abord dans le livre de M. Arsène Houssaye,
dans cette histoire du règne et de la royauté de Voltaire,
naître et fleurir ce roi légitime du doute et de la discussion en
toutes choses. Tout d'abord, ce maître absolu du libre arbitre
est porté comme un simple enfant des hommes, par sa nour-
rice, au petit autel du petit village de Châtenay, et Dieu sait
ce qu'eût répondu le prêtre ingénu qui baptisait ce petit caté-
chumène souffreteux, mal venu, aussi faible et plaintif que

Pascal enfant, si quelque voix prophétique eût révélé au curé
de Châtenay que ce front, caché sous le bourrelet des nour-
rices, contenait en germe le *Dictionnaire philosophique*, *Candide*, l'*Essai sur les mœurs*, la *Pucelle* et *Mahomet?* Ah! quelle
épouvante! Et quoi d'étonnant si le prêtre eût laissé tomber,
sans le baptiser, ce phénomène, au pied de son autel?

On les devine, et très-volontiers, ces belles années de
l'enfance et de l'étude en commun : l'esprit qui s'éveille, et
les premières passions qui murmurent, les cris, les larmes,
les spasmes, les révoltes subites, les commencements, les
premiers rêves, le premier rire de cet enfant précoce, et tout
ce qui se révèle à la fois dans ces natures exquises, dans ces
têtes par Dieu touchées, dans ce génie adolescent, dans ces
paroles enfantines, et dans ce regard hardi, plein de pensées
et de soleil. On les sait par cœur, et c'est pourquoi, peut-être,
M. Arsène Houssaye oublie, en passant à travers ces jeunes
années, de nous raconter les premiers pas de cet esprit
indomptable, indompté. *Puer ingeniosus, sed insignis nebulo,*
« garçon plein d'esprit, mais un franc polisson, » disait le
bon jésuite du jeune Crébillon, qui sera plus tard l'auteur
de *Rhadamiste et Zénobie.* Nous voudrions bien savoir ce
qu'eût dit le P. Porée, en parlant du jeune Arouet? Devait-il
être amusant le P. Porée, à la suite de cet indiscipliné qui
l'entraînait dans son cercle, et l'aveuglait de son rayon!
Figurez-vous un merle élevant un jeune aiglon, ou bien la
poule qui a couvé des œufs de cane, et qui s'en va haletante
après sa progéniture ingrate et parfaitement oublieuse du lit
maternel.

De ce Voltaire enfant, nous ne voulons rien perdre. Il
avait des éclairs et des grâces qui le faisaient adorer; il avait
des emportements et des colères qui le rendaient haïssable.
Il était insolent, malin, taquin, furieux, rebelle à tout, très-
éloquent, très-comédien, également disposé à la joie, aux

a.

larmes, aux cris, aux injures, à toutes les passions bonnes ou mauvaises; que vous dirai-je? il était déjà Voltaire.

Si l'enfance de Voltaire est un peu absente du livre d'Arsène Houssaye, en revanche il a fait de Voltaire une jeunesse éclatante, une splendide et merveilleuse vingtième année, au milieu des fêtes, des hasards, des amours, des élégies, des tragédies et d'un poëme épique; une jeunesse où tout chante, où tout sourit, où la raillerie a je ne sais quoi d'enivré et d'enchanteur, où la tendresse est presque une ironie.

Ninon elle-même voulut être la marraine de cet enfant dont le fragile abbé de Châteauneuf était le parrain. Elle le prit dans une espèce d'adoption qui n'était pas sans une certaine curiosité de savoir les destinées de ce beau génie. Elle était vieille alors, et décrépite, et contrefaite; elle expiait sans se plaindre, et contente encore, les délires et les délices de ses vingt ans. Elle avait brisé sa coupe et renvoyé son dernier amant, l'abbé de Châteauneuf, le dernier des Romains. Elle-même était la dernière passion et le dernier vice aussi du dix-septième siècle, enfoui dans son nuage de pourpre et d'or... Et pourtant, ces beaux yeux qui avaient vu tant de scandales, ces lèvres éloquentes qui avaient prêté et faussé tant de serments, ces oreilles délicates qui avaient entendu tant de blasphèmes, oui, Ninon de Lenclos tout entière, ce rendez-vous de volupté, de doute, de folie, de billets à La Châtre, elle eut assez de force et de bon sens pour découvrir à travers cette enfance et cette adolescence enjouée un incendiaire, un faiseur de révolutions, un révolté en morale, en poésie, en religion, en prose, en vers, en billets, en conduite, en chansons. « Toi, disait-elle au jeune Arouet qui ne l'écoutait pas, on te salue enfant de perdition, on te salue et on espère en toi, enfant précoce, enfant de la perdition universelle, pierre éternelle de l'éternel achoppement, toi qui ris, toi qui mords, toi qui déjà balbuties avec l'énergie et la

logique infernales de Satan lui-même, la négation de dix-huit
siècles, toi l'ennemi-né du moyen âge et de ses fureurs,
l'implacable persécuteur des vieilles passions, des antiques
misères, des inquisitions furieuses! Et moi Ninon de Lenclos,
je t'admire et je t'applaudis comme le dernier des miracles!
Certes, mon bel enfant, mes rides, mon fard et mes ajustements de rose éventée et de feuille morte te font peur; quand
j'avance à toi, tu recules, et tu te sauves quand je veux
t'embrasser; eh bien! moi aussi, ton sourire et tes mépris
m'épouvantent. Que tes mépris sont redoutables et pleins de
ruines! Que ton sourire est dangereux et rempli de blasphèmes!
Certes, j'ai terriblement usé de la vie, à ce point que s'il
fallait la recommencer ainsi faite, je me pendrais de ces mains
défaillantes..., oui, moi-même jeune et belle, entraînée au
delà de toutes les choses possibles, dans ce cercle infini des
poésies, des passions, des amours permis et défendus, moi
qui eus l'honneur d'être, un jour, la première à l'enfantement
de *Tartufe*, et qui la première ai vu chez moi, dans ma
chambre jaune où Villarceaux donnait ses rendez-vous à
madame Scarron, huer, flageller et châtier le *monstre* inventé
par Molière; moi qui ai vu à mes pieds, tout chargé de lauriers, le vainqueur de Fribourg et de Rocroy, moi dont la
main fut baisée par la reine de Suède, Christine, encore sanglante du meurtre de Monaldeschi, moi dont madame de
Maintenon eût racheté l'âme au prix de ses plus ferventes
prières et d'une pension de la cour, s'il me fallait revivre
ainsi, au pied de tous les trônes, au milieu de toutes les
renommées, sur le bord de tous les précipices, au fond de
tous les abîmes, je refuserais avec rage, avec terreur.... Une
seule tentation, cependant, me ferait recommencer la vie, et
la voici, mon enfant, cette extrême tentation : « Je voudrais
savoir ce que tu vas devenir; quel parti tu sauras tirer de ton
génie, et de cet esprit, semblable à la flamme, qui va tout

dévorer? Auras-tu les passions d'un gentilhomme ou les fureurs
d'un serf révolté? Vas-tu vivre au milieu du peuple, ennemi
de tout ce qui résiste, ou bien dans le tas brodé des courtisans, complices de tout ce qui s'abaisse? Es-tu le poëte
ingénu qui s'abandonne au courant de l'heure et de la passion
présente? Es-tu le poëte ambitieux qui s'est dit que la fortune
est une force, et que celui-là qui n'a besoin de personne a de
grands motifs pour n'être le valet et le flatteur de personne?
Voilà pour l'homme, et de quoi je m'inquiète en te voyant. Le
poëte aussi, j'interroge, en mourant, toute sa destinée. Poëte
en vers, iras-tu jusqu'à la grande poésie? Écrivain en prose,
iras-tu jusqu'à l'éloquence? Ah! voilà ce que je voudrais savoir
avant de mourir! Je voudrais savoir en même temps, si par
bonheur, avec cet esprit incomparable, ton âme est généreuse
et clémente, et si ton rire éclatant, victorieux, qui retentit
d'un bout du monde à l'autre bout, sera mouillé parfois de
grosses larmes? Tu vas mordre, mais sauras-tu toucher de ta
lèvre amoureuse le front de ta maîtresse? Vous serez furieux,
mon fils; serez-vous tendre? Hélas! voilà encore ce que je
voudrais savoir. Je voudrais savoir en même temps si, par
bonheur, avec cet esprit incomparable, ton âme est généreuse
et clémente; si ce rire éclatant, victorieux, sans réplique,
universel, sera mouillé parfois des douces larmes de la pitié,
de la tendresse? O poëte! ô flamme! ô ruine! Gaieté, connaîtrez-vous la tristesse? Esprit, aurez-vous pitié des hommes
simples? Mépris universel, saurez-vous bien respecter ce qui
est honnête? Intelligence, aurez-vous quelque admiration
sincère pour ce qui est noble et grand, en deçà ou au delà de
vous-même? Activité, connaîtrez-vous le repos? Ambition,
dépasserez-vous toutes limites? Vagabondage, aurez-vous pied
quelque part? Ironie, aurez-vous des sanglots?

« Voilà vraiment ce que je voudrais savoir, moi Ninon de
Lenclos, et voilà ce qu'apprendra l'Europe, avant qu'il soit

dix ans d'ici. Mais quoi! mon heure a sonné, mon siècle est
mort; le roi est parti pour le Versailles invisible; les amoureux m'attendent dans les enfers de Lucien, en attendant les
enfers de Voltaire; le dernier janséniste est mort emportant le
dernier moliniste. Il n'y a plus rien ici-bas de mon siècle,
rien; ni le roi, ni le prêtre, ni le capitaine et le courtisan, ni
la maîtresse royale, ni Bossuet, ni Corneille; Racine et Molière,
ils sont morts; nous sommes morts. Moi, je t'attendais avant
de mourir, et maintenant, dans cette confusion qui s'avance
aux clartés de la nouvelle aurore, à peine si j'entends des
tonnerres confus, des malédictions inarticulées, des poëmes
sans fin, des blasphèmes sans nom, toutes les rumeurs de
l'abîme; à peine si, dans ces ombres claires, j'entrevois les
fantômes qui deviendront bientôt sans doute, à ta voix souveraine, autant de réalités. Hélas! mon pauvre enfant, tu es
vraiment jeune, et que c'est laid la vieillesse à l'aspect de
toutes ces jeunesses révoltées! Que c'est triste, la mort, quand
elle arrive au milieu des nouveautés les plus hardies et des
escalades surnaturelles! Cependant, il faut que je meure, il
me faut quitter ce monde qui m'a quittée. Adieu, mon fils,
adieu, précurseur de tous les étonnements, vengeur de tant
d'injustices, appui du faible, exécration de l'hypocrite; adieu,
Voltaire, adieu! »

A ces mots, elle prit congé de l'enfant, qui s'en souvenait
plus tard, comme on se souvient de quelque vieux parchemin
sur lequel le temps efface à plaisir les lignes les mieux tracées.
Ce visage de la vieille Ninon était pour le jeune Arouet un
palimpseste; ces deux yeux qui avaient tout brûlé n'étaient
plus que deux volcans éteints sous la neige. « Adieu, adieu, »
disait Ninon. En même temps, elle laissait au jeune Arouet,
dans l'acte de sa volonté dernière, cent écus pour qu'il achetât
des livres, et Dieu sait comme Arouet a dépensé ces cent écus.

Les livres, en ce temps-là, les livres qui traitaient de la

liberté de la pensée et qui parlaient des libertés politiques, ces
chefs-d'œuvre impérissables du doute et de la discussion philosophique, étaient une des grandes passions de la jeunesse.
On avait beau les défendre, les proscrire et les brûler par la
main du bourreau, sur les dernières marches du grand escalier
du palais de justice, la cendre même de ces livres lacérés,
déchirés, brûlés, était féconde autant que cette poignée de
poussière que jette en mourant le dernier des Gracques,
comme si le tribun expirant eût su à l'avance que de cette
poussière allait sortir Caïus Marius! Non, non, rien ne meurt,
Dieu soit loué, rien ne meurt de ce qui est juste, et vous ne
sauriez anéantir, bûchers et bourreaux, une seule ligne, une
seule de ce qui est vrai... Au fond des bûchers, au sommet de
ces flammes, se tenait la résurrection, et si l'auteur était
brûlé en même temps que son livre, eh bien! c'était un motif
de plus pour que son livre fût immortel.

Cent écus *pour acheter des livres*, dans la pensée et dans
l'intention de mademoiselle de Lenclos, c'était donner au jeune
Arouet une tentation à laquelle il a vaillamment succombé.
A peine il eut dans les mains cet argent, qui était la première
récompense de son génie, il se mit à dresser la liste de tous
les livres qu'il voulait lire, et il acheta tout d'abord le *Dictionnaire* de Bayle, en quatre tomes in-folio « Rotterdam, 1720 »,
avec l'épître dédicatoire à M. le régent, et les deux articles
concernant le roi David, roi des Juifs. Ce *Dictionnaire* de
Bayle lui prit dix écus; les seconds dix écus le rendirent pos-
sesseur attentif, curieux, studieux, étonné du fameux livre de
Spinoza: *Des Cérémonies superstitieuses des Juifs* (1670). Que s'il
n'acheta pas tout d'abord les œuvres de maître François Rabelais, imprimées chez Étienne Dolet (brûlé vif), c'est que déjà
il savait son Rabelais par cœur. Vous pensez bien qu'il trouva
tout de suite le *Régnier* de 1652, son maître en satire, et ses
autres maîtres : Montaigne, Arioste, Boccace et La Fontaine;

les *Contes* de La Fontaine, lecture agréable aux mânes de
Ninon. Que vous dirai-je enfin? Il achète à la fois les révoltes,
les douleurs, les amours et les élégances de la pensée humaine; il veut savoir ce que les hommes ont rêvé, ce que les
hommes ont souffert; pourquoi ces rires, pourquoi ces larmes;
quelle flamme alluma ces bûchers, quelle force éteindra ces
incendies? Il veut tout entendre et tout voir, tout savoir, tout
comprendre, et ce qu'il ne comprend pas, il le devine. Il est
attiré également par la philosophie autant que par les poëmes,
par les victorieux et par les vaincus, par le bruit des royautés
qui s'amusent, par le cri des nations éplorées; il porte aux
bourreaux une haine égale à la tendresse que lui inspirent les
victimes. Hélas! parmi ces victimes, il y en avait de si tou-
chantes, de si résignées, résignées jusqu'à sourire au milieu
des flammes! Le jour où Jérôme de Prague, attaché à son
bûcher sous les yeux d'une multitude ivre et furieuse, attendait la mort des martyrs, il vit arriver, haletante et se hâtant
de toute sa vieillesse, une bonne vieille qui portait un petit
fagot, et qui s'en vint le déposer pieusement dans le bûcher
du martyr : — *O sancta simplicitas!* s'écria Jérôme de Prague
en levant les mains au ciel. Il y avait beaucoup de cette curiosité suprême dans la curiosité du jeune Arouet. Il voulait
tout lire et tout apprendre, afin de rire à son aise de la
férocité des uns, de la sottise des autres et de la *simplicité* de
tous.

Surtout, comme un athlète qui se prépare à tous les combats de la parole, il avait étudié profondément les anciens, nos
maîtres excellents, absolus, inévitables, en ce temps-là du
moins où les Gaume et les Nicolardot n'avaient pas inventé de
préférer le moyen âge à la Renaissance, et sali de leur bave tous
les grands prêtres de l'esprit humain, afin d'honorer le moyen
âge. L'antiquité glorieuse et sainte, Homère, Horace et Virgile,
Pindare et Juvénal, Démosthène et Cicéron, toute la grande lit-

térature, en un mot, au temps où Voltaire était jeune, était la
fête éternelle des plus grands esprits, des plus vives intelligences ;
la France et l'Europe étaient uniquement attentives aux chefs-
d'œuvre de la Grèce et de Rome ; elles n'avaient pas d'autre éducation, pas d'autre espérance et pas d'autre orgueil. Le siècle de
Louis XIV n'était pas encore reconnu comme une école
poétique ; et que nous étions loin aussi du patois des indus-
triels, des économistes, de la vapeur, des chaudrons, des
ferrailles, la langue chère aux terrassiers de la France, aux
mécaniciens de l'Angleterre, aux chaudronniers de l'Amérique,
une langue à part, ignorante même de l'accent d'autrefois !
Voltaire, dans sa jeunesse, n'entendit parler que la langue
des nations civilisées, la langue des dieux, des lettres et des
lettrés. Disons mieux, la vapeur eût été une force en ce temps-
là, elle n'eût pas détrôné la philosophie, et la langue barbare
des fabricants de rail-ways n'eût pas prévalu contre l'éloquence
de Diderot, l'atticisme de Fontenelle et le mépris de d'Alembert. Tous les forgerons de l'Europe, entassés dans l'immense
forge d'aujourd'hui, n'auraient pas prévalu, en ce temps-là,
contre l'Académie et ses disputes, contre l'*Encyclopédie* et ses
démons. La Sorbonne elle-même, cette humble, humiliée et
rogue Sorbonne, elle eût réclamé contre ces écarts de l'esprit
humain dérangé de sa voie ; elle se fût voilé la face en voyant
les houillères préférées à la théologie, et le Furens, un ruisseau où se durcit le fer, remplaçant la fontaine de Castalie.
En ceci, il était bien l'enfant de son époque, Voltaire. Il n'a
jamais préféré l'utile à l'agréable, et le commode au charmant. L'homme, à son compte, qui ne parlait pas la langue
universelle des libres penseurs et des honnêtes gens n'était pas
digne d'un regard, à peine d'un sourire de mépris. Les anciens
seuls l'avaient élevé. Enfant, il se plaisait déjà au doux mur-
mure venu de l'Attique ; écolier, sa lèvre immortelle récitait à
l'écho charmé les idylles de Théocrite. Il était à peine en sa

rhétorique, entouré des premiers éclairs de cet esprit qui
brûlera le monde, il glanait déjà des épigrammes charmantes
dans l'*Anthologie*. A coup sûr, il ne savait pas le grec aussi
bien que ce merveilleux enfant de Port-Royal qui savait par
cœur Euripide et Sophocle ; il ne savait pas son Homère aussi
bien que le jeune Fénelon, rêvant déjà à composer la suite de
l'*Iliade* ; Bossuet lui-même, enfant et jeune homme, il était
bien autrement Grec que le jeune Arouet ; mais Bossuet était
un Grec de Sparte, Arouet était un Athénien de l'Attique, un
Athénien de cette décadence éloquente qui reconnaît Ménandre
pour son poëte, Aspasie pour sa reine, et Périclès pour
son roi.

Donc il avait découvert une antiquité de sa fantaisie et de
son caprice, une Athènes ouverte à toutes les négations, une
Rome envahie et charmée à la fois par les rhéteurs. Il s'eni-
vrait, si jeune ! de ces parfums, de ces grâces, de ces amours,
de ces vices, puisés dans l'amphore élégante et versés dans la
coupe d'or. A son réveil enchanté, il entendait le son des
lyres ; il se couchait au bruit joyeux des tambourins frappés
par les faunes ; il saluait Amaryllis la blonde ; Aglaé, la jeunesse, Euphrosine et Terpsichore ; il les reconnaissait à leurs
couronnes, à leurs parfums ; il était tout ensemble Horace,
Anacréon, Ovide, Apulée, et pas une de ces métamorphoses
n'étonnait le jeune poëte : pas un de ces enchantements ne le
trouvait insensible. A seize ans, il vivait déjà toute une vie humaine en vingt-quatre heures, emportant bon gré ou mal gré dans
son tourbillon tous ses maîtres : le P. Tournemine, le P. Porée,
le P. Le Jay, le P. La Palue, et tant de savants jésuites dont
la robe innocente exhalait le parfum du miel de l'Attique.
— Ah ! le brigand ! — Ah ! l'aimable enfant ! A la fin de chaque
année, messieurs les jésuites exposaient le jeune Arouet sur
le devant de leur théâtre où se jouait en latin, voire en grec,
quelque honnête contrefaçon de la tragédie antique. En même

temps, voyez les innocents! ils montraient avec orgueil ce précoce esprit, reconnaissable au feu de son regard : — Voilà pourtant, disaient les bons pères, notre meilleur et plus savant disciple; habile en vers, heureux en prose; latin comme le *Prædium rusticum*, et français comme le P. Sanadon! Ils en écrivaient même au Journal de Trévoux, dans cette fameuse imprimerie où passe aujourd'hui le chemin de fer. Même le jour où le jeune Arouet reçut sa dernière couronne au collége des jésuites, il y rencontrait, pour être le témoin de sa gloire et pour couronner sa tête bouclée, le maître avéré de l'ode française, J. B. Rousseau, qui est resté chez nous le poëte lyrique par excellence, jusqu'au jour où l'ode éclatante, amoureuse, passionnée, idylle et chanson, élégie et concert, sortit parée, armée, amoureuse, du volcan, du génie et des révolutions de ce grand homme appelé Victor Hugo.

M. Arsène Houssaye a raconté, avec un grand bonheur, un charmant style, une vive et sincère admiration, ce moment heureux entre tous les instants de la vie où le jeune homme, au bout de ses études et sur le seuil du collége, aspire à toutes les libertés, à tous les bonheurs de la jeunesse. Ah! quel orgueil! quelle fièvre, et quel intime contentement! Voilà le monde et ses fêtes, voilà l'abîme et ses gloires, le vice et ses enchantements! Voilà mon trône et ma domination qui commencent! En ce moment, ce jeune homme qui sera bientôt Voltaire était tout semblable à l'archange tombé du poëme de Milton, lorsque, hors de l'abîme, il contemple éperdu, ravi, plein de son rêve, le spectacle enchanté de la création divine. « Dans un fluide plus léger et plus aérien, Satan balance ses « ailes déployées, et librement contemple au loin le vaste « Empyrée : si grande en est l'étendue, que son œil ne « peut déterminer s'il est circulaire ou carré. Il découvre les « tours d'opale et les brillants pavillons de saphir, ornements » du ciel qui fut sa patrie. Bientôt il aperçoit notre monde,

» flottant au bout d'une chaîne d'or; il lui apparaît comme
» l'une des plus faibles étoiles que notre œil aperçoit serrées
» près du disque de la lune. — O triomphe! à la fin donc je
» vais régner sur des hommes! se dit à lui-même l'archange
» immortel. »

Tels sont les premiers jours de cette royauté naissante que
M. Arsène Houssaye a racontés dans ce livre intitulé le *Roi
Voltaire*, un charmant livre, et qui a donné un si bon prétexte à tant de plumes vaillantes de parler du roi Voltaire
avec la reconnaissance et le respect qui lui sont dus.

Cette jeunesse de Voltaire, elle passionne son historien. Il
en est ébloui, charmé, ravi; il a raison. Ces belles premières
années contenaient en germe la *Henriade* et l'*OEdipe*, et toute
une année à la Bastille. Ajoutez tant de passions, tant d'amour,
tant de délires de la tête et des sens. Certes, M. Arsène Houssaye a raconté avec un grand bonheur, une admiration vive,
et ce bien-aise qu'il ressent toujours quand il se trouve en
pleine lumière, en pleine jeunesse, en plein idéal, ce moment
heureux des premiers enivrements du poëte, à vingt ans.

Tasse, un jour de printemps, comme il gravissait avec un
sien compagnon la haute montagne, allait calme et songeant
aux mille visions de son cerveau. Plus le mont sourcilleux
s'avançait, et plus le poëte semblait plongé dans sa méditation, dans son abîme. A la fin, voici les deux voyageurs sur le
haut de la montagne colorée des premiers feux du jour. Et le
poëte alors, montrant au jeune homme qui l'accompagnait la
plaine et le fleuve à l'orient, les châteaux, les cabanes, le
champ de blé qui se balance au vent tiède et frais, le berger
et son troupeau, le voyageur sur la route entraînant après soi
l'ombre et le rayon; plus loin, le soldat qui passe au bruit des
clairons et des trompettes, le hennissement du coursier, le
bêlement du troupeau, le chant de l'oiseau, le cri de l'orfraie,
et tout là-bas le flottant du drapeau semblable au nuage qui

passe; enfin, pour terminer ce grand spectacle, éternel comme
Dieu, passager comme l'homme, on distinguait la Méditerranée éclatante de mille feux. En même temps ces jardins, ces
chaumières, ces palais, ces marbres, l'abeille errante et le
reptile au soleil; puis des grottes, des rivages, des sables, des
forêts, la charrue à l'œuvre et le rêveur à l'ombre, et tous les
accidents de cette lumière en lutte avec le nuage; enfin tous
les bruits, tous les silences, tous les repos de cette nature
digne de Lucrèce et de Virgile, digne d'Homère et de Théocrite : « Ami, dit Tasse à son compagnon, tu m'as souvent
prié de te montrer mon poëme... eh bien! regarde, il est devant toi! Ces eaux, ces bois, ces sentiers, ces monts, ces
plaines, ces vallons, ces soldats et ces capitaines dont les
armes reluisent au soleil, ces troupeaux dont les mugissements se perdent au loin, ces charrues, ces labours, ces oiseaux qui chantent, la terre et le ciel, les étoiles et les fleurs,
Dieu et les hommes, le temps qui bruit et qui s'agite, l'im-
mobile et silencieuse éternité, l'univers et moi — voilà mon
poëme ! »

Et, le jeune homme et le poëte, ils restaient plongés dans
une muette contemplation.

Ainsi, le jeune Arouet (tel il est dans le *Roi Voltaire*),
quand il se vit hors de page, et quand pour la première fois il
put toucher librement, de son doigt superbe, à ces royaumes
de Satan, dont il voit les *tours d'opale et les pavillons de saphir.*
« Tu vois bien, se dit-il à lui-même, la vaste Europe, l'Europe intelligente, la France, et dans la France aussi tu vois
Paris comme une flamme; à côté de Paris, Versailles comme
une étoile; eh bien! ces palais pleins d'orgueil, ces toits pleins
de misère, ces temples, ces autels, ces portiques, ces bou-
doirs; ce roi enfant, beau comme l'Amour; ces gens de rien,
gais comme le vin mêlé au bel esprit; ces princesses, ces
courtisanes, ces académiciens, ces prêtres, ces capucins, ces

soldats, ces poëtes, ces prosateurs, ces écoliers, ces philosophes à tout briser, ces cuistres à tout brûler, ces parlements
pleins de révolte, ce Versailles où le tout-puissant se cache et
s'amuse à la façon d'un satrape d'Asie ; un autre les voit ces
ministères bruyants au dehors, vermoulus au dedans, absolus
partout ; ces généraux qu'un sourire envoie aux frontières,
qu'un baiser en rappelle, privés de leur armée et privés de
leur gloire ; ces cardinaux qui se disputent à qui mettra la
pantoufle rose à ce pied blanc, sorti tiède encore de la cour-
tine doublement adultère ; ces maîtresses royales devenues
reines par la grâce du prince, au déshonneur des reines par la
grâce de Dieu ; les paroles, les voix et les silences du peuple
qui fit la guerre à Louis XIV, à madame de Maintenon, à
l'Évangile ; tout ce qui chante ici et tout ce qui pleure, de
l'hôpital à l'Opéra, de l'archevêque à Diderot, du pape à
Mahomet, de l'Encyclopédie à la Camargo, de la duchesse
du Maine à la marquise du Chastelet, de Margot la bouquetière à la duchesse de Berry tirant les bottes de M. de Lau-
zun ; ces rabats troués, ces dentelles déchirées, ces épées
brillantes, ces mortiers, ces crosses, ces diamants vrais, ces
perles fausses, ces falbalas brodés, ces taches, ces scories,
ces cendres, ces tombeaux, cette liqueur généreuse et ces
poisons, la ville éternelle et la cité d'un jour, le palais de
justice et le Petit Châtelet, Cartouche et Vincent de Paul,
esprit, trahison, fidélité, cruauté, justice, argent, le théâtre
et ses rires, le théâtre et ses pleurs, la chaire et ses foudres,
le barreau et ses passions, l'Église et ses bûchers, les horreurs du moyen âge et les plaisirs de l'âge d'or, la lettre de
cachet, le fort de Joux, le château de Vincennes ; et pour
tout dire, un mouvement, une agitation, une émeute, une
révolution qui commencent à madame de Parabère, qui ne
s'arrêtent pas à madame du Barry.... Tout cela, c'est ton
poëme, ô Voltaire, ton poëme, et tes satires, et ton histoire,

et ta comédie, et ton drame; et tout cela c'est ton œuvre et
ce sera ta gloire!... Voilà ta popularité, ta fortune et ta
domination ! »

Mais avant de se précipiter dans cette mêlée, il aborda tous
les aimables côtés de la jeunesse. Il n'était pas assez malavisé,
cet homme-là, qui devait tirer si grand parti de la vie et de
ses fêtes, de la passion et de ses bonheurs, pour renoncer
volontiers au moindre privilége de la vingtième année. Il avait
le pressentiment de sa longue durée; il savait que des hommes
tels que lui sont destinés à vieillir, et qu'il épuiserait la coupe
entière avant qu'elle tombât de ses mains. Aussi il ne s'est
jamais hâté de vivre, il n'a jamais précipité les heures sur les
heures; il vivait lentement; sa fièvre était lente, si sa colère
était rapide; il aimait ses propres passions, il cultivait ses
fantaisies, il prolongeait ses destinées. Et de même qu'il fut
un vieillard énergique, hardi, généreux, tout-puissant par
l'action, par la parole et par la plus active sympathie; redouté
par ses colères, honoré par ses actions, il fut un jeune
homme heureux, content, glorieux, amoureux, facile à vivre;
il eut l'enfance d'un véritable enfant, et la jeunesse ingénue
et contente d'un véritable écolier.

Dans le *Satyricon* de Pétrone, une raillerie mortelle, une
vengeance qui fut le châtiment suprême de Néron et de sa
tyrannie, on voit au premier chapitre de cette satire un
jeune homme, un bel esprit, un jouvenceau presque Athénien, échappé à la férule de ses maîtres, qui rencontre au
coin du carrefour une vieille; et le voilà qu'il demande à la
bonne femme en quel lieu logent les courtisanes. — Arouet,
hors du collége, adressait la même question à l'homme qui
pouvait le mieux le renseigner, à l'abbé de Châteauneuf, son
parrain, ce même abbé qui avait oublié les quatre-vingts ans
de Ninon. « Où donc, maître ? — Où tu voudras, mon fils,
répondit l'abbé qui savait par cœur tous les chemins des Cy-

thérées; où tu voudras, le monde appartient à l'esprit, l'amour appartient aux poëtes. » M. Arsène Houssaye a très-bien raconté tout le roman de cette jeunesse et de ces amours. Il a tenu dans ses mains, on le voit, ces billets doux, ces fragments, ces portraits; il a porté à ses lèvres ces beaux cheveux oubliés au fond des vieux tiroirs.

Tout réussissait à ce jeune homme, enivré de toutes les fortunes. Sa hardiesse était un charme; sa témérité, une force; son insolence, une grâce. Le prince de Conti lui montrait des vers, il se moquait du prince de Conti, parlant à sa personne. M. le régent, qui se connaissait en beaux esprits, qui était lui-même un bel esprit du premier ordre, se faisait présenter ce jeune homme, et le jeune homme, heureux comme on l'est au jeune âge de toutes les hardiesses, répondait à M. le régent qu'il le suppliait de ne plus se charger désormais de son logement et de sa nourriture. Ainsi même la Bastille avait réussi à cet intrépide; il en était revenu parfaitement dédaigneux de ces peines sans nom, de ces prisons sans droit, et maintenant qu'il avait subi les caprices du bon plaisir, de toutes les forces de son intelligence, il méprisait le pouvoir absolu. Vanité des forces injustes! vanité des prisons que la loi elle-même n'a pas cimentées de sa main puissante! Cette formidable Bastille qui sera prise à soixante ans de là, et rasée au niveau du sol par une poignée de gamins, elle était au temps de Voltaire ouverte à toutes les renommées, à toutes les révoltes. La Bastille était vraiment l'arc de triomphe et la porte ouverte aux esprits, aux volontés, aux croyances qui voulaient envahir le monde, et dominer sur les opinions du genre humain. Toutes les volontés, toutes les résistances et tous les génies ont passé sous tes voûtes, ô Bastille, impuissante à retenir les révolutions et les tempêtes que l'on confie à ta garde! — Elle étouffait les faibles; elle augmentait les forts; elle agrandissait la pensée; elle ajoutait

au courage; elle forçait les plus jeunes à la méditation, au
silence, à la vie austère. — Ici le silence, ici les longs rêves;
ici les taches de sang, ici les révoltes puissantes; ici la démonstration du philosophe; ici la résistance du chrétien et les
rages sombres du capitaine, un instant désarmé; ici l'abbé de
Saint-Cyran, plus courageux, plus résigné que le prince de
Condé lui-même; ici la plainte, ici l'orgueil, ici ce que l'âme
a de plus vil, ce que l'esprit a de plus glorieux; ici tout
rampe, ici tout s'élève; un abîme... un autel, un trône... et
l'échafaud, cette Bastille.... On y passait d'affreuses journées,
mais aussi comme on y faisait de beaux rêves! Le matin du
jour où le bourreau devait décapiter M. le duc de Biron,
l'ami de Henri IV, le même homme que Henri IV appelait
l'instrument le plus tranchant de ses victoires, le condamné
éclatait de rire en songe, et le geôlier de la Bastille le réveilla,
pour qu'il fût plus grave et plus recueilli dans son dernier
sommeil !

Mais Voltaire à la Bastille, c'était un oiseau dans sa cage,
un oiseau qui chante, et ne voit pas les barreaux qui l'enfer-
ment. Sur la muraille nouvellement recrépie, faute de plume
et de papier, il écrivait au crayon un poëme épique à la
louange de Henri IV. « Un poëme épique ici, sur ces murs! »
criait le geôlier en grattant la muraille. Il me semble que
j'entends d'ici M. et mademoiselle Lambercier (dans les *Confessions*) s'écriant : « Un aqueduc! un aqueduc! » et brisant à
coups de pioche les constructions souterraines du petit Jean-
Jacques. Un poëme épique!... Un aqueduc!... Et le poëme
épique allait remplissant sa tâche, et tout semblable au poëme
épique d'autrefois; seulement, le jeune homme amoureux se
ressentait des ardeurs de son âme. En vain il avait lu la préface
de madame Dacier, lorsqu'elle félicite Homère de s'être passé
de toute espèce d'amours dans l'*Iliade*, un poëme fondé sur
l'adultère d'Hélène avec le berger de l'Ida. — « Ma foi! se

disait le jeune Arouet, madame Dacier, tant pis pour elle ! je
veux mettre un peu d'amour dans mon poëme. » Et tant qu'il
en a pu mettre, il en a mis. Que si vous trouvez qu'il aurait
pu en mettre un peu plus, M. Arsène Houssaye vous répondra
que son Voltaire en a mis tant qu'il en avait.

Cependant, toute grande qu'elle était cette nation comprise
entre Paris et Versailles, elle ne suffisait pas à contenir l'esprit
de Voltaire ; il en avait à épouvanter le monde entier. En
même temps il avait l'impatience ; il ne savait pas attendre ; il
voulait tout voir, tout apprendre, tout connaître, en attendant
qu'il pût tout renverser ; c'est pourquoi il reçut le conseil de
quitter la ville et la cour, et de voyager. Le conseil était bon,
il en profita. Il partit pour Londres, où il resta trois belles
années, les plus studieuses de sa vie.

Ici, M. Arsène Houssaye a suivi Voltaire en ses moindres
sentiers. On voit qu'il l'aime, et que plus il l'étudie, plus il
s'attache à ce grand homme. Il explique à merveille comment
le spectacle de ce grand peuple anglais gouverné par des lois
si nouvelles pour un Français, glorifié par des libertés dont
pas un sujet de Louis XV n'avait l'idée, en France, à cette
époque, devait être, pour un esprit aussi avancé que Voltaire,
un spectacle intéressant. Aussi bien, il admirait toutes choses
en ce pays des libertés souveraines : il admirait ce peuple
heureux sous des lois clémentes ; ces marchands dont le nom
remplissait toutes les mers ; ces seigneurs anglais semblables à
autant de rois, ou, pour mieux dire, à autant de patriciens
romains ; il honorait ces philosophes qui pouvaient tout dire,
et ces poëtes que rien ne gêne et ne trouble en leurs essais les
plus hardis. Surtout il s'éprit d'une vive admiration pour
Shakspeare, et le rencontrant dans sa voie entouré de ses
foudres et de ses éclairs, qui commandait à l'histoire, à la
vengeance, à la passion, à la douleur..., il s'éprit d'un furieux
amour pour ce génie incomparable. Il le regardait, il le cou-

templait, il l'étudiait sous toutes ses faces; il s'étonnait de ce
géant, et tout de suite il se mit à le célébrer, comme une
découverte qu'il avait faite.... Il est vrai que plus tard il se
repentit de sa trouvaille, et qu'il appela Shakspeare « un barbare ivre.... » Il comprenait alors que ce *barbare* était toute
la tragédie et tout l'accent dramatique de l'avenir.

Voltaire voulut avoir tout de suite une grande fortune, et
quand il l'eut gagnée, il la garda. Il détestait la gène en
toutes choses; il aimait naturellement le luxe; il lui fallait,
pour bien écrire, habiter un beau cabinet plein de livres, et
pour sa promenade un jardin plein de fleurs. Fi de la chau-
mière! il habitait les palais de préférence aux châteaux. Sur
lui-même, il n'avait jamais assez de parure, assez d'ornements.
Il se connaissait en marbres, en tableaux, en *chiffonnerie*, en
belles personnes : Adrienne Lecouvreur, mademoiselle de
Camargo, mademoiselle Gaussin, eurent l'honneur de ses
préférences. Il adressait des épîtres à madame de Pompadour,
une ode au luxe, une cantate au superflu. Ses maisons, ses
retraites et même les châteaux qui n'étaient pas à lui et qu'il
possédait en viager, respirent la fortune heureuse, intelligente
et calme, « des terrasses de cinquante pieds de large, des
cours en balustrades, des bains de porcelaine, des appartements
jaune et argent, des niches en magots de la Chine.... » On
reste ébloui de l'inventaire. Or notez bien que ce n'était pas
pour la marquise du Chastelet qu'il entassait ces belles choses,
c'était pour lui-même. Il n'était jamais plus content que
lorsque tout flambait et flamboyait autour de lui. Il aimait la
grâce en tout : Olympe Dunoyer, mademoiselle de Livry,
Adrienne Lecouvreur, et plus d'une grande dame qu'il n'a
jamais dénoncée. Un soir, une des plus belles l'embrasse
publiquement et en pleine loge par ordre du parterre. —
« Embrassez-le! disait le parterre, embrassez-le! » Et la
dame l'embrassa. Quelle récompense! Eh bien! si par bonheur

mademoiselle Sophie Arnoult, souriante, avec sa grâce et ses belles fanfreluches qu'elle portait si bien, venait à passer par les sentiers de M. Arsène Houssaye : « Embrassez-le ! » dirions-nous à la belle ; et, sans se faire prier, elle embrasserait l'auteur du *Roi Voltaire*. Il n'y a rien de plus charmant que tout ce passage ; il n'y a rien de plus vif que l'histoire du marquis et de la marquise du Chastelet. Dans ses recherches qui tiennent à la poésie, M. Arsène Houssaye a trouvé le véritable nom de toutes les maîtresses de Voltaire : celle-ci et celle-là ; la jeune fille et la dame un peu sur le retour, elles s'appellent d'un nom qui leur convient à merveille, parce que c'est l'amoureux et le poëte qui les nomment.

Pendant que nous causons ainsi, un phénomène arrive, éclatant, superbe, et qui va produire la plus grande révolution dont le monde se glorifie ; écoutez, il arrive, il gronde, il hurle, il chante ; ce phénomène, il a un nom, il s'appelle le dix-huitième siècle, et nous allons le contempler tout à notre aise, à la suite de son maître et de son héros, le *Roi Voltaire*.

Ainsi, nous avons laissé Voltaire au milieu de son luxe et des fêtes de chaque jour ; une âcre senteur d'ambre et de billets doux s'exhalait de ces alcôves, de ces broderies, de ces riches cabinets, de ces meubles en vieille nacre, de ces colifichets, de ces fanfreluches. Les sofas muets dans cette nuit profonde — sofas de Memnon — raconteraient au besoin les mille histoires qui enseignent à pécher. Entrons donc, s'il vous plaît, à la suite de notre historien, dans le salon de Voltaire, à Fernex. Si la fenêtre est fermée, ouvrons la fenêtre et laissons entrer le grand jour. En ce lieu négligé si longtemps, les souvenirs vifs et pénétrants de ce grand esprit, de ce grand génie et de ses licences charmantes vous sautent aux yeux, vous montent à la gorge. O mon Voltaire, es-tu là ? réponds-nous, réponds-nous ! Il n'est plus à Fernex, mais nous y retrouvons la trace et le souvenir de sa belle et charmante compagnie ; il

n'est plus là, son ombre y reste, et ces murailles ont gardé
l'empreinte ancienne, comme l'écho garde encore le doute
ancien. Voyez! Le fauteuil est resté tout parsemé de la poudre
magistrale; la chaise longue attend le maître à l'heure de
midi, quand il repose un instant. Que de belles personnes ont
foulé, sur ces tapis, les fleurs écloses à la Savonnerie, aux
Gobelins! Interrogez ces coupes en cristal de roche, elles diront
de quelles santés elles étaient remplies; demandez à ces écrans
découpés à jour, à ces éventails aux manches sculptés, à quels
visages charmants l'écran prêtait son ombre, l'éventail son
zéphyr? Et même en ce moment, dans ce livre où je les rencontre, il me semble que je les vois errantes du salon au boudoir, du bal au souper, du théâtre à l'église, et de l'église au
jardin, ces femmes qui adoraient Voltaire; je les reconnais à
leur voix, à leur silence, à leurs œuvres, à leur nom, à leur
sourire; elles aimaient cet esprit qui représentait tous les esprits
du monde : Arioste, Boccace, La Fontaine, La Fare et Chaulieu. La causerie, à Fernex, c'était le chaos, mais le chaos
épicurien de la puissance et de l'esprit, de l'atticisme et du
plaisir, de la légère poésie et de la prose abondante en conseils, en ironie, en traits vifs, acérés, charmants. Quelle vie
et quelle animation à l'extrémité de la France, en ce coin libre
où Voltaire est un dieu! L'incrédulité se mêle à l'enthousiasme
et le blasphème à l'amour. Nous renversons avec fureur les
vieux autels, pour adorer les dieux nouveaux avec joie. A
Fernex, tel hôte de Voltaire monte en ballon pour voir de plus
près les foudres, les nuages et les éclairs, qui nie effrontément
l'immortalité de l'âme; tel autre qui veut maintenir les lettres
de cachet déchire sans façon l'Évangile éternel. On s'amuse de
mille folies, chaque folie entraînant avec elle un soutien de
l'antique édifice. On attaque, on renverse, on brise, on élève.
On accuse à la fois Fréron et le souverain pontife, l'Académie
et les jésuites, sainte Rosalie et madame de Pompadour, Gluck

et le singe à Nicolet, le génie de M. de Choiseul et le mystère
de l'incarnation. C'était un plaisir, à Fernex, de comparer les
nouveaux miracles aux antiques métamorphoses, Ovide à saint
Paul, sainte Marie Égyptienne à mademoiselle Sophie Arnoult.
Ce nouveau débarqué de Potsdam ou de la rue Saint-Honoré
vous démontrait effrontément que mademoiselle Théophile était
plus belle que mademoiselle Thévenin, et que, sauf votre respect, l'Ancien Testament était coulé à fond par M. le baron
d'Holbach. De ce salon de Fernex, un torrent de vices, de
vertus, de mensonges, de paradoxes, s'est répandu sur le
monde abasourdi. Poétique et terrible maison! je t'ai vue un
jour, à travers tous mes souvenirs de ce siècle des aventures
et des découvertes! Tout croulait, tout s'effaçait, tout était
mort. L'araignée avait filé sa toile immonde sous les poutres
dorées; le ver dessinait ses losanges fantastiques sur le velours
des tentures; la cheminée en marbre aventurin, où se mon-
trent incrustés dans le poli même de la pierre les insectes et
les plantes du premier déluge, se tordait sous le faix d'une
immense pendule de Baillon, espèce de montagne d'or terni et
de bronze écrasé, entourée de candélabres dégarnis! De ces
fêtes, plus rien ne reste, et de ces audaces tout est mort. Dans
le salon de Fernex, la main du temps a brouillé toutes les
heures; à ce cadran funeste, parsemé de fleurettes et de mi-
nutes clémentes, l'ombre fugitive s'est fixée, et rien ne chante
plus sur ce timbre muet qui s'est lassé, qui s'est brisé, qui a
donné sans cesse et sans fin le signal de ces rires, de ces
mépris, de ces enfantements. Ce Voltaire impatient du joug et
qui n'obéissait à personne, il obéissait à ce timbre, aujourd'hui
fêlé et sans écho. Salon de Fernex, qu'as-tu fait de ta gloire?
Le lustre, éteint et frappé du vent extérieur, se balance à son
écharpe en lambeaux. Watteau pleure au milieu de ses ber-
geries enrubanées. Lancret se lamente sous ses ombrages
bleus et roses. Quelle bouche a donc soufflé sur ces tableaux

si brillants jadis du reflet enivrant de ces beautés et de ces
grâces? O misère! on dirait que le vieux Saturne a laissé sur
les glaces ternies le givre insolent de sa bouche édentée, effa-
çant ainsi la tiède haleine de ces lèvres empourprées de la
triple ivresse de l'esprit des vins, du doute et des baisers.

Plus loin, dans ce salon où l'abandon, la pluie et la solitude
ont accompli leurs chefs-d'œuvre; sous ces murailles crou-
lantes et sous ces voûtes désolées, Voltaire avait posé sa bibliothèque, et je cherche à me retrouver dans ce dédale et dans
cet abîme! C'est ici qu'il venait chaque jour, ce roi de l'intelligence et ce roi de l'esprit, pour écrire, pour rêver, pour
sourire, et pour parler du haut de ses Sinaïs, à son peuple de
têtes couronnées, de généraux, de marquises, de duchesses,
de comédiennes et d'archevêques. Là il régnait par l'injure et
par l'atticisme, furieux et charmant, unissant la violence des
théologiens à l'urbanité des chambellans, la verve de la place
Maubert à l'atticisme de l'Académie. En même temps, c'est ici
qu'il donnait rendez-vous à tout son monde et à tous les
écrivains de sa famille, à d'Alembert, à Diderot, à Piron, à
mademoiselle de Lespinasse, à la *Religieuse,* aux rêveries, à
l'*Émile* aussi, à l'Encyclopédie en bloc, à Montesquieu, Helvétius, Grimm, et même au petit Linant. Un peu de poussière...
et voilà tout ce qui reste aujourd'hui de cet arsenal! — De
ces lieux funèbres s'exhale je ne sais quelle senteur de cimetière et de jasmin, de jupes fripées et de vieux livres; ossements,
parfums, voiles, linceuls, poëmes éteints, lyres brisées, fantômes disparus, des grincements, des hurlements, des batailles
sans nom. Sur ces gradins vermoulus l'athée et le chrétien
étaient aux prises, le sceptique et le croyant criaient : Aux
armes! Le roi et le sujet se défiaient dans une rage implacable.
Il me semble en ce moment que j'assiste à ces luttes, à ces
morsures, à ces impiétés, à ces défis. C'est bien vrai, dans
cette bibliothèque de Voltaire, le janséniste et le moliniste se

dévorent; le philosophe et le jésuite s'entre-tuent; une guerre
impitoyable est déclarée entre le péché originel et la grâce,
entre la religion naturelle et la religion révélée, entre la
musique italienne et la musique française, entre mademoiselle
Salé et la Camargo, entre Gluck et Piccini. Avec quelle ardeur
la bataille est engagée, et dans quelle ardente frénésie elle se
prolonge! Ah! lutte étrange et glorieuse! A cette bataille
suprême, où chaque combattant veut vaincre ou périr, se
présentent avec la même ardeur toutes ces forces inégales : le
génie et l'audace, la renommée et la honte, les barbares qui
font à la fois de l'enthousiasme et des barbarismes, pendant
que l'élégant joueur de flûte chante une douce chanson sur sa
flûte délicate. Voyez! tout le monde est accepté dans ce
champ clos où Voltaire lui-même a tenu la plus grande place.
La lice est ouverte, et... défendez-vous, mes amis! Or, croyez-
moi, vous aurez grand'peine à vous défendre contre ces gre-
dins, la plume au poing, qui s'en vont sur les grands chemins
disant : « Nous calomnions, voilà notre héritage. » Eh! vrai
Dieu, ils y sont tous, tous les gens qui ont écrit sous le roi
Voltaire. Il avait ouvert sa maison à tous les livres et son
âme à tous les doutes. L'épicier Gallet et Collet, son confrère,
coudoyaient sur ces rayons bien garnis M. de Buffon décoré
de sa belle robe aux longs plis solennels. L'abbé Robbé, qui
n'avait pas d'autre logis que l'écurie du prince de Soubise, était
à côté de l'abbé de Voisenon; madame de Tencin heurtait
madame Favart; les *Contes moraux* n'étaient pas loin de
l'*Héloïse*, et le *Discours sur l'inégalité des conditions* masquait
l'*Esprit des lois*. Écoutez, écoutez, quels bruits! quels con-
certs! quelle épouvante! Diderot éclate et tonne, Rousseau
rage, la Dudeffant jase, Fréron mord, Gerbier plaide, Linguet
déclame, Lesage sourit, d'Alembert enseigne, Montesquieu
juge, Dorat roucoule, Thomas chante, La Chaussée pleure,
Baculard beugle et mendie; un baron allemand, le baron de

Grimm, fait la cour à cette pédante sans tetons et sans cœur,
madame d'Épinay; mademoiselle Aïssé fait l'amour, et mademoiselle Aïssé est la plus sage. Voyez-vous cette écume,
entendez-vous ce bruit frelaté? c'est l'autre Allemand, le plagiaire, le vantard, le fameux d'Holbach, cet étranger qui
s'amuse à briser les autels du peuple qui lui donne un asile,
et mendie à ses parasites un blasphème inédit qu'il puisse
signer de son nom! Aussi bien, parmi ses invités, c'est à qui
fournira à ce plagiaire impudent un gros blasphème contre un
petit écu.

Cependant, le dernier Romain de ces années de tumulte
et de révolte, hébété et malheureux dans cette bagarre où
Pierre Corneille lui-même eût perdu la raison, Crébillon joue
avec ses chiens, M. de Moncrif avec ses chats, Crébillon fils
avec ses danseuses. Une espèce de paysan de haute encolure,
un Normand de hasard, Marmontel, le rival heureux du maréchal de Saxe et l'indigne rival de Quinault, emprunte impu-
demment à celui-là ses maîtresses, à celui-ci ses poëmes;
Duclos écoute et se tait; Fontenelle, un peu à l'écart de ce
tumulte, se cache, écoute et vieillit doucement.

Pendant ce temps, le roi de ces tempêtes, le maître absolu
de ces discours, de ces pensées, de ces résistances, de ces
révoltes, celui qui commande même aux tyrans du parterre, et
même aux tyrans du café Procope, le dominateur souverain
des cercles, des clubs, des académies, des sociétés savantes,
de l'opinion publique, d'un bout du monde à l'autre, Voltaire,
il regarde, il écoute, il rit de son rire éternel, entre Charles XII
et Cartouche, entre Esprit Fléchier et l'esprit de Sophie
Arnoult.

Tout ce mouvement que nous indiquons à peine, cette vie
et cette abondance au milieu de tous ces bruits et de tous ces
esprits révoltés, M. Arsène Houssaye les produit dans son
livre excellent.

Le roi de Versailles néglige Voltaire et l'évite, le roi de
Berlin l'appelle et l'invoque. Il ouvre à deux battants son
palais et sa cour militaire à l'écrivain qu'il admire et au philosophe qu'il honore; à cette flamme, à cette gaieté, à cette
bonne humeur. Les charmants soupers que l'on faisait à Sans-
Souci, comme ils gâtaient les soupers de Versailles! Comme
ils effaçaient l'esprit des petits appartements! Quel bruit ils
faisaient dans le monde, et comme on s'étonnait dans le monde
entier de cette amitié d'un poëte et d'un roi! C'est là toute une
histoire, une grande histoire, et toute nouvelle, ici, chez nous!
Le philosophe Aristippe à la cour de Denys, qui était un bel
esprit, mais un roi destiné à la ruine, à l'abandon, à la servitude, ne saurait se comparer à Voltaire, lorsque Voltaire remplit de son génie et de sa gaieté le palais de Berlin. Pas une
parole et pas un bon mot n'échappaient aux oreilles attentives; ils avaient beau s'enfermer entre quatre murailles, le
prince et ses *sages*, la muraille avait des oreilles et la parole
avait des ailes.... Le philosophe et le roi se sont brouillés,
quoi d'étrange?... Ils se sont raccommodés, quoi de plus
simple? Ils se sont boudés de près, mais ils se sont aimés de
loin, et longtemps, et toujours, ceci soit dit à leur double
louange. En effet, M. de Voltaire, absolu comme un roi, en-
tété comme un dieu, irascible autant que peut l'être un simple
mortel, n'était pas plus facile à vivre que le roi de Prusse,
avec ses armées, ses fusils, ses canons, ses citadelles, tout
l'attirail des conquérants.

J'aime aussi et beaucoup, dans le livre de M. Houssaye, sa
peinture et sa description du château de Ferney : la ferme et
le château, la maison, le jardin, la comédie, en un mot le
vieillard à quatre-vingts ans, lorsqu'il offre à la belle madame
Suard une tasse de Sèvres aux armes de madame de Pompadour; la tasse était pleine du lait de ses vaches, car il disait :
« Mes vaches »; il transportait la *Henriade* au milieu de ses

prés et de ses bois. Le brave homme, et l'aimable vieillesse!
Il vieillissait dans sa gloire, et tout vieux qu'il était, tout
vieux que le voilà, il se faisait volontiers le défenseur des
grandes causes : il adoptait les Calas, les Sirven et cet infor-
tuné chevalier de La Barre, un enfant plié sur la roue, tué à
petits coups par le bourreau! Il était triste alors, il était furieux ce Voltaire. Il oubliait toutes choses et même sa tragédie à peine commencée; et si parfois il éprouvait le besoin
d'un instant de repos, il causait avec la nièce du grand Corneille, sa fille adoptive : « Eh! ma fille, disait-il, parlons de
ton grand-père et du mien. » Une autre fois, c'était l'impératrice de Russie elle-même qui tendait la main à cette gloire,
en songeant qu'elle en aurait le reflet. Ainsi l'*Ermitage* et
Fernex traitaient de puissance à puissance; on s'écrivait, on
se louait l'un l'autre, et si le poëte était charmé, la souveraine
était contente; en trois ou quatre lettres de son ami Voltaire,
elle en apprenait beaucoup plus que tout ce qu'elle avait deviné de l'urbanité de la langue française. Elle aimait tant à
plaire... et lui aussi! Elle s'entendait si bien à la parure, à
l'ornement, à la coquetterie... et lui aussi! Elle allait chercher avec tant d'énergie et de grâce les douces paroles, les
flatteries exquises... et lui aussi! Elle était si complétement
une femme coquette... et lui aussi!

Enfin, quand cette longue vie est à son terme, quand cette
immense tâche est accomplie enfin, et qu'il approche à grands
pas ce jour, ce *maître jour* qui va couronner l'œuvre et la vie,
il faut bien convenir que cet homme était mortel. Ici commence, avec l'apothéose, un chapitre éclatant et le plus beau
de ce livre. Avec un grand art et une grande passion, M. Arsène Houssaye a suivi dans son dernier sentier ce grand vieillard devant qui tout Paris s'incline avec des bénédictions. « A
la sortie du spectacle, il se croyait délivré de tant d'honneurs,
mais tout n'était pas fini. Les femmes le portèrent, pour ainsi

dire, jusqu'à son carrosse. Il voulait monter, on le retint encore : « Des flambeaux! des flambeaux ! Que tout le monde
puisse le voir ! » Enfin, monté dans son carrosse, il lui fallut
donner sa main à baiser; on s'accrochait aux portières, on
montait encore sur les roues, que déjà les chevaux prenaient
le pas; la foule, de plus en plus ivre d'enthousiasme, faisait
retentir les airs de son nom. Le peuple, qui était aussi de la
fête, criait avec admiration : « Vive Voltaire! Il a été cinquante ans persécuté! vive Voltaire ! » Arrivé à la porte de
l'hôtel, Voltaire se retourna, tendit les bras en pleurant et
s'écria d'une voix brisée : « Vous voulez donc m'étouffer sous
des roses ? »

Tout le reste est écrit dans ce ton plein d'émotion et d'une
simplicité parfaite. Ce sont là les véritablement belles pages
du livre où respire en traits vivants une profonde et poétique
admiration.

Et quand Voltaire est mort, son nouvel historien le traite
en roi. Que dis-je? en héros. Il appelle autour de ce Panthéon toutes les conquêtes et toutes les victoires de son roi et
de son dieu : la *Henriade* animée de l'esprit des L'Hôpital et
des Coligny; les *Lettres sur les Anglais* où Newton se rencontre avec Shakspeare : l'humanité proclamée, le moyen âge
exécré, le peuple compté pour quelqu'un, l'innocent défendu,
l'écrivain rebelle au joug, la tragédie renouvelée, la langue
assouplie, et tant d'idées généreuses, tant de grandes pensées,
tant de chefs-d'œuvre, tant d'amitiés illustres, tant d'esprit,
tant de clarté, tant d'honneur rendu à l'espèce humaine avec
ce merveilleux bon sens, ce beau sens commun dont M. Sainte-
Beuve parlait si bien l'autre jour en parlant de M. de Sacy et
de son livre !

Ajoutez l'inspiration; ajoutez l'intelligence; ajoutez la
verve et l'esprit de *Candide,* une des gloires de l'esprit humain; ajoutez le conte et le récit, la grâce et la bonne hu-

meur, la satire la plus vive et le poëme ingénieux, et vous ne
serez pas étonnés, disait Gœthe, un des esprits de cette famille, le père de Méphistophélès, cousin germain de *Candide;*
et vous ne serez pas étonnés que Voltaire se soit assuré
en Europe, sans contestation, la monarchie universelle des
esprits. » Ceci est écrit....

Arrêtons-nous; il est des paroles que l'on affaiblirait en
les commentant. Félicitons cependant de tout notre cœur
M. Arsène Houssaye de cette popularité nouvelle à laquelle
il apporte, abondamment, tous les droits de l'esprit, de
l'invention, du style et du talent.

JULES JANIN.

PRÉFACE

Ce livre n'est pas une profession de foi. Je salue Voltaire comme un maître et n'entre pas à son école.

Voltaire est un arbre dont tous les fruits ne sont pas bons : « N'allez jamais vous asseoir sous son ombre, » a dit le poëte. J'ai passé trois mois sous cet arbre du bien et du mal. Plus d'une nuit de cet hiver, mon esprit a vécu de Voltaire. Quand minuit me chantait sa litanie nocturne, j'ai vu souvent dans l'âtre se dessiner avec un vif relief cette figure amère, railleuse et attendrie, qui, comme la salamandre, triomphait du feu, — le feu de l'enfer ou le feu du ciel.

Durant trois mois, j'ai consulté l'oracle et j'ai demandé au grand agitateur des âmes le récit des agitations de son cœur.

J'ai vu les drames secrets de cette conscience; mais tout en contant Voltaire, je lui ai laissé la parole chaque fois qu'il parlait de lui-même. Voltaire a sculpté sa statue par fragments; je n'ai eu qu'à reprendre çà et là les précieux débris.

Je n'ai pas pensé apporter des documents nouveaux à la Babel des commentateurs; j'ai horreur des paperasses, et je donnerais un volume de notes pour un trait de caractère ou un trait de génie. Ne voyez dans ce livre que le sentiment d'un poëte sur une philosophie qui a renouvelé le monde, et l'admiration d'un homme pour un homme qui a fondé la royauté de l'esprit humain.

Mais je n'en suis pas plus voltairien pour cela, car je suis de ceux qui pensent que le meilleur de l'esprit humain c'est encore l'esprit divin.

ARSÈNE HOUSSAYE.

30 mai 1858.

80ᵉ ANNIVERSAIRE DE LA MORT DE VOLTAIRE.

PRÉFACE

DE LA DEUXIÈME ÉDITION.

Un ancien disait après un discours souvent interrompu :
« Quoique le vent fût mauvais, mes paroles ont traversé les
vagues sans faire naufrage. » Ainsi pourrais-je dire de mon
livre, mais c'est le navire de Voltaire qui l'a sauvé.

Les grands hommes font la patrie quand elle n'existe pas
encore ; ils la font vivre quand elle n'est plus. Le Panthéon —
le tombeau de Voltaire — n'a-t-il pas dit : *Aux grands hommes
la patrie reconnaissante !*

J'ai couronné la statue de Voltaire. « Une simple couronne
de roi ! a dit Jules Janin, et pour qui donc les étoiles ? » Mais
en revanche, des grimauds se sont offensés de voir qu'on parlait encore de M. de Voltaire. Et ils ont crayonné quelques
injures de plus sur le piédestal de son monument. Mais c'est
en lui voulant arracher sa couronne qu'ils ont consacré *le Roi
Voltaire*.

Chaque âge a ses Patouillet. Patouillet a beau se nommer
aujourd'hui M. de Patouillet, c'est toujours Patouillet. M. de
Patouillet m'a raillé avec infiniment d'esprit. Voltaire avait

c

plus d'esprit que tout le monde, mais M. de Patouillet a plus
d'esprit que Voltaire. — La preuve que vos livres sont mauvais,
m'a crié Patouillet, c'est qu'ils sont dans toutes les mains —
comme les mauvais livres, — mais je vous attends au siècle
prochain. On ne parlera plus de vous et on me lira — moi —
Patouillet.

Divin Patouillet, je vous accorde le vingtième siècle tout
entier — et la trompette du dernier jugement par-dessus le
marché; — mais je ne serai plus là pour vous lire.

Comme on est heureux d'avoir son Patouillet pour égayer
un peu les entr'actes quand la comédie est sérieuse !

Mais renvoyons Patouillet à l'office, — il dira que c'est l'office divin. — Maintenant que nous sommes en bonne compagnie, remercions le lecteur qui a vu dans mon livre l'âme de
mon livre, le sentiment du beau et le sentiment du bien. *L'art
pour l'art*, disions-nous en pleine jeunesse. *L'art pour Dieu*,
disons-nous aujourd'hui. « Voltaire et Dieu ! » va crier Patouillet
qui écoute aux portes. — Oui, Patouillet. Il n'y a pas si loin
de Dieu à Voltaire que de Voltaire à Patouillet.

La critique française et étrangère a beaucoup discuté sur
mon livre, ce dont je la remercie. Elle m'a reproché des contradictions, comme on en reprochait à Voltaire. Il y a des
contradictions étudiées d'où jaillit la lumière, comme l'éclair
du choc des nuages. La critique m'a reproché de ne pas bien
savoir l'histoire. — Quelle histoire ? — Voltaire disait dans sa
souveraine raison : « L'histoire n'est jamais faite, on la fait
toujours. » Voltaire disait aussi : « Je n'ai jamais fait une
phrase de ma vie. » La critique m'a reproché de n'avoir pas
suivi ce conseil de Voltaire. Je le répète : je ne suis pas de son
école. Et d'ailleurs, celui qui imite Homère n'imite pas l'*Iliade*.
J'ai donc fait des phrases. En cela j'ai été de la grande école
de Dieu.

Le monde est un livre écrit dans tous les styles. Moïse n'est pas plus grand, Homère n'est pas plus beau, Salomon n'est pas plus passionné, Bossuet n'est pas plus sublime. Les orages et les tempêtes, les mugissements de la mer, les ténèbres de la forêt, les avalanches des Alpes, les éruptions des volcans, les hurrahs de la victoire, les déchirements de la passion, ce sont des phrases.

Le Niagara avec « ses colonnes d'eau du déluge », ses îles suspendues, ses torrents, ses cataractes, ses tourbillons, ses arcs-en-ciel, est un prosateur qui fait des phrases poétiques, comme la vallée de Tempé est une muse qui fait des vers amoureux. Le mont Ossa, tout peuplé encore des ombres des Titans révoltés, est un philosophe qui, à travers le bruit, se recueille pour étudier les dieux du passé. Il voit sans sourciller les colères du torrent qui se brise sur les rochers pour tomber un peu plus tôt dans le gouffre invisible. C'est la vie, c'est la révolte, c'est la mort, c'est l'infini.

Oui, la nature, l'œuvre du maître des maîtres, a toutes les notes de la gamme du style. Elle chante le poëme comme le sonnet, la tragédie comme la chanson. Elle est épique comme elle est rustique. Est-ce donc avec le même style qu'elle salue le printemps et l'automne, l'été et l'hiver, le pommier de la Normandie et le pampre du Pausilippe, les moissons de la Beauce et les neiges des monts inaccessibles?

Dans les arts il y a aussi les éloquents par le style sublime et les éloquents par le style simple. L'architecte du Parthénon est peut-être grand parce qu'il est simple : mais, dans ses figures, Phidias est grand parce qu'il est sublime. Saint-Pierre de Rome est grand aussi par la simplicité; mais la chapelle Sixtine, qui flamboie sous les phrases de Michel-Ange, est plus grande que la plus grande église de Rome.

Si j'avais lu la grammaire, je trouverais peut-être de meilleurs exemples; mais je n'ai jamais eu le temps de lire la grammaire.

La nature est tout art, Voltaire le disait lui-même. On ne
la comprend pas en la voulant voir de trop près. Voltaire, qui
osait tout, avait peur des merveilles. Il n'osait habiller sa
muse du manteau d'azur aux étoiles d'or. La nature mathéma-
ticienne le frappait plus que la nature poétique. En horreur
des phrases, il n'a voulu avoir qu'un style, le style de la raison :
aussi pourrait-on dire que son poëme épique est un poëme
sans poésie, et son Dieu un Dieu sans divinité.

Et pourtant c'est un grand écrivain, parce qu'il est tout
esprit. Il écrit avec un charbon ardent, un charbon d'enfer, et
le soleil court à travers sa prose comme à travers les grands
arbres un peu ébranchés de la forêt. Mais qu'un voltairien
vienne avec les leçons du maître nous dire : « J'écris à la
Voltaire, » nous lui répondrons : « Ton charbon est éteint et
ton soleil est couché. »

PRÉFACE

DE LA TROISIÈME ÉDITION.

DIALOGUE DES MORTS.

VOLTAIRE, NINON.

NINON.

Mon cher Voltaire, avez-vous reçu votre courrier ce matin?

VOLTAIRE.

Oui. On m'a taillé une statue au Louvre, et on m'appelle le *Roi Voltaire,* — le dernier des rois! — car ils ont des Césars aujourd'hui. (*Il lit un journal.*) En voilà qui m'arrachent ma couronne. Ces grimauds s'offensent de voir qu'on parle encore de M. de Voltaire.

NINON.

Rappelez-vous que votre ennemi Jean-Jacques vous écrivait: « Les injures de vos ennemis sont le cortége de votre gloire. »

VOLTAIRE.

C'est de la rhétorique : *les esclaves qui insultent le char du triomphateur!* C'est imprimé depuis longtemps. Ils écrivent toujours là-bas. N'ai-je donc pas tout dit?

NINON.

N'avait-on pas tout dit avant vous?

VOLTAIRE.

Non. J'ai dit la vérité.

NINON.

Aussi voyez comme ils vous accusent! Mais que peut le crayon des Patouillets sur le marbre?

VOLTAIRE.

Je leur ferais bien couper les oreilles; mais qui voudrait de leurs oreilles? Les imprudents! avec leurs injures, ils vont faire aimer le *Roi Voltaire*.

NINON.

Avez-vous lu ce livre?

VOLTAIRE.

Oui, je viens de le lire en anglais pour le trouver meilleur. Il y a plus d'une page que je n'ai pas bien comprise. Il est vrai que l'auteur parle de ma philosophie, et que déjà, quand j'écrivais sur ce thème, j'avais beaucoup de peine à me comprendre moi-même. J'avais beau marcher avec la raison humaine, on faisait vaciller le flambeau dans mes mains.

NINON.

Ce livre est mauvais comme tous ceux qu'ils font; mais pourtant j'ai cru y faire un voyage à travers le dix-huitième siècle.

VOLTAIRE.

Des phrases! des phrases! des phrases!

NINON.

La nature, dans ses jours de rhétorique, a un nègre pour porter la queue de ses phrases.

VOLTAIRE.

Où avez-vous lu cela? Ma chère, vous devenez une femme savante. Donnez-moi des leçons d'amour, mais pas des leçons de grammaire.

NINON.

C'est pourtant la faute de Rousseau si vous n'aimez pas les phrases. Que diriez-vous si vous étiez encore de l'Académie française?

VOLTAIRE.

Ah oui, avec MM. Dumas, Janin, Méry, Gautier, Gozlan, Karr!

NINON.

Pourquoi cette épigramme contre votre vieille amie? Elle ne peut pas ouvrir sa porte à tout le monde; or tout le monde a de l'esprit aujourd'hui.

VOLTAIRE.

Croyez-vous? L'auteur du *Roi Voltaire* me reproche de n'avoir pas fait un testament digne d'un roi; mais j'ai légué de l'esprit à tout le monde.

NINON.

Tout bien considéré, l'amour vaut mieux que l'esprit. Si je retourne un jour sur la terre, je ne veux rallumer que la lampe de l'amour.

VOLTAIRE.

Il la faut rallumer à celle de l'esprit.

NINON.

L'amour m'a fait vivre, l'esprit vous a tué.

VOLTAIRE.

J'avais dit mon dernier mot.

NINON.

Et quand on pense que la mort ne nous a pas dit le dernier mot de la vie!

VOLTAIRE.

Rappelez-vous ces belles paroles d'un sage à un sot : « Va mourir trois ou quatre fois, et tu seras digne de causer avec les hommes du Portique. » Nous montons peu à peu le chemin étoilé. Chaque fois que nous mourons, c'est une lumière de plus. Ah! que je suis heureux d'être détaché des bruits de la terre.

NINON.

Oui, mais ceux qui sont là-bas ont encore peur des ténèbres. Tout n'est pas encore pour le mieux dans le meilleur des mondes : les Patouillets se croisent contre votre raison; Rome veut le royaume de la terre...

VOLTAIRE.

Chut! Candide avait raison : *Allons cultiver notre jardin.*

LE ROI VOLTAIRE.

En ce temps-là, il était un roi qui s'appelait Voltaire.

Son royaume n'avait ni commencement ni fin.

Il succéda à Louis XIV et transmit son sceptre à Napoléon.

Il fut sacré roi de l'esprit humain à la cour de Prusse par son frère Frédéric II, dans cette savante Allemagne où Gœthe a dit : « Après avoir enfanté Voltaire, la nature se reposa. »

Il fut couronné aux Tuileries, dans la salle du trône tragique.

Ses ministres furent tous de grands hommes, — hormis les athées. — Ils se nommaient : Diderot, d'Alembert, Buffon, Helvétius, Turgot, Condorcet.

1

Comme tous les rois, il eut son fou; son fou, c'était un abbé : l'abbé de Voisenon.

Il eut pour alliés l'impératrice de Russie, le pape Clément XIV, le roi de Prusse, le roi de Danemark, le roi de Suède, toutes les royautés, — sans compter la marquise de Pompadour, une reine de la main gauche.

Il eut pour ennemis, — je ne parle pas des infiniment petits, — Jean-Jacques Rousseau et M. de Voltaire, ce M. de Voltaire qui ne s'indigna pas du partage de la Pologne, qui rima LA PUCELLE, qui fut gentilhomme de Louis XV, et qui ne fut pas gentilhomme du Christ.

Il bâtit une ville et éleva une église à Dieu, — je ne parle pas de la ville de Ferney, mais de la ville idéale de la raison humaine qui abrite tous les grands esprits; — je ne parle pas de l'église de Fernex, mais de l'Église universelle qui s'appelle la liberté de conscience.

Sa cour se composait de princes, de savants, de poëtes et de comédiens; car il ne voulait pas que la vérité prît chez lui des airs moroses. Il avait une galerie de tableaux, une bibliothèque et un théâtre: Louis XIV a dansé dans les ballets, Voltaire a joué la tragédie.

Son peuple, c'était tous les peuples; sa famille, c'était la nièce de Corneille, le fils de Lally, les enfants de Calas et de Sirven, tous les déshérités et tous les opprimés.

Avant sa mort, il fut porté en triomphe, et étouffé

sous les roses » par son bon peuple de Paris. Après sa
mort, on lui donna un temple pour sépulture.

Ce fut un roi, — le roi de Prusse, — qui prononça
son oraison funèbre en pleine Académie.

Le roi Voltaire repose au Panthéon à côté de son
ennemi, le républicain Jean-Jacques Rousseau, tous
deux réconciliés par la Révolution, parce que le roi et
le républicain ont travaillé pour la justice.

Les soldats de Napoléon, enfants de la Révolution,
disaient, quand le héros fut enterré à Sainte-Hélène :
Napoléon n'est pas mort, il reviendra.

Il est revenu.

Les soldats de Voltaire, enfants de l'Encyclopédie,
ont dit aussi : Voltaire n'est pas mort, il reviendra.

Voltaire est revenu.

Qui donc en douterait en entendant les clameurs
de ses ennemis ?

Jean-Jacques lui écrivait : « Les injures de vos
ennemis sont le cortége de votre gloire. »

1.

GÉNÉALOGIE DE VOLTAIRE.

Au commencement du monde, rien n'était; mais déjà l'arbre généalogique de Voltaire avait pris racine.

Ce grand roi a eu plusieurs existences. Comme Satan, il s'est incarné dans tous les esprits. Il s'est révélé dans chaque siècle où l'idée humaine a lutté contre la tyrannie des dieux, où l'esprit a dominé le cœur, où la raison a régné sur le sentiment. On a dit de Voltaire comme de Jupiter Amphitryon : « C'est toujours lui qui, quoique étranger, a l'air d'être le maître de la maison. »

Dans le paradis, ce n'est pas lui qui s'appelle Adam, car il a déjà toutes les aspirations et toutes les curio-

sités d'Ève. Il secoue d'une main révoltée l'arbre de la
science. Il veut connaître le mal pour faire le mal et
pour revenir au bien en toute liberté. Bientôt il dit au
pommier : « Tes pommes sont amères. » Et il plante
la vigne.

Quand la vigne, mère des passions et des révoltes,
amena le déluge, Voltaire emporta dans l'arche le
plus beau cep.

Il a dit à Japhet : « Marche vers l'occident; marche
et multiplie en chemin : c'est là que les enfants des
hommes verront de plus près la lumière de la vérité;
c'est là qu'ils oseront regarder Dieu en face, et seront
toujours en révolte pour lui ou contre lui, disputant
pied à pied avec les armes de la philosophie contre
la révélation. » Mais tout en conduisant l'esprit des
générations de Japhet, Voltaire suivait Sem et lui con-
seillait la sagesse qui voit par l'œil simple et qui met
le paradis sur la terre, sans s'inquiéter des ascensions
futures vers les mondes inconnus. Qu'importe ce qui
se fait et ce qui se fera au ciel, si l'amour fleurit au
sein de la femme, si le maïs fleurit dans la vallée, si
la rose fleurit sur le chemin ?

Dans la Bible, cette patrie des idées et des génies,
on retrouve souvent Voltaire. Il dit au fils d'Abraham
qu'il n'y a « ni présages superstitieux, ni divinations,
ni sortiléges ». Après avoir compris la symphonie de
la confusion des langues, Voltaire a deviné la terre
promise, et il y conduit le peuple de Dieu. Mais déjà
Moïse-Voltaire ne croit pas à la terre promise, et il ne

lui sera pas permis d'y pénétrer. Il parle par la lèvre
désenchantée de Salomon tout en soulevant la queue
de la robe de la reine de Saba. Il parle par le désespoir révolté : parti des voluptueuses stations du
Cantique des cantiques, il va verser ses pleurs d'ange
rebelle sur ce fumier de Job où il a reconnu le lit de
l'humanité.

Même avant Homère, il a osé dire qu'un esclave
avait autant qu'un roi l'étoffe de la vie et la dignité du
cœur. Avant Socrate, il a osé douter des dieux et des
déesses. Mais, même avec Diogène, il ne douta jamais
des hommes, parce que celui-là ne portait pas une
lanterne sourde et qu'il fut toujours plus occupé des
choses visibles que des choses invisibles. Quand, sur
les bords de l'Ilyssus, il apportait toutes les malices de
la comédie là où Platon apportait toutes les sublimités
de la poésie, il disait à Socrate : « Que m'importe que
Jupiter fronce le sourcil ou que Vénus dénoue sa ceinture? Ce n'est pas le ciel qui m'inquiète, c'est la
terre. » Et quand Socrate fut à sa dernière heure, ce
fut lui qui versa la ciguë : « Buvez, mon maître, car
c'est le calice de la libre croyance. » Et quand Socrate
eut bu, il garda le calice.

Après avoir été à l'école de Socrate, il passa à l'école
de Platon, mais ne s'y arrêta pas, parce qu'il ne voulut pas croire que la philosophie est un art et non une
science. Il alla jouer la comédie avec Aristophane pour
apprendre à rire de tout, même des dieux, même de
Socrate.

Ne le reconnaissez-vous pas sur la galère qui emporte Alcibiade chez le satrape Tissapherne? il apprend à Alcibiade l'art de couper la queue de son chien et l'art de tromper Aspasie. Ne le reconnaissez-vous pas sous le manteau étoilé d'Aristote, qui voyage à la suite des armées d'Alexandre, pour apprendre à celui qui sait vaincre pourquoi l'analyse a détrôné le symbole? Ce n'est pas tout. Voulez-vous l'entendre raisonner par la bouche d'Épicure? Il vous dira que vivre est tout et que mourir n'est rien; que la joie est la seule hôtesse qu'il faille choyer. C'est lui qui enlève aux dieux le gouvernement des choses humaines et qui ne veut pas, dans sa voluptueuse rêverie, que les hommes se donnent la peine de se gouverner eux-mêmes. Mais au Portique, Voltaire se relève de cet abaissement en dictant à Zénon de sublimes paroles sur la grandeur de l'homme. Il va s'appeler Lucrèce pour décider que tout est dans l'homme. Cet opiniâtre éclaireur dans la nuit du doute traduit en vers ce qu'il a déjà dit en prose quand il s'appelait Épicure. Mais s'amusera-t-il longtemps à cette nuit sans aurore, à cette orgie sans dieu, à cette fête sans lendemain? Comme il s'est attristé! comme cette lumière nouvelle éclaire la désolation des désolations! Plus tard, il aura beau masquer ses larmes par le beau rire de Rabelais, il sera plus désolé encore quand il écrira *Candide* et aboutira à cette dernière moralité : Qu'il faut cultiver son jardin.

Un grand cri traverse le monde : Un Dieu nous est!

né, — *Ecce homo* — qui va être le trait d'union du
ciel à la terre. Mais Voltaire ne croit pas que Dieu
daigne se montrer aux hommes sur la terre. Toutefois,
il écoute Jésus prêcher, et il s'indigne contre le peuple
juif qui demande la mort du Nazaréen. Il a lu dans les
saintes Écritures : « Si quelqu'un se mêle de prophé-
tiser, son père et sa mère lui donneront la mort au
nom du Seigneur. » Mais il ne croit pas tous les jours
aux saintes Écritures, et il ne veut pas la mort du
prêcheur.

Il a horreur du sang, il a horreur des révoltes
armées; il aime mieux se métamorphoser en fils d'af-
franchi, s'appeler Horace, vivre à la table d'Auguste,
et verser sa poésie dans la coupe des Césars.

Dirai-je toutes ces métempsycoses? N'est-ce pas lui
qui écrit là-bas *l'Âne d'or* par la main d'Apulée?
N'est-ce pas lui qui rit du beau rire attique avec les
dieux de Lucien et qui répand sa flamme vive dans le
Satyricon de Pétrone? Il traverse la vie de Marc-Aurèle
et l'Église disparate d'Alexandre-Sévère. Il décide avec
Julien l'Apostat que Paris sera la Rome de l'Antechrist.
Je le retrouve partout, même au désert, où il tente
saint Antoine avec cet aiguillon mortel qui entra si
avant au cœur de saint Jérôme et qui allait déchirer
Jésus lui-même à cette heure de défaillance où il demanda à son père : *Pourquoi m'as-tu abandonné?*

Il doute avec saint Thomas, il discute avec les docteurs, il prend toutes les figures, même celle de Satan. Il monte dans la chaire avec Abailard et fait suc-

céder le règne de la conscience à la servitude de la
tradition. S'il est vaincu par Grégoire VII, il soufflette
Boniface VIII. Il décentralise son action; il organise
les communes. Il est battu dans les croisades, mais il
a ses revanches. Il fomente le grand schisme d'Occident; il ouvre Constantinople aux Turcs; et, pour se
distraire des grandes entreprises, il sculpte aux por-
tails des églises toute cette famille d'anges déchus qui
raillent les chrétiens dans leur maison.

Roger Bacon, qui pile dans sa cellule le soufre et le
salpêtre, servira les haines religieuses qui donnent la
fièvre à Voltaire; mais Gutenberg va donner des armes
à la raison. L'Évangile de Voltaire va courir sur le
monde comme si des millions d'oiseaux l'emportaient
sur leurs ailes : l'imprimerie éteindra la poudre. *Ceci
tuera cela.*

Voltaire ne se contente pas d'imprimer; il peint. Il
enseigne sa philosophie à Léonard de Vinci, qui veut
que la beauté humaine soit la beauté divine; qui remplace par les voluptés du coloris la pâleur des vierges
mystiques. Le voyez-vous dans l'atelier de Raphaël,
qui prend une courtisane pour en faire une vierge,
disant que l'art crée des dieux? La Fornarina va peupler le Vatican.

L'aurore du seizième siècle répand sur le monde
une clarté plus vive. L'humanité, elle aussi, a mis au
monde un fils qui va délivrer sa mère : c'est le Messie
du libre examen, c'est le dictateur du droit. Ce fils
se nomme Voltaire. Je me trompe; ce jour-là il se

nomme Luther. L'hérétique est mis au ban de l'Empire. Il se cache au château de Wartzbourg, qu'il appelle son Pathmos, comme plus tard il se réfugiera au
château de Fernex. De Wartzbourg comme de Fernex,
il secouera ses mains pleines de révoltes. Il décon-
certera plus que jamais le pouvoir spirituel et le pouvoir temporel; il violera la porte des cloîtres et dira
que rien n'est plus sacré que la famille humaine. Il
prouvera au pape et à l'empereur qu'ils n'existent
pas; il renversera la royauté des sots; il fondera
celle de l'esprit et de la joie, ou plutôt il n'y aura
plus qu'une royauté : celle du roi Tout-le-Monde
— *Herr omnes.*

L'âme de Voltaire pénètre de plus en plus dans
toutes les âmes; les échafauds et les bûchers n'ont rien
pu sur elle. Elle court du nord au midi, de l'aurore
au couchant : de Jean Huss à Savonarola, de Jérôme de
Prague à Galilée. Elle raille avec Rabelais, elle doute
avec Montaigne, elle prend avec Érasme le masque de
la folie pour qu'on apprenne à reconnaître la sagesse.
Elle s'arme avec Coligny contre les législateurs de la
torture; elle va s'asseoir sur le trône de Henri IV, je
veux dire sur les genoux de Gabrielle, en confessant
que *Paris vaut bien une messe.* Elle descend du trône
jusqu'au cabaret, pour rire, avec les Théophile et les
Desbarreaux, de la foudre et de la Trinité. Mais elle
empêche Spinoza de ne pas croire à Dieu pour ne pas
ravaler l'homme jusqu'à l'athéisme. Elle affirme avec
Descartes le *moi* humain, qu'elle glorifie avec Cor-

neille. Elle va se recueillir à Port-Royal, où elle ose
commenter le livre de la foi; elle traverse le cabinet
de Fénelon pour lui montrer par la fenêtre les perspectives de l'avenir.

Mais elle a beau faire, le dix-septième siècle n'est
pas son siècle.

Voltaire a franchi plus d'une fois le seuil de madame de la Sablière, quand La Fontaine cherchait la
moralité de sa fable — j'ai failli dire de ses contes. On
l'a rencontré souvent chez Ninon, sa commère, quand
elle débitait ses impertinences philosophiques. Mais
Bossuet, éloquent comme le tonnerre et comme l'Évangile, Bossuet qui a osé dire à Louis XIV : « l'État, ce
n'est pas vous, c'est l'Église, » dit alors à l'esprit de
Voltaire : « C'est moi qui suis l'esprit de Dieu : tu
n'iras pas plus loin! »

Cependant Voltaire n'est jamais vaincu.

Ce valet de chambre qui s'assied à la table de
Louis XIV, n'est-ce pas Voltaire qui, sous Louis XV,
se fera gentilhomme de la chambre? Oui, Poquelin,
c'est déjà Arouet. C'est la même comédie, à la cour
sinon au théâtre. Molière s'est fait courtisan de
Louis XIV, pour dire la vérité à tout le monde, même
à Louis XIV, comme Voltaire se fera courtisan de
Louis XV. *Tartufe* est une *tragédie* de Voltaire.

Voltaire ne s'attache ni à un trône ni à un pays.
Bossuet a dit : « Tous les hommes sont nés d'un seul
mariage, afin d'être à jamais, quelque dispersés et
multipliés qu'ils soient, une seule et même famille. »

Voltaire s'est reconnu partout dans sa famille. Sa patrie, c'est l'humanité.

Ne le reconnaissez-vous pas dans le ciel de Newton,
qui s'écrie une fois de plus : *Fiat lux!*

Mais avant son avénement comme après son règne,
où ne retrouve-t-on pas ce roi, dont la légitimité se
prouve d'un seul mot : « Quel est le souverain que vous
craignez le plus en Europe? demandait-on à Frédéric
le Grand. — Le roi Voltaire, » répondit-il.

II.

LA JEUNESSE DE VOLTAIRE.

I.

Voltaire sortit de la Bastille pour monter sur le trône de Louis XIV. Il avait vingt et un ans[*]. C'était la majorité de l'esprit humain.

[*] « La nature créa, à l'étonnement du monde et à la gloire de la famille des Bourbons, Louis XIV, *l'homme souverain*, le type des monarques, le roi le plus *vraiment roi* qui ait jamais porté la couronne.

« Elle produisit dans Voltaire l'homme le plus éminemment doué de toutes les qualités qui caractérisent et honorent sa nation, et le chargea de représenter la France à l'univers.

« Après avoir fait naître ces deux hommes extraordinaires, les types, l'un de la majesté royale, l'autre du génie français, la nature se reposa, comme pour mieux les faire apprécier, ou comme épuisée par deux prodiges. » GŒTHE.

Si Michel Ange était là et qu'on lui dît d'élever un
monument à la gloire du dix-huitième siècle, il com-
mencerait par sculpter en plein marbre et à grands
traits deux figures olympiennes qui lui serviraient de
cariatides, Louis XIV et Bonaparte. — Je dis Bonaparte,
parce que Napoléon tout entier appartient au dix-neuvième siècle. — En effet, cette époque toute vivante
est entre ces deux hommes. Le grand architecte tourne-
rait la figure de Louis XIV vers le passé, soleil couchant,
et la figure de Bonaparte vers l'avenir, soleil levant.
Le grand roi résume toute la gloire de la France entière,
dont il est le plus éclatant symbole. Bonaparte porte
l'idée de l'avenir : le peuple fait roi, c'est Napoléon.

Fénelon poserait la première pierre du monument
de la raison, Mirabeau planterait le drapeau sur le
fronton, Voltaire monterait sur le piédestal du chœur ;
car, entre Louis XIV et Bonaparte, entre Fénelon et
Mirabeau, il y a le roi Voltaire. Des bas-reliefs gigan-
tesques raconteraient dans leurs versets de marbre la
grande épopée de la révolution, cette iliade qui a eu
son Lamartine. On saluerait deux statues au portail :
Jean-Jacques armé du *Contrat social*, Diderot armé
de l'*Encyclopédie*.

Une fresque légère peinte par van der Meulen repré-
senterait la bataille de Fontenoy. Une fresque tumul-
tueuse, palpitante, effroyable, peinte par Michel Ange,
raconterait toutes les grandeurs et tous les crimes de
la révolution, ce tome soixante et onze des Œuvres de
Voltaire.

Des peintures plus légères montreraient la cour de
Versailles tour à tour inclinée devant la veuve de Scarron
ou devant madame de Pompadour. Ici, on verrait les
fêtes romaines du Palais-Royal conduites par le régent
ivre; là, les fêtes arcadiennes de Trianon poétisées
par la reine Marie-Antoinette. Elle aussi, elle croyait
vivre dans l'Arcadie! C'était l'Arcadie à deux pas de la
guillotine.

Si j'ai osé évoquer l'ombre de Michel Ange, c'est que
le dix-huitième siècle fut un grand siècle, le siècle
français par excellence; c'est que pour peindre ces
grandes figures et ces grandes actions, j'ai pensé à ce
fier et vaillant pinceau, honneur éternel de la chapelle
Sixtine; c'est que, dans cette histoire d'un âge éloquent qui a enfanté le monde nouveau, il y a plus
d'une page qui sera lue à haute voix à l'heure du jugement dernier.

Je saluerai en passant Louis XIV, prédécesseur de
Voltaire.

Au nom de Louis XIV se rattachent désormais les
gloires et les désastres, les magnificences et les misères, les grandeurs et les décadences d'un règne qui
s'étend sur deux siècles. Richelieu avait ébranlé la noblesse avec la hache : Louis XIV fit mieux; il eut le
secret de la ruiner en l'avilissant. Les grands seigneurs
devinrent les premiers serviteurs de sa maison. Au sein
d'une domesticité dont la pompe des titres dissimulait
plus ou moins l'humiliation, s'éteignirent les dernières étincelles de la Fronde; ces rois féodaux, na-

guère si fiers et si jaloux de leur indépendance, n'a-
vaient plus désormais qu'une passion, mais absolue :
plaire au maître.

S'il asservissait les consciences, s'il comprimait la
liberté de penser, Louis XIV élevait du moins à l'idée
fixe de son règne des monuments qui défient la postérité de lui refuser le nom de grand. A la gloire militaire il bâtissait l'hôtel des Invalides. Ce dôme qui a la
forme du monde et que la main de la victoire a doré,
ces cours peuplées de héros sans gloire, ces avenues
plantées d'arbres, ces salles immenses où se déploie
un sentiment d'humanité, cette belle grille et ces fossés
armés de canons, cette façade grandiose où Jules
Hardouin Mansard a écrit l'histoire architecturale du
temps, tout cela annonce une conception vraiment
digne d'un monarque politique et guerrier. A la défense nationale, à la puissance maritime de la France
telle que l'avaient créée nos hardis corsaires Duguay-
Trouin et Jean Bart, Louis XIV érige un monument
d'un autre genre : Dunkerque. Au commerce, que le
génie de Colbert avait tiré des ténèbres de l'enfance, il
consacre le canal du Midi, trait d'union magnifique
entre l'Océan et la Méditerranée. Enfin à lui-même,
c'est-à-dire à la monarchie absolue, il élève un temple :
Versailles. On a dit que les Français n'avaient pas de
poëme épique, mais Louis XIV en a écrit un qui lui a
survécu et qui survivra à sa race : Versailles, poëme
de pierre et de marbre où chantent les arbres et les
eaux, songe d'or du passé, panthéon merveilleux où

revit tout ce qui fut la France. Le peuple de 1793 l'a
si bien compris, qu'il n'a pas mutilé les chefs-d'œuvre
de Versailles. Comme Fabius à Tarente, comme Scipion
à Carthage, il a laissé les dieux debout*.

Comme poëte épique, Louis XIV est resté plus grand
que Voltaire. Et pourtant, dans la *Henriade*, Voltaire
avait pour lui Henri IV, ce grand roi, tandis que
Louis XIV dans Versailles n'était que le roi d'un grand
règne.

Louis XIV avait parachevé la royauté de Charle-
magne, de saint Louis, de Louis XI et de Henri IV : il
devait la perdre. Elle lui survécut, mais comme le jour
survit au coucher du soleil. Sa grande figure couronne
magnifiquement le dix-septième siècle. Après Louis XIV
commence le monde nouveau. Les grands rois historiques sont ceux qui terminent un ordre de choses,
comme les grandes montagnes célèbres sont celles qui
servent de limites aux États.

A certains jours pourtant, Louis XIV regarde vers
l'avenir. Changez le principe, et la France de la révolution apparaît en germe dans l'œuvre du grand roi. La
centralisation, les armées permanentes, l'unité du territoire, s'annoncent dans cette grande machine du des-

---

* Caton le Censeur se serait-il écrié devant les splendeurs de
Versailles : « O grand roi, au lieu d'être le maître de toutes ces
richesses, vous n'en êtes que l'esclave! » Louis XIV n'était pas
l'esclave de ses richesses, ni même de ses misères. Il n'a subi que
la domination de sa vieillesse, qui lui vint terrible, appuyée aux
bras du Père Le Tellier et de madame de Maintenon.

potisme qui fonctionna sous la main d'un seul homme. À cette parole de maître : « L'État, c'est moi! » la révolution devait répondre : « L'État, c'est tout le monde. »

Louis XIV a placé la royauté sur les hauteurs du despotisme, dont la France devait la précipiter un demi-siècle plus tard. Les hommes du commencement du dix-huitième siècle n'ont pas vu cela, quand ils ont maudit la pensée de son règne. Pour nous, qui voyons de plus loin, Louis XIV n'est pas un obstacle, c'est le roi d'un passé qui s'en va et qu'il devait entraîner dans sa tombe; car le moment était venu où les peuples allaient se partager les dépouilles de la royauté. Louis XIV eut cette double fortune d'outrer la grandeur du souverain pouvoir et d'en exagérer le néant.

La fin du règne de Louis XIV a toute la grandeur épique, mais aussi toute la majestueuse tristesse du soleil couchant. C'est le soir d'un jour éclatant qui annonce l'orage pour le lendemain. Dans ce ciel doré par le rayonnement de la gloire, le vieux roi disparaissait lentement à l'horizon, seul, taciturne et pensif. Avec lui s'éteignait la lumière d'un siècle; avec lui la monarchie s'ensevelissait dans l'ombre. L'océan politique était calme à la surface; mais deux points noirs s'étaient déjà formés dans un coin du ciel. Pour les penseurs, ces augures de l'histoire, il y avait là deux nuages qui renfermaient la foudre et la tempête : la philosophie du dix-huitième siècle et la révolution

2.

française. Ne reconnaissez-vous pas la figure de Voltaire dans leurs silhouettes fantastiques?

Le roi est mort, vive le roi! Mais où est le roi?

Je l'ai dit : le roi est à la Bastille. Il s'appelle Fran-
çois-Marie Arouet. Tout à l'heure il sera reconnu sous
le nom de Voltaire. C'est l'esprit humain qui va lui
donner sa couronne.

II.

Dès son point de départ dans la vie, Voltaire est
l'homme universel; c'est l'homme nature, c'est l'homme
raison, c'est l'homme poésie, c'est l'homme humanité.
Il est armé de l'esprit français, mais il parlera à toutes
les nations. Pour lui, il n'y a plus de Pyrénées, le
Rhin n'a pas deux rives ennemies, les Alpes ne sont
plus des barrières, l'Océan ne divise pas le monde.
Pour prêcher la vérité, il se fera tour à tour poëte,
conteur, historien, philosophe, savant même, il accep-
tera une charge de gentilhomme du roi, lui qui n'aime
pas le roi; une place à l'Académie, lui qui n'aime pas
l'Académie; une clef de chambellan, lui qui n'aime
pas la cour, — quand ce n'est pas la cour de Voltaire,
— pour pouvoir parler plus haut. Voltaire-Érasme
n'avait-il pas déjà fait l'éloge de la sagesse, sous prétexte de faire l'éloge de la folie?

Voltaire a toujours vécu sur un volcan : à Paris, à
Londres, à Berlin; au château des Délices comme au

château de Cirey, il eut un pied dans le paradis, mais
l'autre dans l'enfer. Il avait à peine posé sa tente qu'une
lave incendiaire le chassait plus loin. Le volcan, c'était
lui-même. Il a dit que le bonheur était quelque part,
à la condition qu'on n'allât jamais le trouver. Il a couru
pendant toute sa jeunesse sans pouvoir une seule fois
jeter l'ancre sur les rivages aimés du ciel. C'est qu'il
avait un cœur insatiable; c'est qu'il lui fallait tout à la
fois la fortune, l'amour et la renommée. On a dit qu'il
était né peuple; on s'est trompé : il était né prince.
Il voulait bien que sa muse allât toute nue, mais il
voulait que son amour habitât un palais, et que sa
fortune fût celle d'un roi.

Ce fut le despote du dix-huitième siècle. Il s'imposa
dès la Régence et ne disparut qu'aux premières rumeurs
de la Révolution. Et encore ne fut-il pas tout palpitant
jusqu'au jour de Bonaparte? Durant les soixante-dix
années qu'il tint la plume, ne le voit-on pas à tous les
horizons? Je le rencontre à chaque pas, dans l'histoire
de ce siècle étrange, au théâtre, à l'Académie, à Sans-
Souci où il est sacré par son frère Frédéric II, à Versailles où il tente par madame de Pompadour d'être
un roi de France de la main gauche, à Fernex où il est
le roi du monde. Et où il n'est pas, son esprit est toujours. Demandez à Le Franc de Pompignan, à Fréron,
à d'Alembert, à toutes ses victimes, à tous ses critiques,
à tous ses enthousiastes. Demandez à l'*Encyclopédie*
qui forgeait sur son enclume les pensées de Voltaire;
demandez aux journaux du temps : ne donnent-ils pas

plus de nouvelles de Fernex où régnait Voltaire, que
de Versailles où Louis XV, un fantôme de roi, oubliait
la France?

Voltaire a joué grand jeu et beau jeu au jeu de la
vie. Dès qu'il échappe au collége, on le voit élever un
autel au dieu Hasard. Il joue au pharaon, il joue au
biribi. Bientôt, Law au petit pied, il ouvre une banque,
rue de Longpont, pour jouer sur les grains *. Il joue
sur les vivres avec Pâris de Montmartel. Ce n'est pas
assez, il prend à pleines mains des billets de la loterie
du contrôleur général; il gagne le beau lot. Croyez-vous
qu'il va imiter le sage d'Horace, acheter une maison,
y mettre des meubles, des tableaux, des livres et une
femme, en s'écriant : Et moi aussi j'ai bâti mon château périssable! Non; Voltaire veut bâtir l'impossible.
Il a joué sur tout : le voilà qui joue sur ses œuvres.
Il les imprime lui-même, à Paris, à Amsterdam, à
Londres. À Londres, il publie une édition de la *Henriade* qui eût enrichi Homère. O le beau temps pour
les poëmes épiques! Il faut dire que l'édition de Paris

---

* « Que l'esprit soit bon à tout, même à faire sa fortune,
Voltaire l'a bien prouvé. Un Athénien l'avait démontré avant lui.
Socrate était cet Athénien. Comme on lui reprochait sa pauvreté,
il loua soudain tous les moulins de l'Attique, et, selon sa pré-
vision, l'année ayant été fertile en olives, il gagna considérablement sur son marché. « Vous voyez bien, disait-il à ses
« détracteurs, que si on voulait être riche, on le serait. » En
même temps, il distribuait toute sa fortune aux pauvres gens
d'Athènes, et il redevenait le philosophe heureux qu'il avait
toujours été. » JULES JANIN.

ne se vendit pas et lui coûta presque tout l'argent de
l'édition de Londres. Mais Voltaire est bien en peine!
Il va créer comme par magie des œuvres de toutes
sortes, depuis l'auguste tragédie jusqu'aux contes libertins, depuis les pages philosophiques jusqu'aux
pages romanesques, — et quelles seront les pages les
plus philosophiques? — il fera argent de tout. Sa boutique est ouverte à tous les coins du globe. Édition
par-ci, édition par-là. C'est l'histoire des eaux-fortes
de Rembrandt; chaque volume a vingt tirages avec des
retouches. Lira bien qui lira l'édition complète. Et
comme il a l'art de soulever l'orage et de faire gronder
le tonnerre sur tous les enfants de son génie! Il se
moque de tout, à commencer par Dieu, à finir par
lui-même, sans oublier son lecteur, qui payera les
vitres cassées. Mais peut-on payer assez cher tout cet
esprit et toute cette raison?

Avec cet argent du jeu, Voltaire jouera encore, Voltaire jouera toujours; mais il n'oubliera pas de faire
des rentes à ses flatteurs. Il prêtera même de l'argent,
mais au denier dix. Le jeu, toujours le jeu. Et puis il
choisira son monde, afin de dire aux plus grands noms :
« J'ai plus d'esprit que vous, mais j'ai plus d'argent
que vous. » Il prête à Villars, il prête à d'Ostaing, il
prête à Guise, il prête à Guesbriant, il prête à Brezé,
il prête à Bouillon. J'allais oublier le duc de Wurtem-
berg; j'allais oublier Richelieu, qui fut son héros et
son débiteur.

Mais je veux dire cette histoire mot à mot, non pas

comme il la dirait lui-même, mais d'après lui-même,
en essayant de le retrouver là où il s'est démasqué :
dans ses lettres, ces autres confessions *.

Je n'ai pas le secret de laisser mon cœur à la porte
quand mon esprit entre dans l'histoire. D'après les
sculptures antiques, l'histoire était une figure impassible, qui aurait eu honte de ses enthousiasmes et de
ses larmes. C'était la Minerve de Sicyone. Je ne suis
pas de marbre : je subis les passions que je peins.

Écrire l'histoire du roi Voltaire, c'est écrire l'histoire du triomphe de l'esprit humain, à ce point suprême où finit le monde ancien, et où commence le
monde nouveau. C'est écrire notre histoire à nous tous
qui sommes du dix-neuvième siècle, car les grands
hommes d'il y a cent ans sont nos contemporains **.

---

* Quelle belle histoire des idées et des hommes, y compris
Voltaire, que le livre pris dans ses livres, mais surtout dans ses
lettres, avec ce titre : *Les Confessions de Voltaire!*

** Les philosophes du dix-huitième siècle retrouveraient de leurs
contemporains dans le siècle de Louis XIV. Ne peut-on pas dire
que tous les philosophes sont contemporains? les siècles ne comptent pas devant la raison. Voltaire et Diderot étaient bien plus les
contemporains de Socrate et de Lamennais que de Desfontaines
ou de Trublet. Les salons voltairiens du dix-huitième siècle,
M. Guizot l'a remarqué, étaient moins voltairiens que les salons
antivoltairiens du dix-neuvième siècle. La philosophie est comme
la lumière qui montre le chemin parcouru et le chemin des découvertes futures. Mais combien peu qui ne se laissent pas aveugler par son flambeau, combien de myopes qui nient la lumière
lointaine, parce qu'ils n'osent la braver!

Oui, les philosophes du dix-huitième siècle sont nos contem-

Je ne dirai pas comme le grand orateur : « Écoutez
un homme qui va vous instruire de ce qu'il n'a jamais
appris. » Je sais l'histoire de Voltaire comme celle du
dix-huitième siècle, dont il est le roi, parce que je ne
l'ai pas apprise pour l'écrire. Si je l'écris aujourd'hui,
c'est pour dire la vérité sur une époque travestie par
les faiseurs de Mémoires qui jugeaient les événements
de trop près, et par les historiens de bibliothèque qui
jugent les événements de trop loin. Entre ces deux
points de vue, il y a la lumière.

La renommée ne permet guère aux peintres de nous
donner le portrait des poëtes avant que les ravages du
temps aient passé sur leur figure. La peinture nous représente Homère vieux, aveugle et mendiant ; depuis
Homère jusqu'à Milton, parmi les têtes épiques, en
voyons-nous une seule dans la saveur de la jeunesse et
dans la grâce de l'amour ? Tous les poëtes nous appa-
raissent couronnés de lauriers et de cyprès. Les cheveux blancs sont vénérables, mais les cheveux blonds
sont plus doux au cœur ; la vieillesse est noble et grave,
mais la jeunesse est si belle en ses folies ! Comme a
dit un moraliste contemporain, on ne connaît bien un

porains ; nous avons beau restaurer leurs monuments par des
ornements d'un autre style, nous avons beau retoucher le fronton pour donner plus de grandeur à la figure de Dieu, nous avons
beau faire plus hardie encore la hardiesse des cariatides, que
sais-je ? travailler les détails de cette architecture grandiose qui
abritait et qui abrite encore l'esprit humain, d'où la révolution
est sortie tout armée, et où le monde nouveau va puiser ses
inspirations : nous sommes chez eux, et ils sont chez nous.

homme d'autrefois que quand on possède au moins
deux portraits. En pensant à Voltaire, la première
image qui s'anime en notre mémoire est celle d'un
poëte de quatre-vingts ans, affublé d'une perruque,
armé d'un sourire diabolique et d'un regard flam-
boyant encore. C'est que le Voltaire des peintres et des
sculpteurs était *le vieillard cacochyme chargé de quatre-
vingts hivers.* Voltaire à vingt ans vaut-il donc moins
que Voltaire à quatre-vingts? il n'est pas couvert de
gloire, mais il a déjà le génie! Pour moi, mon
plaisir a été bien vif quand, la première fois, j'ai
découvert un portrait de Voltaire à vingt ans. Quelle
grâce déjà savante! Quel esprit déjà moqueur! Ce
front renferme un monde, mais cette bouche, avant
de parler, a encore tant de baisers pour les Pimpettes!
Que ces cheveux de l'insouciant amoureux de mademoiselle de Livry sont plus doux à voir que ce front
qui sera tout à l'heure dépouillé par le génie!

Ne trouvez pas mauvais que j'essaye à mon tour de
peindre Voltaire dans sa jeunesse, toujours orageuse,
souvent romanesque. Ne criez pas au roman, c'est le
roman de la vérité. Ceux qui connaissent le mieux leur
Voltaire ne le connaissent pas jeune. Pour toute notre
génération, Voltaire n'est que le patriarche de Fernex,
jetant à pleines mains les colères de la raison en
révolte.

III.

Voltaire vint au monde mourant, comme Fontenelle, qui vécut cent ans. Pour lui, s'il ne vécut que quatre-vingt-quatre ans, c'est qu'il fut tué par le génie, le café et le Dictionnaire de l'Académie.

Les commentateurs, ces glaneurs de l'histoire qui ramassent l'ivraie comme l'épi, ont découvert que Marie-François Arouet était né d'un notaire et d'une bourgeoise, le 20 février 1694, à Paris ou à Châtenay; ils ne savent pas bien où, parce qu'ils ont longtemps disputé là-dessus[*].

Voltaire ne le savait pas mieux qu'eux; je ne le sais pas mieux que Voltaire. Qu'importe! je ne connais pas Arouet, je ne connais que Voltaire.

Ils ne se doutaient pas, ce notaire et cette bourgeoise, qui mettaient au monde Voltaire dans le pacifique horizon de la rue des Marmousets, qu'ils enfantaient l'orage et la tempête. M. Arouet fut longtemps

[*] Le plus savant de tous les commentateurs, quoique le plus spirituel, M. le conseiller Clogenson, a étudié à fond la vie et l'œuvre de Voltaire. « Son père était fils d'un gros marchand drapier de la rue Saint-Denis, né à Saint-Loup en Poitou. Les Arouet, dont l'un fut tué à la Saint-Barthélemy, étaient marchands, notaires et même magistrats. Le plus connu était le poëte. »

sans vouloir que son fils fût poëte : comment ne lui
défendit-il pas d'être philosophe?

On l'ondoya au printemps; ce ne fut qu'en automne qu'il put être baptisé. Il eut pour parrain
un abbé sans foi, l'abbé de Châteauneuf, ami de
sa mère et amant de Ninon de Lenclos; aussi a-t-on
dit que le diable vint visiter souvent Voltaire au
berceau.

L'abbé de Châteauneuf, prenant au sérieux son titre
de parrain, voulut diriger la jeune intelligence de son
filleul; il lui apprit à lire dans les contes de La Fontaine. Ninon lui demandant un jour des nouvelles de
l'enfant : «Ma chère amie, lui dit-il, mon filleul a un
double baptème, mais il n'y paraît guère; à peine âgé
de trois ans, il sait toute la *Moïsiade* par cœur; au lieu
d'apprendre les fables de La Fontaine, il apprend les
contes du bonhomme.» Ainsi Voltaire, grâce à celui
qui avait répondu de sa croyance devant l'Église, apprenait à lire dans ce poëme impie et dans ce Déca-
méron gaulois. Ninon voulut que cet enfant, qui promettait tant, lui fût présenté. Elle baisa ses blonds
cheveux de ses lèvres fanées et profanées; elle lui
prédit qu'il serait l'ange rebelle du dix-huitième
siècle.

Ninon de Lenclos, qui, selon les vers d'un de ses
amants, avait l'âme formée *de la volupté d'Épicure et
de la vertu de Caton*, ne donna pas de leçons de volupté
et de vertu à Voltaire, mais elle lui donna de quoi
acheter des livres par son testament. Elle avait deviné

Voltaire dans Arouet; elle voulait rattacher son nom à cette renommée promise *.

* Mademoiselle de Lenclos rouvrit l'hôtel de Rambouillet, mais Voiture chez elle était remplacé par Saint-Évremont, le bel esprit par l'esprit. On n'y travaillait pas à la *Guirlande de Julie*, mais on n'y dénouait pas non plus la ceinture de Vénus. Quand Ninon était courtisane, c'était la courtisane amoureuse.

Voltaire a peint Ninon à la Voltaire : un portrait vif, lumineux, saisi. « Sa philosophie était véritable, ferme, invariable, au-dessus des préjugés et des vaines recherches. Elle eut, à l'âge de vingt-deux ans, une maladie qui la mit au bord du tombeau. Ses amis déploraient sa destinée qui l'enlevait à la fleur de son âge. *Ah!* dit-elle, *je ne laisse au monde que des mourants.* Il me semble que ce mot est bien philosophique. Elle disait qu'elle n'avait jamais fait à Dieu qu'une prière : « Mon Dieu, faites de moi un honnête homme, et n'en faites jamais une honnête femme. » Les grâces de son esprit et la fermeté de ses sentiments lui firent une telle réputation, que lorsque la reine Christine vint en France, en 1654, cette princesse lui fit l'honneur de l'aller voir dans une petite maison de campagne où elle était alors. Lorsque mademoiselle d'Aubigné (depuis madame de Maintenon), qui n'avait alors aucune fortune, crut faire une bonne affaire en épousant Scarron, Ninon devint sa meilleure amie. Elles couchèrent ensemble quelques mois de suite : c'était alors une mode dans l'amitié. Ce qui est moins à la mode, c'est qu'elles eurent le même amant et ne se brouillèrent pas. M. de Villarceaux quitta madame de Maintenon pour Ninon. Elle eut deux enfants de lui. L'aventure de l'aîné est une des plus funestes qui soit jamais arrivée. Il avait été élevé loin de sa mère, qui lui avait été toujours inconnue. Il lui fut présenté à l'âge de dix-neuf ans, comme un jeune homme qu'on voulait mettre dans le monde. Malheureusement il en devint éperdument amoureux. Il y avait auprès de la porte Saint-Antoine un assez joli cabaret où, dans ma jeunesse, les honnêtes gens allaient encore quelquefois souper. Mademoiselle de Lenclos, car on ne l'appelait plus alors Ninon, y soupait un

IV.

Au collége, Voltaire ne jouait pas*. Pendant la ré-
création, il tenait tête aux PP. Tournemine et Porée.

jour avec la maréchale de La Ferté, l'abbé de Châteauneuf et
d'autres personnes. Ce jeune homme lui fit, dans le jardin, une
déclaration si vive et si pressante, que mademoiselle de Lenclos fut
obligée de lui avouer qu'elle était sa mère. Aussitôt ce jeune
homme, qui était venu au jardin à cheval, alla prendre un de
ses pistolets à l'arçon de sa selle et se tua tout roide. Il n'était
pas si philosophe que sa mère. Je ne dois pas oublier que madame
de Maintenon, étant devenue toute-puissante, se ressouvint d'elle
et lui fit dire que, si elle voulait être dévote, elle aurait soin de
sa fortune. Mademoiselle de Lenclos répondit qu'elle n'avait
besoin ni de fortune, ni de masque. Plus heureuse que son
ancienne amie, elle ne se plaignit jamais de son état. Quelqu'un
a imprimé, il y a deux ans, des lettres sous le nom de mademoiselle de Lenclos, à peu près comme dans ce pays-ci on vend du
vin d'Orléans pour du Bourgogne. »

Que d'esprit en ces deux pages! Tout un portrait, toute une
philosophie.

Mais Voltaire ne fut pas toujours galant pour la marraine de
son esprit : il l'a comparée à une vieille momie revenue des pays
de la mort.

* Pour ceux qui veulent tout savoir, rechercherai-je les infiniment petits de la vie de Voltaire? Sa première enfance[1] se
passa rue des Marmousets, où demeurait son père. Les com-
mères du voisinage ne lui donnèrent-elles pas un peu son second
baptême en l'appelant le *petit volontaire,* car déjà l'enfant

[1] Mais, comme l'a si bien dit M. le conseiller Clogenson, il n'eut ni
première ni seconde enfance : il fut tout de suite un homme.

Selon celui-ci : «Il pesait dans ses petites balances les grands intérêts de l'Europe. » C'était déjà un philosophe armé à la légère; que dis-je? c'était déjà un poëte. Une épigramme, traduite de l'*Anthologie*, date de ses premières années d'études. Il n'avait que douze ans quand il écrivit ses premiers vers, une épître à Monseigneur, fils de Louis XIV, pour un soldat des Invalides. Il n'y a pas là de quoi crier miracle; il faut même constater qu'il n'y a rien de l'enfant sublime chez Voltaire, il n'y a que de l'enfant prodigue *.

voulait que tout obéît à ses caprices. Voltaire, qui plus tard faisait du feu à la Saint-Jean, était né frileux à ce point d'incendier trois ou quatre fois par hiver la cheminée paternelle, ce qui faisait crier dans toute la rue : Au petit volontaire! Au collége Louis-le-Grand, il jetait tout le monde de côté pour avoir la première place devant l'âtre. « Range-toi, dit-il un jour à un de ses camarades, sinon je t'envoie te chauffer chez Pluton. — Que ne dis-tu enfer? il y fait encore plus chaud. — Qui te l'a dit? je crois que l'un n'est pas plus sûr que l'autre. » Voltaire ne croyait pas plus au paradis qu'à l'enfer. Un jour, un autre camarade lui dit : « Tu es trop méchant pour aller jamais au ciel. — Le ciel! s'écrie l'enfant gâté, c'est le grand dortoir du monde. »

* Dès qu'il sut un peu de latin, il fit des vers latins qu'il n'a pas conservés. On ne connaît de lui que ceux-ci, inscrits sur l'estampe du portrait de Benoît XIV :

  Lambertinus hic est, Romæ decus et pater orbis,
  Qui mundum scriptis docuit, virtutibus ornat.

Et ces deux vers, sur le feu, qu'il aurait pu mettre pareillement sur l'estampe de son propre portrait :

  Ignis ubique latet, naturam amplectitur omnem,
  Cuncta parit, renovat, dividit, urit, alit.

Cependant il émerveillait tout le monde; son professeur du matin, le P. Le Jay, comme son professeur du soir, le P. Porée, son confesseur, le P. Palu, ses camarades, même les plus anciens. Il n'étudiait pas, il savait tout. Il devinait un livre plutôt qu'il ne le lisait. Né railleur, il ne croyait qu'à demi à l'histoire religieuse et à l'histoire profane. Il n'aimait pas à s'égarer dans la forêt ténébreuse des philosophies perdues. Comme Descartes, son maître, il supprimait d'un seul mot la sagesse des sept sages de la Grèce et le symbole des douze apôtres. « Malheureux! lui dit un jour le P. Le Jay en le secouant par le bras, tu seras un jour l'étendard du déisme en France! »

En attendant que cette prédiction s'accomplît, Voltaire remporta tous les prix à sa rhétorique. Jean-Baptiste Rousseau, qui assistait à la distribution, voulut embrasser ce jeune triomphateur, qui fut bientôt son disciple et son maître en poésie.

Voltaire sortit du collége et retourna rue des Marmousets. Il avait toujours eu les aspirations d'un grand seigneur; que dis-je? d'un roi. Or, que faire rue des Marmousets, en face d'un père né paysan, qui s'affublait dans toutes les vanités un peu ridicules alors de la magistrature sans noblesse? Le père Arouet voulait que son fils revêtît la robe et se coiffât de la toque; mais Voltaire lui disait qu'il n'était pas né homme de plume pour écrire dans le mauvais style du palais. Il s'acoquina à quelques coureurs d'aventures, les chevaliers à la mode de ce temps-là. Ils le conduisirent à l'Opéra, à la Comédie-Française, mais surtout chez les courtisanes du beau style ou chez les marquises déchues.

Avant de prêter de l'argent aux grands seigneurs, Voltaire en avait plus d'une fois emprunté vers ce temps-là, mais à d'autres conditions, ainsi qu'on le verra dans cette histoire, qu'il conte si bien lui-même : « Je me souviens qu'étant un jour dans la nécessité d'emprunter de l'argent d'un usurier, je trouvai deux crucifix sur sa table. Je lui demandai si c'étaient des gages de ses débiteurs; il me répondit que non, mais qu'il ne faisait jamais de marché qu'en présence du crucifix. Je lui repartis qu'en ce cas un seul suffisait et que je lui conseillais de le placer entre les deux larrons. Il me traita d'impie et me déclara qu'il ne me prêterait point d'argent. Je pris congé de lui; il courut après moi sur l'escalier et me dit, en faisant le signe de la croix, que, si je pouvais l'assurer que je n'avais point eu de mauvaises intentions en lui parlant, il pourrait conclure mon affaire en conscience. Je lui répondis que je n'avais eu que de très-bonnes intentions. Il se résolut donc à me prêter sur gages, à dix pour cent pour six mois, retint les intérêts par devers lui, et, au bout des six mois, il disparut avec mes gages, qui valaient quatre ou cinq fois l'argent qu'il m'avait prêté. »

La cour se faisait vieille et dévote comme le roi. Madame de Maintenon voulait enchaîner la France dans ses rosaires de buis; tous les courtisans, tous les dignitaires, tous les esclaves blasonnés se couvraient la face

du masque de Tartufe. Le dix-huitième siècle est sorti
de là. Des princes, des grands seigneurs, des prêtres
et des poëtes protestaient, par d'élégantes orgies,
contre les grandes mines austères de la cour. Comme
ils étaient débauchés avec délicatesse, frondeurs avec
esprit, irréligieux avec gaieté, blasphémateurs avec
grâce; comme ils avaient à leur tête des philosophes
tels que le prince de Conti, le duc de Vendôme, le
marquis de La Fare, le duc de Sully, l'abbé de Chaulieu, il fut du bel air d'être admis dans leur cercle.
L'abbé de Châteauneuf, qui voulait faire de son filleul
un honnête homme, ne manqua point de l'y produire.
Voltaire délaissa un peu les princesses de comédie et
les Aspasies de contrebande pour cette académie de
gaie science. Jusque-là peut-être n'était-il irréligieux
qu'à demi, car, malgré les leçons de son parrain, il
avait malgré lui respiré chez les jésuites un bon parfum de candeur chrétienne; mais une fois dans cette
école de gaieté silencieuse et de volupté sans frein,
pouvait-il vivre avec cette virginité du cœur qui pré-
serve la jeunesse jusqu'au jour de la raison?

Arouet fut admis comme un poëte dans cette brillante compagnie, mais il y prit les allures d'un grand
seigneur. Que lui manquait-il pour cela? Il avait de
l'esprit, de la figure, quelquefois de l'argent; il ne
lui manquait qu'un nom : il prit bientôt le nom de
Voltaire. Il osa être familier avec tout le monde,
comptant déjà sur l'esprit, qui est l'âme de la familiarité. Ainsi, dès son début dans le cercle des vo-

luptueux, il dit au prince de Conti, qui lui avait lu
des vers : « Monseigneur, vous serez un grand poëte;
il faut que je vous fasse donner une pension par
le roi. »

V.

Au milieu des dissipations mondaines, il ne perdait
pas de vue l'horizon poétique. Il ébauchait la tragédie
d'*OEdipe* et rimait une ode pour concourir devant
l'Académie française. Au dix-huitième siècle, la tragédie et la pièce de concours étaient, pour ainsi dire,
l'antichambre de la poésie; il fallait passer par là.
Voltaire, comme plus tard Hugo, n'obtint pas le prix
de l'Académie. Le sujet du concours était le *Vœu de
Louis XIII*. Un sujet religieux et par-devant l'Académie! voilà pour Voltaire de quoi surprendre tout le
monde aujourd'hui. Celui qui gagna le prix ce fut
Coustou, qui écrivit une ode en marbre d'un divin
sentiment; celui qui obtint le prix ce fut l'abbé du
Jarry, dont les vers n'étaient pas de la poésie. En lisant
les strophes de Voltaire, on ne s'étonne pas de ses
rancunes contre l'Académie.

> Heureux le roi que la couronne
> N'éblouit point de sa splendeur,
> Qui, fidèle au Dieu qui la donne,
> Ose être humble dans sa grandeur;
> Qui donnant aux rois des exemples,
> Au Seigneur élève des temples,

> Des asiles aux malheureux ;
> Dont la clairvoyante justice
> Démêle et confond l'artifice
> De l'hypocrite ténébreux !

C'est déjà Voltaire.

> Assise avec lui sur le trône,
> La Sagesse est son ferme appui ;
> Si la fortune l'abandonne,
> Le Seigneur est toujours à lui :
> Ses vertus seront couronnées
> D'une longue suite d'années,
> Trop courte encore à nos souhaits ;
> Et l'abondance dans ses villes
> Fera germer ses dons fertiles
> Cueillis par les mains de la Paix.

C'est encore Jean-Baptiste Rousseau.

Jusque-là, Voltaire n'avait écrit que trois odes, trois contes et trois épîtres ; mais c'était déjà le vrai Voltaire. Sa Muse n'a jamais eu les bégaiements de l'enfance ni les timidités de la vierge. Ses odes manquent déjà du sacré enthousiasme, mais, en revanche, ses contes sont libertins dans les deux sens du mot, comme s'il les eût écrits aux soupers du Temple et aux soupers de Sans-Souci. Dans ses épîtres, c'est du premier coup l'esprit fait homme ou l'homme fait esprit*.

---

* Quand il rima sa première ode, Voltaire n'avait que quinze ans, ainsi que le témoigne un exemplaire in-4° qui porte ce titre : *Sur sainte Geneviève*, imitation d'une ode latine du R. P. Le Jay, par FRANÇOIS AROUET, *étudiant en rhétorique et pensionnaire au collège Louis-le-Grand*.

Cependant son père le crut perdu en apprenant qu'il
faisait des vers et voyait bonne compagnie. Le pauvre
homme était en même temps désolé par le jansénisme
opiniâtre de son fils aîné. Le frère de Voltaire avait un
si beau zèle pour le martyre, qu'il disait un jour à un
de ses amis qui ne voulait pas s'exposer à la persécution : « Si vous ne voulez pas être brûlé vif, n'en dé-
goûtez pas les autres. » Le père disait : « J'ai pour fils
deux fous, l'un en vers, l'autre en prose. » Il exila le
fou en vers à La Haye, à l'ambassade française. L'ambassadeur, le marquis de Châteauneuf, ne se montra
pas si facile à vivre que son cadet, l'abbé de Châteauneuf. Il tenta de ramener Voltaire à la prose, mais le
jeune poëte ne se laissa pas dompter; non-seulement
il fit des vers, mais, ce qui est aggravant, il fit des
vers amoureux. « Je n'espère plus rien de votre fils,
écrivait l'ambassadeur à l'ancien notaire; le voilà fou
deux fois : amoureux et poëte. » Mais je conterai plus
loin cette première équipée galante de Voltaire.

L'ambassadeur détacha au plus vite Voltaire de l'ambassade, ne répondant pas de la paix européenne avec
un tel page.

VI.

L'amoureux revint à Paris. Il fallait désarmer son
père, outré comme un père de roman. Soit pour l'a-
paiser, soit de bonne foi, il lui fit dire que, voulant

partir pour l'Amérique, il demandait pour toute grâce
qu'il lui fût permis d'embrasser les genoux paternels,
M. Arouet pardonna avec attendrissement : « Mais vous
suivrez le chemin qu'ont suivi vos ancêtres; de ce pas,
vous allez prendre place chez M' Alain. » C'était un
procureur de la rue Perdue. O familier des princes! où
vas-tu? Voltaire se laissa installer dans cette boutique
de mauvais style*. Il y trouva un ami, Thiriot, non
pas un ami du jour et du lendemain, mais un ami de
toute la vie. Le poëte, heureusement, ne s'étiola pas
dans le grimoire du procureur. Il y laissa son nom
d'Arouet et prit celui de Voltaire : « J'ai été si malheureux avec l'autre que je veux voir si celui-ci m'apportera du bonheur. » Il passa de là en compagnie de
M. de Caumartin, autre ami de son père, au château
de Saint-Ange, où il devait faire choix d'un état. Au
château de Saint-Ange, il trouva un vieillard passionné pour Henri IV, qui lui inspira l'idée et les
idées de la *Henriade*. Il revint donc à Paris plus poëte
que jamais.

Une mésaventure le poussa plus avant dans la poésie :
on le conduisit un jour à la Bastille sans lui dire pourquoi. Or, que faire à la Bastille, si ce n'est des vers?
Tout conspirait contre ce pauvre M. Arouet, qui voulait à toute force que l'esprit de son fils se tournât vers
l'esprit des lois. Voltaire avait été mis à la Bastille pour

---

* On a fait un crime à Voltaire de connaître le papier timbré.
C'est la faute de son père.

une satire qui n'était pas de lui : *J'ai vu ces maux, et je n'ai pas vingt ans*[*].

> [*] Voici comment le poëte conta son aventure :

> Or ce fut par un matin sans faute
> En beau printemps, un jour de Pentecôte,
> Qu'un bruit étrange en sursaut m'éveilla.
> Un mien valet, qui du soir était ivre,
> Maître, dit-il, le Saint-Esprit est là.

> Je vois paraître au bout de ma ruelle,
> Non un pigeon, non une colombelle,
> Mais vingt corbeaux de rapine affamés,
> Monstres crochus que l'enfer a formés :
> L'un près de moi s'approche en sycophante :
> Un maintien doux, une démarche lente,
> Un ton cafard, un compliment flatteur,
> Cache le fiel qui lui ronge le cœur.

> Fallut partir. Je fus bientôt conduit
> En coche clos vers le royal réduit
> Que près Saint-Paul ont vu bâtir nos pères
> Par Charles Cinq. O gens de biens, mes frères,
> Que Dieu vous gard' d'un pareil logement!
> J'arrive enfin dans mon appartement.
> Certain croquant avec douce manière
> Du nouveau gîte exaltait les beautés,
> Perfections, aises, commodités.
> Jamais Phebus, dit-il, dans sa carrière
> N'y fit briller sa trop vive lumière :
> Voyez ces murs de dix pieds d'épaisseur,
> Vous y serez avec plus de fraîcheur.
> Puis me faisant admirer la clôture,
> Triple la porte et triple la serrure,
> Grilles, verroux, carreaux de tout côté,
> C'est, me dit-il, pour votre sûreté.

> Me voici donc en ce lieu de détresse,
> Embastillé, logeant fort à l'étroit,
> Ne dormant point, buvant chaud, mangeant froid,
> Sans passe-temps, sans amis, sans maîtresse.

Et sans plume! On s'égaie aujourd'hui sur la Bastille, mais la Bastille était une vraie prison, où Voltaire passa près d'une année à composer des chants de la *Henriade* sans pouvoir les écrire.

A la Bastille, il commença la *Henriade*, à la Bastille, il termina *OEdipe*. Le duc d'Orléans, qui aimait l'esprit coûte que coûte et même à ses dépens, lui rendit la liberté. Le marquis de Nocé, qui avait soupé avec Voltaire, l'amena au Palais-Royal pour le présenter au prince. En attendant son tour d'être introduit, Voltaire s'impatientait : un orage des plus bruyants vint à éclater; le poëte, levant les yeux au ciel, s'écria devant une foule de personnages : « Quand ce serait un régent qui gouvernerait là-haut, les choses n'iraient pas plus mal. » Le marquis de Nocé raconta le mot en présentant Voltaire : « Monseigneur, voici le jeune Arouet que vous venez de tirer de la Bastille et que vous allez y renvoyer. » Le marquis savait bien à qui il parlait. Le régent se mit à rire aux éclats et offrit une pension; sur quoi Voltaire lui dit : « Je remercie Votre Altesse Royale de ce qu'elle veut bien se charger de ma nourriture, mais je la prie de ne plus se charger de mon logement. »

Ce fut la présidente de Bernières qui se chargea du logement de Voltaire, dans son hôtel du quai des Théatins. C'était bien porté dans le beau monde d'avoir chez soi son poëte et son abbé : madame de La Sablière avait enseigné cela.

VII.

Cependant Voltaire avait achevé une tragédie qui
n'était pas jouée. Voici comment le poëte lui-même
parle de sa pièce à son cher maître le P. Porée : «Tout
jeune que j'étais quand je fis l'*OEdipe*, j'étais plein de
la lecture des anciens et de vos leçons, et je connaissais fort peu le théâtre de Paris : je travaillais à peu
près comme si j'avais été à Athènes. Je consultai
M. Dacier, qui était du pays; il me conseilla de mettre
un chœur dans toutes les scènes, à la manière des
Grecs. C'était me conseiller de me promener dans Paris
avec la robe de Platon. J'eus bien de la peine seulement à obtenir que les comédiens de Paris voulussent
exécuter les chœurs qui paraissent trois ou quatre fois
dans la pièce; j'en eus bien davantage à faire recevoir
une tragédie presque sans amour. Les comédiennes se
moquèrent de moi quand elles virent qu'il n'y avait
point de rôle pour l'amoureuse. On trouva la scène de
la double confidente entre OEdipe et Jocaste, tirée en
partie de Sophocle, tout à fait insipide. En un mot, les
acteurs, qui étaient en ce temps-là petits-maîtres et
grands seigneurs, refusèrent de représenter l'ouvrage.
Je crus qu'ils avaient raison. Je gâtai ma pièce pour
leur plaire, en affadissant par des sentiments de tendresse un sujet qui le comportait si peu. Quand on vit

un peu d'amour, on fut un peu moins mécontent de moi; mais on ne voulut point du tout de cette grande scène entre Jocaste et OEdipe : on se moqua de Sophocle et de son imitateur. Je tins bon; mais ce ne fut qu'à force de protections que j'obtins qu'on jouerait OEdipe[*]. »

Et pourtant la représentation d'*OEdipe* fut un triomphe pour Voltaire et pour les comédiens. On le joua quarante-cinq fois dans sa nouveauté, à peu près comme si on jouait aujourd'hui une pièce pendant toute une année. Dufresne, jeune comme Voltaire, y trouva ses premiers bravos. Mademoiselle Desmares y joua son dernier rôle.

M. Arouet, tout en larmes au sortir d'une représentation, permit enfin à son fils d'être poëte. C'était là le vrai triomphe.

Voltaire ne se prit pas ce jour-là au sérieux. Il était venu sur la scène porter la queue du grand prince, se moquant de lui et du parterre — comme il a fait toute sa vie. La duchesse de Villars demanda quel était ce jeune homme qui voulait faire tomber la pièce. Apprenant que c'était l'auteur lui-même, elle l'appela dans sa loge et lui donna sa main à baiser. « Voilà, dit le duc de Richelieu à Voltaire en le présentant, deux beaux yeux auxquels vous avez fait répandre bien

---

[*]   Nos prêtres ne sont point ce qu'un vain peuple pense,

disait Voltaire dans sa première tragédie. Selon Leibniz, ce vers était gros de son avenir.

des larmes. — Ils s'en vengeront sur d'autres, »
répondit Voltaire. Les beaux yeux se vengèrent
sur lui.

Tout le monde reconnut le génie de Voltaire, hormis son ami l'abbé de Chaulieu, qui sans doute se
croyait vaincu, car Voltaire le menaçait jusque sous la
tente d'Horace. La Motte, qui certes devait craindre la
victoire de Voltaire, puisqu'il avait dans sa poche deux
OEdipe, l'un en vers, l'autre en prose, qui semblaient faits l'un contre l'autre, donna généreusement
son approbation comme censeur pour que la pièce fût
imprimée. « Le public, à la représentation de cette
pièce, s'est promis un digne successeur de Corneille
et de Racine; et je crois qu'à la lecture il ne rabattra
rien de ses espérances. » À la bonne heure, voilà un
royal censeur qui fait pardonner les fautes du censeur
royal.

Voltaire, déjà fort à la mode, fut bon gré mal gré
l'hôte de toutes les fêtes. Il lui arrivait de souper jusqu'à trois fois dans la même nuit. Il courut encore le
pharaon, l'opéra, la comédie, le bal masqué. Déci-
dément, à la Bastille près, la vie commence pour lui
par le carnaval; il ne cherche pas le pays des recueil-
lements et des méditations. Dans la journée, il ne se
préoccupe que du souper. S'il fait des vers, c'est pour
les pouvoir dire à table : contes libertins que La Fontaine a oublié de faire, épîtres familières dont Chaulieu lui a dit le secret après Horace, chansons licencieuses contre les dieux et les rois, mais surtout contre

Philippe d'Orléans, qui aime toutes les femmes, y
compris sa fille.

Il lui était impossible de vivre dans la paix de
l'étude. Quand il ne soupait plus et ne jouait plus au
pharaon, il voulait courir l'Europe. Quoique amoureux
de la duchesse de Villars, il partit pour la Hollande
avec la belle marquise de Rupelmonde.

Voltaire n'a pas dit son roman avec la marquise
de Rupelmonde. Cette fameuse épître, *le Pour et le
Contre* *, qui débute avec tant d'impertinence philosophique, révèle bien plutôt un penseur qu'un amoureux. Je veux croire toutefois que ce fameux voyage
en Hollande dont on a tant parlé ne fut pas entrepris
uniquement pour la recherche du vrai Dieu : madame
de Rupelmonde était fort galante, et Voltaire voyageait
pour oublier la maréchale de Villars. Cette jolie lettre
qu'il écrivit de Cambrai au cardinal Dubois prouve au
moins que le voyage n'était pas mélancolique.

> « Une beauté qu'on nomme Rupelmonde,
> Avec qui, les Amours et moi,
> Nous courons depuis peu le monde

*   Tu le veux donc, belle Uranie,
Qu'érigé par ton ordre en Lucrèce nouveau,
   Devant toi, d'une main hardie
Aux superstitions j'arrache le bandeau ;
Que j'expose à tes yeux le dangereux tableau
Des mensonges sacrés dont la terre est remplie ;
   Et qu'enfin ma philosophie
T'apprenne à mépriser les horreurs du tombeau
   Et les terreurs de l'autre vie.

Et qui nous donne à tous la loi,
  Veut qu'à l'instant je vous écrive.
Ma Muse, comme vous, à lui plaire attentive,
Accepte avec transport un si charmant emploi.

« Nous arrivons, monseigneur, dans votre métro-
pole, où je crois que tous les ambassadeurs et tous les
cuisiniers de l'Europe se sont donné rendez-vous. Il
semble que tous les ministres d'Allemagne ne soient à
Cambrai que pour faire boire à la santé de l'empereur.
Pour messieurs les ambassadeurs d'Espagne, l'un entend deux messes par jour, l'autre dirige la troupe des
comédiens. Les ministres anglais envoient beaucoup
de courriers en Champagne, et peu à Londres. Au
reste, personne n'attend ici Votre Éminence : on ne
pense pas que vous quittiez le Palais-Royal pour venir
visiter vos ouailles. »

C'est de Cambrai que, soupant avec la marquise
chez madame de Saint-Contest, Voltaire improvisa des
vers connus où il fait rimer *plaisir* avec *désir,* —
rime du temps; — mais j'aime mieux rappeler ce joli
huitain :

Quand Apollon avec le dieu de l'onde
Vint autrefois habiter ces bas lieux,
L'un sut si bien cacher sa tresse blonde,
L'autre ses traits, qu'on méconnut les dieux :
Mais c'est en vain qu'abandonnant les cieux,
Vénus comme eux veut se cacher au monde,
On la connaît au pouvoir de ses yeux,
Dès que l'on voit paraître Rupelmonde.

A Bruxelles, madame de Rupelmonde trouva d'autres amoureux, et Voltaire chercha l'amour tout fait, sans doute par curiosité :

> L'Amour, au détour d'une rue,
> M'abordant d'un air effronté,
> M'a conduit en secret dans un temple écarté.
> J'ai d'abord sur un lit trouvé la Volupté
> Sans juge ; elle était belle, et fraîche, et fort dodue.
> La nymphe en toute liberté
> M'a dit : Je t'offre ici ma beauté simple et pure,
> Des plaisirs sans chagrin, des agréments sans fard,
> L'Amour est en ces lieux enfant de la nature,
> Partout ailleurs il est enfant de l'art.

Mais Voltaire, sans doute, n'aima pas l'enfant de la nature. C'était un artiste en volupté, qui disait qu'on en avait toujours pour son argent et pour son esprit.

A son passage à Bruxelles, il visita J. B. Rousseau. Ils s'embrassèrent comme des frères en poésie ; mais, par malheur pour l'amitié, ils se lurent des vers. J. B. Rousseau commença. Voltaire, après avoir entendu son *Ode à la postérité,* dit en souriant : « Mon ami, voilà une lettre qui n'arrivera pas à son adresse. » C'était bien dit ; mais il prit un manuscrit et lut au poëte exilé une épître à madame de Rupelmonde. J. B. Rousseau, qui se réfugiait alors dans la dévotion, accusa Voltaire d'impiété. Là-dessus ils se séparent ennemis, en prose et en vers, jusqu'à la mort.

On voit que la vie de Voltaire est toute semée de saillies. Je cherche à les fuir, mais en vain, car elles marquent chaque pas qu'il a fait. L'esprit a jalonné

son chemin. On disait alors : « Il y a quelqu'un qui a
plus d'esprit que Molière, c'est tout le monde; » on
dit bientôt : « Il y a quelqu'un qui a plus d'esprit que
tout le monde, c'est Voltaire. » L'esprit, quel qu'il
soit, même celui de Voltaire, fatigue quand il tient
toute la place. J'aime l'esprit qui arme la raison, mais
j'aime aussi l'esprit qui désarme le cœur. Qui n'aimerait à voir cette jeunesse de Voltaire attendrie et rêveuse
çà et là? N'a-t-il donc jamais vu le ciel avec une pensée
pieuse? La nature ne lui a-t-elle jamais montré un
pan de sa robe? Sa maîtresse, n'importe laquelle,
n'a-t-elle jamais répandu une larme dans son sourire?
Mais il faut pardonner à Voltaire cet esprit qui l'a en-
vahi de la tête au cœur : célèbre à vingt ans, qu'avait-il,
sinon son esprit, pour combattre des ennemis sans
nombre? Vous savez qu'il fut longtemps, sur le champ
de bataille de la pensée, presque seul de son parti.
Sur ce terrain-là, on ne se défend pas avec son cœur.

VIII.

A son retour, Voltaire vécut plus que jamais parmi
les grands seigneurs. Son intimité avec quelques ennemis du régent, entre autres le duc de Richelieu et
le baron de Gortz, mais plutôt encore ses chansons
improvisées contre la duchesse de Berry, le firent
exiler de Paris. Le régent lui fit dire qu'il se chargeait

encore de son logement, mais qu'il devait se loger
hors Paris. Voltaire courut les châteaux les mieux
habités; par exemple, le château de Sully, d'où il
écrivit à madame la marquise de Mimeure qu'il lui
serait délicieux pour lui de rester à Sully, s'il lui était
permis d'en sortir. « M. le duc de Sully est le plus
aimable des hommes, et celui à qui j'ai le plus d'obli-
gation. Son château est dans la plus belle situation du
monde; il y a un bois magnifique dont tous les arbres
sont découpés par des polissons ou des amants qui se
sont amusés à écrire leurs noms sur l'écorce. » Mais
on n'était guère pastoral à Sully : « Vous seriez peut-
être bien étonnée, madame, si je vous disais que,
dans ce beau bois dont je viens de vous parler, nous
avons des nuits blanches comme à Sceaux. Madame de
La Vrillière, qui vint ici pendant la nuit faire tapage
avec madame de Listenai, fut bien surprise d'être dans
une grande salle d'ormes, éclairée d'une infinité de
lampions, et d'y voir une magnifique collation servie
au son des instruments, et suivie d'un bal où parurent
plus de cent masques habillés de guenillons superbes. »
    Voltaire n'aimait déjà plus toutes ces mascarades à
la Watteau. Il préféra bientôt le château de la Source,
où il apprit à connaître et à aimer les Anglais dans la
personne de Bolingbroke. Il écrivait à Thiriot : « Il
faut que je vous fasse part de l'enchantement où je
suis du voyage que j'ai fait au château de la Source,
chez milord Bolingbroke. J'ai trouvé dans cet illustre
Anglais toute l'érudition de son pays et toute la poli-

tesse du nôtre. Cet homme, qui a été toute sa vie
plongé dans les plaisirs et dans les affaires, a trouvé
pourtant le moyen de tout apprendre et de tout retenir. »

Dès cette rencontre, il voulut, lui aussi, tout apprendre et tout retenir, sans pour cela supprimer les
affaires et les plaisirs. Pour lui, les jours avaient vingt-
quatre heures; car, s'il faut l'en croire, les heures du
sommeil, il les passait dans les bras de l'amour ou
dans les rêves de la volupté.

Il y a des jours où Voltaire s'imagine qu'il n'est pas
exilé. Il prend son fusil, il détache les chiens, il part
pour la chasse en jeune et folle compagnie. Il court
les bois et les collines. S'il manque une caille, c'est
qu'il est à la piste d'une rime; si sa gibecière n'est
pas lourde, c'est qu'il a chassé aux idées. Qu'importe,
il revient très-gai, très-vif et très-affamé. Il se met à
table entre un voisin qui sait parler et une voisine qui
sait écouter. Il vit en partie double, et, le soir, avant
de s'endormir, il écrit à ses amis : « Je suis, par ordre
du roi, dans le plus aimable château et dans la meilleure compagnie du monde. Il y a peut-être quelques
gens qui s'imaginent que je suis exilé, mais la vérité
est que M. le régent m'a donné l'ordre d'aller passer
quelques mois dans un pays délicieux. »

Cependant, il voulait rentrer en grâce au Palais-
Royal. Il écrivit au régent qu'il n'avait chanté ni lui ni
ses filles :

Philippe, quelquefois sur une toile antique
Si ton œil pénétrant jette un regard critique,

Par l'injure du temps le portrait effacé
Ne cachera jamais la main qui l'a tracé;
D'un choix judicieux dispensant la louange,
Tu ne confondras point Vignon et Michel-Ange.
Prince, il en est ainsi chez nous autres rimeurs :
Et si tu connaissais mon esprit et mes mœurs,
D'un peuple de rivaux l'adroite calomnie
Me chargerait en vain de leur ignominie;
Tu les démentirais, et je ne verrais plus
Dans leurs crayons grossiers mes pinceaux confondus.

Voltaire obtint une seconde fois sa grâce, sous prétexte qu'un homme qui ne savait pas flatter les rois ne
devait pas savoir les injurier. Voici, dans l'épître au
régent, comment Voltaire parlait de Louis XIV :

Louis fit sur son trône asseoir la flatterie;
Louis fut encensé jusqu'à l'idolâtrie :
En éloges enfin le Parnasse épuisé
Répète ses vertus sur un ton presque usé;
Et, l'encens à la main, la docte Académie
L'endormit cinquante ans par sa monotonie.
Rien ne nous a séduits; en vain en plus d'un lieu
Cent auteurs indiscrets l'ont traité comme un dieu,
De quelque nom sacré que l'opéra le nomme,
L'équitable Français ne voit en lui qu'un homme :
Pour élever sa gloire on ne nous verra plus
Dégrader les Césars, abaisser les Titus.

Il reprit pied à Paris, Paris grand seigneur et Paris
littéraire. « J'ai été à *Inès de Castro,* que tout le monde
a trouvée très-mauvaise et très-touchante. On la condamne et on y pleure. » Mais, à peine à Paris, Voltaire aspire à l'exil dans les châteaux. « Ma santé et

mes affaires sont délabrées à un point qui n'est pas
croyable; mais j'oublierai tout cela à la Rivière-Bour-
det; j'étais né pour être faune ou sylvain. Je ne suis
point fait pour habiter une ville. » Il se met au vert
et tente de vivre comme dans une Arcadie, avec des
herbes, des œufs et du lait. Mais son Arcadie n'était
pas si rustique. Il alla séjourner à Versailles « pour
mener la vie de courtisan. » Qui donc, hormis Voltaire, a jamais peint la cour avec cette touche impertinente et spirituelle? « Hier, à dix heures, le roi
déclara qu'il épousait la princesse de Pologne, et en
parut très-content. Il donna son pied à baiser à
M. d'Épernon et son cul à M. de Maurepas, et reçut
les compliments de toute sa cour, qu'il mouille tous
les jours à la chasse par la pluie la plus horrible. Il va
partir dans le moment pour Rambouillet, et épousera
mademoiselle Leczinska à Chantilly. Les noces de
Louis XV font tort au pauvre Voltaire. On ne parle de
payer aucune pension, ni même de les conserver;
mais, en récompense, on va créer un nouvel impôt
pour avoir de quoi acheter des dentelles et des étoffes
pour la demoiselle Leczinska. Ceci ressemble au mariage du Soleil, qui faisait murmurer les grenouilles.
Il n'y a que trois jours que je suis à Versailles, et je
voudrais déjà en être dehors. »

Le poëte demeura aux fêtes du mariage : « Le roi
s'est vanté d'avoir donné à la reine les sept « talis-
mans » pour la première nuit, mais je n'en crois rien
du tout. Les rois trompent toujours leurs peuples. La

4.

reine fait très-bonne mine, quoique sa mine ne soit
pas du tout jolie. Tout le monde est enchanté ici de sa
vertu et de sa politesse. La première chose qu'elle a
faite a été de distribuer aux princesses et aux dames
du palais toutes les bagatelles magnifiques qu'on appelle sa corbeille : cela consistait en bijoux de toute
espèce, hors des diamants. Quand elle vit la cassette
où tout cela était arrangé : « Voilà, dit-elle, la première fois de ma vie que j'ai pu faire des présents. »
Elle avait un peu de rouge le jour du mariage, autant
qu'il en faut pour ne pas paraître pâle. Elle s'évanouit
un petit instant dans la chapelle, mais seulement pour
la forme. Il y eut le même jour comédie. J'avais préparé un petit divertissement que M. de Mortemart ne
voulut point faire exécuter. On donna à la place *Amphitryon* et le *Médecin malgré lui,* ce qui ne parut pas
trop nuptial. Après le souper, il y eut un feu d'artifice
avec beaucoup de fusées, et très-peu d'invention et de
variété, après quoi le roi alla se préparer à faire un
dauphin. Je me garderai bien, dans ces premiers
jours de confusion, de me faire présenter à la reine. »
Et Voltaire se fait présenter : « J'ai été très-bien reçu.
La reine a pleuré à *Marianne,* elle a ri à l'*Indiscret;*
elle me parle souvent; elle m'appelle *mon pauvre
Voltaire.* Un sot se contenterait de tout cela, mais
malheureusement j'ai pensé assez solidement pour
sentir que des louanges sont peu de chose, et que le
rôle d'un poëte à la cour traîne toujours avec lui un
peu de ridicule, et qu'il n'est pas permis d'être en ce

pays-ci sans aucun établissement. On me donne tous
les jours des espérances, dont je ne me repais
guère. »

Mais, quelques jours après, il écrit à la présidente
de Bernières : « La reine vient de me donner, sur sa
cassette, une pension de quinze cents livres que je ne
demandais pas : c'est un acheminement pour obtenir
les choses que je demande. Je ne me plains plus de la
vie de la cour ; je commence à avoir des espérances
raisonnables d'y pouvoir être quelquefois utile à mes
amis. »

Et sans doute à lui-même. Mais touchera-t-il le premier quartier de sa pension? Et d'ailleurs le voilà qui
devient riche à travers les hasards, riche de l'argent
du jeu et du commerce. O poëte, où es-tu? Le poëte
ne s'était pas évanoui sous le financier.

Comme Voltaire voulait alors publier la *Henriade*,
il rassembla chez le président de Maisons, au château
de Maisons, un cercle de curieux littéraires choisis
dans le grand monde. On lui fut sévère à ce point
qu'il perdit patience et jeta au feu son manuscrit. Il
en coûta au président Hénault une belle paire de manchettes pour sauver le poëme des flammes. Le poëte
se résigna à revoir son manuscrit. Pendant qu'il y
retouchait d'une main plus sûre, l'abbé Desfontaines,
on ne sait sur quelle copie, fit imprimer le poëme
sous le titre de *la Ligue*. L'abbé affamé ne s'était pas
contenté de toucher un salaire de deux imprimeurs, il
avait osé ajouter des vers de sa façon. Le poëme parut

avec éclat; tout défiguré qu'il fût, il valut tant d'éloges
à Voltaire, que le poëte pardonna à l'abbé. Voltaire, à
son tour, voulut faire imprimer son œuvre; mais les
prêtres, lui reprochant d'avoir embelli et ranimé les
erreurs du semi-pélagianisme, se mirent en campagne pour que le privilége d'imprimer lui fût refusé.
Pour déjouer ces cabales, Voltaire dédia son poëme au
roi, mais le roi ne voulut point de la dédicace. Dès
ce jour, la guerre fut déclarée. — *Le roi, c'est moi!*
s'écria Voltaire.

Et il entra tout botté et tout éperonné, cravache à
la main, dans le parlement de l'opinion publique.

IX.

Jusque-là, Voltaire s'était contenté, comme l'abbé
de Châteauneuf et l'abbé de Chaulieu, de rire avec
gaieté des hypocrites; il se mit à rire avec colère un
rire terrible qui partit des enfers et retentit jusqu'aux
marbres des autels. « Quoi! s'écria-t-il, me voilà destiné à combattre des honnêtes gens qui comptent parmi
eux l'abbé Desfontaines! » L'abbé Desfontaines, délivré de prison par Voltaire, tailla sa plume contre lui
pour la défense de l'Église. Voltaire pouvait-il se taire?
Avec le meilleur souvenir pour les jésuites, Voltaire
pouvait-il s'humilier devant la majesté de l'abbé Desfontaines, leur représentant? La lutte devait s'engager

sur d'autres champs de bataille. Le poëte allait-il s'incliner devant la gloire du régent, qui l'avait récompensé pour une saillie, ou devant la puissance du roi,
qui avait refusé sa dédicace? Voltaire sera donc en
lutte contre l'Église et contre la cour. Il reste une
troisième puissance qui le protége, et qui va peut-être
comprimer ses élans vers la liberté. Mais non. La
noblesse elle-même va perdre Voltaire. Voyez :

Un jour, à dîner chez le duc de Sully*, il se mit à
combattre sans façon, selon sa coutume, une opinion
du chevalier de Rohan. Comme l'esprit et la raison
étaient du côté de Voltaire, le chevalier dit d'un ton

* Selon le maréchal de Villars, ce fut chez mademoiselle
Lecouvreur et non chez le duc de Sully que Voltaire offensa le
chevalier de Rohan : « Il s'était pris de querelle chez la Lecouvreur, très-bonne comédienne, avec le chevalier de Rohan. Sur
des propos très-offensants, celui-ci lui montra sa canne. Voltaire
voulut mettre l'épée à la main. Le chevalier était fort incommodé
d'une chute qui ne lui permettait pas d'être spadassin. Il prit le
parti de faire donner, en plein jour, des coups de bâton à Voltaire, lequel, au lieu de prendre la voie de la justice, estima la
vengeance plus noble par les armes. On prétend qu'il la chercha
avec soin, trop indiscrètement. Le cardinal de Rohan demanda à
M. le duc de le faire mettre à la Bastille. L'ordre en fut donné,
exécuté, et le malheureux poëte, après avoir été battu, fut encore emprisonné. Le public, disposé à tout blâmer, trouva, pour
cette fois avec raison, que tout le monde avait tort : Voltaire
d'avoir offensé le chevalier de Rohan; celui-ci, d'avoir osé commettre un crime digne de mort, en faisant battre un citoyen; le
gouvernement, de n'avoir pas puni la notoriété d'une mauvaise
action, et d'avoir fait mettre le battu à la Bastille pour tranquil-
liser le batteur. »

fier et dédaigneux : « Quel est donc ce jeune homme
qui parle si haut? — C'est, répondit le poëte, un
homme qui ne traîne pas un grand nom. Je suis le
premier du mien, vous êtes le dernier du vôtre. » Le
surlendemain, Voltaire dînant encore chez le duc de
Sully, on vient l'avertir qu'il est attendu à la porte de
l'hôtel. Il y va. Un homme qu'il ne connaît pas l'appelle du fond de sa voiture; il s'avance; l'inconnu le
saisit par le devant de l'habit; au même instant un
valet le frappe de cinq ou six coups de bâton; après
quoi le chevalier de Rohan, posté à quelques pas de
là, s'écrie : *C'est assez!* Ce mot était encore un coup
de bâton *.

Cependant Voltaire, tout indigné, rentre à l'hôtel;
il raconte sa fatale aventure; il supplie le duc de Sully
d'être de moitié dans sa vengeance. Le duc s'y refuse.
« Eh bien, dit Voltaire, que l'outrage retombe sur
vous! » Là-dessus, il va droit chez lui, et biffe de la
Henriade le nom de Sully, ce qui ne fit de tort qu'à la
Henriade.

Sachant bien que les tribunaux ne voudraient pas
venger un poëte contre un homme de cour, il jura de
se faire justice lui-même. « Il s'enferma, et apprit à la

---

* Voltaire, poëte des princes ou prince des poëtes, ne devait
plus dire de longtemps : Nous sommes ici tous princes ou tous
poëtes. Peu de jours auparavant, son père lui avait reparlé d'une
charge de conseiller au parlement : « Mon père, je ne veux pas
d'une considération qui s'achète, je saurai m'en faire une qui
ne vous coûtera rien. »

fois l'escrime pour se battre, et l'anglais pour vivre
hors de France après le duel. » C'était là le dessein
d'un homme de tête et d'un homme de cœur. Une fois
qu'il sut tenir l'épée, il défia son déloyal ennemi dans
des termes si méprisants, que le chevalier n'osa point
refuser le combat. Ils convinrent de se battre le lendemain; mais, dans l'intervalle, la famille du chevalier
montra au premier ministre un quatrain du poëte,
arme à deux tranchants, où il y avait une épigramme
contre Son Excellence et une déclaration d'amour à sa
maîtresse. Voltaire fut, durant la nuit, conduit à la
Bastille. On prendrait à moins du goût pour la démocratie.

Voilà donc Voltaire emprisonné, en attendant l'exil,
seul contre la cour qui n'était rien, contre la noblesse
qui était peu de chose, contre les jésuites qui étaient
tout. Un lâche esprit eût demandé grâce et se fût converti : Voltaire se laissa punir, pour avoir le droit de
se venger.

Voltaire croyait tout perdre, patrie, honneur, fortune. C'était la fortune qui l'inquiétait le moins. Lisez
cette lettre à son ministre des finances : « Si ces messieurs mes débiteurs profitent de mes malheurs et de
mon absence pour ne me point payer, comme ont fait
bien d'autres, il ne faut pas, mon cher enfant, vous
donner des mouvements pour les mettre à la raison;
ce n'est qu'une bagatelle. Le torrent d'amertume que
j'ai bu fait que je ne prends pas garde à ces petites
gouttes. »

Et on a écrit un livre pour prouver que ce grand esprit masquait un avare!

Après six mois de Bastille, il lui fut permis de sortir, mais par la porte de l'exil. Il alla en Angleterre, « le pays de la liberté de penser et d'écrire ». A peine à Londres, le souvenir de l'outrage le força de venir en secret à Paris, dans l'espoir de rencontrer enfin face à face son adversaire. Près d'être découvert, il repartit pour Londres sans être vengé. « Du moins, la gloire me vengera : ce nom qu'il a voulu avilir ira éternelle- ment offenser le sien *. »

---

* Ce récit, emprunté au journal de Barbier, fera comprendre les colères du poëte. On y étudiera avec quelque effroi comment on rendait la justice en France, il y a cent vingt-cinq ans :

« Il étoit venu à Paris un juif, demeurant ordinairement en Hollande, riche de sept ou huit cent mille livres de rentes, homme de cinquante ans, qui a eu pour maîtresse mademoiselle Pélissier, actrice de l'Opéra. Il a dépensé considérablement avec elle, faisant ici grande figure, étoit toujours le premier au bal- con de l'Opéra, où il faisoit retenir sa place, et alloit au Cours avec mademoiselle Pélissier en carrosse à six chevaux, au milieu de la file, comme les princesses. La fin de cette aventure a été tragique. M. Du Lis a quitté la Pélissier et a eu avec elle un pro- cès pour la restitution des diamants, qu'il disoit ne lui avoir que confiés, que parce qu'il a su que mademoiselle Pélissier le trom- poit, toujours avec le sieur Francœur, violon de l'Opéra, qu'elle aime. Il a quitté Paris et s'en est retourné en Hollande. Il lui a pris envie de se venger de ces perfidies; il a envoyé le nommé Joinville, qu'il avoit pris à son service et qui l'avoit suivi en Hollande, à l'effet de faire donner de bons coups de bâton à M. Francœur, et aussi, a-t-on dit dans le public, de faire quel- ques marques au visage de mademoiselle Pélissier. Malheureuse- ment, Joinville ne savoit ni lire ni écrire; il s'est adressé, pour

Voyez-vous là-bas cet enfant terrible qui veut toucher à tout, et qui n'a pas le droit de lever la main?

écrire ses lettres de correspondance avec Du Lis, à un maitre
écrivain, pour mander à Du Lis qu'il s'étoit adressé à des soldats
aux gardes pour entrer dans l'exécution, moyennant payement.
Mais l'écrivain a été intimidé par un ami à qui il a conté la chose,
en sorte qu'il a déclaré le tout à M. Hérault. Mademoiselle Pélissier et Francœur sont aimés par le plaisir qu'ils procurent au
public. M. Hérault, lieutenant de police, a fait arrêter Joinville
et les soldats aux gardes. L'affaire a été examinée si sérieusement
au Châtelet, que M. Du Lis, juif, et Joinville ont été condamnés
à être pendus; Joinville, préalablement appliqué à la question,
et sursis au jugement des soldats aux gardes, appel. MM. de la
Tournelle, plus amateurs apparemment de musique, ont trouvé
la chose si grave, qu'ils ont condamné M. Du Lis et Joinville à
être rompus vifs, ce qui a été exécuté le 9 de ce mois, en effigie
pour Du Lis et très-réellement pour Joinville, qui pourtant, par
grâce, a été étranglé! Ce jugement a été assez rude, d'autant que
les coups de bâton n'ont point été donnés.

» Quoi qu'il en soit, ce jugement et le crédit de mademoiselle
Pélissier n'ont point échappé à la critique du public dans deux
petits couplets :

> Pélissier, Marseille a des chaînes
> Bien moins funestes que les tiennes!
> Sous les fers on est accablé,
> Sans que jamais rien tranquillise :
> Quand on les porte on est volé,
> On est roué quand on les brise.
>
> Admirez combien l'on estime
> Le coup d'archet plus que la rime.
> Que Voltaire soit assommé,
> Thémis s'en tait, la cour s'en joue!
> Que Francœur ne soit qu'alarme,
> Le seul complot mène à la roue.

» Ce pauvre Voltaire n'avoit que faire de ce ressouvenir; c'est

Où sont ses titres de noblesse, car nous sommes
en 1726? Il va perdre sa première fortune, — ses
écus d'or qu'il appelle ses partisans. — Il a trop d'esprit pour garder un protecteur; il est seul au jour du
danger quand tout le monde s'arme contre lui; mais
il ne craint pas de reprendre cette lutte formidable
des Titans révoltés contre les dieux. On paye ses beaux
mots par des coups de bâton, par l'exil, par la Bastille; on lui dénie le droit de porter l'épée pour se
venger; mais s'il rengaîne ses colères, elles n'en
seront que plus terribles. Il se vengera en prose et en
vers; il se vengera en faisant du mal; il se vengera en
faisant du bien.

Quel héroïsme que cette lutte de Voltaire contre le
dix-huitième siècle qui veut l'étouffer mais dont il fera
son royaume !

un jeune homme de nos meilleurs poëtes, fils de M. Arouet,
receveur des épices de la Chambre des comptes, à qui M. le chevalier de Rohan-Chabot avoit, dit-on, fait donner des coups de
bâton pour payement de vers. Voltaire, après avoir été mis à la
Bastille, partit peu de temps après pour l'Angleterre, et il n'en
a rien été. »

Ainsi un violon était inviolable. On le vengeait de coups de
bâton qu'il avait dû recevoir en conduisant au supplice de la roue
celui qui avait soulevé le bâton, mais Voltaire était mis à la
Bastille pour les coups de bâton qu'il avait reçus.

X.

Au siècle des beaux-arts avait succédé le siècle de
la philosophie. Il s'était établi une communication de
la pensée française avec le nord de l'Europe, surtout
avec l'Angleterre et la Hollande. C'était le Midi qui
jusqu'alors nous avait gouvernés par ses lumières. Au
dix-huitième siècle, la France, moins occupée de la
nature que de l'examen et de la recherche des choses,
tourna ses yeux vers ces régions froides et brumeuses
où rayonnait la raison, qui semble suivre une marche
opposée à celle du soleil. La partie excommuniée de
l'Europe en était la plus éclairée. C'est là que Voltaire
et Montesquieu allèrent s'initier aux mystères de la
science, de la discussion et de la politique. La blanche
Angleterre, cette nymphe qui noue sévèrement à mi-
corps sa ceinture de mers, était l'Égérie des *libres
penseurs*.

L'histoire du séjour de Voltaire dans la patrie de
Newton n'est pas faite et ne se fera pas, car où trouver
des documents? Dans ses mémoires et dans ses lettres,
Voltaire ne parle qu'en passant de sa vie en Angleterre.
Charles de Rémusat, qui a recherché les traces de
Voltaire et de Montesquieu chez les Anglais, — lui qui
connaît les Anglais comme d'autres compatriotes, —
avoue qu'on ne sait rien du séjour de ces deux illus-

tres philosophes dans le pays où Voltaire vint avec
l'idée d'apprendre à penser[*]. « *Apprendre à penser!*
voilà, dès 1726, et pour la première fois sans doute,
cette expression qui devait faire plus tard une si grande
fortune. » Et plus loin, selon l'auteur de *l'Angleterre
au dix-huitième siècle*, « Bolingbroke accueillit gra-
cieusement l'hôte inattendu que l'exil lui envoyait.
Wandsworth, où résida Voltaire, est un village du
Surrey, entre Londres et Twickenham, où s'étaient
établis quelques protestants français. De là, Voltaire
pouvait aisément se lier avec les amis de Bolingbroke.
Il ne cache pas l'impression profonde que produisit
sur son esprit toute cette société si nouvelle par les
institutions et par les idées. Depuis lors, dans les
sciences, dans la philosophie, dans la politique, et
même quelquefois dans l'art du théâtre, il s'est donné
pour le disciple des Anglais. Ayant appris d'eux les
noms de Newton, de Locke, de Shakspeare, il revint
les révéler à la France. Ses *Lettres sur les Anglais*,
son ouvrage le plus neuf peut-être, et où se rencontrent presque toutes ses idées encore dans leur première fleur, firent pour un demi-siècle l'éducation de
la société de Paris. »

En ces derniers temps, on a trop voulu que le génie
philosophique de Voltaire lui fût donné par l'Angle-

---

[*] Depuis les premières éditions du *Roi Voltaire*, on m'a
communiqué des lettres autographes de l'illustre poëte, écrites
pendant son séjour en Angleterre. On trouvera dans l'Appendice
des fragments curieux de cette correspondance inédite.

terre. S'il disait que les Anglais étaient ses concitoyens, c'est qu'il trouvait à Londres la liberté de
penser qu'il avait rêvée à Paris; mais il était philosophe avant de passer la Manche. Il voulait réveiller
l'esprit français par l'éloge de la raison anglaise, mais
il croyait plus à l'esprit français qu'à la raison anglaise.
Cet éloge, il l'écrivait à toute heure pendant son
séjour à Londres, il l'écrivait dans ses lettres, dans ses
livres, en prose et en vers, même dans la *Henriade* :

> Aux murs de Westminster on voit paraître ensemble
> Trois pouvoirs étonnés du nœud qui les rassemble :
> Les députés du peuple, et les grands et le roi,
> Divisés d'intérêt, réunis par la loi;
> Tous trois membres sacrés de ce corps invincible,
> Dangereux à lui-même, à ses voisins terrible,
> Heureux lorsque le peuple, instruit de son devoir,
> Respecte, autant qu'il doit, le souverain pouvoir!
> Plus heureux lorsqu'un roi, doux, juste et politique,
> Respecte, autant qu'il doit, la liberté publique!

A Londres, Voltaire trouva tout instituée l'Académie
des libres penseurs. Il fut admis aux séances par son
amour pour Newton. Les plus hardis découvrirent
bientôt en lui toutes les témérités d'un chercheur. Le
socinien Chubb ne l'arrêtait pas en chemin quand il
lui disait : « Jésus-Christ a été de la religion de Chubb,
mais Chubb n'est pas de la religion de Jésus-Christ. »
Toland, celui qui disait en mourant, sans souci du jugement dernier : « Je vais dormir; » Shaftsbury, qui
vivait sans souci du jugement de Dieu; Swift, qui riait

d'un rire de carnaval au nez des apôtres; Bolingbroke, qui ne croyait qu'à ce qu'il voyait, et qui voyait mal*, l'enlevèrent gaiement de ce pays natal du christianisme, où il revint toujours sans le vouloir, mais où, par malheur pour lui plus que pour le christianisme, il ne retrouvait pas le peuple de Dieu.

Voltaire s'aventura d'abord dans la philosophie de Shaftsbury, parce qu'elle était rimée par Pope et commentée par Bolingbroke.

Il n'avait encore été irréligieux que par saillies; il s'était moqué des mystères du catholicisme avec l'esprit et l'insouciance des épicuriens du Temple. En Angleterre, dans l'école fondée par Newton, il déchira les voiles; il recueillit toutes les armes qu'il brisa plus tard contre l'Église. De Londres, il vit son pays esclave des préjugés, le peuple esclave des nobles, les nobles esclaves des courtisans, les courtisans esclaves de la maîtresse du roi, le roi et sa maîtresse esclaves des jésuites. « Il jura, dit Condorcet, de se rendre, par les seules forces de son génie, le bienfaiteur de tout un peuple en l'arrachant à ses erreurs. » Condorcet ennoblit un peu le dessein de Voltaire, qui était avant tout soucieux de se venger au nom de la vérité, coûte que coûte à la vérité.

Comme distraction à ses études philosophiques, il

---

* J'oubliais Taylor, qui disait : « Le blasphème est *in aliena republica*, c'est l'affaire d'un autre monde. La religion qui s'impose par la force fait des hypocrites et point de croyants; au lieu d'élever un trophée à Dieu, elle bâtit un monument au diable. »

publia la *Henriade* sans le secours de l'abbé Desfontaines. Cette édition, d'un prix exagéré, commença la
fortune de Voltaire. Toute la cour d'Angleterre avait
souscrit, sans doute pour la dédicace à la reine. « Il
est dans ma destinée, comme dans celle de mon héros,
d'être protégé par une reine d'Angleterre. » Ce qui fit
le succès de la *Henriade,* c'est que ce mauvais poëme
était une bonne action, c'est qu'on y voyait la satire de
Louis XIV faite par Henri IV; c'est que la vieillesse du
grand roi, appuyé tour à tour sur le P. Letellier et sur
madame de Maintenon, rappelant de trop près la
tyrannie de conscience, on saluait le poëte-apôtre de la
liberté de conscience, celui-là qui devait jusqu'à sa
dernière heure frapper par toutes les armes de la raison
le fanatisme homicide.

Voltaire passa trois années à Londres; il y étudia
les poëtes comme les philosophes, Shakspeare comme
Newton*; il y conçut la tragédie de *Brutus,* y esquissa

---

* Voici la meilleure page de son voyage à Londres. Son enthousiasme pour les Anglais ne l'empêche pas de les railler gaiement :
« Lorsque je débarquai auprès de Londres, c'était dans le
milieu du printemps; le ciel était sans nuages, comme dans les
plus beaux jours du midi de la France; l'air était rafraîchi par un
doux vent d'occident qui augmentait la sérénité de la nature, et
disposait les esprits à la joie; *tant nous sommes machines, et
tant nos âmes dépendent de l'action du corps!* Je m'arrêtai près
de Greenwich, sur les bords de la Tamise. Cette belle rivière,
qui ne se déborde jamais, et dont les rivages sont ornés de ver-
dure toute l'année, était couverte de deux rangs de vaisseaux
marchands durant l'espace de six milles; tous avaient déployé
leurs voiles pour faire honneur au roi et à la reine, qui se pro-

les *Lettres anglaises*, et y nota l'*Histoire de Charles XII*, sur le récit d'un serviteur de ce monarque aventureux.

Il revint en France en secret, mais résolu de retourner à la Bastille plutôt que de ne pas revoir son

menaient sur la rivière dans une barque dorée, précédée de bateaux remplis de musique, et suivie de mille petites barques à rames; chacune avait deux rameurs, tous vêtus comme l'étaient autrefois nos pages, avec des trousses et de petits pourpoints ornés d'une grande plaque d'argent sur l'épaule. Il n'y avait pas un de ces mariniers qui n'avertît par sa physionomie, par son habillement et par son embonpoint, qu'il était libre et qu'il vivait dans l'abondance.

« Je me crus transporté aux jeux olympiques; mais la beauté de la Tamise, cette foule de vaisseaux, l'immensité de la ville de Londres, tout cela me fit bientôt rougir d'avoir osé comparer l'Élide à l'Angleterre. J'appris que dans le même moment il y avait un combat de gladiateurs dans Londres, et je me crus aussitôt avec les anciens Romains. Un courrier du Danemark, qui était arrivé le matin, et qui s'en retournait heureusement le soir même, se trouvait auprès de moi pendant les courses. Il me paraissait saisi de joie et d'étonnement : il croyait que toute la nation était toujours gaie; que toutes les femmes étaient belles et vives, et que le ciel d'Angleterre était toujours pur et serein; qu'on ne songeait jamais qu'au plaisir; que tous les jours étaient comme le jour qu'il voyait; et il partit sans être détrompé. Pour moi, plus enchanté encore que mon Danois, je me fis présenter le soir à quelques dames de la cour; je ne leur parlai que du spectacle ravissant dont je revenais; je ne doutais pas qu'elles n'y eussent été, et qu'elles ne fussent de ces dames que j'avais vues galoper de si bonne grâce. Cependant, je fus un peu surpris de voir qu'elles n'avaient point cet air de vivacité qu'ont les personnes qui viennent de se réjouir; elles étaient guindées et froides, prenaient du thé, faisaient un grand bruit avec leurs éventails, ne disaient mot, ou criaient toutes à la fois pour médire de leur prochain;

pays. Il se cacha à Paris sous le nom de M. de Livry,
— le nom de sa maîtresse. — Il ne vit que les amis
fidèles, et se mit en œuvre de devenir plus riche pour
devenir plus fort. Quand un poëte poursuit la fortune,

quelques-unes jouaient au quadrille, d'autres lisaient la gazette;
enfin, une plus charitable que les autres voulut bien m'apprendre
que le *beau monde* ne s'abaissait à aller à ces assemblées populaires qui m'avaient tant charmé; que toutes ces belles personnes
vêtues de toiles des Indes étaient des servantes ou des villageoises; que toute cette brillante jeunesse, si bien montée et caracolant autour de la carrière, était une troupe d'écoliers et d'apprentis montés sur des chevaux de louage. Je me sentis une vraie
colère contre la dame qui me dit tout cela, m'en retournai de
dépit dans la Cité, trouver les *aldermen* qui m'avaient fait si
cordialement les honneurs de mes prétendus jeux olympiques.

» Je trouvai le lendemain, dans un café malpropre, mal meublé, mal servi et mal éclairé, la plupart de ces messieurs; aucun
d'eux ne me reconnut : je me hasardai d'en attaquer quelques-uns de conversation; je n'en tirai point de réponse, ou tout au
plus un oui ou non; je me figurai qu'apparemment je les avais
offensés tous la veille. Je m'examinai, et je tâchai de me souvenir si je n'avais pas donné la préférence aux étoffes de Lyon sur
les leurs, ou si je n'avais pas dit que les cuisiniers français l'emportaient sur les anglais, que Paris était une ville plus agréable que Londres, qu'on passait le temps plus agréablement à
Versailles qu'à Saint-James, ou quelque autre énormité pareille.
Ne me sentant coupable de rien, je pris la liberté de demander
à l'un d'eux, avec un air de vivacité qui leur parut fort étrange,
pourquoi ils étaient tous si tristes : mon homme me répondit,
d'un air refrogné, qu'il faisait un vent d'est. Dans le moment
arriva un de leurs amis, qui leur dit avec un visage indifférent :
Molly s'est coupé la gorge ce matin; son amant l'a trouvée morte
dans sa chambre, avec un rasoir sanglant à côté d'elle. Cette
Molly était une jeune fille, belle et très-riche, qui était prête à

5.

il n'est pas plus rebuté que le premier venu. La fortune aime autant les gens d'esprit que les sots. Voltaire, en moins de trois ans, devint six fois millionnaire. Il faut dire qu'il fut hardi et heureux : il commença par aventurer le produit de l'édition anglaise de la *Henriade* dans la loterie que le contrôleur général avait établie pour liquider les dettes de Paris ; c'était la rouge et la

se marier avec le même homme qui l'avait trouvée morte. Ces messieurs, qui tous étaient amis de Molly, reçurent la nouvelle sans sourciller. L'un d'eux seulement demanda ce qu'était devenu l'amant : *Il a acheté le rasoir,* dit froidement quelqu'un de la compagnie.

» Pour moi, effrayé d'une mort si étrange et de l'indifférence de ces messieurs, je ne pus m'empêcher de m'informer quelle raison avait forcé une demoiselle, si heureuse en apparence, à s'arracher la vie si cruellement. On me répondit uniquement qu'il faisait un vent d'est.

» Je ne pouvais pas comprendre d'abord ce que le vent d'est avait de commun avec l'humeur sombre de ces messieurs et la mort de Molly. Je sortis brusquement du café, et j'allai à la cour, plein de ce beau préjugé français qu'une cour est toujours gaie. Tout y était triste et morne, jusqu'aux filles d'honneur. On y parlait mélancoliquement du vent d'est. Je songeai alors à mon Danois de la veille. Je fus tenté de rire de la fausse idée qu'il avait emportée d'Angleterre ; mais le climat opérait déjà sur moi, et je m'étonnai de ne pouvoir rire. Un fameux médecin de la cour, à qui je confiai ma surprise, me dit que j'avais tort de m'étonner, que je verrais bien autre chose au mois de novembre et de mars ; qu'alors on se pendait par douzaine. C'était, me dit-il encore, par un vent d'est qu'on coupa la tête à Charles Ier et qu'on détrôna Jacques II. Si vous avez quelque grâce à demander à la cour, m'ajouta-t-il à l'oreille, ne vous y prenez jamais que lorsque le vent sera à l'ouest ou au sud. »

noire : Voltaire centupla ses écus. Ce n'était point
assez pour un homme de sa trempe. Il risqua encore
tout ce qu'il avait dans le commerce de Cadix et dans
les blés de Barbarie; enfin, pour dernière opération
financière, il prit un intérêt dans les vivres de l'armée
d'Italie, après quoi il réunit ses millions et les plaça
tant bien que mal. Il eut jusqu'à quatre cent mille
livres de revenu, et, quoique mal payé en maint endroit, après avoir beaucoup perdu, bâti une ville,
donné d'une main royale et dépensé d'une main souvent prodigue, il avait encore à la fin de sa vie plus de
deux cent cinquante mille livres de rente. Vous voyez
que le poëte ne bâtit pas seulement des châteaux en
Espagne. Si quelques-uns meurent de misère, quelques
autres meurent vingt fois trop riches. En face de Mal-
filâtre, de Gilbert et de Jean-Jacques, qui ont vécu
d'aumônes, ne voyez-vous pas passer Fontenelle avec
ses quatre-vingt mille livres de revenu, Gentil Bernard
avec plus de la moitié, Voltaire plus du double? Et
remarquez que, dans ce noble métier, il n'y a pas une
banqueroute à enregistrer.

XI.

Voltaire commençait à vivre à Paris sans inquiétude,
quand mourut mademoiselle Lecouvreur. Comme la
sépulture était refusée à cette illustre comédienne, le

poëte indigné fit à ce propos cette célèbre élégie, où
respire toute la hardiesse anglaise :

> Muses, Grâces, Amours, dont elle fut l'image,
> O mes dieux et les siens, secourez votre ouvrage !
> Que vois-je ? c'en est fait, je l'embrasse, et tu meurs !
>   Que direz-vous, race future !
>   Ils privent de la sépulture
> Celle qui dans la Grèce aurait eu des autels.

Les prêtres, qui n'avaient plus, de par les parlements, que les comédiens à excommunier, se remirent
en campagne contre lui, « irrités, dit Condorcet, qu'un
poëte osât leur disputer la moitié de leur empire. »
Voltaire, ne voulant pas retourner une troisième fois
à la Bastille, se réfugia à Rouen sous le nom et dans
l'équipage d'un seigneur anglais. Il fit imprimer en
secret l'*Histoire de Charles XII* et les *Lettres anglaises*.
Quand l'orage fut dissipé, il rentra à Paris, décidé à
tenter encore les victoires périlleuses du théâtre, espérant que les spectateurs, une fois de son parti, le dé-
fendraient contre le fanatisme. Il fit jouer *Brutus* sans
trop d'obstacles. On ne comprit qu'à moitié qu'il se
faisait la sauvegarde des droits du peuple ; la pièce
n'eut qu'un demi-succès, malgré la seconde scène et
malgré le cinquième acte. Après la représentation,
Fontenelle dit à Voltaire : « Je ne vous crois point
propre à la tragédie ; votre style est trop fort, trop
pompeux. — Je vais de ce pas relire vos pastorales, »
répondit Voltaire.

Pour donner raison à Fontenelle, il fit jouer *Ériphyle*, qui tomba sans bruit. En homme qui reprend courage dans la défaite, Voltaire rima *Zaïre* en dix-huit jours et fit représenter dans la saison cette tragédie, qui fut accueillie avec un enthousiasme éclatant ; le succès devint prodigieux ; il fut décidé que c'était « à jamais la tragédie des âmes pures et des cœurs tendres ». Par malheur, Voltaire ne se donna pas le temps de jouir de son succès ; il fit représenter coup sur coup deux autres tragédies, qui tombèrent l'une sur l'autre sous deux saillies du parterre. On sait que *Marianne* n'a pu continuer après cette observation toute simple d'un spectateur : « La reine boit ! » On sait aussi qu'*Adélaïde du Guesclin* eut le même sort, grâce à cette observation du parterre à un mot de Vendôme : « Es-tu content, Coucy ? — *Couci-couci.* » Toute la salle donna raison au critique du parterre.

Voltaire menait toujours une vie agitée ; il ne savourait qu'à demi les ivresses du triomphe, il oubliait les ennuis de la chute. Il avait repris goût au grand monde ; fêté partout, surtout chez les femmes, il passait ses plus belles heures à recevoir des compliments et à en faire. Ne croyez pas qu'il veillât alors devant la lampe inspiratrice : il veillait pour souper et pour jouer au pharaon, où il perdait galamment jusqu'à douze mille livres par soirée.

XII.

Voltaire était un homme du monde, comme Jean-
Jacques était un sauvage. Il aimait le luxe, il aimait
les arts, il aimait les fêtes. Le paradis de Duclos,
c'était la première fille venue; le paradis de Jean-
Jacques, c'était un coin oublié des Alpes, avec l'habit
de Claude Anet et le baiser rustique de madame de
Warens; Voltaire ne quittait pas Paris pour si peu : il
ne s'arrêtait, dans son exil, que dans les palais, ou
tout au moins dans les châteaux. Mais, sur ce point,
c'est lui qu'il faut entendre. Dans le *Mondain,* une des
sept merveilles de Voltaire, il se moque gaiement de
son grand-père Adam et de sa grand'mère Ève :

> Deux singes verts, deux chèvres pieds fourchus,
> Sont moins hideux au pied de leur feuillée.
> Par le soleil votre face hâlée,
> Vos bras velus, votre main écaillée,
> Vos ongles longs, crasseux, noirs et crochus,
> Votre peau bise, endurcie et brûlée.

Il s'écrie plus loin, après avoir raillé la Salente de
Fénelon :

> Le paradis terrestre est où je suis.

Voulez-vous entrer dans ce paradis terrestre de Voltaire, qui n'est pas tout à fait le paradis de Milton, mais qui vous paraîtra plus habitable?

> Entrez chez moi : la foule des beaux-arts,
> Enfants du goût, se montre à vos regards.
> De mille mains l'éclatante industrie
> De ces dehors orna la symétrie ;
> L'heureux pinceau, le superbe dessin
> Du doux Corrége et du savant Poussin
> Sont encadrés dans l'or d'une bordure ;
> C'est Bouchardon qui fit cette figure,
> Et cet argent fut poli par Germain :
> Des Gobelins l'aiguille et la teinture
> Dans ces tapis surpassent la peinture ;
> Tous ces objets sont vingt fois répétés
> Dans des trumeaux tout brillants de clartés.
> De ce salon je vois par la fenêtre,
> Dans des jardins, des myrtes en berceaux ;
> Je vois jaillir les bondissantes eaux.

Mais Ève, direz-vous? Vous allez la voir paraître. Hier, elle s'appelait Adrienne Lecouvreur; aujourd'hui, elle s'appelle Carmago; demain, elle s'appellera Gaussin.

Ce n'est pas tout. Adam et Ève allaient à pied; Voltaire va en carrosse :

> Mais du logis j'entends sortir le maître.
> Un char commode, avec grâces orné,
> Par deux chevaux rapidement traîné,
> Paraît aux yeux une maison roulante,
> Moitié dorée et moitié transparente :
> Nonchalamment je l'y vois promené.

La mode était déjà venue de promener son luxe sur

les boulevards. Les filles d'Opéra ruisselaient sous les diamants. La fête recommençait tous les soirs avec accompagnement de marionnettes, joueurs de gobelets et danseurs de corde.

Cependant le mondain revient du Cours-la-Reine ou des boulevards, et se fait descendre au théâtre.

> Il va siffler quelque opéra nouveau,
> Ou, malgré lui, court admirer Rameau.
> Allons souper. Que ces brillants services,
> Que ces ragoûts ont pour moi de délices!
> Qu'un cuisinier est un mortel divin!
> Et comme Églé m'enivre avec son vin!

Il en coûta cher à Voltaire pour avoir formulé son paradis. Le cardinal de Fleury, qui pourtant ne croyait pas beaucoup à l'autre, exila Voltaire une fois de plus. On voulait bien lui permettre de vivre en païen, mais non pas d'écrire sa vie. Voltaire lui répondit par l'apologie du luxe, les vers les plus charmants du monde, où il cita Salomon pour sa défense.

> C'est Salomon, ce sage fortuné,
> Roi philosophe, et Platon couronné,
> Qui connut tout, du cèdre jusqu'à l'herbe.
> Vit-on jamais un luxe plus superbe?
> Il faisait naître au gré de ses désirs
> L'argent et l'or, mais surtout les plaisirs.
> Mille beautés servaient à son usage.
> Mille? — On le dit, c'est beaucoup pour un sage;
> Qu'on m'en donne une, et c'est assez pour moi,
> Qui n'ai l'honneur d'être sage ni roi.

C'était au temps où le cardinal de Fleury permettait

à Louis XV de peupler le sérail de Salomon; mais il
ne donna pas pour cela raison à Voltaire. Et pourtant,
Voltaire ne parlait-il pas en homme d'État?

> Cette splendeur, cette pompe mondaine,
> D'un règne heureux est la marque certaine.
> Le goût du luxe entre dans tous les rangs;
> Le pauvre y vit des vanités des grands.
> Dans ces jardins regardez ces cascades,
> L'étonnement et l'amour des Naïades;
> Voyez ces flots, dont les nappes d'argent
> Vont inonder ce marbre blanchissant :
> Les humbles prés s'abreuvent de cette onde;
> La terre en est plus belle et plus féconde.
> Mais de ces eaux si la source tarit,
> L'herbe est séchée et la fleur se flétrit.

Voltaire fut des soupers de Choisy. La duchesse de
Châteauroux lui faisait une belle place entre elle et
son ami Richelieu. Choisy n'était pas un château
royal; c'était un harem traversé par le cavagnole et la
chasse. On s'y amusait de tout et de rien. Il n'y avait
que la mort qui fût prise au sérieux. Voltaire disait
avec raison : « Où est le roi? »

XIII.

Cependant Voltaire, qui avait toutes les impertinences, se présenta à l'Académie française. On était
alors en 1731. La Motte laissait sa place vacante. Vol-

taire fut repoussé tout d'une voix. Ce fut un grand
éclat de rire dans toute l'Académie. En effet, qu'était-ce
que des œuvres comme *OEdipe*, la *Henriade*, l'*Histoire de Charles XII*, les *Lettres philosophiques*, les
Vous et les Tu, *Brutus*, le *Mondain*, *Zaïre?* L'évêque
de Luçon fut élu.

Plus tard, quand Voltaire viendra avec de nouveaux
titres, qui seront les titres de l'esprit humain; ce sera
encore un évêque, l'évêque de Bayeux, qui prendra le
pas sur lui pour entrer en cette célèbre compagnie où
il ne sera définitivement reçu que par le bon vouloir
de la maîtresse du roi.

En rêvant le matin sur son oreiller, il bâtit légèrement le *Temple du Goût*, architecture où le goût n'était
pour rien. Comme il se permettait, selon sa coutume,
d'avoir raison dans son jugement sur les poëtes des
deux siècles, il souleva contre lui des haines littéraires
sans nombre; car, en littérature comme en toutes
choses, il y a toujours un parti qui tient à avoir tort.
La petite tempête soufflée par les beaux esprits devint si violente, que Voltaire, le croirait-on? fut menacé d'une lettre de cachet. Il se sauva près du Palais-
Royal, chez une amie qui voulut bien le cacher dans
son alcôve et dans sa vertu. On commençait à écrire
beaucoup contre lui : « Je veux faire une bibliothèque
des petits ouvrages que l'on fait contre moi; mais la
bibliothèque serait trop mauvaise. »

Des orages de toutes sortes vinrent fondre sur lui.
Un libraire plus ou moins infidèle répandit une édition

des *Lettres anglaises*, devenues *Lettres philosophiques*.
Voltaire prit la fuite, pendant que son livre, condamné
à sa place, était brûlé par la main du bourreau. On
était au beau temps des fureurs religieuses; les miracles étaient revenus avec le diacre Pàris et le R. P. Gi-
rard; on se faisait crucifier pour l'amour de Dieu,
comme si Dieu pouvait accueillir cette parodie d'un
divin mystère. « Je reviendrai bientôt à Paris, avait dit
Voltaire en partant, car les jésuites jouent de leur
reste. » Il revint bientôt, en effet, et, s'enhardissant
peu à peu, il laissa imprimer l'*Épître à Uranie*. Nouvelle bourrasque, nouvelle lettre de cachet; ce que
voyant, Voltaire déclara que l'épître était de l'abbé de
Chaulieu, qui venait de mourir à propos. Du reste,
cette épître ne faisait pas de tort à l'abbé de Chaulieu,
ni comme poëte ni comme chrétien.

A ceux qui disent aujourd'hui que Voltaire combattait contre des fantômes, que la Bastille était un château
et non une prison, que la liberté de penser et d'écrire
était déjà une conquête consacrée, je rappellerai que
d'Aguesseau garda huit mois les *Lettres anglaises* pour
se décider à refuser l'autorisation de les imprimer.
La liberté de penser! mais d'Aguesseau, un grand
homme, presque un philosophe, n'accordait l'autorisation de publier je ne sais plus quel roman, qu'à la
condition que le héros changerait de religion et se
ferait catholique!

Quand Voltaire ne combattait pas avec la plume, il
combattait avec la parole. Accueilli et recherché par

les hommes d'État et par les grands seigneurs, par curiosité et par crainte, sinon par curiosité et par admiration, il gardait toujours son franc-parler. Un jour, chez le garde des sceaux, on parlait d'un homme arrêté pour avoir fabriqué une lettre de cachet. Voltaire demanda ce qu'on faisait à ces faussaires d'un nouveau genre. « On les pend. — C'est toujours bien fait, en attendant qu'on traite de même ceux qui en signent de vraies. » Rien ne pouvait l'empêcher de dire une impertinence. « Quoi que vous écriviez, lui dit le lieutenant de police, vous ne viendrez point à bout de détruire la religion chrétienne. — C'est ce que nous verrons, » répondit Voltaire.

Il retournait à la cour. Ce fut de Fontainebleau qu'il écrivit pour la première fois à Maupertuis, le 30 octobre 1732 : « Étant à la cour, monsieur, sans être courtisan, et lisant des livres de philosophie sans être philosophe, j'ai recours à vous dans mes doutes, bien fâché de ne pouvoir jouir du plaisir de vous consulter de vive voix. Il s'agit du grand principe de l'attraction de M. Newton. Il est notre Christophe Colomb; il nous a menés dans un nouveau monde et je voudrais bien y voyager à votre suite. »

Après avoir logé chez toutes ses amies, il se logea enfin chez lui, rue de Longpont, au printemps de 1733. « Je suis vis-à-vis ce beau portail de Saint-Gervais, dans le plus vilain quartier de Paris, plus étourdi du bruit des cloches qu'un sacristain; mais je ferai tant de bruit avec ma lyre que le bruit des cloches ne sera

plus rien pour moi. Je suis malade; je me mets en
ménage; je souffre comme un damné. Je brocante,
j'achète des magots et des Titiens; je fais un opéra; je
fais transcrire *Eriphyle* et *Adélaïde;* je les corrige,
j'efface, j'ajoute, je barbouille; la tête me tourne. Me
voici donc tenant maison, me meublant, et m'arran-
geant non-seulement pour passer une vie douce, mais
pour en partager les agréments avec quelques gens de
lettres qui voudront bien s'accommoder de ma personne et de ma fortune. »

Il mettait déjà l'argent et les femmes de côté : « Cid-
deville, les *belles* vous occupent, je le crois bien; ce
n'est qu'un rendu. Vous êtes bien heureux de songer
au plaisir au milieu des sacs, et de vous délasser de la
chicane avec l'amour; pour moi, je suis bien malade
depuis quinze jours. Je suis mort au plaisir; si je vis
encore un peu, c'est pour vous et pour les lettres.
Elles sont pour moi ce que les *belles* sont pour vous.
Ne me dites point que je travaille trop; ces travaux
sont bien peu de chose pour un homme qui n'a point
d'autre occupation. L'esprit, plié depuis longtemps
aux belles-lettres, s'y livre sans peine et sans effort,
comme on parle facilement une langue qu'on a longtemps apprise, et comme la main du musicien se promène longtemps sans fatigue sur un clavecin. »

Toutefois il allait toujours à la Comédie et rimait
des vers à Gaussin :

> Que le public veuille ou non veuille,
> De tous les charmes qu'il accueille

Les liens sont les plus ravissants.
Mais tu n'es encor que la feuille
Des fruits que promet ton printemps.
O ma Tullie! avant le temps
Garde-toi bien qu'on ne te cueille.

Mais c'était madame la marquise du Chastelet qui
prenait en ce temps-là son cœur et son esprit. Il avait
été de la courtisane à la comédienne, de la comédienne
à la femme savante : l'amour pour l'amour, — l'amour
pour l'esprit, — enfin l'amour pour la science.

XIV.

Ennuyé de vivre toujours à la porte de la Bastille
ou sur le chemin de l'exil, fatigué du jeu, où il perdait beaucoup d'argent, dégoûté de la plupart des
cercles frivoles, où il entendait trop parler du génie
de Crébillon et de l'esprit de Fontenelle, Voltaire résolut de se retirer du monde, non pas comme le mi-
santhrope, mais comme un poëte bien inspiré : il se
retira dans un château avec une belle maîtresse, décidé
à vivre comme Adam après le péché, c'est-à-dire à
mordre, dans les solitudes, au fruit de la science et
au fruit de l'amour, l'amertume de l'un faisant passer
l'amertume de l'autre.

Voici comment Voltaire a peint en prose madame
du Chastelet : « Elle joignit au goût de la gloire une

simplicité qui ne l'accompagne pas toujours, mais qui est souvent le fruit des études sérieuses. Jamais femme ne fut si savante qu'elle, et jamais personne ne mérita moins qu'on dit d'elle : C'est une femme savante. Elle a vécu longtemps dans la société, où l'on ignorait ce qu'elle était, et elle ne prenait pas garde à cette ignorance. Les dames qui jouaient avec elle chez la reine étaient bien loin de se douter qu'elles fussent à côté du commentateur de Newton. Elle eût plutôt écrit comme Pascal et Nicole que comme madame de Sévigné; mais cette fermeté sévère et cette trempe vigoureuse de son esprit ne la rendaient pas inaccessible aux beautés de sentiment. Les charmes de la poésie et de l'éloquence la pénétraient. »

C'était donc une femme doublée d'un philosophe plutôt qu'une femme savante. Elle fut pour quelque temps toute la philosophie de Voltaire.

À Cirey, on lisait Newton, on écrivait au roi de Prusse et on vivait dans les poésies du luxe asiatique : « La lecture de Newton, des terrasses de cinquante pieds de large, des cours en balustrade, des bains de porcelaine, des appartements jaune et argent, des niches en magots de la Chine, tout cela emporte bien du temps. »

Dans la belle saison de 1734, il écrivait à Cideville ces jolies strophes datées de Cirey :

> Que devient donc mon Cideville ?
> Et pourquoi ne m'écrit-il plus ?
> Est-ce Thémis, est-ce Vénus
> Qui l'a rendu si difficile ?

Il faut que, loin de m'oublier,
Il m'écrive avec allégresse,
Ou sur le dos de son grettier,
Ou sur le sein de sa maitresse.

Ah! datez du sein de Manon,
C'est de là qu'il me faut écrire.
C'est le vrai trépied d'Apollon,
Plein du beau feu qui vous inspire.

Écrivez donc des vers badins;
Mais en commençant votre épître,
La plume échappe de vos mains,
Et vous baisez votre pupitre.

Les joies de l'esprit et du cœur n'empêchaient pas
Voltaire de consacrer une heure çà et là aux choses
temporelles : « Donnez l'*Enfant prodigue* à Prault,
moyennant cinquante louis d'or. Cet argent sera employé à quelque bonne œuvre. Je m'en tiens à mon
lot, qui est un peu de gloire et quelques coups de
sifflet. M. de Lézeau me doit trois ans; il faut le presser sans trop l'importuner. Une lettre au prince de
Guise, cela ne coûte rien et avance les affaires. Les
Villars et les d'Anneuil doivent deux années : il faut
poliment et sagement remontrer à ces messieurs leurs
devoirs à l'égard de leurs créanciers; il faut aussi terminer avec M. de Richelieu et en passer par où il voudra. J'aurais de grandes objections à faire sur ce qu'il
me propose; mais j'aime encore mieux une conclusion
qu'une objection. » Voltaire n'avait pas perdu son
temps chez Mᵉ Alain.

A Cirey, on vivait dans le grand style. La table
n'était pas toujours bien servie, mais chacun avait son
laquais pour le service. Voltaire était redevenu le poète
des princes et le prince des poëtes. Selon madame
de Graffigny. Il était logé comme un roi et non
comme un philosophe : « Sa chambre est tapissée de
velours cramoisi, avec des franges d'or. Il y a peu de
tapisserie, mais beaucoup de lambris, dans lesquels
sont encadrés des tableaux charmants; des glaces, des
encoignures de laque admirables, des porcelaines,
une pendule soutenue par des marabouts d'une forme
singulière, des choses infinies dans ce goût-là, chères,
recherchées, et surtout d'une propreté à baiser le
parquet; une cassette ouverte, où il y a de la vaisselle
d'argent, tout ce que le superflu, *chose si nécessaire,*
a pu inventer : et quel argent! quel travail! Il y a
jusqu'à un baguier, où il y a douze bagues de pierres
gravées, outre deux de diamants. De là on passe dans
la petite galerie, qui n'a guère que trente à quarante
pieds de long. Entre ses fenêtres sont deux petites statues fort belles, sur des piédestaux de vernis des Indes :
l'une est *Vénus-Farnèse,* l'autre *Hercule.* »

On a accusé Voltaire de vivre aux dépens du mari
de sa maîtresse. La vérité, c'est que le marquis du
Chastelet vivait plutôt aux dépens de Voltaire. Ce fut
avec l'argent du poète qu'on rebâtit le château de
Cirey. Ce fut Voltaire qui y répandit le luxe. La table
n'était bonne que le jour où Voltaire y songeait. Le
marquis du Chastelet, qui aimait les grands vins chez

6.

les autres, n'avait chez lui que du vin ordinaire. Ce fut
Voltaire encore qui se chargea du superflu de la cave.
Voltaire avait prêté quarante mille livres au mari; je
ne dis pas ce qu'il avait donné à la femme. Comment
fut-il remboursé? Il décida d'abord que M. du Chastelet lui payerait deux mille livres de rente viagère.
M. du Chastelet s'y engagea par-devant notaire, mais
il ne paya jamais. Dix ans après, Voltaire réduisit la
dette à quinze mille livres; mais il n'en toucha que dix.
Il demanda que les cinq mille livres restantes fussent
réduites à cent louis, « et ces cent louis, écrit-il après
la mort de madame du Chastelet, je veux qu'ils me
soient rendus en meubles. Et en quels meubles! La
commode de Boule, mon portrait orné de diamants et
autres bagatelles que j'ai déjà payés. »

Dans les jardins de Cirey, c'était toujours le ciel de
Newton qui éclairait ces philosophes du Portique. Voici
des vers improvisés au clair de la lune :

> Astre brillant et doux, favorable aux amants,
> Porte ici tous les traits de ta douce lumière :
> Tu ne peux éclairer, dans ta vaste carrière,
> Deux cœurs plus amoureux, plus tendres, plus constants.

Et le mari? le mari avait sa part dans les vers.
Madame du Chastelet, qui écrit par la plume de Vol-
taire au roi de Prusse, daigne se souvenir de M. du
Chastelet :

> Pour moi, nymphe de ces coteaux,
> Et des prés si verts et si beaux,

Enrichis de l'eau qui les baise ;
Pour mon mari, ne vous déplaise,
Je reste parmi mes roseaux.
Mais vous, du séjour du tonnerre
Ne pourriez-vous descendre un peu?
C'est bien la peine d'être dieu
Quand on ne vient pas sur la terre!

Voltaire, qui disait si poétiquement que l'amour était l'étoffe de la nature brodée par l'imagination, aimait madame du Chastelet avec l'amour en moins, comme Platon aimait Aspasie. C'était l'hyménée des esprits : la bête n'y trouvait pas son compte ; ce qui n'empêchait pas le roi de Prusse de comparer Voltaire à Renaud enchaîné à la ceinture d'Armide.

Mais Voltaire, à peu près revenu des passions profanes, — lui qui avait plusieurs âmes et la moitié d'un corps, — abritait ce galant adultère sous le manteau de la philosophie. Ce fut alors que voyant peu à peu l'amour prendre la figure de l'amitié, il laissa tomber de son cœur ce chef-d'œuvre digne de l'antique, que dis-je? ce chef-d'œuvre qui n'a son pareil ni chez les anciens ni chez les modernes, excepté chez Voltaire lui-même, quand il chanta *les Vous et les Tu :*

Si vous voulez que j'aime encore,
Rendez-moi l'âge des amours ;
Au crépuscule de mes jours
Rejoignez, s'il se peut, l'aurore.

Des beaux lieux où le dieu du vin
Avec l'Amour tient son empire,

Le Temps, qui me prend par la main,
M'avertit que je me retire.

De son inflexible rigueur
Tirons au moins quelque avantage.
Qui n'a pas l'esprit de son âge,
De son âge a tout le malheur.

Laissons à la belle jeunesse
Ses folâtres emportements :
Nous ne vivons que deux moments,
Qu'il en soit un pour la sagesse.

Quoi! pour toujours vous me fuyez,
Tendresse, illusion, folie,
Dons du ciel qui me consoliez
Des amertumes de la vie!

On meurt deux fois, je le vois bien;
Cesser d'aimer et d'être aimable,
C'est une mort insupportable;
Cesser de vivre, ce n'est rien.

Ainsi je déplorais la perte
Des erreurs de mes premiers ans :
Et mon âme, aux désirs ouverte,
Regrettait ses égarements.

Du ciel alors daignant descendre,
L'Amitié vint à mon secours :
Elle était peut-être aussi tendre,
Mais moins vive que les Amours.

Touché de sa beauté nouvelle,
Et de sa lumière éclairé,
Je la suivis; mais je pleurai
De ne pouvoir plus suivre qu'elle.

Voltaire, moins amoureux — et plus savant, — revint aux lettres avec plus d'ardeur. *Alzire, Zulime, Mahomet, Mérope* et l'*Enfant prodigue* sont les œuvres de sa retraite. Ce fut aussi à Cirey qu'il acheva les *Discours sur l'Homme* et la *Pucelle*. Sa retraite, du reste, n'était rien moins que calme et silencieuse; car, outre les colères charmantes de madame du Chastelet, il avait à subir des persécutions sans nombre. Cirey ne le mettait pas toujours à l'abri de ses ennemis. Il fut contraint de passer dans les Pays-Bas à deux reprises. La persécution avait fini par lui complaire : on l'avait habitué à la lutte et au bruit. De là ses pamphlets contre ses ennemis et contre lui-même; de là ses lettres sans nombre répandues partout, soit pour attaquer, soit pour se défendre. L'ennemi que Voltaire redoutait le plus, c'était l'oubli. Cet ennemi-là, il l'a tué comme les autres.

Cependant la « nymphe de Cirey », cette Ève savante dont les yeux bleus versaient tant d'amour et disaient tant de belles choses, plaidait, armée de requêtes, compulsions et contredits, devant la justice de Bruxelles, sur un testament de M. de Trichâteau, son oncle. La justice de Bruxelles fut sept ou huit ans à examiner les pièces. Il fallut donc, durant sept ou huit ans, passer de l'amour ou de la philosophie aux ennuis d'un procès ruineux. Voilà pourquoi Voltaire resta si longtemps en Flandre. Il s'était résigné de bonne grâce pour sa maîtresse. Cependant il dit quelque part qu'il est un peu triste de passer le déclin de sa jeunesse à

plaider sur le testament de M. de Trichâteau. Du reste,
il ne perdait pas tout son temps à Bruxelles : il allait
avec madame du Chastelet apprendre aux grands seigneurs flamands les jeux, les soupers, les folies du
monde parisien. Il a laissé le souvenir d'une fête par
lui donnée à la marquise du Chastelet, à la princesse
de Chimay et à la duchesse d'Aremberg. Il donna cette
fête non pas comme un poëte qui fait des bouquets et
des feux d'artifice en vers. « Voyez comme je tranchai
du grand seigneur, s'écrie-t-il, je ne servis pas un
seul vers de ma façon ! »

A Bruxelles, il voulut réparer sur la tombe de Jean-
Baptiste Rousseau ses injustices envers lui ; mais elles
étaient irréparables. Dans une lettre au libraire du
poëte exilé, il déclara, tout en souscrivant à ses
œuvres, qu'il regrettait de n'avoir pu se réconcilier
avec un homme digne d'être aimé. Ce fut de Bruxelles
qu'il envoya une écritoire au roi de Prusse, avec ces
mots : « C'est Soliman qui envoie un sabre à Scan-
derbeg. »

La Hollande de Rembrandt n'a eu pour lui nulle
saveur et nul souvenir. La Prairie de Paul Potter, le
Bouquet de bois de Ruysdaël et le Gué de Berghem ne
l'ont pas arrêté rêvant et charmé. Il écrit à Maupertuis : « Quand nous partîmes tous deux de Clèves,
et que vous prîtes à droite et moi à gauche, je crus
être au jugement dernier, où Dieu sépare ses élus des
damnés. *Dirus Fredericus* vous dit : Asseyez-vous à
ma droite dans le paradis de Berlin ; et à moi : Allez,

maudit, en Hollande! Je suis donc dans cet enfer fleg-
matique, loin du feu divin où vous êtes. Faites-moi la
charité de quelques étincelles dans les eaux croupis-
santes où je suis morfondu! »

Il n'était jamais longtemps sans venir dans « la
grande capitale des Bagatelles, assister au brigandage
littéraire » et à la représentation de ses tragédies.
Paris le fatiguait bientôt. « Ce tourbillon du monde est
cent fois plus pernicieux que ceux de Descartes. » Et
pourtant, à Paris, il commençait à rechercher la solitude, comme poëte et comme proscrit. Ainsi, quand
son Émilie planait rue Traversière ou en l'île Saint-
Louis *, il s'isolait rue Cloche-Perce.

De nouvelles bourrasques religieuses venant à éclater, Voltaire fit imprimer *Mahomet,* qui avait été défendu au théâtre; et, pour se moquer des prêtres, il le
dédia à Benoît XIV. Le pape, qui n'espérait pas ramener Voltaire à l'Église romaine, lui parla de Vir-

---

* Voltaire ne fut pas l'Apollon du beau cabinet des Muses de
Le Sueur. « Cet hôtel Lambert a toujours eu pour moi le charme
d'un château en Espagne, parce que je ne l'ai jamais habité que
de loin. »

Ce merveilleux cabinet des Muses! On y a retrouvé des vers
de Voltaire à sa maîtresse, mais quels vers!

> Sans doute vous serez célèbre
> Par les grands calculs de l'algèbre
> Où votre esprit est absorbé;
> J'oserais m'y livrer moi-même,
> Mais, hélas! A + D — B
> N'est pas = à je vous aime.

gile, lui dit que sa tragédie était sublime, lui envoya
des médailles, lui donna ses bénédictions; avec quoi
le philosophe retourna à Cirey rebâtir l'Église de
Voltaire.

Mais ce n'est plus dans les jardins d'Armide qu'il va
bâtir son Église; c'est à Fernex, non loin des neiges
éternelles. Madame du Chastelet mourut *. La jeunesse de Voltaire mourut avec elle. Il jugea qu'il était
temps pour lui de faire une fin; il fit un mariage de
raison : il se maria à la philosophie.

---

* La marquise du Chastelet avait quarante-trois ans (1706-1749).

III.

LES FEMMES DE VOLTAIRE.

I.

Voltaire, qui était plus une âme qu'un corps, n'a pas longtemps chanté le *Cantique des cantiques*. Il a commencé de bonne heure, mais il n'a pas perpétué ses hymnes amoureux. Sa jeunesse n'était pas flétrie encore, qu'il abandonnait à d'autres les pêches des espaliers de Vénus. Il a aimé comme on aimait sous la Régence, — après souper, — sous le ciel de lit, mais pourtant avec toute la délicatesse licencieuse dont parle Ninon. Madame de Genlis, qui refusait tant à Voltaire, lui accorde que seul entre tous les hommes du dix-huitième siècle il avait l'art perdu de parler aux femmes comme les femmes aiment qu'on leur parle.

Richelieu n'avait pas fait adopter partout sa grammaire
à la dragonne.

Mais chez Voltaire, la muse faisait tort à la femme;
il n'avait pas la flamme qui embrase, il n'avait pas la
passion qui déchire. La curiosité plutôt que la nature
le poussait en avant; dès qu'il avait goûté la pomme,
il disait : « Tu n'as pas mûri sur l'arbre de la Science; »
et il se retournait vers l'étude.

Donc, toujours inquiet et turbulent, se fuyant soi-
même dans ses aspirations vers l'imprévu, Voltaire a
pris à peine le temps d'aimer quand il aimait. Quelques femmes de son temps ont dit qu'il n'avait que le
masque de l'amour. Dans sa jeunesse, c'était d'ailleurs
un joli masque.

Mais pourquoi calomnier son cœur? direz-vous. Ce
beau vers :

C'est moi qui te dois tout, puisque c'est moi qui t'aime,

est le vers d'un poëte, mais d'un poëte qui a aimé.
Sa première jeunesse fut tout envahie par la passion.
Comme saint Augustin, il a traversé la forêt de flammes
vives. « Vous prétendez donc que j'ai été amoureux de
mon temps tout comme un autre? Vous pourrez ne pas
vous tromper. Quiconque peint les passions les a res-
senties; il n'y a guère de barbouilleur qui n'ait ex-
ploité ses modèles. » Ainsi parle Voltaire dans une
lettre à Chabanon. La marquise de Boufflers, qui a
reçu ses confessions pendant que Voisenon recevait
celles de madame du Chastelet, écrivait ainsi à Saint-

Lambert : « Vous l'avez vaincu sur son déclin, mais il
était vaillant à son aurore. » A quoi Saint-Lambert répondait dans le mauvais style du marquis de Bièvre :
« Pas si vaillant à son Aurore de Livry, puisque son
ami Génonville la lui enlevait tous les soirs pendant
qu'il était en tête-à-tête avec son Dictionnaire de
rimes. »

Non, Voltaire n'était pas de ceux que l'Amour destine à brûler éternellement, comme l'a dit Virgile,
dans les enfers de la passion. La fête de son cœur
n'avait pas de lendemain. Il se consolait d'une trahison
par un éclat de rire; il fut, en un mot, plutôt le philosophe que le poëte de l'amour.

Cette philosophie lui a valu des injures comme les
autres. Dans un livre où l'on a beaucoup parlé des fri-
ponneries d'un Voltaire que je ne connais pas, — sans
doute un Voltaire qui n'a pas étudié chez les jésuites,
— il y a tout un chapitre écrit avec indignation sous
ce titre curieux : *Comment Voltaire eut toute sa vie
des maîtresses qui ne lui coûtaient rien.* Il paraît que
c'est un péché mortel de ne pas payer l'amour. « Voltaire, dit l'auteur du libelle, a été l'amant connu de
mademoiselle du Noyer, de Laura Harley, de la Duclos,
de la Corsembleu, de la Lecouvreur, de la Livry. Que
lui ont coûté toutes ces liaisons? Des vers, mais pas
un sou de dépense*. » Et plus loin Voltaire est accusé

---

* Jules Janin a écrit sur cette belle accusation une page à la
Janin que Voltaire eût signée.

de payer par des galanteries son loyer dans l'hôtel de la présidente de Bernière. — Après tout, dirait Chamfort, on paye avec la monnaie qu'on a. — Mais Voltaire payait ses dettes d'argent avec de l'argent, et ses dettes de cœur avec du cœur ou avec des vers; fausse monnaie peut-être, mais monnaie ayant cours.

Que Voltaire ait été l'amant de la présidente de Bernière, il n'y a pas grand mal, puisqu'elle était jolie; mais ce n'est pas une raison pour l'accuser d'avoir voulu se loger au même prix dans l'hôtel de la comtesse de Fontaine-Martel *. Voltaire avait trop peur de la Bastille et de l'exil pour bâtir la maison du poëte sur le sable mouvant de Paris, entre les Tuileries et le Parlement, entre l'Archevêché et la Sorbonne. Il n'était pas assez sûr de la branche pour y faire son nid. Il trouvait bien plus simple de se cacher à demi chez la présidente ou chez la comtesse. D'ailleurs, tout le monde lui chantait la chanson de l'hospitalité. Il disait plus tard à madame de Florian que toutes les portes s'étaient ouvertes devant lui, excepté la porte de la chambre à coucher de la duchesse de Villars.

Les vingt ans de Voltaire ont été disputés par trois amours qui ont répandu leur prisme sur toute sa vie. Il disait : « J'ai aimé les trois Grâces quand j'étais

---

* Madame de Fontaine-Martel, qui avait beaucoup aimé et qui avait été beaucoup aimée, ce qui n'est pas la même chose, demanda à son lit de mort quelle heure il était. On lui répondit qu'on ne savait pas. « Dieu soit béni! s'écria-t-elle, quelque heure qu'il soit, il y a un rendez-vous. »

jeune. Que n'ai-je joué toute ma vie avec leurs ceintures! » Mais les trois Grâces n'ont-elles pas toujours un peu dansé sur les rives étoilées de son imagination?

La première de ces trois Grâces, la Grâce enjouée, la Grâce ingénue, la Grâce fuyante, c'était mademoiselle Olympe du Noyer, devenue célèbre sous le nom de Pimpette. La seconde, la Grâce pensive, la Grâce soucieuse, la Grâce attendrie, c'était mademoiselle de Livry, qui devint la marquise de Gouvernet. La troisième, la Grâce sévère, la Grâce passionnée, la Grâce divine, c'était Adrienne Lecouvreur, qui jouait la tragédie amoureuse pour tout le monde, et qui jouait la comédie de l'amour pour lui.

Je dirai ces romans de Voltaire, ces romans qu'il eût peut-être écrits dans ces jours sombres de la vieillesse où l'on se retourne vers le soleil des belles années, si Jean-Jacques n'eût parlé trop tôt de faire ses *Confessions*. Et d'ailleurs Voltaire ne se mettait jamais en scène dans ses passions. Les romans de son cœur ne pouvaient rien prouver contre la Sorbonne ni contre l'Église; il les garda pour lui.

Nous ne le regrettons point. Voltaire était un dessinateur plutôt qu'un peintre; il n'avait pas cette volupté de touche qui est le charme le plus vif des pages amoureuses. Là il eût été vaincu par Jean-Jacques. Le citoyen de Genève était bien plus féminin que le Parisien de la décadence. Jean-Jacques avait appris l'amour sur le sein toujours ému de madame de Warens, sous les ramées printanières des Charmettes; Voltaire avait

appris l'amour aux soupers de la Régence, dans les
bras distraits de quelque comédienne à moitié ivre,
comme la Duclos et la Desmares. Aussi quel mauvais
poëte quand il chante l'amour! Le roi de Prusse, à la
manœuvre, aurait mieux traduit que lui les versets de
Salomon, le grand poëte des profanes voluptés. Mais
quand Voltaire raille l'amour, comme il redevient un
charmant poëte! Si on lui permet de railler, il s'atten-
drira presque, il aura même une larme, comme dans
ce chef-d'œuvre qui s'appelle *les Vous et les Tu*.

Ce qu'il faut regretter, ce sont les premières lettres
de Voltaire. Je donnerais tous les vers de la *Henriade*
pour ses billets à mademoiselle de Livry et à Adrienne
Lecouvreur. Mais Adrienne Lecouvreur avait trop d'a-
mants pour conserver leurs lettres, et mademoiselle
de Livry fit le sacrifice des billets de l'amour sur l'autel
de l'hyménée. On ne retrouve guère de lettres de Voltaire jeune. Il en est ainsi de tous les hommes célèbres.
On ne garde pas leurs lettres parce qu'elles sont charmantes, mais parce qu'elles sont signées d'un nom
immortel. Heureusement Voltaire fut déclaré immortel
de bonne heure.

II.

OLYMPE DU NOYER.

Où est la femme? Ce point d'interrogation, qui
cherche la lumière dans l'existence de tous les hommes,

ne vient pas se poser souvent dans l'histoire de Voltaire.
La femme, pour lui, c'est l'humanité. Toutefois, la
femme a aussi son influence chez lui. Quand il écrit
pour la première fois en prose et en vers, où est la
femme? C'est Olympe du Noyer. Madame du Noyer,
qui vivait à La Haye de libertinage et de libelles*, a
conté ce premier amour de Voltaire avec beaucoup de
complaisance.

Ce qui est curieux à étudier ici, c'est le cœur de la
mère qui juge gravement, comme un critique désin-
téressé, le style épistolaire de l'amant de sa fille : « Il
me semble que quoiqu'on n'ait pas besoin de dispense
d'âge pour être agrégé dans la confrérie des amants,
le rôle d'amoureux que M. Arouet a joué en Hollande,
et qui est soutenu dans ses lettres, ne lui convient pas
mieux que la charge qu'il a usurpée sur le Parnasse,
où il prétend régler les rangs; je doute même qu'il
ait été véritablement amoureux. Il me paraît qu'il y a
beaucoup d'esprit dans les lettres de M. Arouet, mais
j'y ai remarqué le style des *Lettres portugaises* et plusieurs traits de celles d'Héloïse et d'Abailard. »

Après quoi madame du Noyer ne craint pas d'écrire
d'une main délicate et tout à fait maternelle : « Les

---

* On sait que sa gazette, les *Lettres historiques et galantes*,
publiée à Amsterdam sur la fin du grand règne, est composée
de lettres qui vont sans cesse se répondant l'une à l'autre, comme
s'il y avait un journaliste en France et un autre en Hollande. Il
n'y avait qu'un journaliste : c'était madame du Noyer qui répondait à madame du Noyer.

beaux esprits se rencontrent. Il se peut bien que les
auteurs de ces lettres anciennes et modernes se soient
rencontrés dans le choix de leurs expressions, quoique
leurs épîtres aient été écrites dans des cas bien différents, puisqu'il n'est question ici ni des larmes d'Héloïse ni du triste sort d'Abailard. »

On ne s'explique pas beaucoup les colères de madame du Noyer contre le premier amant de sa fille
avec sa sollicitude à publier le scandale de cette aventure. La galante chroniqueuse, ou plutôt la chroniqueuse galante, aurait-elle voulu que le jeune poëte
s'acoquinât avec elle? Certes, ce n'est pas l'indignation
de la vertu qui lui monte à l'esprit. Sa fille est destinée
à vivre de l'amour, comme elle a fait elle-même avant
de vivre de sa plume. Il est vrai qu'un page comme
Voltaire, déjà entaché de poésie, ne payera pas à prix
d'or ce morceau de prince. Mais alors pourquoi publier ces quatorze lettres qui vont apprendre à la postérité que sa fille se déguisait la nuit en cavalier pour
aller consoler Voltaire, retenu prisonnier à l'ambassade? C'est que madame du Noyer était plus gazetière
que mère de famille. Elle sacrifiait tout à ses *Lettres
historiques et galantes*. Le roman de Voltaire et de sa
fille était, pour ce journal, une bonne aubaine. Cinquante pages de copie amoureuse où l'on met en scène
un jeune poëte déjà célèbre dans le beau monde, et
une jeune fille déjà pervertie parce qu'on lui a donné à
boire le lait de la femme adultère, quoi de plus curieux
pour une coquine de la force de madame du Noyer?

C'est d'abord une lettre de Paris dont je reproduis quelques lignes : « Ce qui m'étonne, c'est que vous n'ayez pas démêlé parmi les personnes de la suite de M. le marquis de Châteauneuf un jeune homme qui fait grand bruit par ses poésies. Il s'appelle Arouet : c'est le fils d'un trésorier de la chambre des comptes. »

A cette lettre de madame du Noyer de Paris, madame du Noyer de La Haye répond par celle-ci : « Votre M. Arouet ne m'a pas échappé, quoiqu'il n'ait fait que très-peu de séjour dans ce pays. La qualité de poëte convient très-bien avec celle d'amant dans laquelle M. Arouet a brillé en Hollande, et qui a causé son départ. Il s'était avisé d'en conter à une jeune personne de condition qui avait une mère difficile à tromper et que pareille intrigue n'accommodait nullement; et ce fut sur les plaintes de cette mère qu'on jugea à propos de renvoyer notre amoureux d'où il était venu. »

Suivent quatorze lettres romanesques de Voltaire. Rendez-vous, déguisements, surprise, séparation, larmes, serments, rien n'y manque, pas même le coup de théâtre prévu. Dans ces lettres, Voltaire est bien de cet âge exalté où l'on voudrait acheter « aux dépens de toutes les peines d'Amadis le plaisir de s'en plaindre avec autant d'éloquence. » Dans la première lettre, le page du marquis de Châteauneuf est prisonnier d'amour. Sans doute, madame du Noyer, pour rehausser l'éclat de sa vertu, a été se plaindre à l'ambassadeur des tentatives téméraires d'Arouet pour séduire sa fille. Comme madame du Noyer est une méchante femme,

7.

et, qui pis est, une femme qui écrit, l'ambassadeur, craignant sa colère, s'est hâté de lui faire justice. Il a mis son page aux arrêts, en décidant qu'il retournerait en France sous peu de jours. Jusque-là le poëte n'était peut-être qu'amoureux à demi; mais à peine emprisonné, le voilà éperdument amoureux. C'était à peine de l'amour, c'est déjà de la passion : le cœur bondit et les larmes coulent. Il demande à grands cris, pour charmer les ennuis de sa solitude, le portrait de sa maîtresse; que dis-je? le portrait! il demande sa maîtresse elle-même. Mais, comme il est gardé à vue, il ne sait à qui confier son message. Dans la seconde lettre, il s'écrie avec passion : « Je suis ici prisonnier au nom du roi; mais on est maître de m'ôter la vie, et non l'amour que j'ai pour vous! Oui, mon adorable maîtresse, je vous verrai ce soir, dussé-je porter ma tête sur un échafaud! Gardez-vous de madame votre mère comme de l'ennemi le plus cruel que vous ayez; que dis-je? gardez-vous de tout le monde. Tenez-vous prête : dès que la lune paraîtra, je sortirai de l'hôtel incognito, je prendrai un carrosse, nous irons comme le vent à Schevelin. »

Dans les lettres suivantes, Voltaire, qui s'est jusque-là montré timide, s'enhardit en amoureux de bonne lignée, qui a entendu le duc de Richelieu parler de ses hauts faits. Ce n'est point assez d'avoir vu Pimpette au clair de la lune, il veut la voir à minuit : « Vous ne pouvez pas venir ici; il m'est impossible d'aller en plein jour chez vous; je sortirai par une fenêtre à minuit, si tu as quelque endroit où je puisse te voir, si tu peux à cette heure quitter le lit de ta mère. Mande-moi si tu viendras à ta porte cette nuit, j'ai des choses d'une conséquence extrême à vous dire. » Ce n'est point encore assez d'avoir vu ou plutôt d'avoir appuyé sur son cœur le front rougissant de Pimpette, Arouet rêve qu'il lui serait bien plus doux encore d'attirer sa maî-tresse dans l'hôtel où il est prisonnier. Vous voyez que le roman se complique. En effet, voici le chapitre des déguisements : « Si vous voulez changer nos malheurs en plaisirs, il ne tiendra qu'à vous. Envoyez Lisbette sur les trois heures, je la chargerai pour vous d'un paquet qui contiendra des habillements d'homme; vous vous accommoderez chez elle; et, si vous avez assez de bonté pour vouloir bien voir un pauvre pri-sonnier qui vous adore, vous vous donnerez la peine de venir sur la brune à l'hôtel. A quelle cruelle extré-mité sommes-nous réduits, ma chère! Est-ce à vous à me venir trouver? Voilà cependant l'unique moyen de nous voir. Vous m'aimez; ainsi j'espère vous voir au-jourd'hui dans mon petit appartement. Le bonheur d'être votre esclave me fera oublier que je suis pri-sonnier du roi. Comme on connaît mes habits et que par conséquent on pourrait vous reconnaître, je vous enverrai un manteau qui cachera votre justaucorps et votre visage. Mon cher cœur, songez que ces circon-stances-ci sont bien critiques. »

Pimpette, pour le moins aussi romanesque, sinon aussi amoureuse que son amant, se hasarda à ce curieux déguisement; sur quoi le lendemain cette lettre de Voltaire : « Je ne sais si je dois vous appeler monsieur ou mademoiselle. Si vous êtes adorable en cornette, ma foi! vous êtes un aimable cavalier, et notre portier, qui n'est point amoureux de vous, vous a trouvé un très-joli garçon. La première fois que vous viendrez, il vous recevra à merveille. Vous aviez pourtant la mine aussi terrible qu'aimable, et je crains que vous n'ayez tiré l'épée dans la rue, afin qu'il ne vous manquât plus rien d'un jeune homme. Après tout, tout jeune homme que vous êtes, vous êtes sage comme une fille :

> « Je vous ai vue, ô Pimpette que j'aime,
> En cavalier déguisée en ce jour;
>   J'ai cru voir Vénus elle-même
>   Sous la figure de l'Amour.
> L'Amour et vous, vous êtes du même âge,
>   Et Vénus a moins de beauté;
>   Mais malgré ce double avantage,
> J'ai reconnu bientôt la vérité :
>   Pimpette, vous êtes trop sage
>   Pour être une divinité. »

Et le poëte continue en prose : « Il n'est point de dieu qui ne dût vous prendre pour modèle. On compte nous surprendre ce soir; mais ce que l'amour garde est bien gardé : je sauterai par les fenêtres, c'est le chemin des amants, et je viendrai sur la brune à la porte de madame votre mère. »

Cette entrevue fut découverte : au lieu de deux gardes, Voltaire en eut quatre. De son côté, madame

du Noyer mit Pimpette sous clef; mais, en dépit de
tous les geôliers du monde, des amoureux de bonne
volonté ne parviennent-ils pas à se voir? Arouet et Pimpette eussent trompé l'univers. Ils se revirent encore,
mais ce fut pour la dernière fois. A La Haye, des
rendez-vous nocturnes ne sont pas si doux qu'à Venise
ou à Séville : Pimpette s'enrhuma; bon gré mal gré,
il lui fallut rester au lit. Voltaire n'avait plus que deux
jours à passer en Hollande, il écrivit lettres sur lettres;
mais il lui fallut partir sans dire adieu à la divine
Olympe. Le lundi au soir, 16 décembre 1713, il écrivit
avant de monter en voiture : « Adieu, mon adorable :
si on pouvait écrire des baisers, je vous en enverrais
une infinité par le courrier. » Trois jours après, il écrivait du fond d'un yacht qui le conduisait de Rotterdam
à Gand : « Nous avons un beau temps et un bon vent.
Nous ne sommes que nous deux, M. de V*** et moi;
je vous jure que je ne m'aperçois pas que je suis dans
la compagnie d'un bon pâté et d'un homme d'esprit.
Ma chère Pimpette me manque; mais je me flatte
qu'elle ne me manquera pas toujours, puisque je ne
voyage que pour la faire voyager elle-même. »

Dans la lettre suivante, Voltaire raconte son arrivée
à Paris, où il débarqua la veille de Noël : « A peine
suis-je arrivé à Paris, que j'ai appris que M. L*** avait
écrit à mon père contre moi une lettre sanglante; qu'il
lui avait envoyé les lettres que madame votre mère lui
avait écrites, et qu'enfin mon père a une lettre de cachet pour me faire enfermer. Je n'ose me montrer.

J'ai fait parler à mon père; tout ce qu'on a pu obtenir
de lui a été de me faire embarquer pour les Iles; mais
on n'a pu le faire changer de résolution sur son testament qu'il a fait, dans lequel il me déshérite. Ce n'est
pas tout : depuis plus de trois semaines je n'ai point
reçu de vos nouvelles, je ne sais si vous vivez et si vous
ne vivez point bien malheureusement; je crains que
vous ne m'ayez écrit à l'adresse de mon père, et que
votre lettre n'ait été ouverte par lui. »

Voltaire caressa beaucoup ses amis les jésuites pour
les déterminer à enlever sa maîtresse à la religion pro-
testante, c'est-à-dire à l'arracher de la Hollande pour
le bon plaisir du poëte amoureux. Il dressa si bien ses
batteries, il mit si à propos tout son monde en campagne, qu'il s'en fallut de bien peu que ce dessein
tout catholique ne réussît. Il continue à écrire : « Si
vous avez assez d'inhumanité pour me faire perdre
le fruit de tous mes malheurs et pour vous obstiner à
rester en Hollande, je vous promets bien sûrement que
je me tuerai à la première nouvelle que j'en aurai. Je
me suis mis, perdant la tête, en pension chez un procureur, afin d'apprendre le métier de robin auquel
mon père me destine; me voilà fixé à Paris pour longtemps; vous n'avez qu'un moyen pour y venir, car
est-il possible que j'y vive sans vous? L'évêque d'É-
vreux, en Normandie, est votre cousin; écrivez-lui;
insistez surtout sur l'article de religion; dites-lui que
le roi souhaite la conversion des huguenots, et que,
étant ministre du Seigneur et votre parent, il doit, par

toutes sortes de raisons, favoriser votre retour. Écrivez-
moi à M. de Saint-Fort, chez Mᵉ Alain, procureur au
Châtelet, près les degrés de la place Maubert. »

Enfin nous arrivons à la catastrophe. Vous croyez
peut-être que Pimpette se convertit à la religion catholique pour les beaux yeux d'Arouet? Hélas! Pimpette était femme, Arouet était loin : le dirai-je? elle
trouva plus simple de s'en faire conter par un autre.
Ce n'était point le poète que la belle avait aimé, c'était
le page de l'ambassadeur de France; or le page qui
succéda à Voltaire chez le marquis de Châteauneuf lui
succéda dans le cœur de Pimpette. La pauvre madame
du Noyer eut bientôt à enregistrer parmi ses *Lettres
galantes* celles de cet autre page à sa fille.

De page en page, mademoiselle Olympe du Noyer
finit par trouver un homme. Le baron de Vinterfeld
paya les dettes d'amour de Voltaire. Il est vrai que
bientôt Voltaire paya les dettes d'argent du baron de
Vinterfeld. Au bout de quelques années, il déjeunait
avec mademoiselle de Livry quand on annonça madame la baronne de Vinterfeld. « C'est Pimpette! »
s'écrie-t-il. Et il lui saute au cou avec une soudaine renaissance d'amour. Il parut si follement heureux, que
mademoiselle de Livry lui demanda une pièce de vingt-
quatre sous pour se faire conduire chez elle par des
porteurs, disant qu'elle n'avait que faire devant de
telles embrassades. Mais Olympe du Noyer de s'écrier :
« N'est-ce que cela, madame? Apprenez donc que je
suis mariée! »

Et elle conta que son mari avait joué au jeu du
système et qu'il n'avait plus rien. Voltaire donna
une poignée d'or et jeta une planche de salut sur ce
naufrage.

Je ne retrouve plus Olympe du Noyer dans la vie de
Voltaire, si ce n'est par cette lettre qu'il écrit au comte
d'Argental des neiges de Berlin, le 22 février 1751 :
« O destinée! ô neiges! ô maladies! ô absence! Comment vous portez-vous, mes anges? Sans la santé tout
est amertume. Le roi de Prusse m'a donné la jouis-
sance d'une maison charmante; mais, tout Salomon
qu'il est, il ne me guérira pas. Tous les rois de la
terre ne peuvent rendre un malingre heureux. Il faut
que je vous parle d'une autre anicroche. André, cet
échappé du système, s'avise, au bout de trente ans,
un jour avant la prescription, de faire revivre un billet
que je lui fis étant jeune homme pour des billets de
banque qu'il me donna dans la décadence du système,
et que je voulus faire en vain passer au *visa*, en faveur de madame de Vinterfeld, qui était alors sans
argent. Ces billets de banque d'André étaient des
feuilles de chêne. Il m'avait dit depuis qu'il avait brûlé
mon billet avec toutes les paperasses de ce temps-là;
aujourd'hui, il le retrouve pendant mon absence, il le
vend à un procureur, et fait saisir tout mon bien. Ne
trouvez-vous pas l'action honnête? Je crois que je serai
obligé de le payer et de le déshonorer, attendu que
mon billet est pur et simple, et qu'il n'y a pas moyen

de plaider contre sa signature et contre un procureur[*]. »

Mais paye-t-on jamais trop cher les belles dettes de la jeunesse?

III.

LA DUCHESSE DE VILLARS.

Le maréchal de Villars était un héros de roman plutôt qu'un héros du grand siècle. Mais la maréchale était plus romanesque encore. Elle se prit d'une vraie passion pour Voltaire, peut-être parce qu'elle l'avait vu à la première représentation d'*Œdipe* paraître sur la scène et porter irrespectueusement la queue du grand prêtre. Elle demanda quel était ce jeune homme qui voulait faire tomber la pièce. Apprenant que c'était l'auteur lui-même, elle l'appela dans sa loge et lui donna sa main à baiser. « Voilà, dit le duc de Richelieu à Voltaire en le présentant, deux beaux yeux auxquels vous avez fait répandre bien des larmes. — Ils s'en vengeront sur d'autres, » répondit Voltaire. Les beaux yeux se vengèrent sur lui.

[*] Il y a encore un mot de Voltaire sur les vertus de Pimpette : « On a noirci mademoiselle du Noyer; mais sa vertu l'a vengée. Elle est pensionnaire du roi, et vit d'ordinaire dans une terre qui lui appartient, et où elle nourrit les pauvres; elle s'est acquis, auprès de tous ceux qui la connaissent, la plus grande considération. » Elle devait finir ainsi.

Voltaire, pour cette belle action, bien plutôt que
pour avoir écrit *OEdipe,* fut présenté à la duchesse,
qui lui fit porter la queue de sa robe, mais qui ne lui
permit pas de la trop relever.

On a quelques notes à peine sur la passion de Voltaire pour la maréchale de Villars, « la seule femme
qui l'ait emporté sur l'amour du travail. » Il écrit,
en 1716, à la marquise de Mimeure, sa confidente :
« On a su me déterrer dans mon ermitage pour me
prier d'aller à Villars ; mais on ne m'y fera point perdre
mon repos. Je porte à présent un manteau de philosophe dont je ne me déferai pour rien au monde. Vous
me faites sentir que l'amitié est d'un prix plus esti-
mable mille fois que l'amour. Il me semble même que
je ne suis pas du tout fait pour les passions. Je trouve
qu'il y a en moi du ridicule à aimer, et j'en trouverais
encore davantage dans celles qui m'aimeraient. Voilà
qui est fait ; j'y renonce pour la vie. » Il avait vingt-
deux ans !

Il est amoureux, mais il dit aux autres qu'il ne l'est
pas ; il se le dit à lui-même « pour tromper sa faim ».
La belle maréchale de Villars joue de l'éventail comme
Célimène ; elle promet par son sourire toutes les fêtes
de l'amour ; elle cache dans son sein les brûlantes
épîtres de Voltaire ; mais quand Voltaire veut aller où
sont ses épîtres, on lui dit qu'il n'y a pas de place.

Il a beau dire, à lui comme aux autres, qu'il n'est
point amoureux : il passe ses nuits, le railleur Voltaire, à rêver sous les arbres du parc de Villars ou sous

les fenêtres de la maréchale. Ces vers ne disent-ils pas
tout haut combien il l'aime ?

> Divinité, que le ciel fit pour plaire,
> Vous qu'il orna des charmes les plus doux,
> Vous que l'Amour prend toujours pour sa mère,
> Quoiqu'il sait bien que Mars est votre époux :
> Qu'avec regret je me vois loin de vous !
> Et quand Sully quittera ce rivage,
> Où je devrais, solitaire et sauvage,
> Loin de vos yeux vivre jusqu'au cercueil,
> Qu'avec plaisir, peut-être trop peu sage,
> J'irai chez vous, sur les bords de l'Arcueil,
> Vous adresser mes vœux et mon hommage !
> C'est là que je dirai tout ce que vos beautés
> Inspirent de tendresse à ma muse éperdue ;
> Les arbres de Villars en seront enchantés,
> Mais vous n'en serez point émue.
> N'importe, c'est assez pour moi de votre vue.

La belle duchesse *que l'Amour prenait pour sa mère*
consentait bien à se pencher au bras de Voltaire pour
courir avec lui sous les ramées ténébreuses ; mais Voltaire avait beau supplier, c'était toujours la forêt de
Diane.

Toutefois, plus d'un commentateur a osé mettre en
doute la vertu de la maréchale en lisant d'autres vers
de Voltaire :

> Alors que vous m'aimiez, mes vers furent aimables....

Voltaire avait vingt-deux ans ; il était célèbre ; un
portrait de Largillière nous le représente plein de grâce
et d'esprit : bouche moqueuse, profil spirituel, airs de

gentilhomme, front lumineux, main fine ornée d'une
fine manchette. En vérité, la duchesse était bien ver-
tueuse : résister à Voltaire sous la régence! Pendant
plus d'une année, Voltaire ne vécut que pour elle.
« Elle m'a fait perdre bien du temps, » disait-il plus
tard. C'était de l'ingratitude! Aimer, — quand on a
vingt-deux ans, — est-ce du temps perdu? Gœthe aussi
disait en ressouvenir de Frédérique : « Elle m'a fait
perdre les deux plus belles années de ma vie. » Et Frédérique morte lui avait donné la Marguerite de Faust!
deux mille ans d'immortalité!

IV.

MADEMOISELLE DE CORSEMBLEU.

On se rappelle que le régent avait exilé Voltaire.
Quand le poëte partit pour l'exil, comme tout allait
mal pour lui et qu'il jugeait que tout allait mal pour
les autres, il s'écria avec colère : « Il faut croire que
le royaume des cieux est tombé en régence! » Lui-même
allait tomber sous la régence de mademoiselle de Corsembleu.

Le duc de Béthune le conduisit au château de Sully,
où Chaulieu, La Fare et Chapelle avaient naguère ouvert
gaiement les séances de leur académie païenne.

Voltaire était seul. Au lieu de chanter le pampre
qui court en guirlandes sur les flancs de Vénus, il

composa mélancoliquement une tragédie, *Artémire*.
Mais voilà sa solitude qui va se peupler : il rencontre
un jour en promenade une voisine de campagne, mademoiselle de Corsembleu. « Vous êtes fort belle, lui
dit-il, mais vous portez un nom de comédie. — Je ne
porte pas un nom de comédie, mais je voudrais jouer
la tragédie. » Il lui donne à apprendre le rôle d'Artémire; il en devient amoureux, et ne voit pas qu'elle
joue mal.

La pièce s'achève, la passion commence à peine;
il revient à Paris deux fois fou. Il va droit au Théâtre-
Français, la tragédie d'une main et la tragédienne de
l'autre. On reçoit du même coup sa pièce et sa maîtresse.

Le 15 février 1720, le beau Paris, le Paris lettré et
curieux fut appelé à voir ce qu'on appelait le miracle
de l'amour. On annonçait tout à la fois un chef-d'œuvre
et une grande actrice. Déjà on ne jurait que par Corsembleu.

Mais mademoiselle de Corsembleu n'eut pas le génie
de sauver une pièce qui manquait de génie. Voltaire
fut deux fois sifflé : sifflé pour son esprit et sifflé pour
son cœur.

Mademoiselle de Corsembleu ne voulut pas prendre
sa revanche. Elle repartit pour son pays, entraînant
Voltaire, qui, d'ailleurs, ne se fit pas prier pour aller
oublier dans la solitude de Sully cette mésaventure
tragico-amoureuse. Il aimait mieux encore être exilé
par le régent que par le parterre du Théâtre-Français.

Voltaire prit sa revanche; mais que devint mademoiselle de Corsembleu? Artémire se vengea-t-elle sur quelque gentillâtre de sa province, ou passa-t-elle ses jours attristés dans quelque couvent de filles repenties?

V.

MADEMOISELLE AURORE DE LIVRY.

C'est une comédie. La scène se passe à Paris, rue Cloche-Perce, — Paris, une ville du temps passé qui n'existe plus aujourd'hui. — Il y a en scène un peintre et un poëte. Le peintre est un grand portraitiste, il se nomme Largillière; le poëte est un grand prosateur, il se nomme Voltaire. Le peintre fait le portrait du poëte; Voltaire pose mal, mais il conte si bien, que le peintre déclare qu'on n'a jamais mieux posé. Que conte Voltaire? L'histoire de la célèbre représentation d'*OEdipe*. « Eh bien! vous avez eu là une belle idée! s'écrie Largillière. Comment, quand toute une salle est émue jusqu'aux larmes et jusqu'à la terreur, quand le plus beau monde de Versailles et de Paris est là, qui dans son admiration voudrait presser dans ses bras l'auteur d'un chef-d'œuvre, voilà que M. de Voltaire, ne prenant pas son triomphe au sérieux, s'avise d'entrer en scène comme un enfant gâté du public et de porter la queue du grand prêtre tout en riant aux éclats de la scène la plus tragique d'*OEdipe!* — Croyez-moi, monsieur Largillière, ç'a été là le seul trait de génie de ma pièce. — Alors faites des comédies. — J'ai commencé la comédie du dix-huitième siècle et je la finirai, si les trois Parques me le permettent. — Je m'en rapporte à vous. Il y a deux manières de comprendre le génie : avoir une foi sérieuse ou ne croire à rien. Vous rappelez-vous la fable où le statuaire tremble devant le dieu qu'il vient de faire? — Oui, mon cher. Moi, je fais des dieux, mais je m'en moque. — Posez donc mieux, monsieur de Voltaire. Pour moi, je fais des hommes et je ne m'en moque pas. Il est vrai que jusqu'ici je n'ai jamais peint que des hommes de génie, y compris Ninon de Lenclos. »

Voltaire se récria : « Moi, un homme de génie! Pourquoi? Est-ce pour la rime? J'ai un bien mauvais dictionnaire de rimes. Est-ce pour l'idée? Je n'ai pas encore pensé. Un faiseur de tragédies n'est qu'un maître mosaïste qui a l'art de placer à propos des urnes, des lampes, des poignards, des songes, des imprécations et des monologues. Non, non. Tant que je ferai des tragédies, je ne prendrai au sérieux ni l'auteur ni la pièce. Pourquoi Platon bannissait-il les poëtes de sa République? C'est que les poëtes sont des espèces de fous à idées fixes qui, se vouant à un seul but, sont incapables d'atteindre aux autres. Dieu nous a créés avec mille facultés diverses qu'il est de notre devoir de mettre en œuvre. L'homme parfait est celui qui est tout à la fois poëte, amoureux, homme d'État,

8

savant, mondain; en un mot, sachant tous les chemins
de la vie. L'homme de génie est l'homme universel;
l'homme à idée fixe est une bête de génie. Aussi, madame de La Sablière avait-elle raison de dire en parlant de La Fontaine, de ses chiens et de ses chats :
« J'ai laissé toutes mes bêtes à la maison. » — Eh bien!
moi, je ne crois pas à l'universalité, dit Largillière :
celui qui veut arriver à tout n'arrive à rien. Moi aussi,
quand j'avais vingt ans, je voulais devenir un peintre
d'histoire, un portraitiste, un peintre de genre. J'ai eu
peur de devenir un peintre d'enseignes. — Que de
peintres d'enseignes dans la littérature! s'écria Voltaire. — Je me suis contenté, continua Largillière, de
faire des parodies de la figure humaine. — Il fallait
bien que la France eût son Van Dyck. — Ce qui me
charme aujourd'hui en faisant le portrait de M. de Voltaire, c'est que je peins un homme qui sera et non un
homme qui a été; car jusqu'ici je n'ai peint que des
rides, comme si le génie ne comptait qu'avec les
années. — Nous réformerons cela. Ah! si je m'appelais
Zeuxis, Van Dyck ou Largillière, j'aimerais mieux
peindre une belle fille qu'un homme de génie. — Les
belles filles ne posent jamais; comme les oiseaux
d'avril elles battent des ailes et s'envolent. — Tout
justement en voilà une. »

Ici la scène se complique d'un troisième personnage.
Une jeune fille belle comme la Jeunesse et jeune
comme la Beauté s'était montrée au seuil de la porte.
« Monsieur de Voltaire? murmura-t-elle d'une voix

timide. — C'est moi, » répondit Voltaire en se levant
comme un point d'admiration. La jeune fille regarda
Largillière et dit d'une voix plus émue : « Je désire
parler à monsieur de Voltaire. — Je ne m'y oppose
pas, » dit sournoisement le peintre émerveillé de cette
vision, à ce point qu'il défigura presque son portrait
d'un coup de pinceau irréfléchi. Mais Voltaire lui-
même va vous dire ce roman, comme il l'a dit à la
marquise de Boufflers à peu près en ce style :

« J'avais vingt-quatre ans, j'étais déjà célèbre; j'a-
vais oublié l'impette avec les comédiennes du théâtre
et les comédiennes du monde. Je ne croyais ni à Dieu
ni au diable, je soupais à fond tous les jours de ma vie
sans m'inquiéter si le soleil se lèverait le lendemain.
J'étais plongé comme un pourceau dans le bourbier
philosophique de mon parrain, l'abbé de Châteauneuf.
Ninon de Lenclos, en me léguant sa bibliothèque, ne
m'avait légué que de mauvais livres : c'étaient mes
articles de foi.

» Un jour que je posais pour Largillière, une jeune
fille se présente devant moi. Elle était si belle, que je
me levai devant elle sans trouver un mot. Par exemple,
elle était vêtue pour l'amour de Dieu : une robe de
belle étoffe à ramages, mais fanée depuis longtemps.
La pauvre fille ne savait que me dire, moi je ne savais
que lui répondre. Je la priai de s'asseoir; elle voulut rester debout. « Monsieur de Voltaire, je venais à
vous... » Elle était pâle et défaillante; je la pris dans
mes bras et l'appuyai sur mon cœur. Elle s'éloigna

de moi sans se courroucer. « Monsieur de Voltaire,
je me destine au théâtre, c'est ma dernière ressource,
car je n'ai plus ni père ni mère; mais avant de débuter il faut que je prenne des leçons. Vous connaissez mademoiselle Lecouvreur? — Mademoiselle
Lecouvreur, comme toutes les grandes comédiennes,
n'a pris de leçons que de son cœur. Pourtant, si
vous voulez, je vous conduirai chez elle. Mais que
vous apprendra-t-elle? elle vous apprendra à dire
comme elle dit avec sa passion, et non avec la vôtre.
Avez-vous aimé? »

» Largillière leva la séance. — La jeune fille rou-
git et sembla interdite. Je pris mon plus doux sourire
et me rapprochai d'elle. « Croyez-moi, mademoiselle,
c'est à moi de vous donner des leçons. La préface du
théâtre, c'est l'amour. « Je lui saisis la main et la
portai à mes lèvres avec une tendresse un peu brusque.
« Vous allez voir, » lui dis-je en prenant un air décla-
matoire. Je m'éloignai de quelques pas, et je revins
vers elle en lui disant d'un air passionné des vers de
tragédie. Elle prit plaisir au jeu; d'ailleurs la pauvre
fille n'avait pas le temps de faire la rebelle; elle n'avait
pas soupé la veille et elle portait toute sa fortune sur
son dos. Elle avait vendu peu à peu jusqu'à ses hardes,
croyant qu'il y a un Dieu pour les orphelins. Elle
s'était présentée à la Comédie-Française pour demander
à débuter. Un méchant comédien qui me savait l'oracle
du lieu eut l'idée d'envoyer vers moi cette pauvre fille.
Que vous dirai-je, madame la marquise? elle eut beau

s'en défendre, il fallut bien qu'elle prît avec moi une
première leçon de déclamation; leçon éloquente, car
c'était mon cœur qui la donnait. « Comment vous
nommez-vous? lui demandai-je après lui avoir montré
comment on parle d'amour. — Mademoiselle Aurore
de Livry. — Un beau nom qui sera redit de bouche en
bouche, comme celui de mademoiselle Lecouvreur.
Où demeurez-vous? — Rue Saint-André des Arts, où
ma mère est morte, et où je dois plus de quatre-vingts
écus. Aussi Dieu sait toutes les insultes qu'il me faut
subir faute d'argent. — Je ne vous en donnerai pas,
lui dis-je, par une bonne raison : c'est que si je vous
en donne, vous aurez pour moi de la reconnaissance
et vous n'aurez pas d'amour; mais ma maison est à
vous, restez-y; je vous conduirai à la Comédie; après
la comédie, nous irons souper follement en belle compagnie; après souper, nous nous aimerons jusqu'au
matin. Le jour venu, j'écrirai sur vos genoux quelques
vers de tragédie, quelques rimes galantes, jusqu'à
l'heure où les oisifs viendront nous prendre pour déjeuner et pour courir Paris, bras dessus bras dessous,
ou en carrosse. »

» Tout autre à ma place fût allé à son secrétaire et
eût compté quatre-vingts écus pour les offrir à mademoiselle de Livry : il n'eût recueilli là que de la reconnaissance, une fleur morte, sans parfum. Mademoiselle de Livry me considéra tout de suite comme
un amant et non comme un bienfaiteur. Ce ne fut pas
sans prières, sans combat et sans larmes. Ah! qu'elle

était belle dans sa défense, avec ses cheveux épars,
ses yeux si doux, ses joues tour à tour blanches et
rouges ! Elle m'a avoué depuis que c'était sa vertu
seule qui luttait contre moi comme par instinct de
la résistance, car elle m'aimait avant de me voir.
Comme César, je n'avais eu qu'à me montrer pour
être vainqueur. Passez-moi cette jactance d'empereur
romain, vous savez que je n'en abuse pas.

» Vous connaissez ma vie, je ne vous raconterai
pas mot à mot toutes les phases ni toutes les phrases
de ce charmant amour. J'avais jeté avec dédain le
manteau des philosophes, je ne voyais plus la sagesse
humaine que sous la figure de mademoiselle de Livry.
Quels gais soupers ! Cet air de mélancolie qu'elle avait
à notre première entrevue, elle ne l'avait plus que çà
et là, quand je lui laissais le temps de réfléchir ; sa
passion avait d'ailleurs tous les caractères : tour à tour
sereine comme un beau ciel ou emportée comme une
cavale enivrée par la course, tour à tour folle et
bruyante, pensive et attendrie. La rue Cloche-Perce
était pour moi le paradis. Dans ce temps-là je croyais
au paradis : je ne crois plus qu'au paradis perdu.

» Ce bonheur-là dura bien six semaines ; je n'ai
pas compté ; je vivais comme dans un rêve ; quand le
réveil est venu, je n'ai pas voulu me souvenir. Heureusement que j'ai retrouvé une folie, quand j'ai perdu
celle-là.

» Si vous pouviez voir mon portrait peint alors
par Largillière, vous verriez le portrait d'un homme

heureux, ou plutôt d'un amant, car les joies de
l'amour ne donnent pas cet air de sérénité et de béa-
titude qu'on voit aux élus du bonheur. Je me rappelle
toujours comment Largillière a peint ce portrait; il
venait le matin, toujours trop matin, car il nous trouvait couchés. Elle sautait dans la ruelle et lui disait de
sa voix fraîche : « Monsieur Largillière, jetez-moi mes
pantoufles. » Il lui passait ses mules roses pendant
que je courais à ma robe de chambre et à mes pei-
gnes. Je posais et je n'y avais pas d'ennui, car à tout
instant elle venait se pencher au-dessus de mon fauteuil. Et puis la séance était interrompue par un
déjeuner frugal et spirituel, des fruits et du café.
Largillière m'aurait bien donné son talent pour ma
maîtresse. Il voulait la peindre aussi, pour que son
portrait fût accroché en face du mien. Mais l'Amour
ne donne jamais le temps à un peintre de peindre les
deux amants : le portrait de l'un n'est pas fini que
déjà l'autre n'est plus là.

» Mademoiselle de Livry emporta mon portrait à
peine achevé dans sa chambre de la rue Saint-André
des Arts, car j'avais fini par payer ce qui était dû.
Vous connaissez le dénoûment : Génonville, mon cher
Génonville, était touché de cet amour inattendu qui
promettait de ne finir qu'avec nous; Génonville venait
assidûment déjeuner avec nous. Il nous disait qu'on
n'avait jamais si bien marié l'esprit et la beauté. Il n'y
a sorte d'épithalames qu'il n'ait chantés en notre honneur, jusqu'au jour où il me laissa la liberté de lui

chanter un épithalame à lui-même, car il m'enleva
ma maîtresse *.

» Je dois dire que j'avais eu le tort de me laisser
marquer par la petite vérole et que je ne portais pas
alors le masque de l'Amour. Je me rappelle que ce fut
en pleurant que j'écrivis ces vers, n'osant encore
montrer ma figure :

> Mais, ciel! quel souvenir vient ici me surprendre!
> Cette aimable beauté qui m'a donné sa foi,
> Qui m'a juré toujours une amitié si tendre,
> Daignera-t-elle encor jeter les yeux sur moi?
> Hélas! en descendant sur le sombre rivage,
> Dans mon cœur expirant je portais son image;
> Son amour, ses vertus, ses grâces, ses appas,
> Les plaisirs que cent fois j'ai goûtés dans ses bras,
> A ces derniers moments flattaient encor mon âme;
> Je brûlais, en mourant, d'une immortelle flamme;
> Grands dieux! me faudra-t-il regretter le trépas!

» N'ayez jamais la petite vérole. Les cruels! ils
m'ont dit : *Nous partons en avant pour aller à la Comédie.* Et ils ne sont pas revenus. Mon meilleur ami!
ma plus chère passion! J'étais furieux et je voulais
tirer l'épée; mais la perfide m'écrivit pour me demander ses pantoufles, — tout son bien! — Je me mis à
rire; mais je croyais rire encore que j'avais les yeux
baignés de larmes, car dans sa lettre elle me disait

> O toi dont la délicatesse,
> Par un sentiment fort humain,
> Aima mieux ravir ma maîtresse
> Que de la tenir de ma main!

des choses si tendres, si folles, si cruelles et si charmantes ! Par exemple, je me rappelle ceci : *Ah ! mon
cher amoureux ! je vous adorerai jusqu'à la mort, car
un autre, c'est vous encore ! Figurez-vous que je suis
morte, et faites mon épitaphe : Ci-gît qui a bien aimé
son amant ! — Si M. de Génonville m'a enlevée, c'est
que nous avons pensé tous les deux que, si je restais
plus longtemps avec vous, vous ne feriez jamais plus
rien. Je vous laisse aux neuf Muses. Adieu !* — Ah !
ce n'étaient pas les neuf Muses qu'il me fallait, c'était
la dixième. J'ai couru après la fugitive, décidé à tout;
ne pouvant la retrouver, je me suis enfermé chez moi
avec mon désespoir. J'ai fini par me retrouver moi-
même. »

Ainsi parla Voltaire, ainsi dut parler Voltaire à la
marquise de Boufflers.

Mais ceci n'est pas la fin de l'histoire. Que devint
mademoiselle Aurore de Livry? Génonville ne la cap-
tiva pas bien longtemps; elle avait la passion de la
comédie, elle aimait les enlèvements. Un mauvais comédien, bâtard de Baron, l'enleva à Génonville et la
conduisit en Angleterre dans une troupe recueillie un
peu partout. Cette troupe de hasard débarqua dans un
café ayant pour enseigne l'*Écu de France*. Après six
semaines d'attente, les comédiens et les comédiennes
montrèrent enfin leur talent et leurs figures sur un méchant théâtre de la Cité. Mademoiselle de Livry, qui
jouait mal les rôles de la Lecouvreur, fut seule applaudie; mais elle ne put sauver la troupe du naufrage :

elle demeura au cabaret pour répondre de la dette de
ses compagnons. Comme elle était belle et charmante,
l'hôtelier ne voulut point se venger sur elle de tous
les mauvais tours que lui avaient joués ces comédiens
sans feu ni lieu, sans foi ni loi. Loin de lui faire des
reproches, il lui dit qu'elle pouvait demeurer dans
son café, sans s'inquiéter de sa nourriture ni de son
logement. Il était trop heureux d'avoir une si belle
fille pour enseigne. Les belles filles sont comme les
hirondelles : elles portent bonheur à la maison.

Le café était partagé en deux salles bien distinctes :
d'un côté, la bière, la pipe et les gens de rien; de
l'autre côté, le café, la tabatière et les gens de bonne
compagnie, tous Français pour la plupart. Mademoiselle de Livry ne se montrait ni d'un côté ni de l'autre.
Elle vivait avec beaucoup de réserve dans une chambre en haut, attendant la fortune. Çà et là cependant
elle traversait le café avec la légèreté d'une fée, au
retour de la promenade ou de la messe, « car elle
avait toutes les faiblesses, même celle du confessionnal. »

L'hôtelier, quand elle passait ainsi avec tant de
grâce adorable, ne manquait pas de dire à ses habitués qu'il avait sous son toit la perle des belles filles.
Parmi ses habitués se trouvait d'aventure le marquis
de Gouvernet, qui jusque-là avait dépensé ses revenus
pour les fleurs rares. On a parlé de sa fureur pour
les tulipes; celle qu'il appelait *Madame de Parabère*
avait coûté mille pistoles. Ce maître fou serait allé au

Pérou pour y cueillir une rose bleue. Dès qu'il vit
mademoiselle de Livry, il sembla oublier sa passion
pour les fleurs. Cependant la première fois qu'il es-
saya de lui parler, ce fut avec un bouquet qui lui avait
bien coûté cinquante écus. Elle prit le bouquet malgré
elle, comme si le diable eût conduit sa main. Le marquis demanda à monter chez elle, elle lui refusa sa
porte tout net; il insista, elle résista; il n'était pas
homme à abandonner le siége, lui qui avait montré
tant de vaillance et tant d'acharnement pour les plus
belles tulipes de Harlem. « Je veux aller chez elle, dit-il
un matin à l'hôtelier. — Cela ne se peut pas, dit cet
homme, qui connaissait la fierté et la vertu de mademoiselle de Livry (il y a de la vertu partout). — Il
faut bien que cela se puisse, dit le marquis. Qu'on
m'apporte chez elle mon chocolat et mes gazettes. »

L'hôtelier n'osa point répliquer. Le marquis monta
l'escalier de l'air d'un homme qui ne s'arrêtera pas
en chemin; l'hôtelier le suivit avec une tasse de chocolat, la *Gazette de Hollande*, l'*Année littéraire* et le
Mercure de France. La clef était sur la porte, le marquis ouvrit et entra gaiement, comme si c'était la
chose du monde la plus simple. « Eh! mon Dieu!
s'écria mademoiselle de Livry, qui entre ainsi chez
moi avec tant de fracas? — C'est un homme, dit le
marquis. Il n'y a pas de quoi vous recommander à
Dieu. »

Et s'adressant à l'hôtelier : « Eh bien! mettez donc
tout cela sur la table, car j'ai faim. Madame, asseyez-

vous, car vous voyez que je m'assieds moi-même. —
Monsieur, dit mademoiselle de Livry, vous devriez
être debout et vous en aller, car je ne reçois pas la
visite d'un inconnu. — Mais je suis très-connu : on
m'appelle le marquis de Gouvernet, j'ai couru le
monde, je ne suis pas méchant, je n'ai jamais coupé
la tête qu'à des roses ou à des tulipes, et encore ai-je
souffert chaque fois que cela m'est arrivé. Aimez-vous
les tulipes, mademoiselle ? Mais il s'agit bien de tulipes quand le chocolat est servi ! Prenez-vous du chocolat avec moi ou sans moi ? Comme vous voudrez. —
Cet homme m'assassine, » dit mademoiselle de Livry
en regardant l'hôtelier. Elle finit par prendre son parti
et par s'asseoir elle-même. « Voulez-vous me lire les
gazettes ? poursuivit le marquis, ou plutôt voulez-
vous travailler en tapisserie avec vos mains de fée?
— Mademoiselle, dit tout bas à la comédienne
l'hôtelier d'un air respectueux, c'est un original;
mais ne vous offensez pas, car c'est un excellent
homme : il a donné cent guinées à ma fille le jour de
son mariage. »

Cependant le marquis de Gouvernet avait ouvert
son journal et avait bu quelques gorgées de chocolat,
sans plus de façon que s'il se fût trouvé chez lui. Mademoiselle de Livry se remit à sa tapisserie. « Parlons
rondement, dit le marquis; vous êtes pauvre. — Puisque je n'ai besoin de rien, dit mademoiselle de Livry,
c'est que je ne suis pas pauvre. — Ce sont là des
phrases : je sais bien qu'on ne mange pas l'argent,

comme l'a prouvé le roi Midas ; mais, toutefois, sans
argent on peut mourir de faim. — Ce n'est jamais par
là que je mourrai. — Ne soyez pas si fière, mademoiselle ; je sais votre vertu, je vois votre beauté, j'ai le
droit de vous parler franc. Eh bien ! ce brave hôtelier
a beau faire, vous manquez de tout, et, par dignité,
il vous arrive souvent de vous dérober un repas. —
C'est par ordre du médecin, dit mademoiselle de Livry
en rougissant. — Que le diable vous emporte ! mur-
mura le marquis de Gouvernet en essuyant deux larmes. Ne voyez-vous pas que je pleure comme un enfant? Écoutez, j'ai de quoi nourrir cinquante belles
filles comme vous ; voulez-vous que je vous donne ma
clef? vous ferez la charité vous-même. »

Mademoiselle de Livry repoussa hautement cette
proposition. Toutefois, elle ne voulait pas tenir le siége
jusqu'à la famine ; elle signa un traité d'alliance. « Je
vous épouse, lui dit le marquis à la troisième entrevue. — C'est une folie, dit-elle avec attendrissement.
— Tant mieux, reprit-il, c'est que je suis encore dans
l'âge de faire des folies. — Oui, mais je vous empê-
cherai bien de faire celle-là ; un homme de votre condition ne peut pas épouser une fille sans dot. — Vous
avez raison. Mais vous aurez une dot, car j'ai pris tout
à l'heure deux billets de loterie sur l'État; vous allez
en choisir un. — Je veux bien, ne fût-ce que pour
faire des papillotes. »

Le billet de loterie gagna vingt mille livres sterling.
Voilà un beau sujet de comédie ! Mais cette comédie,

Voltaire l'a commencée*. Mademoiselle de Livry eut une dot et devint marquise de Gouvernet.

Le bruit de cette aventure se répandit à Paris et à Versailles, dans les salons et dans les coulisses; les princesses de la cour et celles du théâtre ne tarissaient pas sur ce roman. Voltaire écoutait en silence, toujours triste quand il songeait qu'en perdant mademoiselle de Livry il avait perdu sa jeunesse elle-même. Il se consolait un peu dans l'espérance de la revoir. « Elle n'a pu m'oublier, se disait-il; dès que ses beaux yeux s'arrêteront sur moi, elle me tendra la main, et je me jetterai dans ses bras. » Elle s'installa avec beaucoup de tapage rue Saint-Dominique, où M. de Gouvernet avait un hôtel fastueux, mais surtout un jardin des *Mille et une Nuits*. Aussi la marquise fut-elle surnommée la sultane des Fleurs dès son retour à Paris.

La *Henriade* venait d'être imprimée. Voltaire lui en envoya un exemplaire sur papier de Hollande, avec un bout de billet où il lui rappelait que tous les vers amoureux répandus autour de Gabrielle, il les avait écrits sous son inspiration et sur ses genoux. La marquise, qui prenait au sérieux son titre d'épouse, ne répondit pas. Peut-être lut-elle les vers amoureux de la *Henriade :* il y avait de quoi perdre à jamais Voltaire dans son esprit romanesque.

* *L'Écossaise.* — *Lindane* (mademoiselle de Livry). *Freeport* (le marquis de Gouvernet).

Je ne saurais peindre la fureur de Voltaire. Il fut
un peu désarmé en apprenant par madame de Fontaine-Martel que la marquise de Gouvernet avait dégagé son portrait, car elle l'avait mis en gage chez
Gersaint, au pont Notre-Dame, à son départ pour
Londres.

Voltaire reprit courage dans son ancienne passion
et alla bravement à l'hôtel de Gouvernet. « Votre nom ?
lui demanda un suisse arrogant, taillé en Hercule et
tout frappé en or. — Monsieur de Voltaire. — Eh
bien, que monsieur s'inscrive, et demain je lui donnerai une réponse; car le nom de *monsieur de Voltaire,* qui n'est pas connu ici, ne se trouve pas sur la
liste de madame la marquise. »

Ce que c'est que la gloire ! Voltaire, en ce temps-
là, était reçu à bras ouverts dans les meilleures maisons; il était le commensal des ducs et des princes;
aussi l'arrogance du suisse de madame la marquise de
Gouvernet ne l'humilia pas et le fit mourir de rire.
Rentré chez lui, comme il était encore en belle humeur, il prit un chiffon de papier et il écrivit au courant de la plume cette adorable épître à la marquise :

LES *VOUS* ET LES *TU*.

Philis, qu'est devenu ce temps
Où, dans un fiacre promenée,
Sans laquais, sans ajustements,
De tes grâces seules ornée,
Contente d'un mauvais soupé,
Que tu changeais en ambroisie,

Tu te livrais, dans ta folie,
A l'amant heureux et trompé
Qui t'avait consacré sa vie?
Le ciel ne te donnait alors,
Pour tout rang et pour tous trésors,
Que les agréments de ton âge :
Deux beaux seins que le tendre Amour
De ses mains arrondit un jour;
Un cœur simple, un esprit volage;
Un flanc, j'y pense encor, Philis,
Sur qui j'ai vu briller des lis
Jaloux de ceux de ton visage.
Avec tant d'attraits précieux,
Hélas! qui n'eût été friponne?
Tu le fus, qu'Amour me pardonne,
Tu sais que je t'en aimais mieux.
Ah! madame! que votre vie,
D'honneur aujourd'hui si remplie,
Diffère de ces doux instants!
Ce large suisse à cheveux blancs,
Qui ment sans cesse à votre porte,
Philis, est l'image du Temps :
On dirait qu'il chasse l'escorte
Des Amours, des Jeux et des Ris;
Sous vos magnifiques lambris
Ces enfants tremblent de paraître.
Hélas! je les ai vus jadis
Entrer chez toi par la fenêtre,
Et se jouer dans ton taudis *.

* « Cette épître a été adressée à mademoiselle de Livry, alors
madame la marquise de Gouvernet. C'est d'elle que parle M. de
Voltaire dans son épître à M. de Génonville, dans l'épître adressée
à ses mânes, et dans celles à M. le duc de Sully et à M. de Ger-
vasi. Le suisse de madame la marquise de Gouvernet ayant refusé
la porte à M. de Voltaire, que mademoiselle de Livry n'avait

Non, madame, tous ces tapis
Qu'a tissus la Savonnerie,
Ceux que les Persans ont ourdis,
Et toute votre orfévrerie,
Et ces plats si chers que Germain
A gravés de sa main divine,
Et ces cabinets où Martin
A surpassé l'art de la Chine,
Vos vases japonais et blancs,
Toutes ces fragiles merveilles,
Ces deux lustres de diamants
Qui pendent à vos deux oreilles;
Ces riches carcans, ces colliers
Et cette pompe enchanteresse
Ne valent pas un des baisers
Que tu donnais dans ta jeunesse.

A cette épître elle répondit par ces quatre vers :

Quand Hébé, la blonde déesse
Qui verse à boire aux amoureux,
Met au tombeau notre jeunesse,
L'Amour ne descend plus des cieux.

Elle écrivait l'épitaphe de son cœur; Voltaire consola le sien en chantant :

Fertur et abducta Lyrnesside tristis Achilles,
  Æmonia curas attenuâsse lyra.

point accoutumé à un tel accueil, il lui envoya cette épître. Lorsqu'il revint à Paris, en 1778, il vit chez elle madame de Gouvernet, âgée, comme lui, de plus de quatre-vingts ans. C'est en revenant de cette visite qu'il disait : « Ah! mes amis, je viens de passer d'un bord du Cocyte à l'autre. » Dans le temps de sa liaison avec mademoiselle de Livry, M. de Voltaire lui avait donné son portrait, peint par Largillière. » *Note de l'édition Beaumarchais.*

Le poëte ne revit plus qu'une fois mademoiselle de Livry; ce fut peu de jours avant sa mort : il se fit poudrer, il prit trois ou quatre tasses de café, il monta en carrosse et donna l'ordre au cocher du marquis de Villette de le conduire à l'hôtel de Gouvernet.

Cette fois les portes s'ouvrirent à deux battants : la marquise avait été prévenue; d'ailleurs, elle pouvait le recevoir sans conséquence : elle était veuve et elle avait plus de quatre-vingts ans.

Voltaire, tout essoufflé, lui prit la main et la baisa : « Voilà tout ce que nous pouvons faire aujourd'hui, marquise, » dit-il en hochant la tête. Elle n'en pouvait revenir de le voir si cassé et si vieux. « Ah! mon ami Voltaire, lui dit-elle avec un sourire mélancolique, qu'avons-nous fait de nos vingt ans? Ce jeune fou et cette jeune folle qui s'aimaient si gaiement rue Cloche-Perce ou rue Saint-André des Arts, ce n'est plus vous, ce n'est plus moi. — C'est vrai, dit Voltaire, on meurt tous les vingt ans, on meurt tous les jours jusqu'à l'heure suprême où le corps n'est plus qu'un linceul qui recouvre des os. Bien heureux ceux qui ont vécu! Là-dessus, marquise, vous n'avez point à vous plaindre, ni moi non plus. — Moi, grâce à Dieu! ma vie a été un roman facile à lire; mais la vôtre, quelle lutte éloquente et désespérée! Vous avez repris la guerre des Titans. — Oui, oui, j'ai déchaîné Prométhée : j'en ai encore les mains toutes sanglantes. C'est égal, maintenant que j'ai tracé mon sillon d'angoisses, j'ai oublié le labeur et les larmes pour ne plus me souve-

nir que des roses qui ont fleuri sous mes pieds. Ah !
Philis, quelle fraîcheur printanière sur tes joues de
vingt ans ! Je n'ai jamais cultivé de pêches à Ferney
sans en baiser une tous les ans en ton honneur. Ah !
madame, les vanités du monde vous ont-elles jamais
redonné ces belles heures filées d'amour et de temps
perdu que nous dépensions il y a plus d'un demi-
siècle ? — Hélas ! dit la marquise, je donnerais bien
mon hôtel, mes fermes de Beauce et de Bretagne,
mes diamants et mes carrosses, avec mon suisse par-
dessus le marché, pour vivre encore une heure de
notre belle vie. — Et moi, dit Voltaire en s'animant,
je donnerais mes tragédies et mon poëme épique, mes
histoires et mes contes, toute ma gloire passée, tous
mes droits à la postérité, avec mon fauteuil à l'Académie par-dessus le marché, pour vous prendre encore un seul des baisers du bon temps. »

Trouvèrent-ils un dernier baiser sur leurs lèvres
mortes ?

La marquise était devenue dévote. Un prêtre qui
vivait à sa table, et qui l'endormait le soir avec des
oraisons, vint brusquement se jeter entre les vieux
amoureux.

Quand Voltaire fut parti, ce prêtre épouvanta la
marquise en lui disant qu'elle venait d'accueillir l'Antechrist dans sa maison. Elle voulut faire pénitence
pour ce retour vers des joies condamnées. Elle avait
toujours gardé le portrait de Voltaire ; le lendemain
un grand laquais porta ce portrait à madame de Vil-

lette, avec un billet où madame de Gouvernet priait
Voltaire d'offrir à sa nièce « cette figure trop longtemps aimée ». Madame de Gouvernet voulait cacher
ses craintes de l'Antechrist sous un air de bonne
grâce *.

Le 30 mai 1778, M. de Voltaire rendit son âme à
Dieu, et le lendemain mademoiselle de Livry, marquise de Gouvernet, s'en alla chez les morts. On peut
dire qu'ils ont fait le voyage ensemble. Pendant que la
dépouille du philosophe frappait vainement à toutes
les portes des églises, la maîtresse de Voltaire était
enterrée en grande pompe à Saint-Germain des Prés.

Se sont-ils revus là-haut ?

VI.

MADEMOISELLE LECOUVREUR.

Dans l'amour de Voltaire pour Adrienne Lecouvreur, il y eut beaucoup de haine, comme dans tous
les amours. Voltaire, quoique assez voltairien, ne
pardonnait pas à la comédienne de lui ouvrir la porte

---

* Ce portrait de Voltaire à vingt-quatre ans, peint par Largillière, est connu par quelques copies médiocres, témoin celle du
Comité de lecture à la Comédie-Française, ou détestables, témoin
celle du Musée de Versailles, à la salle des Académiciens. L'original est aujourd'hui au château de Villette, dans une galerie
d'illustres personnages des dix-septième et dix-huitième siècles.

de l'escalier dérobé quand elle entendait le carrosse
de milord Peterborough ou du maréchal de Saxe. Voltaire, qui a toujours tranché du souverain, voulait
qu'on l'aimât comme un grand seigneur et non comme
un poëte. Je crois même que cette conquête lui coûta
plus qu'un rôle et plus qu'une épître.

C'est en vain qu'on cherche dans ses lettres les souvenirs de cette passion. A l'inverse des poëtes, ce que
Voltaire oublie le plus, c'est sa jeunesse. En cherchant bien, je retrouve ces quelques lignes, datées
des fêtes de Fontainebleau : « Mademoiselle Lecouvreur réussit ici à merveille. Elle a enterré la Duclos. La reine lui a donné hautement la préférence.
Elle oublie, au milieu de ses triomphes, qu'elle me
hait *. »

Traduction libre : Elle me hait tant, qu'elle m'aime !

Si on cherche dans les vers, on trouve d'abord ce
billet :

> L'Amour honnête est allé chez sa mère,
> D'où rarement il descend ici-bas.
> Belle Chloé, ce n'est que sur vos pas
> Qu'il vient encor. Chloé, pour vous entendre,

---

* On a douté de cet amour du poëte et de la comédienne, mais
il est écrit en toutes lettres. Le 1er mai 1731, Voltaire écrit à
Thiriot à propos des vers que j'ai déjà cités : « Ces vers m'ont été
dictés par l'indignation, par la tendresse et par la pitié. » Le
1er juin : « Ces vers remplis de la juste douleur que je ressens
encore de sa perte et d'une indignation peut-être trop vive sur
son enterrement, mais indignation pardonnable à un homme qui
a été son admirateur, son ami, son amant. »

Du haut des cieux j'ai vu ce dieu descendre
Sur le théâtre; il vole parmi nous
Quand sous le nom de Phèdre ou de Monime
Vous partagez entre Racine et vous
De notre encens le tribut légitime.
Si vous voulez que cet enfant jaloux
De ces beaux lieux désormais ne s'envole,
Convertissons ceux qui devant l'idole
De son rival ont fléchi les genoux :
Il vous créa la prêtresse du temple;
A l'hérétique il faut prêcher d'exemple :
Prêchez donc vite, et venez dès ce jour
Sacrifier au véritable amour.

Adrienne Lecouvreur ne manqua pas, sans doute, de se rendre à un si beau dessein.

La comédienne eut pour maîtres Dumarsais et Voltaire : Dumarsais comme ami, Voltaire comme amant. Je crois que Voltaire lui donna encore de meilleures leçons que Dumarsais. Si l'amour est un grand maître, c'est surtout au théâtre.

La comédienne joua mieux encore l'amour que la tragédie. Elle est restée célèbre par ses passions tout autant que par son grand jeu. Elle est morte jeune, d'ailleurs; c'est encore une bonne fortune pour la postérité. Il n'y a que les philosophes, comme son ami Voltaire, qui aient le droit de vivre leur siècle. Les poëtes et les comédiennes portent mal leur couronne de cheveux blancs. Le vieillard de Téos ne serait admis en France que dans les jours du carnaval.

Adrienne Lecouvreur mourut peut-être dans les bras de Voltaire, mais à coup sûr bien loin de lui, car elle avait les yeux fixés sur un buste de Maurice de Saxe, à qui elle débitait à tort et à travers des tirades tragiques *.

Après sa mort, il lui arriva ce qui arriva plus tard à Voltaire. Elle qui avait légué cent mille livres aux pauvres, lui qui avait bâti une église, ils furent tous les deux proscrits du cimetière. Si l'on peut retrouver Voltaire au Panthéon, on ne sait où aller prier pour sa chère comédienne. Pourtant, si on démolissait les maisons qui sont à l'angle de la rue de Bourgogne et de la rue de Grenelle, on retrouverait peut-être les cendres de celle-là qui a fait tressaillir dans leurs tombeaux les pâles héroïnes de Voltaire.

Adrienne Lecouvreur a passé sa vie à aimer : du comédien Legrand au chevalier de Rohan, du chevalier de Rohan au poëte Voltaire, du poëte Voltaire à lord Peterborough, de lord Peterborough au maréchal de Saxe, sans compter celui-ci qui fut père de sa première fille, sans parler de celui-là qui fut père de la seconde ; car, si on cherchait bien, on trouverait,

---

* Mademoiselle Rachel, qui a été à la fois mademoiselle Rachel et Adrienne Lecouvreur, a consacré avec MM. Scribe et Legouvé cette page dramatique et romanesque, où la maîtresse de Maurice de Saxe insulta publiquement sa rivale, la duchesse de Bouillon, en lui jetant à la figure les vers de Phèdre :

> Je sais mes perfidies,
> OEnone, et ne suis point de ces femmes hardies
> Qui, goûtant dans le crime une tranquille paix,
> Ont su se faire un front qui ne rougit jamais.

à ce qu'il paraît, beaucoup de descendants de l'illustre comédienne : par exemple, le mathématicien Francœur.

Ce n'était pas précisément le théâtre qui l'avait enrichie. Il y a une fable antique qui raconte que Jupiter, conseillant l'Amour, lui disait : « Quand tu auras usé tes flèches dans ton voyage, il te restera encore une ressource pour aveugler les femmes : tu leur jetteras à pleines mains la poussière d'or qui est dans ton carquois. »

Mademoiselle Lecouvreur ne s'était pas montrée dédaigneuse pour la poudre d'or. Elle pouvait dire, comme Marion Delorme : « Je prends quand je n'ai rien à donner, » c'est-à-dire quand elle ne pouvait donner que le masque de l'amour; mais au moins c'était un masque charmant. Milord Peterborough lui disait : « Allons, madame, qu'on me montre beaucoup d'amour et beaucoup d'esprit! » Et elle montrait beaucoup d'esprit et beaucoup d'amour; mais son cœur ne battait que lorsque milord était parti.

Le dix-huitième siècle est l'époque où l'esprit français, dégagé de l'esprit gaulois et de l'esprit d'imitation, rayonne du plus vif éclat, de Voltaire à Rivarol, du régent à Diderot, de Fontenelle à Chamfort, de Saint-Simon à Beaumarchais. Voilà des Français pur sang qui ne doivent rien aux Grecs ni aux Romains, qui se sont dépouillés de la perruque de Louis XIV pour reposer leur front sur le sein de quelque femme trois fois femme, — ni précieuse, ni ridicule, — faite

pour aimer et non pour prêcher. Les femmes de ces
belles saisons étaient pétries de pâte d'amour. Adrienne
Lecouvreur appartient, par son génie comme par
son cœur, à ces belles furies de la passion, à ces sou-
riantes mélancolies du sentiment, qui font de la femme
un être de raison dans la folie, ou un être de folie
dans la raison.

VII.

MADAME DU CHASTELET.

Je n'ai jusqu'ici parlé que du philosophe en pei-
gnant la marquise du Chastelet, mais la femme avait
beau se cacher, l'Amour brûlait le masque de Newton.

Il y a au musée de Bordeaux un joli portrait de
madame du Chastelet, par Marianne Loir. La belle
Émilie, tant calomniée dans le bureau d'esprit de madame du Deffant, est bien celle que Voltaire a aimée
en prose et en vers :

> Vous êtes belle, ainsi donc la moitié
> Du genre humain sera votre ennemie;
> Vous possédez un sublime génie :
> On vous craindra; votre tendre amitié
> Est confiante, et vous serez trahie.

C'est Voltaire qui a été trahi.

Dans ce portrait, la marquise est représentée dans
son attirail : un compas d'une main, un œillet de

l'autre; une sphère sur sa table, — pourquoi pas sur sa poitrine? — Elle a l'œil vif, la bouche spirituelle; l'amour et la science se disputent sa figure; mais « ceci a tué cela ».

La Tour, qui a peint Voltaire, a peint aussi la marquise du Chastelet. Madame du Deffant, un peintre qui *dévisageait* tout le monde, ne l'a pas montrée sous les mêmes couleurs de pêche et de framboise. « Représentez-vous, disait-elle dans son salon, une maîtresse d'école, sans hanches, la poitrine étroite, avec une petite mappemonde perdue dans l'espace, de gros bras trop courts pour ses passions, des pieds de grue, une tête d'oiseau de nuit, le nez pointu, deux petits yeux vert de mer et vert de terre, le teint noir et rouge, la bouche plate et les dents clair-semées. Voilà donc la figure de la belle Émilie, sans parler de l'encadrement : pompons, poudre, pierreries de six sous. Vous savez qu'elle veut être belle en dépit de la nature et de la fortune, car elle n'a pas toujours une chemise sur le dos. — Allons, allons, dit madame Geoffrin, nous pénétrons dans la vie privée. Madame du Chastelet a tout ce qu'il faut : un mari, un amant, un philosophe, un mathématicien, un poëte, et non moins de chemises. — Madame du Chastelet, continua Pont de Veyle pour finir le portrait, est une maîtresse d'école; mais elle enseigne à lire à l'Amour. »

Voltaire avait connu la marquise du Chastelet toute petite fille chez son père, le baron de Breteuil. Quand il devint un grand homme, elle devint une grande

dame. Elle avait son tabouret à la cour; elle avait surtout les priviléges de la beauté et de l'esprit. L'étoile
cherche l'étoile, la flamme cherche la flamme. Quand
la marquise du Chastelet revit Voltaire, elle eut l'art
de cacher sa science; quand Voltaire revit la marquise
du Chastelet, il eut l'esprit d'être plus amoureux que
poëte. Durant tout un hiver, ils se rencontrèrent tous
les jours comme s'ils ne se cherchaient pas. Ils avaient
toujours oublié de se dire quelque chose. Un soir, Voltaire rappela à la jeune femme qu'il avait fait sauter
la jeune fille sur ses genoux; ce soir-là, « elle voulut, comme autrefois, sauter sur les genoux de M. de
Voltaire. »

Le beau monde de Versailles et de Paris s'émut un
peu de voir la belle marquise quitter sa place au jeu
de la reine et à l'église pour se damner avec Voltaire.
Mais Voltaire la consola par ces vers :

> La jeune Églé, de pompons couronnée,
> Devant un prêtre à minuit amenée,
> Va dire un *oui,* d'un air tout ingénu,
> A son mari qu'elle n'a jamais vu.
> Le lendemain en triomphe on la mène
> Au Cours, au bal, chez Bourbon, chez la Reine;
> Le lendemain, sans trop savoir comment,
> Dans tout Paris on lui donne un amant.
> Roi la chansonne, et son nom par la ville
> Court ajusté sur l'air d'un vaudeville.
> Églé s'en meurt; ses cris sont superflus.
> Consolez-vous, Églé, d'un tel outrage;
> Vous pleurerez, hélas! bien davantage,
> Lorsque de vous on ne parlera plus.

Et nommez-moi la beauté, je vous prie,
De qui l'honneur fut toujours à couvert.
Lisez-moi Bayle, à l'article *Schomberg ;*
Vous y verrez que la Vierge Marie
Des chansonniers comme une autre a souffert.
Jérusalem a connu la satire :
Persans, Chinois, baptisés, circoncis,
Prennent ses lois ; la terre est son empire ;
Mais, croyez-moi, son trône est à Paris.
Là, tous les soirs, la troupe vagabonde
D'un peuple oisif, appelé le beau monde,
Va promener de réduit en réduit
L'inquiétude et l'ennui qui la suit.
Là sont en foule antiques mijaurées,
Jeunes oisons, et bégueules titrées,
Disant des riens d'un ton de perroquet,
Lorgnant des sots et trichant au piquet.

Pour Voltaire, il ne trichait qu'au jeu de l'amour.

Le château de Cirey ne fut pas tout à fait le paradis
terrestre, comme l'appelait Voltaire. « J'ai le bonheur
d'être dans un paradis terrestre où il y a une Ève et
où je n'ai pas le désavantage d'être Adam. » Madame
du Chastelet, qui déjà savait le latin, se mit à apprendre trois ou quatre langues vivantes. Elle traduisit
Newton, analysa Leibnitz, et concourut pour le prix
de l'Académie des sciences. Voltaire ne voulut pas rester en arrière ; il se fit savant, presque aussi savant
que sa maîtresse. L'Académie des sciences avait pro-
posé pour sujet de prix *la nature et la propagation du
feu.* Voltaire et madame du Chastelet voulurent être
du concours : ils furent vaincus par Euler ; mais leurs

pièces furent insérées dans le recueil des prix. Ils reparurent bientôt devant l'Académie comme adversaires dans la dispute sur *la mesure des forces vives.* Voltaire défendait Newton contre Leibnitz, madame du Chastelet Leibnitz contre Newton. L'Académie donna raison à Voltaire, mais Voltaire donna raison à madame du Chastelet.

N'est-ce pas un curieux spectacle que ces deux amants, qui ne trouvent rien de plus beau que de se disputer sur des points de physique et de métaphysique, quand le ciel leur sourit et leur parle d'amour par la voix des roses et des oiseaux ? Ce n'était pas Daphnis et Chloé, ni Roméo et Juliette, ni Jean-Jacques et madame de Warens. Leur amour éclatait le plus souvent en bourrasques ; dans leur jalousie ou leur colère, ils allaient, le dirai-je ? jusqu'à se battre, — comme se battent les amants. Voltaire, tout Voltaire qu'il fût, finissait toujours par succomber ; la bourrasque passée, les amants pleuraient comme des enfants taquins. M. du Chastelet survenait et les raccommodait avec effusion. Un jour que madame du Chastelet cachait ses larmes, il lui dit : « Ce n'est pas d'aujourd'hui que Voltaire nous trompe. » Un peu plus tard, il devait dire à Voltaire : « Ce n'est pas d'aujourd'hui que ma femme nous trompe. »

Cependant madame du Chastelet, quelque tendre que fût l'amitié, trouva que l'amour valait mieux. Le mathématicien Clairault fut sans doute de cette opinion, car un soir Voltaire, la voyant enfermée pour

prendre une leçon de mathématiques, donna à la
porte un si violent coup de pied — ce fantôme de
Voltaire — qu'il la jeta hors de ses gonds. La scène
fut terrible : l'amant trahi foudroya le maître et l'éco-
lière ; après quoi, comme sa passion n'avait plus que
des bouffées, il partit d'un éclat de rire et courut
continuer son *Essai sur la nature et la propagation
du feu*.

Il avait bien juré de ne plus chasser sur les terres
de M. du Chastelet; mais le lendemain, madame du
Chastelet lui apparut sous les ramées amoureuses du
parc. Elle fut éloquente à lui parler de son amour et
à lui dire que son histoire avec Clairault n'était qu'un
roman de hasard : le vent avait fermé la porte et avait
soulevé sa robe, voilà tout. Voltaire, qui ne croyait à
rien, crut à cela. Ah! le beau livre à faire sous ce
titre : *De la crédulité des hommes en matière des
femmes*. Toutefois, Voltaire désira enseigner lui-même
les mathématiques, ne voulant pas risquer une seconde fois les hasards du vent.

Mais le poëte Voltaire comptait alors sans le poëte
Saint-Lambert. Saint-Lambert rimait les *Saisons* et
débitait des madrigaux à la marquise de Boufflers, la
reine de la main gauche de ce roi sans royaume, Stanislas, qui avait donné sa fille à un royaume sans roi.
Stanislas, tout en fumant sa pipe, veillait de près sur
la vertu de sa maîtresse. Heureusement pour lui, la
marquise du Chastelet vint avec son mari et son amant
jouer la comédie à la cour. Sans doute que Voltaire

n'était pas assez fort en mathématiques, puisqu'un jour, entrant à l'improviste dans la chambre de madame du Chastelet, il trouva Saint-Lambert — à ses pieds. — Il faisait encore du vent ce jour-là, mais on avait oublié de pousser le verrou.

Voltaire ne fut pas moins foudroyant pour le poëte que pour le mathématicien. « Chut! lui dit madame du Chastelet; M. du Chastelet va vous entendre. — C'est vrai, dit-il avec son rire railleur et amer : il y a un mari responsable, je m'en lave les mains. » Et il s'en alla commander des chevaux de poste. La marquise donna contre-ordre et monta à la chambre de Voltaire. Elle le trouva couché et malade. Elle pleura, il la battit. « Mais non, dit-il tout à coup : quand je vous battais, je vous aimais. La bataille était l'amorce de la volupté, — c'est fini entre vous et moi; allez trouver ceux qui sont jeunes. » Il fut magnanime, il pardonna. Saint-Lambert, qui avait répondu vertement à ses apostrophes, vint à son tour s'incliner devant cette majesté du génie et cette majesté de la douleur. « J'ai tout oublié, mon enfant, s'écria Voltaire en se jetant dans ses bras; c'est moi qui ai eu tort, car je ne suis plus de ce monde; c'est vous qui êtes jeune, c'est vous qui êtes beau, c'est vous qui êtes vaillant; mais une autre fois, tirez les verrous. » Madame du Chastelet aurait pu lui répondre : « Avec vous cela ne sert à rien. »

Du reste, comme un vrai mari qu'il était presque à Lunéville, Voltaire avait enseigné à Saint-Lambert la

route semée de roses qui conduisait à madame du
Chastelet :

> Mais je vois venir sur le soir,
> Du plus haut de son aphélie,
> Votre astronomique Émilie,
> Avec un vieux tablier noir,
> Et la main d'encre encor salie ;
> Elle a laissé là son compas,
> Et ses calculs, et sa lunette ;
> Elle reprend tous ses appas :
> Porte-lui vite à sa toilette
> Ces fleurs qui naissent sur ses pas,
> Et chante-lui sur ta musette
> Ces beaux airs que l'amour répète,
> Et que Newton ne connut pas.

Mais Saint-Lambert n'avait pas eu besoin d'être
conseillé par Voltaire.

Et pourtant la marquise du Chastelet avait beaucoup
aimé Voltaire. J'en prends à témoin Voisenon qui
confessait les femmes, loin du confessionnal. Il écrivait de la marquise du Chastelet : « Elle n'avait rien
de caché pour moi ; je restais souvent tête à tête avec
elle jusqu'à cinq heures du matin. Quand elle disait
qu'elle était détachée de Voltaire, je ne répondais
rien ; je tirais un des huit volumes (de la correspondance manuscrite de Voltaire avec elle), et je lisais
quelques lettres. Je remarquais ses yeux humides de
larmes ; je refermais le livre en lui disant : « Vous n'êtes
pas guérie. » La dernière année de sa vie, je fis la
même épreuve : elle les critiquait ; je fus convaincu

que la cure était faite. Elle me confia que Saint-Lambert avait été son médecin *. »

Elle paya cet amour de sa vie. Elle donna un enfant à M. du Chastelet — ou à Voltaire — ou à Saint-Lambert. Elle poussa la philosophie jusqu'au bout. Voltaire écrit de Lunéville, au comte d'Argental : « Madame du Chastelet, cette nuit, en griffonnant son Newton, s'est sentie mal à son aise; elle a appelé une femme de chambre, qui n'a eu que le temps de tendre son tablier et de recevoir une petite fille, qu'on a portée dans son berceau. La mère a arrangé ses papiers, s'est mise au lit, et tout cela dort comme un ciron à l'heure que je vous parle. » Le même jour, Voltaire écrit ainsi à l'abbé de Voisenon : « Mon cher abbé Greluchon (ce sobriquet n'est-il pas tout un portrait de Voisenon?) saura que cette nuit, madame du Chastelet, étant à son secrétaire selon sa louable coutume, a dit : « Mais je sens quelque chose! » Ce quelque chose était une petite fille qui est venue au monde sur-le-champ. On l'a mise sur un livre de géométrie qui s'est trouvé là, et la mère est allée se coucher. »

Il se repentit, six jours après, d'avoir pris ce ton des contes de Voltaire : madame du Chastelet mourut.

---

* Madame du Chastelet avait quarante-deux ans; le soleil des beaux jours allait se coucher pour elle : comment ne pas chercher un peu de lumière encore quand le dernier rayon s'affaiblit et s'éteint? Comment ne pas saluer le rivage quand on prend la pleine mer, le jour de l'exil? — Ainsi parlent toutes les pécheresses.

10

Il la pleura de toutes ses larmes, quoique une bague à
secret, où le portrait de Saint-Lambert avait remplacé
le sien, qui avait remplacé celui du duc de Richelieu,
qui avait remplacé... lui eût tout appris. Ce bon M. du
Chastelet était présent à cette découverte, pleurant
comme Voltaire de toutes ses larmes. « Monsieur le
marquis, lui dit le poëte, voilà une chose dont nous
ne devons nous vanter ni l'un ni l'autre. »

Il y avait vingt ans que Voltaire vivait avec madame
du Chastelet dans la philosophie de l'amour ou dans
l'amour de la philosophie. Ils avaient approfondi ensemble tous les systèmes; ils avaient chanté les atomes
crochus; ils avaient voyagé dans le même tourbillon.
En un mot, ils s'étaient inquiétés de tout, hormis du
lendemain.

Le lendemain, Voltaire pleurait, et la marquise du
Chastelet, couchée sur un brancard couvert de fleurs,
était exposée dans la salle de spectacle où quelques
jours auparavant elle jouait la comédie. Comédie de la
vie, comédie de la mort, Voltaire ne savait que la
première.

Voltaire, inconsolable, voulut consoler M. du Chastelet. C'est le dernier trait de la comédie. « Mon cher
Voisenon, quel jour malheureux! J'irai verser dans
votre sein des larmes qui ne tariront jamais. Je n'a-
bandonne pas M. du Chastelet. Je reverrai donc ce
château, où j'espérais mourir dans les bras de votre
amie. » A Cirey, il écrit à M. d'Argental que le château
est devenu pour lui un horrible désert. Cependant les

lieux qu'elle habitait lui sont chers; il aura une sombre
joie à retrouver les traces de son séjour à Paris. Il
s'écrie qu'il n'a pas perdu une maîtresse, mais une
moitié de lui-même, une âme sœur de la sienne. Il
revient à Paris pâle comme un trappiste. Est-ce bien
là Voltaire qui riait toujours? On le plaint, on se
moque de lui. Mais combien pleurera-t-il de temps?
Un peu moins de six semaines!

Saint-Lambert pleura quinze jours; le mari seul ne
se consola pas.

VIII.

MADEMOISELLE QUINZE ANS.

Je ne veux pas m'égarer plus longtemps dans les
juvenilia du roi Voltaire. Par exemple, j'ai oublié de
conter son aventure avec la Duclos, qu'il chansonna
cavalièrement. Quand mademoiselle Gaussin lui rappela Adrienne Lecouvreur, il voulut retrouver en elle
sa tragédienne et sa maîtresse; mais déjà la marquise
du Chastelet l'enchaînait à sa ceinture, qui n'était
pourtant pas la ceinture de Vénus. Mademoiselle Gaussin emporta dans les coulisses le dernier rêve amoureux de Voltaire devenu sage. Mademoiselle Clairon,
qui le caressa beaucoup, fut bien plutôt pour lui la
muse que la femme. Il joua la tragédie avec elle, mais
ne joua pas au jeu de l'amour.

10.

Est-ce bien la peine d'indiquer que Voltaire fut en
galanterie à Londres avec quelques ladies et quelques
filles perdues? Il fut surtout amoureux de Laura Harley,
une Desdémone de boutique qui avait pour mari milord
Othello. Voltaire lui écrivit des vers anglais :

> Voulez-vous de vos yeux connaître le pouvoir,
> Regardez donc les miens, qui ne font que vous voir.

Je traduis mal. Sans doute, Voltaire traduisit mieux
en français Laura Harley, car le mari se fàcha tout
haut : il y eut scandale, presque prise de corps, peut-
être un duel à la boxe.

Voltaire a supprimé de ses œuvres les premiers vers
de son conte du *Cadenas*. Il les a supprimés, parce
que c'était une des pages les plus vives de l'histoire de
ses vingt ans. Quelle était cette belle vertu si bien
murée? On a cité plusieurs grands noms que je ne
veux pas répéter ici, non pas pour la dame, mais pour
le mari.

J'ai dit que la jeunesse de Voltaire avait fini avec
madame du Chastelet. Mais toute belle saison a son été
de la Saint-Martin. Voltaire secoua aux Délices et à
Fernex les parfums attiédis, mais doux encore, du
regain des passions. Collini rappelle qu'à Colmar Voltaire avait une cuisinière — le temps des duchesses
était passé — fort belle et fort réjouie, qui lui donnait
des distractions. Voltaire ne buvait que quand elle lui
versait à boire, comme si elle dût laisser tomber avec
le vin son air de jeunesse et son sourire de vingt ans.

Collini n'osa pas questionner Voltaire, mais il demanda
vingt fois à Babette pourquoi elle venait si souvent
dans le cabinet du philosophe. « C'est pour apprendre
à lire, » répondait la cuisinière. Et puis elle riait de
son beau rire, et s'en allait en se moquant de Collini.

A Fernex, on a accusé Voltaire d'avoir été l'amant
de sa nièce. On a voulu à toute force en trouver la
preuve dans Voltaire lui-même : « Chez nous autres
remués de barbares, on peut épouser sa nièce,
moyennant la taxe ordinaire, qui va, je crois, jusqu'à
quarante mille petits écus, en comptant les menus
frais. J'ai toujours entendu dire qu'il n'en avait coûté
que quatre-vingt mille francs à M. de Marmontel. J'en
connais qui ont couché avec leurs nièces à meilleur
marché. » Et plus loin on applique à Voltaire et à sa
nièce ces mots de Collini : « Je me souviens toujours
du poëte qui couchait avec sa servante. Il disait que
c'était une licence poétique. »

Madame Denis n'était pas embéguinée dans sa vertu.
Quand le marquis Ximenès venait aux Délices, elle lui
disait nettement que ce n'était pas assez d'admirer
l'oncle tout le jour, qu'il fallait aimer la nièce toute la
nuit. On peut inscrire à son compte plus d'une aventure avec les Ximenès de passage; mais que vouliez-
vous que madame Denis fît de Voltaire, et que vouliez-
vous que Voltaire fît de madame Denis? Ils étaient trop
vieux tous les deux, et tous les deux cherchaient à
rejoindre le couchant de l'aurore.

Quand Voltaire eut quatre-vingts ans, une aube

amoureuse vint encore dorer son front. Une dame de
Genève s'était jetée à ses genoux avec enthousiasme.
Elle était jeune par la beauté, elle était belle par la
jeunesse. Il voulut la relever : elle tomba dans ses
bras. Pendant une seconde, il eut vingt ans. Mais une
seconde après il se réveilla de ce dernier rêve. « J'ai
cent ans! » dit-il à la jeune femme *.

> Quelquefois un peu de verdure
> Rit sous les glaçons de nos champs;
> Elle console la nature,
> Mais elle sèche en peu de temps.
>
> Un oiseau peut se faire entendre
> Après la saison des beaux jours,
> Mais sa voix n'a plus rien de tendre,
> Il ne chante plus ses amours.
>
> Je veux dans mes derniers adieux,
> Disait Tibulle à son amante,
> Attacher mes yeux sur tes yeux,
> Te presser de ma main mourante.
>
> Mais quand on sent qu'on va passer,
> Quand l'âme fuit avec la vie,
> A-t-on des yeux pour voir Délie,
> Et des mains pour la caresser?

Voltaire aima jusqu'au dernier jour la compagnie
des femmes; c'était un philosophe qui n'aurait pu
vivre avec des philosophes. Sa cousine, madame de
Florian, était venue habiter Fernex; elle avait une

---

* Cela s'appelle, au Théâtre-Français, *la Comédie à Ferney.*

jeune sœur, mademoiselle de Saussure, qui riait toujours. Voltaire l'appelait mademoiselle *Quinze ans*.
Elle n'était pas si jeune que cela, mais elle n'était pas
majeure. C'était pour lui comme un bouquet de jeunesse qui parfumait son cabinet de travail; car elle
venait à toute heure « pêcher aux romans ». Oh! la
jeunesse, le beau poëme de la vie qui chante en nous
jusqu'au dernier jour! On vit pour être jeune, et on ne
consent à vieillir qu'en se retournant vers sa jeunesse.

Mademoiselle *Quinze ans* ne riait pas trop de voir
Voltaire métamorphosé en Anacréon par ses magies.
Elle le couronnait de roses cueillies par elle, et ne
s'offensait pas de sentir des lèvres de quatre-vingts ans
chercher ses dix-huit ans dans sa belle chevelure qui
sentait la forêt.

Voici comment Grimm conte cette histoire romanesque, qui fut tout un jour la gazette de Paris : « Il a
couru d'étranges bruits sur la conduite du seigneur
patriarche pendant le mois dernier. On assurait qu'il
avait eu plusieurs faiblesses à la suite des efforts qu'il
avait faits pour faire sa cour à une jolie demoiselle de
Genève, qui venait le voir travailler dans son cabinet;
et que madame Denis avait jugé nécessaire de rompre
ces tête-à-tête après le troisième évanouissement sur-
venu au seigneur patriarche. Le fait est que Voltaire a
eu quelques faiblesses dans le courant de décembre;
que la nouvelle madame de Florian, Genevoise, a une
parente, mademoiselle de Saussure, qui venait de
temps en temps à Fernex. Cette mademoiselle de

Saussure passe pour une petite personne fort éveillée;
elle amusait quelquefois M. de Voltaire dans son cabinet; mais quelle apparence qu'elle ait voulu attenter
à la chasteté d'un Joseph de quatre-vingts ans? »

Aux esprits sévères qui s'étonnent de voir l'historien
s'attarder dans ces Décamérons du roi Voltaire, dans
ces demi-jours voluptueux, sous ces ramées baignées
d'ombre et de lumière, où le merle railleur alterne
par son sifflement avec la strophe vibrante du rossi-
gnol, dans ces palais de papier peint où Adrienne
Lecouvreur confond les colères de Phèdre avec ses
colères à elle-même, dans ce château enchanté où
l'Amour se console de vieillir dans les bras de la
science, je répondrai que c'est par la passion qu'on
voit le mieux les hommes. La sagesse de Salomon
n'a-t-elle pas dit que celui-là qui connaissait la femme
aimée connaissait celui qu'elle aimait? C'est à la
femme qu'il faut arracher le mot de l'énigme. *Dis-moi
qui tu aimes, je te dirai qui tu es.* C'est en traversant
le jeune homme qu'on voit le grand homme. Le cœur
donne le secret de l'esprit. Le poëme de la jeunesse
d'Homère ne nous expliquerait-il pas mieux que tous
les commentateurs l'Iliade d'Andromaque et d'Hélène?
Quel beau livre perdu : la *Jeunesse d'Homère!*

IV.

DU MOUVEMENT DES ESPRITS

A L'AVÉNEMENT DE VOLTAIRE.

FÉNELON. — LE DUC D'ORLEANS. — BAYLE.
— MASSILLON. — FONTENELLE. —
LE CARDINAL DE FLEURY. — MONTESQUIEU.

I.

La Bastille ne fut pas la plus mauvaise école où étudia Voltaire. L'injustice conduit à l'amour du bien. La Bastille avait d'excellentes perspectives ouvertes sur le jeune siècle. C'était de là qu'on apprenait à étudier les institutions politiques de la France[*].

[*] « La Bastille changea Arouet en Voltaire, dit Méry dans sa *Critique du Roi Voltaire*. Ce fut l'inverse de la fable : la souricière accoucha d'une montagne. *Candide* est fils de la Bastille. Le pri-

La France attendait son Messie. Louis XIV venait de mourir, emportant tout le prestige de la royauté dans ses funérailles, cette descente de la Courtille de la royauté. Le régent croyait si peu à la royauté, qu'il aimait mieux graver *Daphnis et Chloé* que de monter sur le trône, ce qui ne lui était pas plus difficile.

Le grand siècle avait enseveli tous ses grands hommes. La France était veuve. Mais pour bien juger cette période, ne faut-il pas passer rapidement devant la galerie des hommes qui créaient alors l'esprit public?

Fénelon venait de mourir, mais ses livres vivaient.

sonnier adolescent se souviendra toujours de son grabat; il a fait le serment d'Annibal devant des barreaux de fer. Toutes les fois qu'une injustice éclatera sous le soleil, Voltaire se souviendra de sa prison. Calas, Sirven, La Barre, tous les criminels innocents auront un implacable défenseur. Voltaire, comme Hercule, a étouffé des serpents au berceau, il continuera le jeu jusqu'à la tombe. Dans sa généreuse ardeur contre l'injustice, il sera quelquefois injuste lui-même! Tant pis! le point de départ est son excuse. Le geôlier de la Bastille le poursuivra jusqu'à l'âge de quatre-vingt-quatre ans; il se nommera tour à tour Fréron, Nonnotte, La Beaumelle, Desfontaines, Guénée, Patouillet, Gilbert. Tant pis! Il était né pour la haute vie de gentilhomme, pour les élégances de la cour de Versailles, pour les sourires des favorites, pour les triomphes du madrigal, les grâces du bel esprit, les suprêmes délicatesses de la distinction; on a bouleversé ce naturel d'élite par un an de cachot; eh bien! le lion ne pardonnera jamais à ceux qui n'ont pas deviné le lionceau; son hyperbole dépassera même celle de Juvénal; il s'irritera même un jour au point de s'écrier, avec le géant de Sirius : *Je suis tenté de faire un pas et d'écraser cette fourmilière!* au point d'écrire, dans sa haine cyclique contre les superstitions, un poëme de vingt-quatre chants sur l'innocence de Jeanne d'Arc.

Il avait été l'Évangile en action, mais il avait ouvert le portail de l'église sur la nature. On lui avait dit de faire un roi du duc de Bourgogne, il avait tenté d'en faire un homme. Aussi Louis XIV brûla lui-même de sa main, — ce jour-là, la main du bourreau! — tous les beaux préceptes de cet autre évangéliste qui disait : « Le roi est l'homme des peuples. Le despotisme des souverains est un attentat sur les droits de la fraternité humaine. »

Madame de Grignan demandait à Bossuet s'il était vrai que Fénelon eût tant d'esprit. « Ah! madame, répondit l'évêque de Meaux, il en a à faire trembler! »

Fénelon avait de l'esprit à faire trembler le trône et l'autel. C'était un enthousiaste par le cœur ; mais pour lui, la foi c'était la sagesse. Le premier, il interpréta le texte sacré, au lieu de le traduire mot à mot. Il communia avec le génie anglais, car c'était là que le soleil se levait alors sur le monde. Aussi les Anglais, quoiqu'il ne fût pas de leur Église, le reconnaissaient citoyen de l'humanité. Les Anglais traduisaient *Télémaque;* que dis-je? ils apprenaient le français pour le lire. Quand le duc de Marlborough fit la guerre dans son diocèse, il dit à ses soldats : « Épargnez les terres de M. de Fénelon; c'est un des nôtres. » C'était épargner le bien des pauvres.

Le cœur de l'archevêque de Cambrai, comme celui de Voltaire, saignait à toutes les misères publiques. Ceux qui souffraient étaient de sa famille. Il soulevait d'une main pieuse les chaînes de Prométhée, et trom-

pait la faim des vautours. Il laissait dans la coulisse les
foudres de l'Église et ne s'armait que de la grâce divine.
Au lieu d'effrayer le pécheur par les châtiments de l'éternité, il le ramenait à Dieu en lui montrant la vertu plus
riante que le péché. Un des curés de son diocèse vint
lui dire un jour d'un air triomphant qu'il avait aboli
la danse des paysans les jours de fête : « Monsieur le
curé, vous avez aboli les jours de fête. Ne dansons
point, mais permettons à ces pauvres gens de danser.
Pourquoi les empêcher un moment d'oublier qu'ils
sont malheureux? » Ce qui rappelle ces autres paroles
d'un voltairien avant la lettre : « Les pauvres dansent
devant l'église; c'est bien : laissons-les secouer leur
misère. »

II.

Le duc d'Orléans, ce fanfaron des vices, selon la
parole de Louis XIV, qui parlait quelquefois comme
Saint-Simon écrivait, n'était pas seulement le prince
des roués, c'était quelquefois le prince du peuple.
Avant de se mettre à table à ces soupers célèbres qui
ont scandalisé la France, il se préoccupait de celui qui
ne soupait pas.

Avec cela, il aimait les arts et cultivait les sciences.
Il s'était mêlé de chimie. Presque toute l'après-dinée
il peignait à Versailles et à Marly. Il se connaissait en
tableaux. La légèreté de ses mœurs avait déteint sur

son intelligence; il était incapable de suite en rien;
mais il n'était guère étranger à aucune connaissance de
son temps.

Sa curiosité d'esprit était immense. Il y avait en lui
du Faust et du don Juan. Il mettait une sorte de courage incrédule à braver le monde invisible. Une idée
l'avait tourmenté de bonne heure : c'était de voir le
diable et de le faire parler. Il était un de ces faibles
esprits forts qui, — par une contradiction dont s'étonnent seulement ceux qui ne connaissent point la nature
humaine, — croient au diable et ne croient point à
Dieu.

Le duc d'Orléans était né avec le sentiment du beau
et du grandiose. Soldat, il fut le plus brave de l'armée
aux batailles de Steinkerque et de Nervinde; artiste,
il commentait les maîtres; homme politique, il pro-
duisait Law, il créait la liberté de penser, il pardonnait à ses ennemis; amoureux, il recherchait les formes
les plus pures sorties des mains du Créateur. Il eut
beaucoup de maîtresses, comme un autre a beaucoup
de statues. Don Juan s'était fait artiste.

L'histoire de la régence n'est pas faite; l'histoire du
régent ne sera jamais faite. On se contentera des
grands coups de crayon de Saint-Simon, qui voyait de
trop près et qui ne voyait pas juste, mal éclairé qu'il
était par les réverbérations du passé.

Et pourtant, quelle belle histoire! c'est le premier
mot de la Révolution française; que dis-je? c'est la
révolution avant la révolution. Le vieil Olympe de Ver-

sailles ne lancera plus le tonnerre ; les demi-dieux s'en
vont; on ne jouera plus aux déesses. Voici le règne des
vrais hommes et des vraies femmes : on va marcher
terre à terre dans le cortége des passions de la terre ;
pour la première fois, on va penser à Lazare, qui
meurt de faim; on va soulever d'une main pieuse les
chaînes de Prométhée ; on va nourrir l'âme en lui donnant la lumière. C'est le régent qui a ouvert les biblio-
thèques en France; c'est le régent qui a envoyé Voltaire
à l'école de la Bastille.

Le régent était un révolutionnaire. Il y avait dans
sa nature du Diderot, du Mirabeau et du Danton. Venu
un peu plus tard, il eût gravé le frontispice de l'*Encyclopédie*, il eût fondé un club et il fût mort sur l'é-
chafaud. En attendant, il gravait les faits et gestes de
Daphnis et Chloé, et il fondait le bal de l'Opéra comme
un autre aurait fondé une église. Il aimait les femmes,
sa femme et les femmes d'autrui, aujourd'hui madame
de Sabran et madame de Phalaris, demain madame de
Parabère et madame d'Averne, les aimant toutes parce
qu'il n'en aimait aucune, ou plutôt parce qu'il avait
mis sa force et sa faiblesse dans l'amour des femmes,
sans souci du ciel, mais avec le souci du royaume de
France. En effet, quelle que fût l'orgie, il ne perdait
pas de vue l'État. En vain les courtisanes voulaient-
elles lui parler politique. « L'État, disait-il, ce n'est
pas moi, c'est Louis XIV et Louis XV. » Madame de
Tencin, qui voulait le régenter un peu à la manière de
madame de Maintenon, fut remise à sa place de simple

femme par un mot difficile à écrire. La comtesse de
Sabran lui donnait un jour des conseils; il la conduisit
galamment devant un miroir de Venise : « Regardez-
vous, lui dit-il, est-ce que la Sagesse a jamais pris
cette figure-là ? » *

Saint-Simon protestait en silence. Il aimait le régent,
et il avait peur de la régence. « Qu'on se représente
ce qu'a vu Saint-Simon, dit M. de Montalembert, un
saint-simoniste : les deux premières nations catholiques du monde gouvernées sans contrôle et sans résistance, l'une par Dubois, le plus vil des fripons, l'autre
par Alberoni, « rebut des bas valets » ; et le saint-siége
réduit à faire de tous deux des princes de l'Église! la
noblesse « croupissant dans une mortelle et ruineuse
oisiveté » lorsque le danger et la mort ne venaient pas
la purifier sur les champs de bataille; le clergé, atteint
lui-même dans ses plus hauts rangs par la corruption,
dupe de cette dévotion de cour, sincère chez le maître,
commandée chez les valets, et aboutissant sans transi-
tion à une éruption de cynisme impie, qui dure cent
ans avant de s'éteindre dans le sang des martyrs; le
parlement, comme disait Saint-Simon lui-même, « dé-
bellé et tremblant, de longue main accoutumé à la
servitude » ; la bourgeoisie, pervertie par l'exemple
d'en haut, par une longue habitude d'adulation et ser-

---

* Ce qui explique la durée du règne de la marquise de Parabère, c'est qu'elle était bête. « Je ne sais rien et ne veux rien
savoir que l'amour. » Il y a un autre mot du régent : « Elle n'a
rien inventé, si ce n'est l'amour. » Lequel?

vile docilité; la nation presque entière absorbée dans
des préoccupatons d'antichambre; les institutions ébran-
lées, les garanties compromises, les droits enlevés à
tous ceux qui en avaient, au lieu d'être étendus à tous
ceux qui en manquaient; toutes les têtes courbées,
tous les cœurs asservis, tous les individus ravalés au
même néant; Saint-Simon, seul, errant de par la cour
et le monde, cherchant en vain une âme ou deux pour
le comprendre, et réduit à se renfermer chez lui pour
y écrire en secret ses colères et ses douleurs immor-
telles. »

Voltaire voyait, comme Saint-Simon, le dépérissement
de la France; mais pendant que le duc et pair s'enve-
loppait en montrant ses titres dans le linceul du passé,
Voltaire, qui croyait que tout était sauvé parce que tout
était perdu, leva une torche lumineuse sur les ténèbres de l'avenir.

III.

Bayle était mort, mais il n'avait pas fermé son école
de scepticisme. Il avait osé être un saint, contre les
foudres du pape. Amoureux de la liberté comme
Diogène, moins le tonneau, il s'était fait une seconde
patrie pour pouvoir parler et écrire sans le privilége
du roi. Pauvre, il avait fait du bien, ce qui était le
comble de l'impertinence philosophique. Bayle se com-
parait au Jupiter assemble-nuages d'Homère, disant

que sa pensée était de former des doutes. On peut dire
qu'il a fondé la philosophie du scepticisme, qui nie et
qui affirme, qui ne croit pas à ses affirmations et qui
nie pour qu'on lui donne une preuve de plus. Selon
lui, les opinions les plus opposées se présentent à
l'esprit avec un cortége de vérités. Bayle avait appris à
lire dans Amyot et à penser dans Montaigne. Il est
parti de là pour fonder, comme il l'a dit, la république
des lettres. Avant Bayle, on avait vu quelques pléiades
de poëtes, quelques sectes de philosophes, quelques
tribus de théologiens. Il réunit la tribu à la secte, la
secte à la pléiade; il en fit tout un peuple répandu aux
quatre coins de l'Europe. Il fut le premier journaliste,
parce qu'il étendit l'horizon et répandit sur tout ce
qu'il touchait les vives lumières de l'esprit. Or il touchait à tout. Ses *Nouvelles de la République des lettres*
avaient pour abonnés tous les penseurs de France et de
l'étranger; leur action s'étendait jusqu'aux grandes
Indes : aussi le nom de Bayle était-il mêlé à toutes les
controverses littéraires, politiques et religieuses*. On
l'attendait comme le Verbe de la vérité, mais il arrivait toujours avec le doute; son ciel était couvert de
nuages, il fallait qu'on découvrît le soleil.

On a beaucoup vanté ce labeur inouï de Bayle, qui

---

* Voltaire fut éloquent pour Bayle contre d'Alembert, qui avait
écrit : « Heureux si Bayle avait pu respecter la religion et les
mœurs! » Voltaire lut, et écrivit : « J'ai vu avec horreur ce que
vous dites de Bayle : vous devez faire pénitence toute votre vie de
ces deux lignes. »

travaillait quatorze heures par jour, penché sur les in-
folio et sur lui-même. Je me permettrai de dire que ç'a
été le tort irréparable de ce grand esprit ; je crois fermement que, s'il eût passé sept heures à travailler et
sept heures à vivre, son esprit, comme son corps, se
fût fortifié sous l'action plus immédiate de Dieu et de
la nature. « Je ne perds pas une heure, » disait-il. O
philosophie aveugle, qui ne connaît pas les joies con-
templatives du temps perdu ! On apprend la vie en
vivant ; apprendre à mourir, c'est encore apprendre à
vivre. Je comprends le philosophe inspiré, celui-là qui
s'élance dans l'infini sans souci de ses guenilles corpo-
relles ; il commence à vivre ici-bas de la vie future ; il
a entrevu les radieux espaces où Dieu attend son âme
immortelle ; il frappe avant l'heure aux portes d'or des
paradis rêvés. Mais le philosophe qui cherche et qui
doute, celui-là qui ne voyage pas avec les ailes de la
foi, qui va se brisant le front aux voûtes éternelles pour
retomber sur la terre tout épuisé et tout sanglant, celui-là devrait plus souvent fermer les in-folio, abandonner aux brises du soir les hiéroglyphes de son âme,
pour étudier, libre de toute tradition, les pages de
la vie. Pour quiconque les sait lire, ces pages divines détachées de tout commentaire humain, la vérité
resplendit.

IV.

La régence fut pour la littérature un temps de repos. Les grandes voix du dernier siècle s'étaient éteintes; les grandes voix du nouveau siècle ne s'élevaient pas encore.

A la parole haute et souveraine de Bossuet avait succédé la parole élégante et dorée de Massillon. Le premier mot de Massillon, après avoir entendu les prédicateurs du dernier siècle, fut : « Si je prêche jamais, je ne prêcherai point comme eux. »

Une profonde connaissance du cœur humain, une langue harmonieuse, une éloquence suave qui effleure le dogme et qui s'attache à la morale, Isocrate en chaire : voilà Massillon, qui est à Bourdaloue ce que Racine fut à Corneille. On s'étonnait de cette peinture vraie des passions, dans un homme voué par état à la retraite. « C'est en me sondant moi-même, répondait-il, que j'ai appris à connaître les autres. » Tout homme a l'humanité en soi.

Massillon était né à Hyères, en Provence. Son éloquence a le parfum de ces tièdes îles de la Méditerranée où croît l'oranger. Il était d'une famille obscure. A dix-sept ans, il entra à l'Oratoire. Dès qu'il eut prêché, son humilité chrétienne s'effraya de ses succès : il craignait, disait-il, le *démon de l'orgueil.*

11.

Pour lui échapper, il alla se cacher dans la solitude effrayante de Sept-Pons. Ce démon l'y poursuivit. Le cardinal de Noailles ayant envoyé à l'abbé de Sept-Pons un mandement qu'il venait de publier, l'abbé chargea Massillon de faire une réponse en son nom. Cette réponse fut une œuvre. On n'attendait rien de semblable de la solitude de Sept-Pons, et le cardinal tint à savoir quelle était cette ruche de miel cachée dans le désert. Il découvrit le véritable auteur de la lettre, le tira de sa thébaïde, le fit venir à Paris et se chargea de sa fortune. Massillon vit croître à chaque pas le danger qu'il avait redouté. Un de ses confrères lui disait un jour ce qu'il entendait dire à tout le monde de ses succès. « Le diable, répondit-il, me l'a déjà dit plus éloquemment que vous. »

Quand il prêcha le *Petit Carême* à la chapelle de la cour, il plaida la cause de l'humanité contre la ligue toujours ennemie et toujours persistante des courtisans. C'était l'Évangile un jour de fête. La vérité osait pour la première fois parler au cœur du jeune roi : avec moins d'art et moins d'ornements, cette vérité eût paru presque séditieuse.

La philosophie, déjà sur la brèche, s'empara de l'éloquence et des vertus de Massillon comme d'un exemple à opposer aux mœurs licencieuses, à l'ignorance grossière et farouche du clergé : son *Petit Carême* fut surnommé le *Catéchisme des rois*. Voltaire l'avait sur sa table, à côté des tragédies de Racine.

La religion n'était plus acceptée pour Dieu lui-

même, mais pour sa morale. Les rois étaient sur le
point de n'avoir plus pour confesseur que leur conscience.

V.

Fontenelle a ressemblé, selon Voltaire, « à ces terres
heureusement situées qui portent toute espèce de
fruits ». Quoiqu'il ait cultivé sa terre pendant cent ans,
la moisson ne fut pas abondante, si on supprime
l'ivraie du bon grain. Et encore, Fontenelle avait appris
de bonne heure, quand il publia l'*Histoire des Oracles*,
qu'on a tort d'avoir raison en France, ce qui l'empêcha souvent de battre le bon grain. Toutefois, comme
l'a dit encore Voltaire : « On l'a regardé comme le
premier des hommes dans l'art nouveau de répandre
la lumière et les grâces sur les vérités abstraites. »
Le père Le Tellier, qui avait l'oreille du roi parce qu'il
lui prêtait la sienne; le père Le Tellier, qui voulait
que son royaume fût de ce monde et qui essayait de
tuer toutes les influences, déféra l'auteur des *Mondes*
comme un athée qui ne croyait pas aux miracles. Heureusement que d'Argenson, alors lieutenant de police,
n'y croyait pas non plus et qu'il sauva Fontenelle de
la persécution.

Il ne croyait ni au passé ni à l'avenir. Il ne voulait
marcher ni en avant ni en arrière, parce que la passion ne l'emportait pas. Toutefois, il avait beau dire à

chaque victoire de l'esprit nouveau : « Je m'en lave
les mains, » il avait travaillé pour l'esprit nouveau. Il
n'écrivait guère, mais il parlait beaucoup. Lorsque la
vérité sortait de ses mains, elle était plus dangereuse
qu'en tombant de la main du premier venu, parce
qu'elle avait un tour charmant de fille bien née qui lui
donnait ses entrées dans le monde.

L'abbé de Saint-Pierre, son ami, aurait bien dû lui
emprunter ses airs mondains pour habiller ses rêveries.
Avec Fontenelle, la diète européenne et la paix per-
pétuelle auraient eu plus de partisans et moins de
rieurs. « C'est le rêve d'un bon citoyen, » disait le
cardinal Dubois, qui n'était pas un bon citoyen.

Mais les utopies de l'abbé de Saint-Pierre tombèrent
dans de meilleures mains. Voltaire les dépouilla de tout
ce qu'elles avaient de chimérique, et mit en lumière
tout ce qu'elles avaient de généreux.

Fontenelle avait eu les mains pleines de vérités, et
il les avait ouvertes*, témoin l'*Histoire des Oracles*.
Mais un ministre plus Normand que Fontenelle le
nomma censeur royal, et le philosophe ferma ses
mains. Bien plus, il ferma les mains des autres. « Mais,
lui dit un philosophe, vous avez écrit l'*Histoire des*

---

* Un écrivain qui a, comme Fontenelle, osé être spirituel quoique savant, paradoxal quoique philosophe, M. Flourens, pour
appeler la science par son nom, a dit avant moi, dans son livre
sur Fontenelle, que l'auteur des *Mondes* avait ouvert ses mains.
« Voltaire, ajoute M. Flourens, l'appelle *le discret Fontenelle*.
Fallait-il qu'il fût aussi indiscret que Voltaire ? »

Oracles, et vous me refusez votre approbation. —
Monsieur, répondit Fontenelle, si j'avais été censeur
quand j'ai écrit l'*Histoire des Oracles*, je me fusse
bien gardé de lui donner mon approbation. »

Il ne faudrait pas oublier parmi ces précurseurs de
la philosophie voltairienne *ces messieurs de l'Entre-sol*,
ces hardis censeurs qui mettaient sur la nappe Dieu et
le roi, ces enfants terribles du pays des idées, qui
cassèrent les vitres des fenêtres où Voltaire devait
s'accouder [*].

VI.

Trois cardinaux ont régné en France : Richelieu,
Mazarin, Fleury. Ces trois hommes d'Église ont été
trois hommes d'État. Avec moins de génie que les deux
premiers, Fleury, sans recourir à la hache comme
Richelieu, ni à la diplomatie comme Mazarin, continua d'isoler la royauté en abaissant la noblesse.

Le cardinal de Fleury craignait ce qu'il appelait un
ministère historique. Il ne dédaignait pas la renommée
future, mais il ne voulait pas que ses contemporains
écrivissent sur lui. Il disait que quand il était content

[*] Un historien sans le vouloir, Édouard Thierry, a mieux
qu'aucun historien de profession raconté l'histoire de l'Entre-sol,
qui, selon lui, fut pour l'Académie des sciences morales et politiques ce que la maison de Conrart avait été pour l'Académie
française.

de lui, la France entière devait être contente; mais il
aimait le silence et répétait souvent cet apophthegme
de l'Imitation : *Ama nesciri*.

Dans son horreur du bruit, il ne voulait autour de
lui pour gouverner que de simples commis. Il craignait les novateurs, disant que toute nouvelle idée
renferme une tempête, ne comprenant pas que la
tempête forme le torrent qui fertilise. Il croyait que
Law avait ruiné la France, Law qui avait été le torrent
fécond éparpillant des parcelles d'or là où l'or n'était
jamais venu.

L'historien doit d'ailleurs des sympathies à ce premier ministre qui ne croyait travailler que pour le peuple, qui lisait l'Évangile plus souvent que Machiavel,
et qui disait avec l'abbé de Saint-Pierre que les vrais
soldats sont ceux qui cultivent la terre. Mais s'il eut
raison pour le peuple, il eut tort pour le pouvoir; car
à force d'éloigner du trône tous les hommes qui, par
leur génie, par leur caractère, par leur hardiesse,
créaient l'opinion publique en France, l'opinion publique se déplaça et ne prit plus son mot d'ordre à
Versailles.

Le cardinal de Fleury avait compté sans Voltaire.

Déjà l'esprit public ne descendait plus de Versailles
sur Paris, c'était Paris qui allait gouverner Versailles.

VII.

Le Sage et Piron, pauvres tous les deux, devaient bientôt élever très-haut la dignité des hommes de pensée, parce qu'ils avaient la pauvreté castillane. Vauvenargues allait proclamer la dignité humaine, Montesquieu cherchait déjà les titres de l'humanité.

Quand parurent les *Lettres persanes*, ce fut un événement. Jamais l'esprit, jamais la vérité se montrant à nu ne firent un pareil scandale. Il sembla que pour la première fois toutes les bases de l'antique société se remuaient. Ce livre était une critique; il avait par la forme tout l'attrait d'un roman, dans un temps où l'on ne demandait guère au roman que des épisodes et une peinture de mœurs avec très-peu d'action; mais sous un masque de frivolité, il était aisé de reconnaître un penseur, un homme profondément versé dans la science du gouvernement, dans l'étude des institutions et dans l'esprit des lois. Le succès fut inimaginable. « Les *Lettres persanes*, raconte l'auteur lui-même, eurent d'abord un débit si prodigieux que les libraires mirent tout en usage pour en avoir des suites. Ils allèrent tirer par la manche tous ceux qu'ils rencontraient : Monsieur, disaient-ils, faites-moi des *Lettres persanes*. »

Cet ouvrage était bien un fruit du temps. À la longue

et sévère compression du grand siècle avait succédé
un goût fiévreux pour la liberté de tout dire et de
tout écrire. Les mœurs tournaient à l'Orient et l'amour
au harem. On était, comme on dit maintenant, dans
une période de réaction contre le règne de Louis XIV.
Le sarcasme religieux qui éclate dans ces lettres flattait
le penchant du nouveau siècle à l'incrédulité. « Les
libertins entretiennent ici un nombre infini de filles
de joie, et les dévots un nombre innombrable de
dervis. S'il y a un Dieu, il faut nécessairement qu'il
soit juste ; car s'il ne l'était pas, il serait le plus mauvais et le plus imparfait des êtres. Toutes ces pensées
m'animent contre les docteurs qui représentent Dieu
comme un être qui fait un exercice tyrannique de sa
puissance ; qui le font agir d'une manière dont nous
ne voudrions pas agir nous-mêmes, de peur de l'offenser. »

Les événements religieux de la fin du règne de
Louis XIV sont couverts de ridicule par Montesquieu.
Les académies, les corps savants, ne trouvent pas
plus grâce aux yeux de l'auteur des *Lettres persanes*
que les casuistes, les chartreux, les capucins et les
autres ordres religieux. « J'ai ouï parler d'une espèce
de tribunal qu'on appelle l'Académie française. Il n'y
en a point de moins respecté dans le monde ; car on
dit qu'aussitôt qu'il a décidé, le peuple casse ses arrêts
et lui impose des lois qu'il est obligé de suivre. »

Les mœurs, les intrigues, les manœuvres du temps
y sont dévoilées avec une connaissance impitoyable du

cœur de l'homme ou du cœur de la femme. « Crois-tu,
Ibben, qu'une femme s'avise d'être la maîtresse d'un
ministre pour coucher avec lui? Quelle idée! C'est
pour lui présenter cinq ou six placets tous les matins,
et la bonté de leur nature paraît dans l'empressement
qu'elles ont de faire du bien à une infinité de gens
malheureux qui leur procurent cent mille livres de
rente. »

On peut dire de ces Lettres ce que l'auteur a dit lui-
même des jolies femmes, « dont le rôle a plus de gravité qu'on ne pense. » Sous cette plaisanterie fine et
délicate se placent un grand fonds de bon sens, une
science magistrale, une philosophie audacieuse. Quelquefois ce léger crayon a des traits qu'envierait le
burin de Tacite : « Le règne du feu roi a été si longtemps, que la fin en avait fait oublier le commencement. »

Montesquieu avait parlé ainsi de Louis XIV : « Il
n'est occupé qu'à faire parler de lui; il aime les tro-
phées et les victoires. Il aime à gratifier ceux qui le
servent; mais il paye aussi libéralement l'oisiveté des
courtisans que les campagnes laborieuses de ses capitaines. Souvent il préfère un homme qui le déshabille,
ou qui lui donne la serviette quand il se met à table,
à un autre qui lui prend des villes ou qui lui gagne
des batailles. » Il ne faut pas chercher dans ces jugements pleins de hauteur et de dédain une histoire de
Louis XIV, mais l'opinion des Français de la régence
sur un règne fini avant sa fin.

Les peuples étaient las du soleil couchant, et ils se
tournaient vers le soleil levant avec la curiosité affec-
tueuse de l'oiseau qui se réveille dans son nid de
mousse. « J'ai vu le jeune monarque. Sa vie est bien
précieuse à ses sujets, elle ne l'est pas moins à l'Europe par les troubles que sa mort pourrait produire.
Mais les rois sont comme les dieux, et pendant qu'ils
vivent on doit les croire immortels. »

Par les *Lettres persanes* la voie de la critique religieuse était tracée; après le régent, la terreur respectueuse qui défendait le trône de Louis XIV contre les
jugements de l'opinion publique était évanouie; après
l'abbé Dubois et l'abbé de Tencin, les lumières et les
vertus qui protégeaient l'Église contre les entreprises
de la raison humaine s'étaient obscurcies pour jamais;
ainsi, de tous les côtés, tombaient les barrières : la
liberté de penser commençait à se montrer à la porte
du Louvre. Il ne fallait plus qu'un roi pour achever la
royauté du droit divin. Louis XV monta sur le trône.

V.

VOLTAIRE A LA COUR.

Voltaire à la cour! Voltaire courtisan à la veille
d'être roi! C'est toujours Voltaire avec son esprit qui rit
de tout, même de la grandeur de Louis XV, même de
la vertu de madame de Pompadour. Il disait comme
Piron : « Puisque les titres sont connus, je prends mon
rang, » et, ce jour-là, il passait le premier. Il ne tenait
qu'à lui de briller à la cour ; il ne lui fallait pour cela
qu'un peu moins de génie. Le cardinal de Bernis lui
montrait le chemin.

Pourquoi allait-il à la cour? Pour ne pas aller à la
Bastille et dire la vérité? Il voulait s'appuyer sur
Louis XV pour soulever la France.

Ce fut un événement pour Versailles que Voltaire à
la cour. Jusque-là on y avait vu les poëtes plus ou moins

prosternés. Voltaire, qui s'appuyait sur la fortune et
sur la renommée, marchait la tête haute, en homme
qui connaît sa force. « Les rois sont toujours les demi-
dieux, lui dit madame de Pompadour, qui voulait le
métamorphoser en courtisan. — Madame la marquise,
répondit Voltaire, c'est un poëte qui a créé les demi-
dieux. » *

Voltaire, qui avait soupé avec les maîtresses du régent, avec la maîtresse du cardinal Dubois, avec toutes
les coquines qui jouaient de l'éventail et du sceptre,
soupa avec les maîtresses de Louis XV, à la Muette
avec madame de Mailly, à Choisy avec madame de

---

* Ce fut une autre marquise premier ministre qui avait fait la
fortune de Voltaire.

Faut-il rappeler ici que sous Louis XV enfant le duc de Bourbon s'imagina gouverner la France avec la marquise de Prie,
cette figure d'ange qui masquait une âme de démon? Mais on ne
gouverne pas une grande nation quand on n'a ni génie, ni honneur, ni caractère. Le duc de Bourbon n'était qu'un joueur de
Bourse, qui s'était enrichi des chimères de Law ; la marquise de
Prie n'était qu'une catin à l'enchère. Elle avait commencé par se
vendre ; elle vendait la faveur du premier ministre ; elle vendait
la faveur du roi ; elle ne désespérait pas de vendre un jour la
France à l'étranger. C'était Messaline s'accouplant à l'idole d'or.

Elle reconnaissait bien plus la royauté de Voltaire que la
royauté de Louis XV. Elle savait que celui des deux qui devait
donner l'immortalité, c'était le roi poëte, et non le roi fainéant.
Aussi, cette louve insatiable qui montrait ses dents à tous les
festins que servait la France ruinée, cette belle impudique qui
prenait des deux mains dans toutes les mains, elle fit un peu la
fortune de Voltaire. Il est vrai que cela ne lui coûtait pas une
obole.

Châteauroux, à Étioles avec madame de Pompadour.
Mais il ne soupait que les jours où le roi ne soupait
pas. Le roi ne voulait pas se rencontrer avec Voltaire,
comme s'il eût craint que cette autre royauté ne fît
pâlir la sienne.

Le souper d'Étioles est consacré par de mauvais vers
à madame de Pompadour, où le poëte compare le roi
au vin de Tokai. Pour se consoler de n'avoir pas soupé
avec le roi, il combat cette opinion de Dufresny, qui
dit dans une chanson que les rois ne se font la guerre
que parce qu'ils ne boivent jamais ensemble. « Dufresny
se trompe, écrit Voltaire. François Ier avait soupé avec
Charles-Quint, et vous savez ce qui s'ensuivit. Vous
trouverez, en remontant plus haut, qu'Auguste avait
fait cent soupers avec Antoine. Non, madame, ce n'est
point le souper qui fait l'amitié. »

Madame de Pompadour avait accueilli Voltaire en
femme d'esprit qui aime les livres ouverts. Voltaire
devint pour une saison son maître en l'art de penser.
De la galanterie il passa avec elle à la politique ; il fut
dépêché en ambassade vers le roi de Prusse ; il écrivit
pour la paix à l'impératrice de Russie ; il fut sur le
point de trahir les secrets de ses amis les Anglais.

Le premier ministre et le second ministre, madame
de Pompadour et le marquis d'Argenson, étaient pour
lui. Avec de si hauts protecteurs, où ne devait-il pas
arriver ? Il arriva tout essoufflé à une place de gentilhomme de la chambre et à un brevet d'historiographe
de France !

Voltaire fut alors courtisan à toute heure, le jour et
la nuit, en prose et en vers. S'il voyait la maîtresse du
roi jouant du crayon, comme elle jouait du sceptre et
de l'éventail, il lui disait :

> Pompadour, ton crayon divin
> Devrait dessiner ton visage :
> Jamais une plus belle main
> N'aurait fait un plus bel ouvrage.

S'il entrait à sa toilette, il se croyait encore obligé
à quatrain[*]. La marquise ayant joué *Alzire* au théâtre
des petits appartements, il s'imagina qu'il devait se
jeter à ses pieds. Madame de Pompadour le rappela à
l'ordre, en lui disant que sa place n'était pas à ses
pieds, mais à l'Académie. « Je l'avais oublié, dit
Voltaire. Mais il me manque une voix pour être élu. —
Laquelle? — La vôtre. — Je vous la donne. » Et le
poëte fut élu. Pourquoi Voltaire ne demanda-t-il pas le
chapeau de cardinal?

---

[*] Voltaire, après des madrigaux et des cajoleries sans nombre,
la chanta avec beaucoup de sans-façon dans *la Pucelle;* mais il
demeura toujours son ami; ainsi, au moment où la marquise
n'était plus aimée du roi ni respectée des courtisans, Marmontel
la plaignait beaucoup à Ferney. « Elle n'est plus aimée, dit Marmontel. — Eh bien! s'écria Voltaire, qu'elle vienne ici jouer
avec nous la tragédie; je lui ferai des rôles, et des rôles de reine.
Elle est belle, elle doit connaître le jeu des passions. — Elle
connaît aussi, répliqua Marmontel, les profondes douleurs et les
larmes. — Tant mieux! c'est là ce qu'il nous faut. — Puisqu'elle
vous convient, laissez faire; si le théâtre de Versailles lui manque, je lui dirai que le vôtre l'attend. »

Voltaire, qui avait déjà frappé deux fois à la porte
de l'Académie sans que l'Académie ouvrît la porte, fut
donc enfin nommé tout d'une voix. Il lui avait fallu,
comme Montesquieu, désavouer plus d'une page de
ses œuvres. L'Académie, d'ailleurs, n'était pas encore
voltairienne. Mais le fut-elle jamais? Montesquieu, l'ami
de Voltaire, comme Voltaire fut l'ami de Montesquieu,
— si les beaux génies se rencontrent souvent, ils ne
s'aiment pas toujours; — Montesquieu, dis-je, peignait
jusqu'à un certain point l'opinion des académiciens
quand il écrivait : « Il serait honteux pour l'Académie
que Voltaire en fût, et il lui sera quelque jour honteux
qu'il n'en ait pas été*. »

* Voyez comme cet académicien parlait de l'Académie, avant
d'être de l'Académie :

« Dans votre Académie, pourquoi ne recevez-vous pas l'abbé
Pellegrin? est-ce que Danchet serait trop jaloux? Vous savez qu'il
y a vingt ans que je vous ai dit que je ne serais jamais d'aucune
Académie. Je ne veux tenir à rien dans ce monde, qu'à mon
plaisir; et puis, je remarque que telles Académies étouffent toujours le génie au lieu de l'exciter. Nous n'avons pas un grand
peintre depuis que nous avons une Académie de peinture; pas un
grand philosophe formé par l'Académie des sciences. Je ne dirai
rien de la française. La raison de cette stérilité dans des terrains
si bien cultivés est, ce me semble, que chaque académicien, en
considérant ses confrères, les trouve très-petits, pour peu qu'il
ait de raison, et se trouve très-grand en comparaison, pour peu
qu'il ait d'amour-propre. Danchet se trouve supérieur à Mallet,
et en voilà assez pour lui; il se croit au comble de la perfection.
Le petit Coypel trouve qu'il vaut mieux que de Troy le jeune, et
il pense être un Raphaël. Homère et Platon n'étaient, je crois,

12

Voltaire comprit bien cette sympathie douteuse;
il avait dit : « J'ennuierai le public d'une longue ha-
rangue, ce sera le chant du cygne. » Voltaire se croyait
toujours en train de mourir. Ce chant du cygne fut
pour les oreilles académiques une impertinence débitée
d'un ton cavalier. Ce n'était pas l'Académie qui recevait Voltaire, c'était Voltaire qui recevait l'Académie.
Le roi entrait d'un pied dédaigneux, quoique avec
force révérences, dans sa nouvelle province.

Il habitait tour à tour Versailles et Paris.

À la mort de madame du Chastelet, il s'en était
revenu habiter son hôtel avec M. du Chastelet. Mais
le marquis, voulant vivre seul, avait cédé la place à
Voltaire, après lui avoir vendu les meubles de la
marquise.

Ce fut dans cet hôtel que Voisenon dit un jour au
poëte : « Eh bien, vous voilà chez vous? — Non, dit
Voltaire, je suis toujours chez elle. » Et il montra la
table, le lit, le fauteuil. « Tout, dit Voisenon, jusqu'au
paravent! » Voltaire, essuyant de vraies larmes, conta
à son abbé que dans sa douleur il faisait bâtir un
théâtre : « Un théâtre dont vous serez le grand prêtre,
mon cher Voisenon*. »

d'aucune Académie. Cicéron n'en était point, ni Virgile non plus.
Adieu, mon cher abbé; quoique vous soyez académicien, je vous
aime et vous estime de tout mon cœur. Vous êtes digne de ne
l'être pas. »

　* Le Kain, qui a écrit sur Voltaire, car tout le monde a écrit
sur Voltaire, nous le représente fidèlement à cette époque. C'est

Tout le monde sollicita son entrée au théâtre de Voltaire, mais la salle était trop petite, et souvent plus

un point de vue trop négligé par ses historiens. Voltaire avait vu jouer Le Kain à l'hôtel de Clermont-Tonnerre, dans la mauvaise comédie du *Mauvais Riche*; il avait prié l'auteur de lui amener son comédien. « Ce que je ne pourrais peindre, c'est ce qui se passa dans mon âme à la vue de cet homme dont les yeux étincelaient de feu, d'imagination et de génie. Après ma part d'une douzaine de tasses de chocolat mélangé avec du café (seule nourriture de M. de Voltaire, depuis cinq heures du matin jusqu'à trois heures après midi), je lui dis que je ne connaissais d'autre bonheur sur la terre que de jouer la comédie. Il consentit à me recueillir chez lui comme son pensionnaire, et à faire bâtir au-dessus de son logement un petit théâtre, où il eut la bonté de me faire jouer avec ses nièces et toute ma société. Un jour on répétait *Brutus*, et la mollesse de Sarrasin dans son invocation au dieu Mars, le peu de fermeté, de grandeur et de majesté qu'il mettait dans tout le premier acte, impatienta tellement M. de Voltaire, qui lui dit avec une ironie sanglante : « Monsieur, songez donc que vous êtes Brutus, le plus ferme de tous les consuls romains, et qu'il ne faut point parler au dieu Mars comme si vous disiez : « Ah ! bonne Vierge, faites-moi gagner un lot de cent francs à la loterie! » En toute chose Voltaire était bon maître [1].

[1] Le Kain visita Voltaire aux Délices : « Étant aux Délices, je devins le dépositaire de l'*Orphelin de la Chine*, que l'auteur avait fait d'abord en trois actes, et qu'il nommait ses magots. C'est en conférant avec lui sur cet ouvrage, d'un caractère noble et d'un genre aussi neuf, qu'il me dit : « Mon ami, vous avez les inflexions de la voix naturellement douces, gardez-vous bien d'en laisser échapper quelques-unes dans le rôle de Gengis. Il faut bien vous mettre dans la tête que j'ai voulu peindre un tigre qui, en caressant sa femelle, lui enfonce ses griffes dans les reins. »

Le Kain rappelle aussi qu'à la troisième représentation de *Mérope*, « M. de Voltaire fut frappé d'un défaut de dialogue dans les rôles de

d'un grand nom restait à la porte ou dans l'escalier.
On soupait après le spectacle, et Voltaire ne savait
plus s'il était plus grand seigneur que grand poëte ou
grand comédien.

Non-seulement Voltaire aimait la mise en scène,
mais il aimait à se mettre en scène. A la représentation
d'*Œdipe*, on le voit arriver sur le théâtre en portant
la queue du grand prêtre, se moquant déjà des dieux,
des spectateurs et de lui-même. A la représentation
d'*Artémire*, où le public siffle du même coup sa tragédie et sa maîtresse qui joue le rôle d'Artémire, il
entre en scène et apostrophe ceux qui sifflent, outré
qu'on ne reconnût pas qu'il avait raison comme poëte
et comme amant. Pendant la représentation de *Mahomet*,
Voltaire reçoit un billet du roi de Prusse, qui lui
annonce la victoire de Molwitz. Tout autre eût mis le
billet dans sa poche, mais Voltaire, toujours expansif,
interrompt le spectacle et fait lui-même la lecture du
royal billet : « Vous verrez, ajoute-t-il à mi-voix, ne
parlant qu'à ceux qui étaient près de lui, que cette
pièce de Molwitz fera réussir la mienne. » Quand on
joua *Mérope*, Voltaire, qui connaissait tout le monde,

Polyphonte et d'Érox. De retour chez madame la marquise du Chastelet,
où il avait soupé, il rectifia ce qui lui avait paru vicieux dans cette scène
du premier acte, fit un paquet de ses corrections, et donna ordre à son
domestique de les porter chez le sieur Paulin, homme très-estimable,
mais acteur très-médiocre, et qu'il élevait, disait-il, à la brochette, pour
jouer les tyrans. Le domestique fit observer à son maître qu'il était plus de
minuit, et qu'à cette heure il lui était impossible de réveiller M. Paulin.
« Va, va, lui répliqua l'auteur de *Mérope*, les tyrans ne dorment jamais. »

se montra dans toutes les loges. A la première représentation d'*Oreste*, voyant applaudir un passage imité
de Sophocle, il s'élança hors de sa loge en s'écriant :
« Courage, Athéniens, c'est du Sophocle ! » On peut
dire qu'il jouait un rôle dans toutes ses pièces.

Voltaire peignit alors avec sa vivacité de tons le
monde où il vivait :

> Après dîné, l'indolente Glycère
> Sort pour sortir, sans avoir rien à faire.
> Chez son amie au grand trot elle va,
> Monte avec joie, et s'en repent déjà,
> L'embrasse, et bâille ; et puis lui dit : « Madame,
> « J'apporte ici tout l'ennui de mon âme ;
> « Joignez un peu votre inutilité
> « A ce fardeau de mon oisiveté. »
> Si ce ne sont ses paroles expresses,
> C'en est le sens. Quelques feintes caresses,
> Quelques propos sur le jeu, sur le temps,
> Sur un sermon, sur le prix des rubans,
> Ont épuisé leurs âmes excédées.
> Elle chantait déjà, faute d'idées ;
> Dans le néant leur cœur est absorbé,
> Quand dans la chambre entre monsieur l'abbé.
> D'autres oiseaux de différent plumage,
> Divers de goût, d'instinct et de ramage,
> En sautillant font entendre à la fois
> Le gazouillis de leurs confuses voix.

Voici l'heure des cartes ; on joue pour reposer son
esprit.

> Monsieur l'abbé vous entame une histoire
> Qu'il ne croit point et qu'il veut faire croire.
> On l'interrompt par un propos du jour

Qu'un autre conte interrompt à son tour :
Des froids bons mots, des équivoques fades,
Des quolibets et des turlupinades,
Un rire faux, que l'on prend pour gaieté,
Font le brillant de cette société.
C'est donc ainsi, troupe absurde et frivole,
Que nous usons de ce temps qui s'envole !
C'est donc ainsi que nous perdons des jours
Longs pour les sots, pour qui pense si courts !
Mais que ferai-je ? où fuir loin de moi-même ?
Il faut du monde ; on le condamne, on l'aime.

Olivier Goldsmith, qui vint à Paris vers ce temps-là, parle de Voltaire avec admiration. Selon lui, personne n'était capable de rivaliser avec ce charmant, profond et lumineux esprit. Il le met en scène avec Diderot* et Fontenelle. Voltaire laissa d'abord ses deux amis s'escrimer gaiement. Fontenelle, quoique presque centenaire, mit bientôt Diderot en déroute. Voltaire souriait et semblait dire : Vous n'avez raison ni l'un ni l'autre, mais je ne veux pas avoir raison sur vous. Tout à coup la verve l'entraîne, le voilà parti sans le vouloir, et Olivier Goldsmith, quand il raconte cette soirée, est tout émerveillé encore d'avoir ouï Voltaire, trois heures durant, sans qu'il cessât une minute d'être éloquent de toutes les éloquences : tour à tour railleur, attendri, imprévu, savant, hardi.

* Olivier Goldsmith avait beaucoup d'imagination. Voltaire ne vit qu'une seule fois Diderot, quand Voltaire allait mourir, quand Diderot avait un pied dans la tombe. Sans doute le romancier anglais a pris Duclos pour Diderot.

Ce fut l'année où Voltaire vit venir à lui ce poëte
limousin qui a rimé des tragédies, conté des contes
moraux et écrit des mémoires « pour servir à l'instruction de ses enfants. » Marmontel était un peu
bonhomme, un peu poëte, un peu pédant; total : un
esprit à mi-jour. Voltaire n'avait pas deviné juste en
lui ouvrant ses bras, ou plutôt il avait compris que
c'était là un bon capitaine pour ses batailles littéraires
et philosophiques. En effet, quoique Marmontel fût
lourdement armé, il ne s'escrimait pas dans les luttes
voltairiennes sans quelque bravoure. Il ne craignait
pas, lui aussi, de signer des livres qui devaient être
brûlés par la main du bourreau. Voltaire le reconnut
pour son fils. A la première entrevue, il lui ouvre les
bras et lui dit : « S'il vous faut de l'argent, parlez; je
ne veux pas que vous ayez d'autre créancier que Voltaire. » Marmontel prit Voltaire au mot. Comme les
temps sont changés, l'auteur de *Zaïre* conseilla au
Limousin de rimer une tragédie pour faire fortune :
mais il ne se crut pas quitte en donnant ce conseil.
« Peu de jours après, dit Marmontel dans ses Mémoires,
Voltaire, arrivant de Fontainebleau, me remplit mon
chapeau d'écus. Quelques ennemis de Voltaire auraient
voulu que pour cela je me fusse brouillé avec lui. »

Si Voltaire n'ouvrait pas sa bourse aux jeunes poëtes,
on disait qu'il était avare; mais en revanche, on ne
lui pardonnait pas de faire du bien, quelle que fût sa
bonne grâce à le faire. Marmontel daigna lui pardonner. Il ne tomba jamais dans cette ingratitude qui

était, il y a cent ans comme aujourd'hui, l'indépendance du cœur. Toutefois s'il parle de lui dans ses Mémoires, c'est plutôt la vérité qui le domine que la reconnaissance.

Cependant, comme Crébillon le tragique était mieux fêté que Voltaire le tragique, celui-ci paria de refaire toutes les pièces de l'autre en six semaines. Voltaire triompha-t-il dans cette lutte ? pourrait-on croire qu'il n'eût pas d'autre but en écrivant *Oreste*, *Sémiramis* et *Rome sauvée** ? Le beau dessein ! Écrire trois tra-

---

* Selon Condorcet : « L'énergie républicaine et l'âme des Romains ont passé tout entières dans le poëte. Voltaire avait un petit théâtre où il essayait ses pièces. Il y joua souvent le rôle de Cicéron. Jamais l'illusion ne fut plus complète : il avait l'air de créer son rôle en le récitant. La duchesse du Maine aimait le bel esprit, les arts, la galanterie ; elle donnait dans son palais une idée de ces plaisirs ingénieux et brillants qui avaient embelli la cour de Louis XIV et ennobli ses faiblesses. Elle aimait Cicéron ; et c'était pour le venger des outrages de Crébillon qu'elle excita Voltaire à faire *Rome sauvée*. » Mais un peu plus loin, Condorcet donne la vraie raison : « Voltaire se lassait d'entendre tous les gens du monde, et la plupart des gens de lettres, lui préférer Crébillon, moins par sentiment que pour le punir de l'universalité de ses talents. Cette opinion de la supériorité de Crébillon était soutenue avec tant de passion que depuis, dans le discours préliminaire de l'*Encyclopédie*, M. d'Alembert eut besoin de courage pour accorder l'égalité à l'auteur d'*Alzire* et de *Mérope*, et n'osa porter plus loin la justice. Enfin Voltaire voulut se venger, et forcer le public à le mettre à sa véritable place, en donnant *Sémiramis*, *Oreste* et *Rome sauvée*, trois sujets que Crébillon avait traités. » Voltaire eût été bien mieux vengé en faisant un conte de plus et trois tragédies de moins.

gédies pour donner tort à Fréron et à Louis XV, pour
se donner tort à soi-même !

Le roi de Prusse et la duchesse du Maine le ven-
geaient des injustices de la cour de France et de la
république des lettres. Le roi de Prusse lui écrivait :
« Je vous respecte comme mon maître en éloquence.
Je vous aime comme un ami vertueux. » Il était fêté à
Sceaux comme un prince du sang. Lui qui frappait
monnaie ou plutôt qui frappait des médailles en écrivant des petits vers plus durables que le bronze, il a
laissé ceux-ci sur son séjour à la cour de la duchesse
du Maine :

> J'ai la chambre de Saint-Aulaire
> Sans en avoir les agréments ;
> Peut-être à quatre-vingt-dix ans
> J'aurai le cœur de sa bergère :
> Il faut tout attendre du temps.

A Versailles, il en coûta cher à la poésie de Voltaire.
C'est Voltaire courtisan qui a écrit ce ballet de la *Princesse de Navarre* que Moncrif eût fait meilleur. C'est
Voltaire courtisan qui rima — et quelles rimes ! — la
Bataille de Fontenoy, cette poétique bataille où le poète
avait eu le tort de ne pas aller pour faire bravement
son métier d'historiographe de France[*]. C'est Voltaire

---

[*] Le seul historien de cette bataille est encore aujourd'hui le
valet de chambre du maréchal de Richelieu, qui a écrit sur le vif
dans la fumée de la poudre, la main tachée de sang, au milieu
des blessés qui mouraient en criant victoire, avec le sourire des
jours de fête. O vanité des historiens !

courtisan qui, parodiant le poëme de Métastase, écrivait ce *Temple de la Gloire* qui est le temple de la Folie, où le roi Louis XV est métamorphosé en Trajan et où les Romains de Versailles lui chantent à tue-tête qu'il est né pour la gloire et pour l'amour.

Ce fut après la représentation du *Temple de la Gloire* que Voltaire voulut être le familier du roi comme il avait été le familier des princes. Quand Louis XV passa dans la haie des courtisans, le poëte le voulut arrêter au passage par cette apostrophe hyperbolique : « Trajan est-il content ? » Le roi, un homme d'esprit qui n'aimait pas les gens d'esprit, Voltaire moins que les autres, passa sans répondre en se drapant dans sa dignité.

Le gentilhomme Voltaire se trouva trop gentilhomme comme cela. Il se promit de redevenir libre*. Oui, quand il s'aperçut que plus il s'approchait du roi, plus il s'éloignait de soi-même, il comprit qu'en se donnant à la cour de Versailles il perdait sa royauté à Paris. L'opinion publique lui avait donné la couronne de l'esprit humain ; un pas de plus dans les petits appartements, et madame de Pompadour jetait cette couronne aux pieds de Louis XV.

---

* M. de Chateaubriand se trompe ou nous veut tromper, en disant que, pour une charge à la cour, Voltaire eût abandonné ses idées. S'il eût été un vrai courtisan, il ne se fût point offensé du silence du roi, il eût continué à brûler de l'encens, quelque figure que le dieu eût montrée. Voltaire était né libre ; il faut interpréter ses contradictions avec l'esprit du dix-huitième siècle.

Si Louis XV eût compris la royauté, au lieu de faire
de Voltaire un gentilhomme ordinaire de sa chambre,
un historiographe en prose et en vers, il lui eût donné
un ministère, — le ministère de l'abbé de Bernis; —
et la France n'aurait pas subi la guerre humiliante de
Sept ans.

Ce fut un beau jour que celui où Voltaire, gentilhomme du roi, se retrouva Voltaire, gentilhomme de
l'humanité. Il s'était imaginé qu'en abdiquant sa per-
sonnalité si glorieuse pour s'enfermer dans la nuée
des courtisans, il désespérait ses ennemis littéraires,
— presque toute la littérature, parce qu'il n'avait guère
que des ennemis dans cette province de son royaume; —
il s'était imaginé qu'en assistant au petit lever du roi,
et en passant de là dans la ruelle de madame de Pompadour, il deviendrait peu à peu le dispensateur des
faveurs littéraires, et qu'il donnerait à Louis XV la vraie
maîtresse des rois : l'humanité. Mais Louis XV n'aimait
pas Voltaire, dont on lui parlait trop. Madame de Pompadour, jalouse de Voltaire par pressentiment, ne donnait qu'à sa main droite le pouvoir qui tombait de sa
main gauche. Le ministre d'Argenson, que le poëte
croyait dominer parce qu'il devait être pour lui la voix
plus ou moins sévère de l'histoire, jugeait un peu Voltaire à la Saint-Simon. Par exemple, Voltaire lui demanda une place à l'Académie des sciences et une place
à l'Académie des inscriptions, non pas pour la gloire
d'être un peu plus académicien, mais pour étendre
son pouvoir dans la république des lettres. D'Argenson,

qui s'était souvent nourri des idées de Voltaire, mais
qui avait peur de son ambition, le renvoya d'un air
dégagé au temple du goût. « Pour l'Académie des
sciences, lui dit le ministre, attendez que Fontenelle
soit mort. — Il n'a que cent ans, s'écria Voltaire, j'en
ai cinquante, je serai mort avant lui. — L'Académie
des sciences, passe encore, dit d'Argenson; mais pourquoi seriez-vous de l'Académie des inscriptions? —
Pourquoi? dit Voltaire en relevant la tête avec orgueil,
parce que j'écrirai mon nom sur tous les monuments
de mon siècle. »

VI.

LE SACRE DE VOLTAIRE.

Ce fut au Théâtre-Français, à une représentation de
Mérope, que Voltaire comprit pour la première fois sa
royauté [*].

Il était dans la loge de la maréchale de Villars, assis
entre elle et sa belle-fille, la duchesse de Villars. Le

[*] Déjà à la première représentation de cette tragédie il avait
reconnu son peuple. On lit dans le *Journal de la police* du 21 février 1743 : « Le succès de la *Mérope* a été des plus éclatants qu'il y ait
jamais eus. Le parterre a non-seulement applaudi à tout rompre,
mais même a demandé mille fois que Voltaire parût sur le théâtre,
pour lui marquer sa joie et son contentement. Les sieurs Roy et
Cahuzac ont pensé tomber en foiblesse, ce qu'on a jugé par la
pâleur mortelle dont leurs visages se sont couverts. Ils étoient de
la cabale qui avoit annoncé que la pièce tomberoit. »

parterre se tourna vers lui pour l'acclamer. Tous les spectateurs auraient voulu se jeter dans ses bras. « Eh bien! dit un enthousiaste, que madame la duchesse de Villars l'embrasse pour tout le monde. » La maréchale de Villars — celle-là que Voltaire avait adorée — se leva pour embrasser le poëte. « Non, non! la plus jeune! » s'écria-t-on de tous les points de la salle.

Voltaire aurait pu lui dire, à cette amoureuse rebelle : *Il est trop tard.*

La jeune duchesse, très-émue, tout à la fois pâlissante et rougissante, se leva à son tour et embrassa Voltaire avec une grâce aristocratique, mais avec une bonne grâce plébéienne.

Ce baiser du parterre par la bouche de la belle duchesse fut le sacre de cette royauté du droit humain.

Voltaire n'était pas allé à Versailles pour être un courtisan, mais pour se faire consacrer dans la royauté de l'esprit. À Versailles, l'esprit n'avait pas ses coudées franches, ou plutôt c'était un étranger qui ne passait que par la porte de l'amour à l'heure du souper.

Voltaire n'était plus amoureux et ne soupait plus. Non-seulement on ne reconnaissait pas son esprit, mais on parlait devant lui à toute heure du génie de Crébillon. Il avait voulu être gentilhomme de la chambre du roi; on ne voulait plus lui accorder un autre titre, hormis celui d'historiographe quand le roi gagnait une bataille; mais l'épée du roi laissait trop de loisirs à la plume de l'historiographe.

Il voyait donc peu à peu, cet homme qui vivait de

lumière, la nuit tomber sur ses œuvres. Renié à Paris
par tous les gazetiers, dépaysé à Versailles, il partit,
un jour de bravade, pour se faire sacrer roi de l'esprit
français par son frère le roi de Prusse.

Il était déjà allé en Prusse comme ambassadeur, et
son ambassade, on le sait, avait réussi*. Mais l'ambassadeur Voltaire n'avait pas même été remercié. Cette
fois il allait traiter de puissance à puissance. Le roi de
Prusse lui écrivait comme à son pareil. « Il est ici une

---

* Voici ce qu'il en dit lui-même dans ses commentaires, qui ne
sont pas tout à fait les Commentaires de César : « Au milieu des
fêtes, des opéras, des soupers, le roi trouvait bon que M. de
Voltaire lui parlât de tout; et il entremêlait souvent des questions
sur la France et sur l'Autriche, à propos de l'*Énéide* et de Tite-
Live. La conversation s'animait quelquefois; le roi s'échauffait,
et disait que, tant que notre cour frapperait à toutes les portes
pour obtenir la paix, il ne s'aviserait pas de se battre pour elle.
M. de Voltaire envoyait de sa chambre à l'appartement du roi ses
réflexions sur un papier à mi-marge. Le roi répondait sur une
colonne à ces hardiesses. M. de Voltaire a encore ce papier où il
disait au roi : « Doutez-vous que la maison d'Autriche ne vous
« redemande la Silésie à la première occasion? » Voilà la réponse
en marge :

> Ils seront reçus biribi,
> À la façon de barbari,
> Mon ami.

« Cette négociation d'une espèce nouvelle finit par un discours
que le roi tint à M. de Voltaire dans un de ses mouvements de
vivacité contre le roi d'Angleterre, son cher oncle. Ces deux rois
ne s'aimaient pas. Celui de Prusse disait : « George est l'oncle de
« Frédéric; mais George ne l'est pas du roi de Prusse. » Enfin il
dit : « Que la France déclare la guerre à l'Angleterre, et je
« marche. »

petite communauté qui érige des autels au dieu invisible; mais prenez-y bien garde, des hérétiques élèveront sûrement quelques autels à Baal, si notre dieu ne se montre bientôt. Vous serez reçu comme le Virgile de ce siècle, et le gentilhomme ordinaire de Louis XV cédera, s'il lui plaît, le pas au grand poëte. Adieu; les coursiers rapides d'Achille puissent-ils vous conduire, les chemins montueux s'aplanir devant vous! Puissent les auberges d'Allemagne se transformer en palais pour vous recevoir! Les vents d'Éole puissent-ils se renfermer dans les outres d'Ulysse, le pluvieux Orion disparaître, et nos nymphes potagères se changer en déesses, pour que votre voyage et votre réception soient dignes de l'auteur de la *Henriade!* »

Déjà, le roi de Prusse, en vrai disciple de Voltaire. rimait pour son maître de ces galantes épîtres qu'il aurait pu adresser tout aussi bien à sa maîtresse. Il lui rappelle l'histoire de Jupiter et de Danaé :

> Ah! si, dans sa gloire éternelle,
> Ce dieu si galant s'attendrit
> Sur les appas d'une mortelle
> Stupide, sans talents, mais belle,
> Qu'aurait-il fait pour votre esprit?
> Hébé vous eût offert un verre
> Rempli du plus exquis nectar;
> Mais vous le connaissez, Voltaire,
> Vous en avez bu votre part :
> C'était le lait de votre mère.

Cette image si bien trouvée de l'éternelle jeunesse de Voltaire n'est-elle pas d'un poëte?

Voilà donc Voltaire parti. Il passe par Compiègne,
pour obtenir la bénédiction de madame de Pompadour.
On le laisse aller sans trop y regarder. Dès qu'il aura
passé la frontière, on s'irritera. Le roi dira un jour en
s'éveillant : « Mais ils s'en vont tous, Paris sera bientôt
à Berlin. — Sire, rassurez-vous, le roi des poëtes est
parti, mais le poëte Roy est toujours à Paris. » Ainsi
parlait le duc de Richelieu, qui savait qu'un concetti
avait plutôt raison devant Louis XV qu'un trait de
génie.

Frédéric accueille Voltaire comme le roi son frère ;
c'était le roi des philosophes et des poëtes. Voltaire
trouve à Potsdam un appartement qui touche à celui
de Frédéric, la clef de chambellan, la croix du Mérite, vingt mille livres de pension, enfin une table et
un carrosse pour lui, à la seule charge de corriger les
vers du roi. Il s'imagine qu'il va trouver la liberté dans
une cour et un ami dans un roi. Les rois sont toujours
rois, même les rois philosophes. Il raconte son voyage
au comte d'Argental : « Mes divins anges, je vous salue
du ciel de Berlin. J'ai passé par le purgatoire pour y
arriver. Une méprise m'a retenu quinze jours à Clèves,
et ni la duchesse de Clèves ni le duc de Nemours n'é-
taient plus dans le château. Enfin me voici dans ce
séjour embelli par les arts et ennobli par la gloire.
Cent cinquante mille soldats victorieux, point de pro-
cureurs ; opéra, comédie, philosophie, poésie, un
héros philosophe et poëte, grandeur et grâce, grenadiers et muses, trompettes et violons, repas de Platon,

société et liberté! Qui le croirait? Je suis tout honteux
d'avoir ici l'appartement de M. le maréchal de Saxe.
On a voulu mettre l'historien dans la chambre du
héros.

> A de pareils honneurs je n'ai point dû m'attendre;
> Timide, embarrassé, j'ose à peine en jouir.
> Quinte-Curce lui-même aurait-il pu dormir,
> S'il eût osé coucher dans le lit d'Alexandre?

C'est surtout à madame Denis que Voltaire dit la
vérité. « J'ai peu de temps à vivre. Peut-être est-il plus
doux de mourir à sa mode à Potsdam que de la façon
d'un habitué de paroisse à Paris. » Et plus loin, il indique ses aspirations vers l'Italie. « J'irai sur la fin de
cette automne, faire mon pèlerinage d'Italie, voir
Saint-Pierre de Rome, le pape et la Vénus de Médicis.
J'ai toujours sur le cœur de mourir sans voir l'Italie. »
Et dans une autre lettre : « Le tumulte des fêtes est
passé; mon âme en est plus à son aise. Je ne suis pas
fâché de me trouver auprès d'un roi qui n'a ni cour,
ni conseil. Il est vrai que Potsdam est habité par des
moustaches et des bonnets de grenadier; mais, Dieu
merci! je ne les vois point. Je travaille paisiblement
dans mon appartement au son du tambour. Je me suis
retranché les dîners du roi; il y a trop de généraux et
trop de princes. Je ne pouvais m'accoutumer à être
toujours vis-à-vis d'un roi en cérémonie et à parler en
public. Je soupe avec lui et en plus petite compagnie.
On m'a cédé en bonne forme au roi de Prusse. Mon

mariage est donc fait; sera-t-il heureux? je n'en sais
rien. Je n'ai pas pu m'empêcher de dire *oui*. Il fallait
bien finir par ce mariage, après des coquetteries de
tant d'années. Le cœur m'a palpité à l'autel. »

Madame de Pompadour lui avait dit à son départ :
« Allez donc, ingrat, allez donc nous oublier avec votre
Achille tudesque! » Une fois arrivé, Voltaire écrit sans
façon à Cotillon II, comme il écrirait à mademoiselle
Gaussin, qu'Achille dit bien des choses galantes à
Vénus point tudesque.

Voltaire a écrit en quelques pages l'histoire de cette
royauté étrange qui n'avait ni cour, ni conseil, ni culte.
« C'était la première fois qu'un roi gouvernait sans
femmes et sans prêtres. On soupait dans une petite
salle, dont le plus singulier ornement était un tableau
dont il avait donné le dessin à Pêne, son peintre, l'un
de nos meilleurs coloristes. C'était une belle priapée.
On voyait des jeunes gens embrassant des femmes, des
nymphes sous des satyres, des Amours qui jouaient au
jeu des Encolpes; quelques personnes qui se pâmaient
en regardant ces combats, des tourterelles qui se
baisaient, des boucs sautant sur des chèvres, et des
béliers sur des brebis. » Et Voltaire parle des repas
encore plus philosophiques. Il dit que celui qui aurait
écouté les professions de foi des convives en regardant
les peintures se fût imaginé entendre les sept sages de
la Grèce dans un lupanar. « Jamais on ne parla en
aucun lieu du monde avec tant de liberté de toutes les
superstitions des hommes, et jamais elles ne furent

13.

traitées avec plus de plaisanterie et de mépris. Dieu
était respecté, mais tous ceux qui avaient trompé les
hommes en son nom n'étaient pas épargnés. »

Le poëte s'étonna d'être à la fois chambellan du roi
de Prusse et gentilhomme ordinaire du roi de France.
« Me voilà donc à présent à deux maîtres. Celui qui a
dit qu'on ne pouvait servir deux maîtres à la fois avait
assurément raison; aussi, pour ne point le contredire,
je n'en sers aucun. Ma fonction à Berlin est de ne
rien faire, comme à Versailles. Je finirai ici ce *Siècle
de Louis XIV*, que peut-être je n'aurais jamais fini à
Paris. Les pierres dont j'élevais ce monument à l'honneur de ma patrie auraient servi à m'écraser. »

Et ainsi, tout en écrivant l'histoire du siècle de
Louis XIV et en corrigeant les rimes du Louis XIV de
l'Allemagne, Voltaire vivait gaiement, sans être heureux, avec ces aimables païens de cette académie
d'athées que le roi de Prusse avait instituée sans y
mettre de Prussiens. Car il est à remarquer que, si le
vers célèbre avait raison,

C'est du Nord aujourd'hui que nous vient la lumière,

ceux qui portaient le flambeau ne l'avaient pas allumé
par là. Les soupers du roi de Prusse auraient bien rappelé les soupers du régent, si l'Amour fût venu s'y
accouder au dessert; mais l'Amour était tout transi
dans la quadrature du cercle de Maupertuis, dans la
philosophie de Frédéric, dans la science de Kœnig,
dans les cinquante-cinq ans de Voltaire. La Métrie le

cajolait quelquefois sous la figure de quelque fille de
chambre haute en couleur et robuste en appas. Mais le
plus souvent La Métrie, qui buvait comme une outre,
cuvait son vin sur la table après avoir jeté son feu d'artifice; car au premier service nul ne pouvait lutter
avec la gaieté de son esprit. Voltaire s'en disait ébloui,
mais c'étaient des éclairs dans le ciel nocturne. La
Métrie allait sans savoir son chemin. Il publiait un
livre impie et s'étonnait qu'on ne comparât pas l'auteur à Épictète. Il était tour à tour lecteur et médecin
du roi de Prusse. « Dieu me garde de le prendre pour
mon médecin, dit Voltaire, il me donnerait du sublimé
corrosif au lieu de rhubarbe, très-innocemment, et
puis se mettrait à rire. Cet étrange médecin est lecteur
du roi; et ce qu'il y a de bon, c'est qu'il lui lit à
présent l'*Histoire de l'Église*. Il en passe des centaines
de pages, et il y a des endroits où le monarque et le
lecteur sont prêts à étouffer de rire. »

La Métrie dit un jour à Voltaire d'un air distrait :
« Le roi notre maître ne tiendra pas toujours pour
nous table ouverte; ne vous y fiez pas ; car hier, comme
on s'étonnait devant lui de votre faveur, il nous a dit
négligemment : « Oh! quand on a sucé le jus de
l'orange, on jette l'écorce! » Voilà Voltaire qui se
donne au diable. « La Métrie! que me dites-vous là?
— Mon cher Voltaire, pourquoi sommes-nous ici?
Obtenez ma grâce de M. de Richelieu, c'est trop souper
à la cour d'Apollon; je n'aime pas les muses du Nord. »
Et la Métrie se met à pleurer. « Quoi! vous aussi?

s'écrie Voltaire ; tout le monde pleure donc ? — Oui,
je pleure, dit La Métrie. Dans mes préfaces, je me
félicite d'être près d'un grand roi qui me lit ses beaux
vers, mais la vérité, c'est que je voudrais retourner
en France, à pied, sans argent, fût-ce pour y mourir
bientôt. » Et, là-dessus, La Métrie prend son chapeau
et s'en va en chantant.

O philosophe! pensa Voltaire en le voyant partir, tu
ne travailles pas pour le lendemain, toi! Pour moi, si
je suis repoussé de la Prusse, j'irai en Russie, j'irai
en Chine, j'irai au Vatican. Il faudra que le pape me
donne raison : j'ai allumé le flambeau de la vérité, je
souffrirai toutes les douleurs pour que la lumière ne
s'éteigne pas. Je comptais sur un dernier ami, je ne
compterai plus que sur moi, car moi, je ne me tra-
hirai pas !

Le soir, il va, comme de coutume, au souper du
roi. Au lieu d'un petit souper, c'est un grand souper.
Frédéric place Voltaire auprès de lui entre deux princesses qui, selon l'expression du roi, ont voulu ce soir-
là être du banquet de Platon. On soupe, on parle, on
rit ; Voltaire oublie l'orange, le nuage s'envole de son
front, le pli de la rose est effacé. Il prend la parole, il
n'a jamais eu plus d'esprit. Une thèse philosophique
est mise sur la nappe entre deux bouteilles de vin de
Champagne. On demande l'opinion du roi. Frédéric
ne répond pas. Pourquoi ne répond-il pas? « Le roi,
dit-il, ce n'est pas moi, c'est Voltaire. Quand je commande cent mille hommes, je suis le roi, mais quand

je soupe avec Voltaire, c'est lui qui est le roi. Il est la
lumière, je ne suis que la force! » *

Voltaire était sacré pour la seconde fois.

Ce La Métrie, cet homme où il y avait un fou brouillé
avec un sage, ce beau convive qui avait prédit à Voltaire
que le roi serait bientôt un tyran, fut le premier dont
on chanta l'oraison funèbre. Et cependant il était le
plus jeune. Voici comment Voltaire raconte l'épopée
tragi-comique de sa mort : « La Métrie, cette folle imagination, vient de prendre le parti de mourir. Notre
médecin est crevé à la fleur de l'âge, brillant, frais,
alerte, respirant la santé et la joie, et se flattant d'enterrer tous ses malades et tous les médecins. Une indigestion l'a emporté. Voilà une grande époque dans
l'histoire des gourmands. Les chênes tombent, et les
roseaux demeurent. Le roi s'est fait informer très-
exactement de la manière dont il était mort; s'il avait
passé par toutes les formes catholiques, s'il avait eu
quelque édification; enfin il a été bien éclairci que ce
gourmand était mort en philosophe. *J'en suis bien aise
pour le repos de son âme,* nous a dit le roi. Nous nous
sommes mis à rire et lui aussi. »

Cependant Frédéric, qui ne riait pas toujours, prononça gravement en son Académie l'éloge de cet
homme qui n'avait cru qu'à son estomac. Cet éloge
chagrina Voltaire, parce qu'il diminuait de beaucoup

---

* Un autre jour, le roi disait en pleine Académie : « Je ne cher-
cherai pas à étendre mes conquêtes du côté de la France; j'ai
pris Voltaire à Louis XV, cela vaut mieux qu'une province. »

le prix des éloges du roi. « Il m'appelle divin, mais il appelle La Métrie un sage. C'est bien la peine de mourir en buvant la ciguë, si on est surnommé Socrate pour être mort d'un pâté d'anguilles! »

On chantait aux soupers de Frédéric, mais ce n'était plus la philosophie de la chanson, c'était la chanson de la philosophie. Le roi, par exemple, mettait sur la nappe des vers comme ceux-ci :

> O mes amis, d'où viens-je? Où suis-je? Où vais-je?
> Je n'en sais rien. Montaigne dit : Que sais-je?
> Et sur ce point, tout docteur consulté
> En peut bien dire autant sans vanité.
> Mais, après tout, pourquoi donc le saurais-je?

Voltaire applaudissait, mais il songeait avec quelque mélancolie qu'autrefois, quand il doutait de l'existence de Dieu, la marquise du Chastelet, quoique femme savante, avait encore assez d'amour dans le cœur pour lui prouver, plus éloquemment que Frédéric, que Dieu était là.

Voltaire continuait son train de vie*, écrivant le

---

* La philosophie vivait un peu par curiosité. « Les jours de gala à Berlin, c'était un très-beau spectacle pour les hommes vains, c'est-à-dire pour presque tout le monde, de voir le roi à table, entouré de vingt princes de l'empire, servi dans la plus belle vaisselle de l'Europe, et trente beaux pages et autant de jeunes heiduques superbement parés, portant de grands plats d'or massif. La Barbarini dansait alors sur son théâtre; c'est elle qui depuis épousa le fils de son chancelier. Le roi avait fait enlever à Venise cette danseuse. Il en était un peu amoureux, parce

Siècle de Louis XIV, donnant au roi de Prusse des leçons d'esthétique et de grammaire, lui apprenant l'art de gouverner les hommes par les armes à feu de l'esprit, habitant un palais peuplé de belles statues, de beaux tableaux et de beaux livres, soit à Berlin, soit à Potsdam, soit à Sans-Souci, invité à toutes les fêtes avec le privilége de ne fâcher personne en restant chez soi, soupant avec la fleur des beaux esprits sous la présidence de Frédéric, et assaisonnant le rôti de louanges ou de railleries. Mais l'écorce d'orange faisait toujours un peu grimacer Voltaire.

Cependant les beaux esprits de l'Académie de Berlin voulaient bien accepter un maître, mais ils trouvaient que c'était trop de deux. Comme on ne pouvait sacrifier Frédéric, on sacrifia Voltaire. Ce fut Maupertuis qui le premier porta des paroles de guerre. Je ne raconterai pas cette querelle d'Allemands entre Maupertuis, Kœnig, Frédéric et Voltaire. Voltaire prit parti pour Kœnig, c'était le parti du juste et du faible; Frédéric prit parti pour Maupertuis, ce fanfaron de science. Le mal fut irréparable. Voltaire, qui osait tout dire, n'osa parler au roi. « Si la vérité est écartée du trône,

qu'elle avait les jambes d'un homme. Ce qui était incompréhensible, c'est qu'il lui donnait trente-deux mille livres d'appointements. Son poëte italien, à qui il faisait mettre en vers les opéras dont lui-même faisait toujours le plan, n'avait que douze cents livres de gages; mais aussi il faut considérer qu'il ne dansait pas. En un mot, la Barbarini touchait à elle seule plus que trois ministres d'État ensemble. »

c'est surtout lorsqu'un roi se fait auteur. Les coquettes, les rois, les poëtes sont accoutumés à être flattés. Frédéric réunit ces trois couronnes-là. Il n'y a pas moyen que la vérité perce ce triple mur de l'amour-propre. » Et un peu plus loin : « Il faut oublier ce rêve de trois années. Je vois bien qu'on a pressé l'orange, je ne songe qu'à sauver l'écorce. Je vais me faire, pour mon instruction, un petit dictionnaire à l'usage des rois. *Mon ami* signifie *mon esclave*. *Mon cher ami* veut dire *vous m'êtes plus qu'indifférent*. *Soupez avec moi ce soir* signifie *je me moque de vous ce soir*. Le dictionnaire peut être long; c'est un article à mettre dans l'*Encyclopédie*. Je suis très-affligé et très-malade, et, pour comble, je soupe avec le roi. J'ai besoin d'être aussi philosophe que le vrai Platon chez le vrai Denys. C'est le festin de Damoclès. »

L'épée de Damoclès n'est jamais tombée. Voltaire pouvait rester à la cour de Berlin; Frédéric avait ses mauvais jours, mais il ne se fût jamais donné le tort de proscrire Voltaire.

Cependant, Voltaire se demanda sérieusement s'il n'était pas à Syracuse trois mille ans plus tôt. Il renvoya au Salomon du Nord pour ses étrennes « les grelots et la marotte » qu'il tenait de lui depuis trois ans; mais Frédéric, tout en faisant brûler par le bourreau la *Défense de Kœnig,* par Voltaire, renvoya au poëte « les brimborions », en lui écrivant qu'il aimait mieux vivre avec lui, contre qui il avait fait une brochure, qu'avec Maupertuis, pour qui il avait fait une brochure.

Mais Voltaire ne voulait plus vivre ni avec l'un ni avec l'autre : « Je sais qu'il est difficile de sortir d'ici ; mais il y a encore des hippogriffes pour s'échapper de chez madame Alcine. Il est plus facile d'entrer en Prusse que d'en sortir. » Il ne sait comment il partira. Ses manuscrits et ses livres sont déjà hors du royaume, mais sa personne est prise. En vain il demande à aller aux eaux de Plombières, disant qu'il va mourir s'il ne boit pas. Frédéric lui répond : « N'avons-nous pas les eaux de Galatz? »

Enfin Voltaire part sous le nom de M. James Delacour ; il ne dit adieu qu'à son ami d'Argens. Mais il a compté sans son maître. Frédéric le fait poursuivre et lui prouve que la force est aux baïonnettes. Voltaire est atteint et convaincu d'avoir emporté tous les trésors d'Apollon, d'Apollon prussien. On l'arrête, on l'emprisonne, on le malmène, sous prétexte qu'il a emporté l'*OEuvre de poéshie du roi mon maître*. Toute cette histoire de la fuite de Voltaire est passée à l'état de légende, je ne sais pourquoi, car on trouverait dans la vie de Voltaire cent pages inconnues beaucoup plus curieuses.

Frédéric fortifia Voltaire dans l'opinion publique. On le considérait comme traitant désormais de puissance à puissance avec les rois. Pendant qu'il professait la philosophie à Berlin, Paris, naguère si dédaigneux, ouvrait ses mille oreilles, comme si les échos de la sagesse devaient lui revenir. Le mot du roi de Prusse : « J'ai pris Voltaire à Louis XV, cela vaut

mieux qu'une province », disait à la France toute la
valeur de Voltaire. Il pouvait donc y rentrer en triomphe; mais Voltaire ne devait pas alors rentrer en
France. Il avait les mains pleines de vérités, et il les
ouvrait. C'était de la contrebande qu'on ne laissait pas
passer aux frontières. Mais si Voltaire ne passe pas,
les vérités passeront.

Le voyage en Prusse fut pour Voltaire une station
de plus vers sa couronne immortelle : Frédéric le Grand
ne l'avait-il pas sacré roi de l'esprit humain dans l'é-
glise philosophique de son palais?

VII.

LA COUR DE VOLTAIRE.

I.

Voltaire, qui sentait que son pays n'était plus sa patrie, qui ne voulait pas retourner sous les brumes de l'Angleterre, même pour y trouver le soleil de la raison, qui ne voulait plus se laisser prendre aux caresses dangereuses des tyrans comme Frédéric, ce Marc-Aurèle armé de cent mille baïonnettes; Voltaire, dis-je, ne savait où aller. Il avait soixante ans. Il est bien difficile à cet âge de replanter sa vie sur un sol inconnu : au lieu de planter un arbre, on plante un roseau. Mais qu'importe, si c'est le roseau pensant de Pascal?

Voltaire passa d'abord quelques jours à Mayence,

disant que c'était pour sécher ses habits mouillés du
naufrage. L'électeur palatin l'appela et l'accueillit par
des fêtes; mais Voltaire avait peur des fêtes. Il prit un
instant pied à Strasbourg. De Strasbourg il alla à Colmar; de Colmar à l'abbaye de Senones, où il se fit
bénédictin avec dom Calmet. Voltaire avait le génie
des métamorphoses, parce qu'il avait plus d'un rôle à
jouer dans la comédie de la vie, et que de bonne heure
il était devenu comédien. Ces rôles divers plaisaient à
son esprit mobile. Il aimait le nouveau, l'imprévu,
l'impossible. Le bénédictin revint homme du monde
pour aller aux eaux de Plombières *; l'homme du
monde redevint philosophe pour retourner à Colmar.
Il y travailla aux *Annales de l'Empire,* avec le concours de quelques savants en législation allemande.
Mais apprenant que sur la place publique de cette
ville on avait brûlé peu de temps auparavant des
exemplaires du *Dictionnaire* de Bayle, il prit ce pays
en aversion et retourna à l'abbaye de Senones.

Il était toujours dépaysé; il ouvrait l'oreille du côté
de Paris pour étudier l'opinion. Il jugea que l'heure
n'était point venue d'y montrer sa force. Frédéric criait

---

* Il écrivait au comte d'Argental : « L'état où je suis ne me
laisse guère de sensibilité que pour votre amitié. Ma santé est
sans ressource. J'ai perdu mes dents, mes cinq sens, et le sixième
s'en va au grand galop. Cette pauvre âme, qui vous aime de
tout son cœur, ne tient plus à rien. Je me flatte encore, parce
qu'on se flatte toujours, que j'aurai le temps d'aller prendre des
eaux chaudes et des bains. Je ne veux pas perdre le fond de la
boîte de Pandore. »

par-dessus le Rhin que Voltaire était venu pour le corriger, mais qu'il avait corrigé Voltaire; la Sorbonne
disait encore aux bourreaux de se tenir prêts pour brûler
plus d'un livre de l'exilé ; la canaille littéraire, plus
que jamais ameutée, plus que jamais jalouse, étouffait
son nom sous les brochures. Il salua en signe d'adieu
sa ville natale.

Il partit pour Lyon, où, grâce à son ami l'archevêque
de Tencin et à son ami le maréchal de Richelieu, le
pouvoir temporel et le pouvoir spirituel, il espérait
vivre à l'abri, sans souci de la cour de Rome et de la
cour de Versailles. Mais le cardinal de Tencin, qui
avait beaucoup à se faire pardonner, pensa que c'était
bien assez de s'occuper de son salut sans s'occuper de
celui de Voltaire. Il refusa de le voir. Heureusement
que le maréchal de Richelieu, un poëte en action, qui
avait tourné à l'amour au lieu de tourner à la philosophie, ouvrit ses bras à celui qui lui prêtait de l'argent et de l'héroïsme. Les Lyonnais l'accueillirent avec
des fanfares de joie ; on joua ses pièces au théâtre, on
lui donna des sérénades. C'est de ce passage à Lyon
que date ce mot célèbre : « Il serait à propos, disait-il
au maréchal de Richelieu, que, dans chaque monarchie, il y eut tous les cinquante ans un Cromwell. »
Comme Louis XV ne pressentait pas encore le Cromwell
qui devait frapper Louis XVI, il continuait à rire des
philosophes et à les tenir à distance. Voltaire attendit
des temps meilleurs et se réfugia en Suisse. A son arrivée à Genève, les portes étaient fermées ; à peine

eut-il dit son nom, que les portes s'ouvrirent à deux
battants. Il voulait vivre à Genève, mais le rigorisme
des réformés l'effraya autant que le fanatisme des catholiques. Il acheta le beau domaine des *Délices**, aux
portes de la ville républicaine où le républicain Jean-
Jacques ne voulait pas vivre; car tout est contraste :
Jean-Jacques Rousseau, né Spartiate de Genève, va
vivre à Paris, et Voltaire, né Athénien de Paris, va vivre
à Genève. Voltaire n'en aimait pas plus Genève pour
cela. « Vous ne sauriez croire combien cette république
me fait aimer les monarchies. » Et partant de là, il va
fonder la sienne.

Il y avait soixante ans que Voltaire courait le monde
sans s'arrêter jamais. C'était la revanche du Juif errant.
Cette fois, il va planter sa tente et s'y reposer. Il touche
à cette journée sereine qui s'appelle l'automne de la
vie. La grappe s'empourpre sous le pampre encore

> * O maison d'Aristippe, ô jardins d'Épicure !
> Vous qui me présentez dans vos enclos divers
>   Ce qui souvent manque à mes vers,
> Le mérite de l'art soumis à la nature ;
> Empire de Pomone et de Flore sa sœur,
>   Recevez votre possesseur ;
> Qu'il soit, ainsi que vous, solitaire et tranquille.
> Je ne me vante point d'avoir en cet asile
>   Rencontré le parfait bonheur ;
> Il n'est point retiré dans le fond d'un bocage ;
>   Il est encor moins chez les rois ;
>   Il n'est pas même chez le sage :
> Il faut y renoncer ; mais on peut quelquefois
>   Embrasser au moins son image.

vert, les bois chantent leur dernière chanson, le soleil
a les bons sourires d'un ami qui part pour un voyage.
Mais ne vous fiez pas à la sérénité de ce beau ciel; le
soleil brûle encore, les nues s'amoncellent à l'horizon,
le temps des orages n'est point passé pour Voltaire.
C'est en vain qu'il oublie et qu'il veut qu'on l'oublie :
il sera roi malgré lui. Les jours où il ne voudra être
qu'un agriculteur, comme les Romains désabusés des
batailles, les encyclopédistes vont l'arracher à sa charrue : « Général, la patrie est en danger ; prends ton
épée flamboyante et marche à notre tête ! »

II.

Cependant que Louis XV est au Parc-aux-Cerfs, où
est le roi ?

Est-il dans cette vieille seigneurie sur le versant des
Alpes, un pied en France, un pied sur la république
de Genève? Ce bonnet de velours noir sur cette perruque à marteaux, est-ce la couronne de France? Singulier roi en souliers gris-poussière, en bas gris de
fer, en veste de basin plus longue que lui! Roi philosophe, il daigne reconnaître Dieu le dimanche. Il se
fait beau pour aller à la messe. Saluez-le dans cet habit
mordoré, dans cette culotte à la Richelieu, dans cette
veste à grandes basques, galonnée et lamée en or à la
Bourgogne, avec de belles manchettes de fine dentelle

14

tombant jusqu'au bout des doigts! « Dans cet attirail, n'ai-je pas l'air d'un roi? » disait-il à sa cour. Oui, Voltaire, tu es le roi; parle très-haut de tes terres de Tourney et de Fernex; reçois les ambassades de ton frère Frédéric de Prusse et de ta sœur Catherine de Russie; donne sous ton sceau des titres de gloire à tous les hommes d'épée et à tous les hommes de plume, même à tes ennemis; prête ton argent à fonds perdus à tous ces grands seigneurs, qui jouent de leur reste au jeu de la noblesse. Tu as un prince et un duc parmi tes courtisans; tu as une armée de laboureurs, sans parler de ton armée d'encyclopédistes; tu as un théâtre* où Le Kain et Clairon viennent de loin tout exprès pour te donner la tragédie, quand tu donnes la comédie au monde.

Mais tu n'es pas le roi par la grâce de Dieu, parce que tu ne connais pas Dieu, pas plus celui de ton église de Fernex que de ton église de l'*Encyclopédie* que tu élèves de la même main, aspirant à la fois au chapeau de cardinal et à l'auréole de l'Antechrist.

Oui, Sa Majesté Voltaire tient sa cour à Fernex et aux Délices. Mais ce n'est point assez pour lui : « Il

---

* A Fernex comme à Paris, Voltaire joua la comédie. On l'a vu souvent se promener dans le parc, vêtu en Arabe, avec une longue barbe, répétant le rôle de Mohabar, ou avec un habit à la grecque, répétant Xarbas. On se rappelle que Montesquieu, assistant à une représentation de l'*Orphelin de la Chine,* s'endormit profondément. Voltaire, qui l'aperçut, lui jeta son chapeau à la tête en lui disant : « Croyez-vous être à l'audience? »

faut toujours que les philosophes aient deux ou trois
trous sous terre contre les chiens qui courent après
eux. » Il a acheté la terre de Fernex pour y bâtir une
ville ; il achète la terre de Tourney pour avoir un pied
en France*. Il oublie, dans l'aveuglement de sa
gloire, qu'il a les deux pieds sur le monde.

Voltaire, qui ne sent plus le sol trembler sous lui
depuis que le sol est à lui, n'a plus que le souci de
vivre en roi. « *Que fais-tu là, maraud?* Je réponds :
Je règne et je plains les esclaves. » C'est la parole d'un
roi qui sera quelquefois un tyran. Il est curieux de
voir comme il parle de ses vassaux et de ses curés.
« J'ai deux curés dont je suis assez content : je ruine
l'un et je fais l'aumône à l'autre. Mes vassaux se
courbent jusqu'à terre quand ils me rencontrent. Il
est vrai que je passe pour semer sur leurs terres des
pièces de vingt-quatre sous. »

Il y a les jours de fête où Sa Majesté Voltaire, entourée de sa cour, se montre à son peuple. Il est en
habit de gala, presque aussi beau que ses deux grands
chambellans, le prince de Ligne et le duc de Richelieu ; presque aussi grave que ses deux courtisans, le
président de Montesquieu et le président de Brosses.

---

* Il écrit au duc de La Vallière : « Je me suis fait un drôle de
petit royaume dans mon vallon des Alpes. Je suis le Vieux de la
Montagne, à cela près que je n'assassine personne. Madame de
Pompadour a favorisé ma petite souveraineté écornée. Savez-
vous, monsieur le duc, que j'ai deux lieues de pays qui ne rap-
portent pas grand'chose, mais qui ne doivent rien à personne ? »

Les dames de la cour, madame Denis, qui est du
meilleur monde, quoiqu'elle s'appelle madame Denis;
madame de Fontaine, sa seconde nièce; les dames de
Florian, ses cousines; mademoiselle Corneille, qui
est aussi de sa famille, toutes ont des rivières de diamants. Les curés de Voltaire lui font des harangues;
les vassaux le saluent par une décharge de mousque-
terie; les rosières lui présentent des corbeilles de
pêches et de raisins tout enrubanées; les fermiers
brisent avec lui le pain de son champ et boivent avec
lui le vin de sa vigne.

III.

Voltaire fit bâtir sur ses dessins son célèbre château
de Fernex. « Vous serez enchanté de mon château. Il
est d'ordre dorique, il durera mille ans. Je mets sur
la frise : VOLTAIRE FECIT. On me prendra dans la postérité pour un fameux architecte. » C'était un mauvais
architecte; mais il n'oublia ni le théâtre, ni le cabinet
d'histoire naturelle, ni la bibliothèque*, ni la galerie

---

* La bibliothèque de Voltaire, qui devint celle de la grande
Catherine, se composait de six mille volumes très-variés : toutes
les ténèbres lumineuses de l'esprit humain.

Il a manqué un livre à sa bibliothèque — un livre divin qui
eût illuminé les autres : l'Évangile. Il a beau évoquer les sages
de l'Inde et de la Grèce, il ne trouve pas l'adorable sagesse des
paraboles. Je me souviens ici de ces belles paroles que disait un
ministre, M. Rouland, à la jeune France des Écoles : « Vous

de tableaux *. Les dépendances du château étaient
des plus vastes : fermes, vignobles et bois de plus de
mille hectares. Ce palais royal était merveilleusement
situé pour la perspective : à l'horizon, des neiges
éternelles; au pied des murs, des parterres de roses;
çà et là, des bosquets, des vignes en berceaux, des
vergers, des cabinets de jasmins, toute la féerie
rustique **.

L'église de Fernex menaçait ruine au premier vent
d'orage. Comme cette église masquait un beau point
de vue, Voltaire la fit abattre, dans le dessein
d'en réédifier une autre ailleurs. Voici à ce sujet
ce qu'il écrit au comte d'Argental : « Comme j'aime
passionnément à être le maître, j'ai jeté par terre
l'église ; j'ai pris les cloches, l'autel, les confes-
sionnaux, les fonts baptismaux ; j'ai envoyé mes pa-

---

estimons l'antiquité ce qu'elle vaut dans le domaine magnifique
de l'art, mais sans oublier qu'elle a succombé sous l'étreinte
énervante du matérialisme, pour faire place à la civilisation de
l'Évangile et au droit de l'humanité. »

* La galerie de tableaux renfermait une *Vénus* de Paul Véronèse, une *Flore* du Guide, la *Toilette de Vénus* et les *Amours
endormis* de l'Albane, divers portraits, entre autres celui de la
marquise de Pompadour peinte par elle-même, d'après La Tour.

** Je lis dans l'ARTISTE : « Le château de Voltaire, à Ferney,
l'ancienne résidence du comte de Budé, vient d'être acheté par
un fabricant parisien de cachemires de l'Inde. Voilà donc trois
aristocraties bien distinctes qui se succèdent dans cette propriété :
celles de la naissance, du génie et de l'argent. Le génie se trouve
là comme Notre-Seigneur sur le Calvaire ; mais quel est le mauvais larron ? »

roissiens entendre la messe à une lieue. Le lieutenant
criminel et le procureur du roi sont venus instrumenter.
J'ai envoyé promener tout le monde. De quoi se plaint
monseigneur l'évêque d'Annecy? Son Dieu et le mien
était logé dans une grange, je le logerai dans un temple ; le Christ était de bois vermoulu, et je lui en ai
fait dorer un comme un empereur. » Cette lettre n'était
qu'à moitié impie jusqu'à ces lignes : « Envoyez-moi
votre portrait et celui de madame Scaliger, je les
mettrai sur mon maître-autel. » L'église faite, il fit
inscrire cette impertinence sur le portail : VOLTAIRE A
DIEU. Peu de jours après, il prêcha dans l'église sans
façon sur une bonne œuvre. Tout cela n'était guère
d'un humble catholique ; mais alors Voltaire rachetait
beaucoup de ses péchés : il ouvrait ses mains pleines
de bienfaits. Il y a toujours eu dans sa vie des heures
de rédemption.

Après avoir bâti un château, un théâtre et une
église, il bâtit une ville, où il appela tous ceux qui
n'avaient pas de place au soleil ailleurs. Il fonda une
manufacture de montres dont le commerce s'éleva
bientôt à 400,000 livres par an. Il fit dessécher des
marais et défricher des terrains stériles, qu'il aban-
donna au travail des laboureurs. Malgré tous ses bienfaits, il n'était pas en sûreté : les évêques d'alentour
demandaient avec insistance au parlement qu'un tel
homme fût à jamais banni du territoire. Dans un moment de crise, il communia dans l'église de Fernex,
disant qu'il voulait remplir ses devoirs de chrétien,

d'officier du roi et de seigneur de la paroisse. L'évêque
d'Annecy, ne croyant pas à la bonne foi du poëte, défendit à tous les curés de son diocèse de le confesser,
de l'absoudre et de lui donner la communion. Voltaire,
ne voulant pas qu'un évêque lui fît la loi, même en
matière religieuse, se mit au lit, joua le malade, sou-
tint à son médecin qu'il allait mourir, se fit donner
l'absolution par un capucin, communia dans sa chambre, et en fit sur-le-champ dresser procès-verbal par
le notaire du lieu. Cette action sacrilége fut regardée
comme une lâcheté par les philosophes. Voltaire croyait
n'avoir fait qu'une comédie de plus. Pour dénoûment
il se fit nommer père temporel des capucins de la province de Gex. Il fut même reçu capucin en personne
et prit tous les capucins sous sa protection. Il écrivit
alors au duc de Richelieu : « Je voudrais bien, monseigneur, vous donner ma bénédiction avant de mourir. Ce terme vous paraîtra un peu fort, mais il est
dans l'exacte vérité. Je suis capucin : notre général,
qui est à Rome, vient de m'envoyer un diplôme ;
je m'appelle frère spirituel et père temporel des
capucins. »

Voltaire était capable de toutes les contradictions
le jour où il se reposait de son œuvre, mais la sagesse
reprenait bientôt ses droits et lui disait : « Marche ! »

Pour les philosophes de l'Europe, Fernex était devenu la ville sainte, comme la Mecque pour les musul-
mans; on y allait en pèlerinage. Chaque jour amenait
à Voltaire un ami ou un étranger, un bel esprit ou un

prince, un homme d'épée, un homme de robe ou un homme d'Église, un peintre comme Vernet, un sculpteur comme Pigale, ou un musicien comme Grétry. Les femmes y venaient en grand nombre dans la belle saison, de Paris, de Genève, de partout. On jouait la comédie; on dansait et on soupait. Voltaire, heureux de répandre la joie, apparaissait un instant et s'enfermait pour travailler. Plus que jamais, il était parvenu à vivre solitaire et laborieux au milieu du bruit, de l'éclat et des fêtes. Que manquait-il à son bonheur? Quand il tournait ses regards vers l'horizon, vers le ciel — je dirai plutôt vers la postérité, — l'inquiétude dévorait son cœur : « Où vais-je? se demandait-il avec un peu d'effroi. Le passé me répond-il de l'avenir? Reconnaîtra-t-on l'homme qui pleure sous le masque qui rit? » C'était à la fois le rire du sage et le rire du démon.

Mais bientôt il retombait dans le tourbillon des joies et des peines de ce monde; il faisait de plus belle la guerre à ses ennemis, les critiques et les dévots. Une cruelle guerre : Lefranc de Pompignan tomba sur le champ de bataille, tué par le ridicule; Fréron tomba sur le Théâtre-Français, mais ce jour-là Voltaire tomba avec lui; vingt autres ne se relevèrent que blessés à mort. Mais qu'étaient-ce que ceux-là? Voltaire riait du divin poëte du Calvaire!

Au milieu de cette guerre contre ses ennemis et contre la poésie du christianisme, Voltaire se créait toujours des titres à la reconnaissance de l'humanité.

Une jeune fille pauvre, du sang de Corneille, fut recommandée à son cœur : « C'est, dit-il, le devoir d'un vieux soldat de servir la fille de son général. » Il appela à Fernex mademoiselle Corneille, lui fit donner une éducation chrétienne, la dota avec le produit des *Commentaires sur Corneille*, et la maria à un gentil-homme des environs, disant qu'il voulait marier deux noblesses *.

IV.

J'aime, comme tous les poëtes du temps, à faire mon voyage à Fernex. Les peintres allaient à Rome, les poëtes à Fernex. J'arrive dans un cabinet où sont épars des livres de toutes les langues et de toutes les idées. Il y a deux hommes qui travaillent aux desti-nées ou aux hasards du monde. Voltaire qui dicte, Wagnières qui écrit. Je m'incline devant Voltaire, qui

---

* La petite-nièce de Pierre Corneille était une jeune fille, la première venue, qui n'avait pas appris à lire dans les tragédies du grand poëte. « La nièce de Pierre va nous donner un ouvrage de sa façon, c'est un petit enfant. Si c'est une fille, je doute fort qu'elle ressemble à Émélie et à Cornélie; si c'est un garçon, je serai fort attrapé de le voir ressembler à Cinna : la mère n'a rien du tout des anciens Romains; elle n'a jamais lu les tragédies de son oncle, mais on peut être aimable sans être une héroïne de tragédie. »

Quand Voltaire se fit le commentateur de Corneille il dit que c'était un peu pour expier ses tragédies.

me tend la main sans interrompre sa phrase sitôt faite.
« Permettez, dit Wagnières, je crois que vous vous
trompez sur les textes. — Allez toujours, dit Voltaire,
je me trompe, mais j'ai raison. La vérité avant tout,
l'histoire n'est pas faite, je la fais. » Pendant qu'il
parle, je le regarde de la tête aux pieds. Il est dans un
curieux équipage ; c'est bien le pendant de Jean-
Jacques en Arménien : sa tête de feu emprisonnée
dans une perruque gigantesque, une veste garnie de
fourrures, une culotte ventre de biche, des sandales
aux pieds, des livres plein les mains : voilà comment
Voltaire m'apparaît. Tout en dictant et en caressant
les enfants de Wagnières *, il me parle de Paris, d'un
grand homme qui s'appelle Diderot, d'un polisson

---

* Sur ses vieux jours, Voltaire aimait beaucoup les enfants.
Wagnières était devenu père de famille à Ferney : Voltaire ca-
ressait ses enfants et voulait qu'ils jouassent à ses pieds. Quand
il dictait, s'il entendait Wagnières répondre de travers à un de
ses marmots tout barbouillé de confitures, il rudoyait Wagnières
et prenait le parti des enfants. « Sachez donc qu'il faut toujours
leur répondre juste et ne jamais les tromper. » On voit que Voltaire était toujours plus préoccupé de son œuvre que de ses
œuvres.

Un catholique, trop catholique, a dit de Voltaire : « Mauvais
fils et mauvais père, » car il croit que, comme Jean-Jacques, *il
a perdu ses enfants.* Un autre catholique plus sérieux, mais non
moins passionné, M. de Bonald, a écrit : « Voltaire, J. J. Rousseau et d'Alembert ont vécu dans le célibat, ou n'ont pas laissé
leur nom dans la société. Ils semblent avoir redouté l'arrêt définitif de la postérité, et avoir voulu n'être jugés que par con-
tumace. »

qui s'appelle Nonnotte; il me parle de la poésie en
homme qui n'a pas pris le temps d'être un rêveur. Je
lui parle de sa gloire, je demande la grâce de sous-
crire pour sa statue. « Hélas, je suis bien nu pour un
poëte qui n'est ni jeune ni beau comme Apollon; mais
je ne suis pas en peine, ce gueux de Fréron me dra-
pera. — Ce Fréron, lui dis-je, c'est un aveugle. —
Lui! c'est encore le seul critique. Il sait tout, ce
coquin-là. »

Vient un Genevois qui lui vante son *Histoire de
Russie*. Il s'impatiente, la vérité l'emporte sur l'orgueil. « Ne me parlez pas de mon Histoire; si vous
voulez savoir quelque chose, prenez celle de Lacombe :
il n'a reçu ni médailles ni fourrures, celui-là. »

Il me conduit dans son parc. Pendant que j'admire
de bonne foi toutes les splendeurs de cette nature
grandiose, lui, qui ne communie guère avec la nature, me fait d'une manière originale la satire de
toute chose. Il retrouve à chaque pas tout l'esprit de
Candide. Au détour d'une allée, nous rencontrons le
R. P. Adam, qui n'est pas « le premier homme du
monde ». Le bonhomme s'incline et sourit. Il attend
avec patience la première larme de repentir du pécheur. « Père Adam, où allez-vous? — A l'église. —
Paresseux! » Le révérend père ne peut s'empêcher de
rire. « Vous oubliez qu'il est l'heure de faire notre
partie d'échecs. » Nous retournons au château; nous
passons au salon. Voltaire se met à la table de jeu et
demande du café. Déjà très-animé, il s'anime encore;

le R. P. Adam n'ose profiter de ses avantages, il se laisse gagner avec la plus touchante résignation *.

Cependant madame Denis vient, toute maussade, embrasser son oncle; elle se plaint de l'ennui, car l'ennui couche avec elle. C'est une vieille montre de la manufacture de Fernex qui ne marque plus l'heure de l'amour. Voltaire demande du café. On déjeune, Voltaire ne prend que du café. Viennent les visiteurs, il leur donne audience tout en se moquant de leur gravité. Il corrige les compliments outrés d'une façon plaisante. Ainsi un avocat se présente avec toute son éloquence de province. « Je vous salue, lumière du monde, dit-il avec emphase. — Madame Denis, apportez les mouchettes! » s'écrie Voltaire. Après l'heure de la gloire, c'est l'heure des affaires. Viennent les fermiers, les emprunteurs, les locataires de Tourney et de Fernex, tout un monde neurri par Voltaire. Il demande du café, encore du café, toujours du café. Il se montre tour à tour facile et difficile; il accueille les uns en père de famille, les autres en seigneur de village. Il se promène encore dans le parc, quelquefois une bêche à la main, quelquefois un livre, jamais une fleur **. Les nouvelles de Paris viennent le surprendre;

---

* On sait que Voltaire avait menacé le R. P. Adam de lui jeter sa perruque à marteaux à la face s'il osait le gagner. Un jour, le pauvre père, sûr de faire échec et mat, se leva tout effrayé, s'enfuit par la fenêtre et disparut dans le parc.

** Aux premières roses comme aux premières pêches, Voltaire en cueillait une et la baisait en souvenir de mademoiselle de Livry.

il pourrait alors se passer de café pour vivre à pleine
vie. Il rentre tout agité, il écrit vingt lettres en moins
d'une heure, faisant courir une plume imprudente qui
se sauve par l'esprit. Le soir, les hôtes du château,
Condorcet, Ximenès, Marmontel, La Harpe, Florian,
viennent faire leur cour au roi, en compagnie de
quelques dames et de quelques comédiennes.

V.

Cependant le roi recevait les ambassadeurs des
grandes puissances. Son ministre des relations exté-
rieures, M. de Grimm, rapporte ainsi l'arrivée à Fernex
du prince Koslowski : « Vers la fin du mois dernier,
M. le prince Koslowski, dépêché en ambassade extraordinaire par l'impératrice de Russie, accompagné
d'un officier des gardes, est arrivé au château de
Fernex, et a remis à M. de Voltaire, de la part de Sa
Majesté Impériale, une boîte ronde d'ivoire à gorge
d'or, artistement travaillée et tournée de la propre
main de l'impératrice. Cette boîte était enrichie du
portrait de Sa Majesté Impériale, entouré de superbes
diamants. Une pelisse magnifique fut en même temps
remise au patriarche, de la part de Sa Majesté, pour
le garantir du vent des Alpes. Ces présents étaient
accompagnés d'une traduction française du *Code de
Catherine II,* et d'une lettre digne et du génie qui l'a

dictée et de celui auquel elle était destinée. On prétend
que cette ambassade impériale a rajeuni Voltaire de
dix ans. M. Hubert, connu par ses découpures, a pro-
posé, il y a quelque temps, à Sa Majesté Impériale de
faire la vie privée de M. de Voltaire dans une suite
de tableaux, et cette proposition ayant été agréée, il
est actuellement occupé de ce travail. Il a envoyé à
l'impératrice, pour son coup d'essai, le tableau de
la réception de l'ambassade impériale au château de
Fernex. »

On n'a que trois portraits de Voltaire jeune; on en
a trois cents de Voltaire vieux, sans compter les découpures de Hubert, qui représentent le vieux philosophe
dans toutes les actions de sa vie : à pied et en carrosse, au lit et à la table, écrivant sur un volume
de l'*Encyclopédie,* ou donnant le pain bénit à ses
paroissiens, dessinant l'architecture du château de
l'Antechrist, et posant la première pierre d'une église;
Voltaire à la ferme, Voltaire au salon, Voltaire jouant
Mahomet, Voltaire partout, Voltaire toujours. Il a été
souvent la proie des mauvais peintres. Il se laissait
exécuter le plus souvent par charité pour le barbouilleur. Un jour, pourtant, il se trouva si laid dans
son portrait et si laid dans la nature, car ce jour-là,
c'était un portrait pris sur le vif, qu'il décréta que les
peintres ne seraient plus reçus à Fernex, hormis pour
y trouver, comme tous les voyageurs, bonne table et
bon gîte. Mais il eut beau faire, le peintre se présentait à madame Denis sous la figure d'un marchand

d'étoffes, ou à Voltaire sous la figure d'un bouquiniste.
Et d'ailleurs, dans les promenades du poëte, les por-
traitistes se cachaient derrière les buissons, témoin
cette lettre à madame du Bocage : « Il est vrai, madame, qu'un jour, en me promenant dans les tristes
campagnes de Berne avec un illustrissime et excellen-
tissime avoyer de la république, on avait aposté le
graveur de cette république, qui me dessina. Mais
comme les armes de nos seigneurs sont un ours, il ne
crut pas pouvoir mieux faire que de me donner la figure
de cet animal. Il me dessina ours, me grava ours. »

Le maréchal de Richelieu était de la cour de Fernex :
« C'est mon héros et mon débiteur, » disait souvent
Voltaire; mais le maréchal disait de Voltaire : « C'est
mon ami *. » Le poëte avait écrit au début : « Mon
héros ne sait pas l'orthographe, mais vous verrez qu'il
sera de l'Académie avant moi. » Et en effet, cette prédiction s'était bientôt accomplie. Richelieu osa être
courtisan à Fernex en regard de Versailles. Voltaire
était son contemporain et son compagnon d'aventures.
Ils s'étaient rencontrés deux fois sur le chemin de la
Bastille; ils avaient soupé ensemble; ils avaient aimé
les mêmes comédiennes; ils avaient dominé leur siècle :
Voltaire par les hommes, Richelieu par les femmes.

On a peine à croire aujourd'hui au triomphe insolent

---

* On dira peut-être que Voltaire n'avait l'amitié de Richelieu
qu'à la condition de lui prêter de l'argent. On n'a jamais pour
ami celui à qui on prête de l'argent. Le maréchal avait des
créanciers sans nombre, qui n'étaient pas pour cela de ses amis.

du duc de Richelieu, ce héros des ruelles, ce demi-
dieu des oratoires, ce don Juan des coulisses qui enlevait du même coup la grande coquette, l'amoureuse
et l'ingénue par-dessus le marché. En lisant ses hauts
faits, on crie au roman; mais les lettres sont encore
là, plus vraies que celles de la *Nouvelle Héloïse*. Par
exemple, en 1788, quand on dépouilla la correspondance du maréchal de Richelieu, on découvrit que le
jour de sa réception à l'Académie il avait reçu trois
lettres plus ou moins passionnées de mademoiselle de
Charolais, de la d'Averne et de madame de Villeroy.
Une seule de ces trois lettres avait été décachetée,
c'était celle de mademoiselle de Charolais. Les deux
autres lettres avaient été mises dans un carton avec
cette étiquette impertinente de la main du duc de
Richelieu : *Lettres pour le même jour que je n'ai pas
eu le temps de lire**.

Le maréchal de Richelieu alla plus d'une fois faire
sa cour à Voltaire, mais c'était surtout aux femmes
qui se trouvaient en pèlerinage à Fernex que le vainqueur de Minorque débitait ses galanteries surannées.

---

* Voici la lettre de madame de Villeroy : « Je vous fais mes
compliments, monsieur l'académicien, sur le discours que vous
avez fait hier : j'aurais bien voulu en être témoin, et le cœur me
battait à trois heures. Je n'oserais espérer qu'un homme tout
occupé des sciences voulût bien coucher ce soir avec une pauvre
ignorante comme moi, et qui ne pourra vous dire que tout gros-
sièrement : *Je vous adore*. »

Et il n'avait pas lu cette lettre-là !

Un soir, il dit à Voltaire qu'il y a trop de républicains
de Genève à sa table et qu'il désire souper en tête-à-
tête avec une jeune royaliste qui arrive de Paris.
Voltaire ne veut rien refuser à son héros, parce que
son héros est toujours son débiteur. Mais tout en soupant avec les républicains de Genève, il est inquiet
de ses royalistes de Paris. Il se lève de table et va pour
les surprendre dans leur tête-à-tête. « Je m'y attendais bien, » s'écrie-t-il en rentrant. Le maréchal de
Richelieu était à genoux devant la dame, qui lui faisait
l'injure de ne pas le prendre au sérieux. « Entre nous,
dit Voltaire, je crois que je vous ai sauvés tous les deux
d'une grande humiliation. »

Le prince de Ligne fut, comme le duc de Richelieu,
un des courtisans du roi Voltaire, qui avait été le
courtisan de son père cinquante ans plus tôt. A son
arrivée à Fernex, Voltaire, de peur que sa visite ne
fût ennuyeuse, prit médecine à tout hasard afin de se
pouvoir dire malade; mais il le reconnut bon prince et
le garda quelque temps. « Je voudrais me rappeler,
dit le prince de Ligne, les choses sublimes, simples,
gaies, aimables, qui partaient sans cesse de lui; mais,
en vérité, c'est impossible : je riais ou j'admirais,
j'étais toujours dans l'ivresse*. »

---

* Le prince de Ligne a détaillé Voltaire avec une subtilité toute
voltairienne. « On aurait dit qu'il avait quelquefois des tracasse-
ries avec les morts, comme on en a avec les vivants. Sa mobilité
les lui faisait aimer, tantôt un peu plus, tantôt un peu moins :
par exemple, alors, c'était Fénelon, La Fontaine et Molière, qui

Cette « ivresse » du prince de Ligne devant l'esprit de Voltaire me rappelle d'autres enthousiasmes princiers.

Si jamais poëte fut reconnu poëte à son aurore,

étaient dans la plus grande faveur. « Ma nièce, donnons-lui-en, du Molière, dit-il à madame Denis; allons dans le salon, sans façon, recommencer les *Femmes savantes,* que nous venons de jouer. » Il fit Trissotin on ne peut pas plus mal, mais s'amusa beaucoup de ce rôle. Mademoiselle Dupuis, belle-sœur de la Corneille, qui jouait Martine, me plaisait infiniment, et me donnait quelquefois des distractions. Lorsque ce grand homme parlait, il n'aimait pas qu'on en eût. Je me souviens qu'un jour où ses belles servantes suisses, nues jusqu'aux épaules à cause de la chaleur, passaient à côté de moi ou m'apportaient de la crème, il s'interrompit, et prenant en colère leurs beaux cous à pleines mains, il s'écria : « Gorge par-ci, gorge par-là, allez au diable! »

Je veux donner encore cette page du prince. « Un marchand de chapeaux et de souliers gris entre tout à coup dans le salon. M. de Voltaire se sauve dans son cabinet. Ce marchand le suivait en lui disant : « Monsieur, monsieur, je suis le fils d'une femme pour qui vous avez fait des vers. — Oh! je le crois; j'ai fait tant de vers pour tant de femmes! Bonjour, monsieur; — C'est madame de Fontaine-Martel. — Ah! ah! monsieur, elle était bien belle. Je suis votre serviteur. (Et il était prêt à rentrer dans son cabinet.) — Monsieur, où avez-vous pris ce bon goût qu'on remarque dans ce salon? Votre château est charmant. Est-il bien de vous? (Alors Voltaire revenait.) — Oh! oui, de moi, monsieur; j'ai donné tous les dessins; voyez ce dégagement et cet escalier : eh bien? — Monsieur, ce qui m'a attiré en Suisse, c'est le plaisir de voir M. de Haller. (M. de Voltaire rentrait dans son cabinet.) — Monsieur, monsieur, cela doit vous avoir coûté beaucoup. Quel charmant jardin! — Oh! par exemple, disait M. de Voltaire (en revenant), mon jardinier est une bête; c'est moi, monsieur, qui ai tout fait. — Je le crois. Ce M. de Haller,

c'est Voltaire. Qui donc, avant lui ou après lui, a
trouvé un prince du sang pour lui rimer un compliment comme celui-ci? Ces vers du prince de Conti,
après la première représentation d'*OEdipe*, prouvent
que Voltaire commença de bonne heure à avoir sa
cour :

> Ayant puisé ses vers aux eaux de l'Aganippe,
> Pour son premier projet il fait le choix d'OEdipe :

monsieur, est un grand homme. (M. de Voltaire rentrait.) Combien de temps faut-il, monsieur, pour bâtir un château à peu
près aussi beau que celui-ci? » (M. de Voltaire revenait dans le
salon.) Sans le faire exprès, ils me jouèrent la plus jolie scène
du monde; et M. de Voltaire m'en donna bien d'autres plus
comiques encore par sa vivacité, ses humeurs, ses repentirs.
Tantôt homme de lettres, tantôt gentilhomme de la cour de
Louis XIV, il n'était pas moins comique lorsqu'il faisait le seigneur de village : il parlait à ses paysans comme à des ambassadeurs de Rome ou des princes de la guerre de Troie. Il enno-
blissait tout. Voulant demander pourquoi on ne lui donnait
jamais de civet à dîner, au lieu de s'en informer tout uniment,
il dit à un vieux garde : « Mon ami, ne se fait-il donc plus
d'émigrations d'animaux de ma terre de Tourney à ma terre de
Ferney? »

Il y a une version de Grimm sur Voltaire et M. de Haller :

« Un Anglais étant venu voir Voltaire à Ferney, il lui demanda
d'où il venait. Le voyageur lui dit qu'il avait passé quelque temps
avec M. de Haller. Aussitôt le patriarche s'écrie : « C'est un grand
homme que M. de Haller! grand poëte, grand naturaliste, grand
philosophe, homme presque universel! — Ce que vous dites là,
monsieur, lui répond le voyageur, est d'autant plus beau que
M. de Haller ne vous rend pas la même justice. — Mon Dieu,
réplique M. de Voltaire, nous nous trompons peut-être tous les
deux. »

15.

Et, quoique dès longtemps ce sujet fût connu,
Par un style plus beau cette pièce changée
Fit croire des enfers Racine revenu,
Ou que Corneille avait la sienne corrigée.

Et le duc de Villars, qui écrivait à Voltaire malade :
« Personne ne connaît mieux que vous les Champs-
Élysées, et personne assurément ne peut s'attendre à
y être mieux reçu. Vous trouverez d'abord Homère et
Virgile qui viendront vous en faire les honneurs et
vous dire avec un sourire malicieux que la joie qu'ils
ont de vous voir est intéressée, puisque, par quelques
années d'une plus longue vie, leur gloire aurait été
entièrement effacée. L'envie et les autres passions se
conservent en ces pays-là; du moins, il me semble
que Didon s'enfuit dès qu'elle aperçoit Énée : quoi
qu'il en soit, n'y allons que le plus tard que nous
pourrons. »

Mais il faudrait soixante-dix volumes pour inscrire
tous les vers, tous les compliments, tous les éloges
des courtisans de Voltaire, à commencer par Frédéric
le Grand et Catherine la Grande *.

---

* L'impératrice de Russie se faisait peindre pour son frère des
Alpes, et le roi de Prusse écrivait ses hymnes à Voltaire jusque
sur les services de porcelaine qu'il lui envoyait à Fernex. « Il y
avait, dit Grimm, sur les pièces de cette merveille de Saxe, des
Arions portés par des dauphins, des Orphées, des Amphions,
des lyres et tous les divers emblèmes de la poésie. Le patriarche
a répondu au roi que Sa Majesté mettait ses armes partout. Le
roi a répliqué par une lettre charmante, où, en parlant de la
fable des dauphins, il dit, entre autres : « Tant pis pour les dau-

VI.

Madame Suard, qui tout enfant avait vu venir
Voltaire chez son père dans un voyage de Flandre,
lui rendit cette visite à Fernex quand Voltaire allait
mourir. Suard a publié les lettres de sa femme datées
de Fernex. En les lisant, on sent à chaque ligne que
c'est la vérité elle-même qui parle ; or, la vérité a ce
jour-là des enthousiasmes religieux pour celui qui
était encore tout esprit, mais qui ne songeait plus qu'à
sa mission providentielle. Voltaire disait alors à Lazare :
« Je vais descendre dans le tombeau, mais je soulève
de ma main défaillante le couvercle du tien et je te
dis : Sois libre, pauvre homme ! »

Madame Suard peint fidèlement avec quelle sainte
ardeur on allait alors en pèlerinage à Fernex. « Enfin,
s'écrie-t-elle dans sa première lettre, j'ai vu M. de
Voltaire ! Jamais les transports de sainte Thérèse n'ont
pu surpasser ceux que m'a fait éprouver la vue de ce
grand homme. Il me semblait que j'étais en présence
d'un dieu ; le cœur me battait avec violence en entrant

phins qui n'aiment pas les grands hommes. » Ce commerce soutenu qui s'établit entre les souverains et les philosophes appartient à notre siècle exclusivement, et fera une époque mémorable,
non-seulement dans les lettres, mais encore par son influence
dans l'esprit public des gouvernements. »

dans la cour de ce château consacré. » Voltaire était
allé se promener. Il revint bientôt en s'écriant : « Où
est-elle? c'est une âme que je viens chercher. » Et
madame Suard s'avance toute pâle et toute chance-
lante : « Cette âme, monsieur, elle est toute remplie
de vous; si on brûlait vos œuvres, on les retrouverait
en moi. — Corrigées, » dit Voltaire avec ce vif esprit
d'à-propos qu'il garda jusqu'au dernier moment.

Mais je laisse parler madame Suard. « Il est impossible de décrire le feu de ses yeux, ni les grâces de sa
figure. Quel sourire enchanteur. Ah! combien je fus
surprise quand, à la place de la figure décrépite que
je croyais voir, parut cette physionomie pleine d'expression; quand, au lieu d'un vieillard voûté, je vis
un homme d'un maintien droit, élevé et noble avec
abandon. Il n'y a pas dans sa figure une ride qui ne
forme une grâce. » Voltaire avait quatre-vingt-un ans.

Madame Suard lui débita tous ses enthousiasmes.
« Vous me gâtez, vous voulez me tourner la tête; je
vais devenir amoureux de vous. » Et en effet, voilà
Voltaire amoureux. Madame Suard lui baise les mains
et le conjure de se retirer dans son cabinet. Il rentre
chez lui et elle se promène dans les jardins. Mais au
détour d'une allée, voilà Voltaire, plus jeune que
jamais, qui la surprend pour continuer la conversation. Il est vrai qu'il devait prendre plaisir à ces jolis
commérages de ce bas-bleu qui lui disait, entre autres
choses : « Ah! si vous pouviez être témoin des acclamations qui s'élèvent aux assemblées publiques, à

l'Académie ou ailleurs, lorsqu'on y prononce votre
nom, comme vous seriez content de notre reconnaissance et de notre amour! Qu'il me serait doux de vous
voir assister à votre gloire! Que n'ai-je la puissance
d'un dieu pour vous y transporter! — J'y suis, j'y
suis! » s'écria Voltaire en embrassant madame Suard.

Au dîner, Voltaire croit qu'il a vingt ans, et il
mange des fraises comme lorsqu'il les cueillait dans
les bois avec mademoiselle de Corsembleu. Mais les
fraises ne passèrent pas; l'amour eut une indigestion.
« C'est égal, dit-il le lendemain quand il revit madame
Suard, vous me rendez la vie. » Et comme elle lui baisait les mains : — « Je suis heureux d'être mourant;
vous ne me traiteriez pas si bien si je n'avais que
vingt ans. — Je ne pourrais vous aimer davantage,
mais je serais forcée de vous cacher les battements de
mon cœur, si vous aviez vingt ans. »

Et madame Suard écrit à son mari : « Les quatre-
vingts ans de M. de Voltaire mettent ma passion bien à
l'aise. » Toutefois, madame Suard parle à son mari de
Voltaire avec une adoration qui eût peut-être inquiété
le futur secrétaire perpétuel, si déjà elle ne l'eût
habitué aux tendresses extraconjugales avec son ami
Condorcet. « Il faut voir, dit-elle, avec quelle grâce
Voltaire a voulu se mettre à mes pieds. Cette grâce est
dans son maintien, dans son geste, dans tous ses
mouvements; elle tempère le feu de ses regards, dont
l'éclat est encore si vif qu'on pourrait à peine le supporter s'il n'était adouci par une grande sensibilité.

Ses yeux, brillants et perçants comme ceux de l'aigle, me donnent l'idée d'un être surhumain; je n'en ai pas dormi. »

Un peu plus tard, dans la journée, madame Suard revoit Voltaire. Cette fois, il s'est fait beau : il a mis sa plus belle perruque et sa robe de chambre des Indes. Que lui dit madame Suard en le voyant si bien habillé? « Vous me rappelez aujourd'hui la statue de Pigale. — Vous l'avez donc vue? — Si je l'ai vue! je l'ai baisée. — Elle vous l'a bien rendu, n'est-ce pas? » dit Voltaire en ouvrant les bras. Et comme madame Suard ne lui répondait qu'en lui baisant les mains : « Dites-moi donc qu'elle vous l'a rendu. — Mais il me semble qu'elle en avait envie. » Et Voltaire reproche à madame Suard de venir corrompre les mœurs de sa république.

Et on monte en carrosse. On va se promener dans les bois : « J'étais dans le ravissement; je tenais une de ses mains que je baisai une douzaine de fois. Il me laissa faire, parce qu'il vit que c'était un bonheur. » Heureusement qu'il n'était pas seul dans le carrosse. M. de Soltikof, ambassadeur extraordinaire de Sa Majesté l'impératrice de toutes les Russies à la cour du roi Voltaire, assistait à ce rajeunissement du vieux Titon.

Le voyage fut charmant. On traversa des bois plantés par Voltaire, qui étaient déjà des bois sérieux, pour arriver à une belle ferme, où le philosophe fit admirer sa grange et sa vacherie. Il fallut que madame Suard prît des mains de Voltaire une tasse de lait, une belle tasse de porcelaine de Sèvres envoyée par madame de Pompadour. Et Voltaire s'écriait :

> Qu'il est doux d'employer le déclin de son âge
> Comme le grand Virgile occupa son printemps !
> Du beau lac de Mantoue il aimait le rivage ;
> Il cultivait la terre et chantait ses présents ;
> Mais, bientôt ennuyé des plaisirs du village,
> D'Alexis et d'Aminte il quitta le séjour,
> Et malgré Mévius il parut à la cour.
> C'est la cour qu'on doit fuir, c'est ici qu'il faut vivre !
> Dieu du jour, dieu des vers, j'ai ton exemple à suivre :
> Tu gardas les troupeaux, mais c'était ceux d'un roi :
> Je n'aime les moutons que quand ils sont à moi ;
> L'arbre qu'on a planté rit plus à notre vue
> Que le parc de Versaille et sa vaste étendue *.

Il fallut bientôt que Voltaire s'arrachât à ces dernières illusions de l'amour, qui n'étaient d'ailleurs plus qu'un jeu pour ce Prométhée déchaîné. Madame Suard lui écrivit sa lettre d'adieu, et Voltaire répondit par celle-ci : « J'ai écrit à monsieur votre mari que j'étais amoureux de vous. Ma passion a bien augmenté à la lecture de votre lettre. Vous m'oublierez au milieu de Paris ; et moi, dans mon désert où l'on va jouer *Orphée,* je vous regretterai comme il regrettait Eurydice ; avec cette différence, que c'est moi le premier qui descen-

---

* Comment M. Vitet, qui a écrit le poëme des *Jardins,* ce poëme que Delille chanta « sur cette serinette qu'il appelait sa lyre, » n'a-t-il rien dit des jardins de Fernex? C'est que pour M. Vitet, les lignes sont le style du paysage : il est pour Le Vôtre, contre Kent.

drai aux enfers, et que vous ne viendrez point m'y
chercher. »

Avant de quitter Voltaire, madame Suard lui avait
demandé sa bénédiction. « Je vais faire un long voyage,
donnez-moi votre bénédiction. Je la regarderai comme
un préservatif aussi sûr contre tous les dangers que
celle de notre saint-père. »

Voilà comment parlait madame Suard la chrétienne,
subjuguée par la royauté et l'apostolat de Voltaire. Ce
ne fut ni le roi ni l'apôtre qui répondit. Voltaire regardait la dame « d'un air fin et doux, et paraissait embarrassé de ce qu'il devait faire. Il lui dit enfin : « Mais je
ne puis vous bénir de mes doigts; j'aime mieux vous
passer mes deux bras autour du cou. » Et il embrassa
madame Suard.

Voltaire ne devait donner qu'une fois sa bénédiction
pour unir le monde nouveau au monde ancien dans
l'esprit de Dieu et de la liberté : il la donna au fils de
Franklin.

Au temps de la visite de madame Suard, Voltaire
passait presque tout son temps couché. En ce temps-là,
le trône de Voltaire, c'était donc son lit. On l'y trouvait
assis, couronné d'un bonnet de nuit attaché par un
ruban toujours frais, habillé d'une veste de satin blanc.
En face de son lit était appendu le portrait de madame
du Chastelet. Dans la ruelle, il voyait à toute heure les
figures de Calas et de Sirven, deux gravures de la
fabrique d'Épinal, qui pour lui étaient plus expres-
sives que les Vierges de Raphaël.

Ne prenant le matin que du café à la crème, ne
dînant pas, soupant à huit heures avec des œufs
brouillés, il travaillait tout le jour, et ne réservait
qu'une heure aux étrangers qui lui venaient faire leur
cour. La table du château était plus abondante que la
sienne. Son hospitalité était celle d'un roi. Tous les
visiteurs, tous les pèlerins, tous les enthousiastes trouvaient, quelle que fût l'heure, une bonne volaille
arrosée de vin de Moulin-à-Vent. Cette hospitalité
commençait aux grands seigneurs et ne s'arrêtait pas
aux pauvres. Je lis dans une lettre de madame Suard
que tous les paysans qui passaient par Fernex y trouvaient un dîner prêt et une pièce de vingt-quatre sous
pour continuer leur route. Les insulteurs du roi
Voltaire — de l'avare Voltaire — auraient-ils donné
une pistole?

VII.

Tout le monde allait à Fernex, tout le monde écrivait au roi de Fernex. « Rois, princes, courtisans,
poëtes, artistes, chacun voulait avoir un mot ou un
regard du phénomène près de disparaître. » C'est l'aveu
d'un ennemi.

Comme tout le monde, Marmontel fit son voyage à
Fernex. Le croirait-on? ce père qui écrit pour l'instruc-
tion de ses enfants conte que, le jour de son départ,
Voltaire lui lut deux chants de la *Pucelle;* et il s'écrie,

avec son emphase habituelle : « Ce fut pour moi le chant du cygne. »

J'ai parlé de Marmontel, parlerai-je de La Harpe, un autre courtisan qui est parti de Voltaire pour arriver à Rome? Tout chemin mène à la ville éternelle. Le chemin, pourtant, n'est-il pas mauvais qui mène de l'enthousiasme au mépris, du rôle de serviteur dévoué au métier d'esclave insulteur? La Harpe, — pareil à ces royalistes plus royalistes que le roi, jusqu'au jour où ils s'asseyaient sur les bancs de la République, — La Harpe fut plus voltairien que Voltaire, tant qu'il fut permis d'aspirer à la succession de son maître. Dépassé, sifflé, annihilé par ses frères cadets de la coterie, il passa dans un autre couvent. Mais ce fut son châtiment; il n'y put être abbé, ni prieur. Le Christ n'aime guère les incrédules qui, devenant vieux, se font chrétiens contre les autres.

Florian, un peu cousin de Voltaire, avait onze ans lorsqu'il entra comme page à la cour de Fernex. Le R. P. Adam condamne le jeune Florian à faire des thèmes; et comme celui-ci était souvent embarrassé pour mettre en latin ce qu'il n'entendait pas trop bien en français, il s'en allait prier Voltaire de lui *faire sa phrase.* Voltaire faisait la phrase avec tant de bonté, que l'écolier s'en retournait *croyant que c'était lui-même qui l'avait faite.* Voltaire courut les buissons avec son écolier; il éveilla en lui la gaieté et l'esprit; il altéra un peu l'*homme de la nature.* A dater de son séjour à Fernex, Florian rêva un peu moins, il parla

un peu plus : il suivit même si bien les leçons du
maître, qu'il imita jusqu'au sourire malin du philosophe. « C'est cela, disait Voltaire, aie l'air d'avoir de
l'esprit, et l'esprit viendra. »

Voltaire recevait beaucoup de lettres et en écrivait
beaucoup. Dans cent ans, on n'aura pas encore retrouvé la moitié des lettres de Voltaire. J'en ai tout un
volume; j'en sais de fort belles qui ne sont pas non
plus imprimées. Quand le courrier était parti, il
craignait d'avoir oublié quelqu'un, un roi ou un
poëte *. Dans sa fureur d'écrire des lettres, il en
adressait aux morts.

Il avait quatre-vingts ans quand il écrivit à Horace :

> Tibur, dont tu nous fais l'agréable peinture,
> Surpassa les jardins vantés par Épicure.
> Je crois Ferney plus beau. Les regards étonnés,
> Sur cent vallons fleuris doucement promenés,
> De la mer de Genève admirent l'étendue;
> Et les Alpes de loin, s'élevant dans la nue,
> D'un long amphithéâtre enferment ces coteaux
> Où le pampre en festons rit parmi les ormeaux.
> Et du bord de mon lac à tes rives du Tibre
> Je te dis, mais tout bas : Heureux un peuple libre!

C'est le philosophe qui parle, mais voici le poëte :

> J'ai vécu plus que toi, mes vers dureront moins;
> Mais au bord du tombeau je mettrai tous mes soins

---

* A qui n'a-t-il pas écrit :

> L'empereur de la Chine, à qui j'écris souvent...

A suivre les leçons de ta philosophie,
A mépriser la mort en savourant la vie,
A lire tes écrits pleins de grâce et de sens,
Comme on boit d'un vin vieux qui rajeunit les sens.

C'est encore le poëte, le vieil enfant gâté des
Muses, qui rime des quatrains à madame du Barry.
La maîtresse de Louis XV avait envoyé à Voltaire son
portrait par ambassadeur, avec deux baisers. Il lui
prouva que — la plume à la main — c'était toujours
le Voltaire des belles années.

Quoi! deux baisers sur la fin de ma vie!
Quel passe-port vous daignez m'envoyer!
Deux, c'est trop d'un, adorable Égérie :
Je serais mort de plaisir au premier.

Et après ce quatrain, il embrasse deux fois le portrait de la comtesse, en s'écriant :

C'est aux mortels d'adorer votre image,
L'original était fait pour les dieux.

Il écrivit aussi des alexandrins à Boileau :

J'ose agir sans rien craindre, ainsi que j'ose écrire.
Je fais le bien que j'aime; et voilà ma satire.

C'était toujours l'aveugle Voltaire contre ses ennemis. Dès 1768 on avait baptisé un vaisseau de ce nom
sans baptême ; au lieu de l'envoyer aux rivages de la
poésie, comme Horace y poussait par ses vœux le vaisseau de Virgile, le dirai-je? il l'envoyait débarquer
Patouillet et Nonnotte *aux chantiers de Toulon.*

VIII.

Comme tous les rois, Voltaire a eu son fou *. Il l'avait choisi parmi les abbés, le païen! c'était l'abbé de Voisenon. Voltaire avait d'abord pris l'abbé de Bernis pour son fou, mais celui-là resta à Louis XV **.

Au séminaire, Voisenon, déjà inféodé à Voltaire, montra le chemin à Boufflers; il écrivit des contes libertins qui ont plus tard enrichi le bagage de madame Favart. Il sortit du séminaire pour aller déposer une carte de visite à la Comédie-Française. Cette carte de visite était une comédie qui avait pour titre l'*École*

---

* Voltaire l'appelait son évêque, témoin cette lettre à l'abbé qui lui avait envoyé son motet, *les Israélites sur la montagne d'Oreb :* « Mon cher évêque, on ne peut pas mieux demander à boire. C'est dommage que Moïse n'ait donné à boire que de l'eau à ces pauvres gens. Mais je me flatte que pour l'àques prochain vous ferez une noce de Cana. Ce miracle est au-dessus de l'autre, et rien ne vous manquera plus quand vous aurez apaisé la soif des buveurs de l'Ancien et du Nouveau Testament.

« Dieu me punit d'avoir été quelquefois malin, mais vous me donnerez l'absolution. »

** « Il y a un mois que quelques étrangers étant venus voir ma cellule, nous nous mîmes à jouer le pape aux trois dés : je jouai pour le cardinal Stopari et j'amenai rafle. Mais le Saint-Esprit n'était pas dans mon cornet. Ce qui est sûr, c'est que l'un de ceux pour qui nous avons joué sera pape. Si c'est vous, je me recommande à Votre Sainteté. »

du monde. Après la représentation, les comédiens ren-
voyèrent l'auteur à l'école; mais les comédiennes le
gardèrent dans la coulisse jusqu'au jour où l'évêque
de Boulogne, jugeant qu'il avait bien assez gagné le
ciel comme cela, l'appela pour conduire son diocèse,
et le baptisa grand vicaire. Voisenon, qui était capable
de tout, se mit à faire des sermons comme il faisait
des comédies. Mais, si les comédies furent trouvées
tristes, les sermons furent trouvés gais. On s'amusa
beaucoup de ses sermons, mais il entraîna peu de
monde au tribunal de la pénitence, ce qui n'empêcha
pas que, peu de temps après, le cardinal de Fleury ne
lui offrît l'évêché de Boulogne. « Comment voulez-
vous, monseigneur, que je conduise un diocèse,
quand j'ai tant de peine à me conduire moi-même? »
D'Alembert disait qu'il fallait donner à Voisenon l'é-
vêché du bois de Boulogne.

« Il y a des bêtises qu'un homme d'esprit achète-
rait. » C'est l'abbé de Voisenon qui a dit ce beau mot;
or ce qui lui a le plus manqué, à cet homme qui
était tout esprit, c'était de ces bêtises qui donnent un
corps à l'esprit, parce qu'elles sont la force humaine.

L'abbé de Voisenon a fait des opéras-comiques et
des contes libertins. Il a mal dit la messe, mais il a lu
le bréviaire de l'amour. « Aimons-nous les uns les autres, » disait-il avec onction à madame Favart. Plus
d'une fois son confesseur lui a remis ses péchés, mais
cela lui coûtait cher; un jour il lui fallut acheter son
pardon moyennant mille écus pour le saint-siége, deux

mille écus pour les pauvres, et le bréviaire tous les matins! Mais, s'il faut en croire le comte de Lauraguais, madame Favart partagea avec Voisenon la dernière pénitence.

Il cachait une épée sous sa soutane. Il ne permettait pas aux duellistes de parler haut devant lui [*]. Il était d'ailleurs très-facile à vivre, pourvu qu'on ne parlât pas mal devant lui de Dieu, de Voltaire et de madame Favart. Je crois qu'il ne connaissait pas Dieu, mais il connaissait Voltaire et madame Favart.

Vaillant l'épée à la main, l'abbé de Voisenon n'était pas vaillant dans la bataille de la vie. Il passa sa vie à mourir. « Que faites-vous? lui demandait-on. — Je suis en train de mourir, » répondait-il invariablement.

Si on ne le rencontrait guère à la messe, on le rencontrait beaucoup à la cour de Voltaire. Il avait l'art d'être toujours chez lui sans avoir jamais eu de maison. Je ne parle pas du château de Voisenon, qu'il regardait comme son sépulcre, et où il n'allait que dans ses jours de maladie, « pour être, disait-il, de plain-pied avec le tombeau de ses pères. »

Après plus d'un demi-siècle de folies, madame Favart étant morte, il jugea que le temps était venu

[*] Laplace raconte qu'il eut un duel avec un officier aux gardes qui avait voulu railler toute la séquelle des capucins. L'officier alla au rendez-vous comme à une partie de plaisir, disant qu'il ne ferait qu'une bouchée du petit abbé; mais le petit abbé le souffleta galamment du bout de son épée, et le désarma avec une grâce parfaite.

pour lui de se faire enterrer. Il demanda la permission
à Voltaire de partir pour l'autre monde, et s'en alla
au château de Voisenon. Voltaire lui fit son épitaphe;
aussi sa dernière heure ne fut pas l'heure de la pénitence. Le curé l'exhortait à se réconcilier avec Dieu en
lui montrant le crucifix. « Rupture entière, monsieur
le curé, dit le sacrilége abbé; je vous rends lettres et
portrait. » Les lettres, c'était le bréviaire; le portrait,
c'était le crucifix! O Voltaire! voilà quel fut ce jour-là
le soixante et onzième volume de tes œuvres!

« Voltaire, a dit Voisenon, est certainement l'homme
le plus étonnant que la nature ait produit dans tous
les siècles; quand elle le forma, sans doute il lui restait un plus grand nombre d'âmes que de corps, ce
qui la décida à en faire entrer cinq ou six différentes
dans le corps de Voltaire. Peut-être ne fut-elle aussi
généreuse qu'aux dépens de quelques autres; car on
rencontre bien des corps où elle a oublié de mettre
une âme. Il y a dans Voltaire de quoi faire passer six
hommes à l'immortalité. »

Par aventure, le fou du roi parla une fois en sage.

IX.

LE PEUPLE DE VOLTAIRE.

Si Voltaire avait des courtisans et des flatteurs, il avait aussi son peuple. Quiconque avait souffert était admis dans le royaume de son intelligence. Ce peuple, c'était les opprimés, les malheureux, les torturés, tous ceux qui errent dans le ciel de l'histoire avec une plaie au flanc, morts ou vivants, qu'importe! Pour l'homme de génie comme pour Dieu, tout existe dans un présent éternel.

Pendant que le roi Louis XV jetait aux sultanes de son sérail le mouchoir brodé aux armes de la France, le roi Voltaire veillait, armé de la raison, pour le règne de la justice.

En 1761, un coquin perdu de débauches, Marc-

16.

Antoine Calas, revint chez son père, non pas comme
l'enfant prodigue pour renaître à une vie nouvelle
après le festin du veau gras, mais pour terminer par
le suicide une existence qu'il n'avait pas le courage de
porter plus longtemps. Le père était protestant; c'était
un beau vieillard qui vivait en Dieu, adoré dans sa
famille, et qui, âgé de près de quatre-vingts ans,
n'avait jamais eu qu'un chagrin : son fils Marc-Antoine.
Son premier fils s'était converti au catholicisme ; le
vieux Calas l'avait aimé catholique comme il l'eût
aimé protestant. Un magistrat fanatique, ennuyé de
n'avoir rien à condamner, s'imagina que le père avait
tué son second fils pour l'empêcher à son tour de se
faire catholique; et du premier coup on jette toute la
famille dans un cachot. Le père paralytique, la mère
à moitié folle de douleur, le fils qui proteste au nom
du Dieu des chrétiens, la sœur, déjà mère de famille,
la petite sœur qui est à la veille de ses noces. Ce n'est
pas tout. On met sur la tête du débauché la couronne
du martyre ; on lui met à la main une branche de pal-
mier; on lui met dans l'autre la plume qui devait,
assure le magistrat, écrire son abjuration. La confrérie
des pénitents blancs, pour finir la comédie, vient
chanter la messe des morts pour le repos de l'âme de
ce saint improvisé.

Cependant on interroge le vieillard, on interroge sa
femme, on interroge ses enfants. Tous répondent par
des larmes. « Ce sont vos larmes qui vous accusent, »
disent les magistrats. On menace de mettre toute la

famille à la question; mais les quatre-vingts ans du
père le sauvent, lui et les siens, de la torture. En
vain la vérité crie de toutes ses forces : les juges veulent des coupables. Calas est condamné au supplice de
la roue, sa femme et ses enfants sont bannis de France.

Où iront-ils? Il n'y a maintenant qu'un homme de
toute cette nation qui daignera leur ouvrir sa porte, les
appuyer sur son cœur et défendre leur cause. Le père
a subi le supplice de la roue, mais il faut sauver sa
mémoire. A cette famille, riche hier, aujourd'hui frap_
pée de toutes les misères, il faut lui rendre son bien
et son honneur.

Allons, Voltaire, c'est à toi d'écrire le dernier mot
de cette tragédie de Calas qui comptera dans tes œuvres
bien plus qu'*OEdipe,* bien plus que *Mahomet,* bien plus
que *Zaïre.*

Voltaire passa trois années de sa vie à demander
justice; la justice vint enfin. Ce fut un beau spectacle
que le jour où la France déclara, aux applaudissements
de Paris et du monde, que la cause que Voltaire avait
prise contre la justice était la cause de la justice. Calas
fut déclaré innocent; on réhabilita sa mémoire; sa
famille proscrite rentra dans sa patrie et dans ses biens.
En outre, le ministre du roi Louis XV, qui était ce
jour-là le ministre du roi Voltaire, donna cent mille
livres à cette malheureuse famille pour payer le crime
du parlement du Languedoc.

Durant ces trois mortelles années, Voltaire vécut
tout entier dans cette cause célèbre. Il se reprochait

comme un crime ses moindres sourires. Si la lumière
ne s'était pas faite, il n'eût pas survécu à cette iniquité.
Quand plus tard, à son dernier voyage à Paris, il entendait dire autour de lui : « C'est l'auteur de la *Henriade*,
c'est le sauveur des Calas, » il pensait avec raison que
l'homme l'emportait de beaucoup sur le poëte.

Après les Calas ce furent les Sirven, seconde édition
de la même tragédie, moins le dénoûment tragique.
Voltaire triomphe encore. Mais Voltaire ne fut pas toujours écouté. On comprit en France que si on laissait
faire le roi de Fernex, il allait renouveler l'édit de Nantes.
Les cris de douleur que Voltaire poussait depuis longtemps déjà à tous les anniversaires de la Saint-Barthélemy, il les poussa bientôt, plus désolé que jamais,
devant le supplice du chevalier de La Barre, un jeune
homme de vingt ans qui avait méconnu, après souper
en folle compagnie, la divinité du Christ dans ses
images; qui, le matin, pendant qu'on le coiffait, avait
chanté un refrain irréligieux. Cette fois, ce fut le parlement de Paris qui donna tort à Voltaire, en consacrant
la condamnation de cet enfant gâté qui avait commis
un autre crime, le crime d'avoir lu Voltaire.

Le chevalier de La Barre demanda grâce à Louis XV,
qui fit le signe de la croix par la main de madame du
Barry et qui fut impitoyable, dans la crainte du Dieu
vengeur. L'enfant subit la question, — lui qui n'avait
rien à dire; — on lui arracha la langue, — cette langue
qui avait osé chanter quelques chansons impies de
l'abbé de Grécourt, de l'abbé Voisenon ou de l'abbé

de Bernis, — et on le décapita, — et on le brûla dans un feu de joie *.

Ce fut un cri d'horreur qui retentit dans toute la France, qui monta jusqu'au ciel et qui rouvrit la blessure du Fils de Dieu.

Calas avait quatre-vingts ans et le chevalier de La Barre n'en avait pas vingt. « On s'est indigné pendant un jour, mais on est allé le soir à l'Opéra-Comique. »

Voltaire ne fut jamais plus éloquent qu'en se faisant l'avocat des pauvres et des sacrifiés. A-t-on oublié sa lettre à l'évêque d'Annecy ** ?

---

* « On persécute à la fois par le fer, par la corde et par les flammes, la religion et la philosophie : cinq jeunes gens ont été condamnés au bûcher pour n'avoir pas ôté leur chapeau en voyant passer une procession à trente pas ! Est-il possible, madame, qu'une nation qui passe pour si gaie et si polie soit en effet si barbare ! »

Le magistrat qui avait accusé Calas mourut fou enragé ; un des juges du chevalier de La Barre mourut frappé par le tonnerre, en allant vendre des cochons au marché, car c'était un marchand de bestiaux. O justice des temps regrettés !

** « Le curé d'un petit village nommé Moëns, voisin de ma » terre, a suscité un procès à mes vassaux de Ferney ; et ayant » souvent quitté sa cure pour aller solliciter à Dijon, il a accablé » aisément des cultivateurs uniquement occupés du travail qui sou- » tient leur vie. Il leur a fait pour quinze cents livres de frais » pendant qu'ils labouroient leurs champs, et a eu la cruauté » de compter parmi ses frais de justice les voyages qu'il a faits » pour les ruiner. Vous savez mieux que moi, monseigneur, » combien, dès les premiers temps de l'Église, les saints Pères se » sont élevés contre les ministres sacrés qui emploient aux affaires » temporelles le temps destiné aux autels. Mais si on leur avoit

Le trait le plus frappant de Voltaire, c'était le sentiment de la justice. Cet homme, dont le cœur était
dans la tête, ne s'attendrissait point sur des chimères;
mais toute violation du droit, tout outrage à l'humanité
lui arrachait un de ces cris qui traversent les âges.
Ce qu'il y avait de plus sensible chez lui, c'était la
raison, une raison droite, tolérante pour les faiblesses
humaines, inexorable pour les institutions fondées sur
l'erreur ou sur la barbarie. Ses sympathies ne connais-
saient aucune limite de sectes ni d'écoles : sa charité
était universelle. Il eût détaché Jésus de la croix simplement parce qu'il le croyait le fils de l'homme; il
eût arrêté la main qui présentait la coupe à Socrate;

" dit : Un prêtre est venu, avec des sergents, rançonner de pau-
" vres familles, les forcer de vendre le seul pré qui nourrit leurs
" bestiaux, et ôter le lait à leurs enfants, qu'auroient dit les
" Jérôme, les Irenée, les Augustin? Voilà, monseigneur, ce que
" le curé de Moëns est venu faire à la porte de mon château,
" sans daigner même me venir parler; je lui ai envoyé dire que
" j'offrois de payer la plus grande partie de ce qu'il exige de mes
" communes, et il a répondu que cela ne satisfaisoit pas. Vous
" gémissez sans doute que des exemples si odieux soient donnés
" par des pasteurs catholiques, tandis qu'il n'y a pas un seul
" exemple qu'un pasteur protestant ait été en procès avec ses
" paroissiens. Il est humiliant pour nous, il le faut avouer, de
" voir, dans les villages du territoire de Genève, des pasteurs
" hérétiques qui sont au rang des plus savants hommes de l'Eu-
" rope, qui possèdent les langues orientales, qui prêchent dans
" la leur avec éloquence, et qui, loin de poursuivre leurs parois-
" siens pour un arpent de seigle ou de vignes, sont leurs conso-
" lateurs et leurs pères. "

il eût éteint le bûcher de Jean Huss, en prouvant aux
bourreaux que le bûcher brûle et n'éclaire pas ; il eût
dit aux moines qui serraient les jambes de Campanella
dans des bottes de fer : « Est-ce ainsi que vous croyez
apprendre au genre humain à marcher droit ? » Il eût
dit à la sainte inquisition *examinant* Galilée : « Que
vous importe le mouvement de la terre, si c'est dans
le ciel qu'elle tourne ? » Il eût fait rougir les juges de
Savonarole et ceux de Jordano Bruno, en leur demandant s'ils croyaient éteindre le soleil en lui jetant des
pierres. Il eût dit à Calvin rôtissant Servet : « Quelle
est cette liberté d'examen qui n'échappe au feu que
pour allumer le feu ? »

Parmi ce peuple de victimes il avait des sujets pré-
férés, c'étaient ceux dont la blessure saignait encore :
les ombres de la Saint-Barthélemy. Dès qu'il sut lire,
il s'indigna de toutes ses larmes et de toutes ses colères
contre les sanglantes matines. Le marquis de Villette
raconte que tous les ans Voltaire éprouvait un accès
de fièvre le jour anniversaire de ce lugubre massacre.
Peut-être l'auteur de la *Henriade* avait-il pris trop de
café : il eût pu se contenter de la fièvre de l'indignation ; celle-ci du moins était sincère. Non content
d'imprimer le sceau de la réprobation aux auteurs de
cette nuit sanglante, il a, ce qui est mieux encore,
consolé les morts en les enveloppant du linceul de la
gloire. Ces spectres vengeurs qui ont secoué l'ana-
thème sur l'agonie de Charles IX passaient sur la tête
de Voltaire en le bénissant. Coligny saluait cette ma-

jesté enfermée à la Bastille, Voltaire premier et dernier
du nom. Les morts ne saluent que ce qui est immortel.
C'est à la Bastille que Voltaire, qui n'avait ni plume
ni encre, alignait ces vers sur les pages encore blanches de son esprit :

> Je ne vous peindrai point le tumulte et les cris,
> Le sang de tous côtés ruisselant dans Paris,
> Le fils assassiné sur le corps de son père,
> Le frère avec la sœur, la fille avec la mère,
> Les époux expirants sous leurs toits embrasés,
> Les enfants au berceau sur la pierre écrasés.
> Du haut de son palais excitant la tempête,
> Médicis à loisir contemplait cette fête ;
> Ses cruels favoris, d'un regard curieux,
> Voyaient les flots de sang regorger sous leurs yeux ;
> Et de Paris en feu les ruines fatales
> Étaient de ces héros les pompes triomphales.
> Que dis-je ! ô crime ! ô honte ! ô comble de nos maux !
> Le roi, le roi lui-même, au milieu des bourreaux,
> Poursuivant des proscrits les troupes égarées,
> Du sang de ses sujets souillait ses mains sacrées.

Une chose manque à Dante, c'est l'attendrissement.
Je n'aime point son Virgile contemplant d'un œil sec
les mystères et les profondeurs de la souffrance éternelle. Voltaire, lui, a, sous le masque du sourire
plissé et grimaçant, le cœur de sainte Thérèse : il
aime les damnés de l'histoire, il plaint les démons. Si
sa tendresse n'est pas drapée dans la poésie, elle n'en
est que plus vraie et plus profonde. L'émotion de
Voltaire ressemble à celle du volcan qui jette rarement

des larmes parmi la cendre et le feu, mais ce sont des larmes brûlantes.

On a beaucoup parlé de l'esprit de Voltaire, mais on n'a pas assez dit que cet esprit était une arme, l'arme de la raison et de la justice. Ses railleries ne tuaient que de fatales erreurs ou de mauvaises actions. Quant aux méchants, il les blessait pour les guérir. Je ne découvre dans ses écrits qu'un genre de haine implacable, la haine du mal, la haine des lois sanguinaires, la haine du supplice immérité ou des châtiments qui rendent la victime intéressante en dépassant la limite de l'expiation.

Si Voltaire n'eût été que poëte et écrivain, il eût pu éblouir le monde par les qualités inépuisables de sa nature; mais il n'eût point régné comme il l'a fait sur toute l'Europe. Son signe à lui, ce qui l'isole — dans les hauteurs étoilées — même des autres grands hommes, c'est d'avoir personnifié son temps, d'avoir été la couronne de la révolution naissante. Voltaire ne croyait point aux incarnations, il avait tort : la société de 89 s'était faite homme dans cet adversaire ardent de tous les abus, de toutes les violences, de tous les mensonges. Les prisonniers de la Bastille étaient son peuple; les vainqueurs qui prenaient la Bastille étaient son peuple encore. Les cahiers du tiers état, c'était Voltaire qui les avait rédigés, au style près. Toutes les réclamations légitimes des campagnes et des villes avaient été visées par lui. *Nous Voltaire, roi de France par la grâce de la raison publique, nous avons lu et*

approuvé... Il n'apposait son veto que sur l'injustice
ou sur l'erreur.

Il comptait autant de sujets que de malheureux, et
il en comptait dans toutes les classes de la société, car
l'ancien régime pesait sur toutes les têtes. De l'esprit,
Voltaire le répandait à flots; des fleurs, il en jetait
partout, mais son œuvre littéraire recouvrait une mission plus sérieuse. Il marchait sur le feu, parmi les
cendres d'une société qui se bouleversait. C'était le
roi de la destruction, mais de la destruction intelligente, qui abat d'une main et qui reconstruit de
l'autre.

Ses triomphes furent des fêtes pour l'humanité.

Le 5 février 1778, un de ces beaux jours d'hiver
qui sourient quelquefois aux vallées de la Suisse,
Voltaire oublie son grand âge; il secoue la neige des
ans, il se coiffe de sa perruque poudrée, prend sa
canne à pomme d'or et s'achemine vers Paris. Le 10,
à trois heures et demie de l'après-midi, la grande
nouvelle se répand par toute la ville : « Voltaire est
arrivé! » Toute la population s'émeut comme un seul
homme. Le quai des Théatins est encombré d'une
multitude immense. Les voitures ne circulent plus;
le peuple qui stationne refoule le peuple qui accourt.
Le roi de la pensée trône dans l'hôtel Villette, en face
du palais des Tuileries désert. Chaque fois que Voltaire se montre à la fenêtre, les acclamations reten-
tissent jusque sur les ponts, jusque sur l'autre rive
du fleuve. Voltaire règne, il règne sur la ville et sur

la cour. Toutes les classes de la société, la noblesse,
le clergé, le tiers état, concourent à ce triomphe, car
Voltaire a des amis dans tous les ordres. Mais au
milieu de cette foule mêlée, qui se distingue le plus
par la ferveur de son admiration et ses cris de « Vive
Voltaire! » qui se presse autour de la voiture pour
dételer les chevaux? qui traîne le triomphateur? Des
hommes aux bras nus. Qui répand des fleurs sur la
route? ceux qui ne connaissent de la vie que les
épines.

Le dieu de la pensée est salué, acclamé, béni par
ceux qui ne savent pas même lire. Un instinct élec-
trique leur révèle que le génie des lumières est aussi
l'étoile du peuple. Quiconque a pleuré, souffert,
espéré, se console dans l'ovation de ce vieillard, penché comme un roseau, caressé par le souffle de cette
tempête qui va déraciner le grand chêne de la monarchie. Le buste de Voltaire est couronné sur tous les
théâtres; mais sa vraie couronne à lui, c'est le peuple
qu'il éclaire depuis plus d'un demi-siècle. Qu'adore
dans le patriarche de Fernex cette multitude émue
jusqu'aux larmes, jusqu'au délire? L'intelligence,
sans doute. Mais le monde a vu passer l'intelligence
sous les traits de Descartes, de Pascal et d'autres philosophes, sans se livrer à de semblables transports.
Les préjugés? D'autres les ont combattus avec le même
courage, sinon avec la même force et avec le même
esprit. Les abus? D'autres les ont dénoncés. L'erreur?
Fontenelle lui-même avait ri de cet enfant en cheveux

blancs. Non, il faut le dire : ce que le peuple aimait
dans Voltaire, c'était la bonté.

Oui, ce malicieux vieillard était bon jusque sous sa
raillerie la plus mordante. Son indignation était le cri
de la tolérance irritée. Il ne voulait pas la mort de ses
ennemis : il voulait qu'ils vissent clair et qu'ils appris-
sent à raisonner. Les tirades de ses tragédies, froides
aujourd'hui comme des brûlots éteints, ont éclairé
dans le temps sans blesser personne, — si ce n'est
l'ignorance. Voltaire n'a pas seulement préparé la
Révolution française : il l'a adoucie, — au moins dans
le début, — en désarmant la résistance des classes
privilégiées. Quand, la nuit du 4 août, l'Assemblée
nationale donna au monde l'exemple d'un sacrifice
unique dans l'histoire, c'est que l'âme de Voltaire
avait passé par ses écrits dans l'âme de la noblesse et
du clergé.

Le peuple de Voltaire, c'était tout le monde, comme
le peuple de Dieu.

X.

LES MINISTRES DE VOLTAIRE.

FRÉDÉRIC LE GRAND. — LA GRANDE CATHERINE.
— DIDEROT. — D'ALEMBERT. — BUFFON. —
MADAME DE POMPADOUR.
— TURGOT. — CONDORCET. — HELVÉTIUS. —

Le roi Voltaire n'avait pas travaillé seul. Ses ministres ont leur part de gloire dans cette semaine biblique
où il a dit au vieux monde : « Ton temps est fini,
couche-toi dans le tombeau, » et au monde nouveau :
« Lève-toi et marche à la conquête de tes droits; mais
ne te repose pas le septième jour, car, dès que tu
t'endormiras, une autre Dalila te trahira dans ta
force. »

Voltaire eut des ministres sans nombre, depuis

l'impératrice de Russie jusqu'à la marquise de Pompadour, depuis le roi de Prusse jusqu'à l'abbé Moussinot. Il a eu Diderot, il a eu d'Alembert, il a eu Buffon, il a eu Turgot, il a eu Condorcet. Mais tous les hommes de son temps, d'Holbach, Helvétius, Jean-Jacques lui-même, celui-là sans le savoir, l'ont représenté dans les diverses provinces, dans les divers départements du royaume de l'esprit humain *.

Son pouvoir spirituel a pénétré partout, au nom du droit, au nom de la vérité, au nom de la justice. Plus d'un cardinal a oublié l'heure de son bréviaire pour lire celui-là qui voulait qu'on mît en tête de ses œuvres : *Fiat lux!* Le pape lui-même lisait Voltaire, caché par l'éventail des Alpes. J'ai dit déjà que la grande Catherine avait deux consciences : celle de son peuple et celle de Voltaire; car elle avait de bonne heure étranglé la sienne sur le corps du czar. J'ai dit déjà que Frédéric le Grand avait appris dans Voltaire le catéchisme des rois. Parlerai-je de tous ces souverains de l'Europe qui venaient alors chercher leur mot d'ordre à Fernex? Voltaire était toujours debout pour parler à ses frères du pouvoir. Il leur parlait en prose, il leur parlait en vers; toujours hardi, toujours

---

* « Il faut changer de ministre, disait un conseiller à Louis XV. *Le nouveau ne vaudra pas mieux,* » répondait ce roi spirituel. Voltaire est le seul roi qui n'ait jamais changé ses ministres; je me trompe, il en a changé un seul, Frédéric de Prusse; mais l'exception confirme la règle. Il y eut une crise ministérielle à Potsdam, et Voltaire destitua le roi. — MÉRY, *le Roi Voltaire.*

spiituel, toujours charmant, comme dans cette épître
au roi de Danemark :

> Tu rends ses droits à l'homme et tu permets qu'on pense :
> Sermons, romans, physique, ode, histoire, opéra,
> Chacun peut tout écrire ; et siffle qui voudra.
> Ailleurs on a coupé les ailes à Pégase.
> Dans Paris quelquefois un commis à la phrase
> Me dit : « A mon bureau venez vous adresser ;
> Sans l'agrément du roi vous ne pouvez penser.
> Pour avoir de l'esprit allez à la police ;
> Les filles y vont bien, sans qu'aucune en rougisse ;
> Leur métier vaut le vôtre, il est cent fois plus doux ;
> Et le public sensé leur doit bien plus qu'à vous.

Les deux souverainetés les plus souveraines du dix-
huitième siècle, n'est-ce pas Voltaire et Catherine II ?
Aussi, voyez comme ils se reconnaissent grands tous
les deux ! Voltaire s'habillait des chasses de Catherine,
et celle-ci, dans son parc de Czarsko-Zélo, faisait
bâtir un petit Fernex. Ainsi, dans l'épopée virgilienne,
Andromaque exilée se plait à voir encore une minia-
ture de sa Pergame et à planter sur les bords d'un
ruisseau sans nom les arbustes qui ombrageaient les
rives sacrées du Simoïs.

Nul n'a nié ce génie profond, cette grande Catherine
que Voltaire appelait Catherine le Grand, qui, comme
son frère de Prusse, Frédéric II, que Voltaire appelait
Frédéric le Grand, a donné l'hospitalité aux apôtres
de l'esprit humain.

> Élève d'Apollon, de Thémis, et de Mars,
> Qui sur ton trône auguste as placé les beaux-arts,

17

Tu penses en grand homme, et tu permets qu'on pense ;
Toi, qu'on voit triompher du tyran de Byzance,
Et des sots préjugés, tyrans plus odieux,
Prête à ma faible voix des sons mélodieux ;
A mon feu qui s'éteint rends sa clarté première :
C'est du Nord aujourd'hui que nous vient la lumière.

C'était la lumière par réverbération, mais c'était la lumière. Catherine, il est vrai, ne dédaignait pas alors de scintiller dans le ciel du Midi [*], car elle répondait à Voltaire en lui envoyant une fourrure contre la fraîcheur des Alpes : « Lors de votre entrée dans Constantinople, j'aurai soin de faire porter à votre rencontre un bel habit à la grecque, doublé des plus riches dépouilles de la Sibérie. » Mais la reine de Saba n'entra pas à Jérusalem et Voltaire ne porta pas d'habit à la grecque.

Voltaire mettait tout en œuvre. Il disait que l'argent était l'âme de la guerre ; aussi il avait son ministère des finances [**]. Le premier ministre en date, le plus

[*]   Bientôt de Galitzin la vigilante audace
Ira dans son sérail éveiller Moustapha,
Mollement assoupi sur son large sofa,
Au lieu même où naquit le fier dieu de la Thrace.
O Minerve du Nord, ô toi, sœur d'Apollon,
Tu vengeras la Grèce en chassant ces infâmes,
Ces ennemis des arts et ces geôliers des femmes :
Je pars ; je vais t'attendre aux champs de Marathon.

Voltaire, toujours précurseur, poursuit ici le vœu de Fénelon et semble donner l'éveil à Byron.

[**]   Mes ennemis m'ont reproché jusqu'à ma fortune, comme

connu, le meilleur, a été l'abbé Bonaventure Moussinot, docteur en théologie et chanoine de la paroisse Saint-Merry.

Ne semble-t-il pas étrange que Voltaire, qui n'a guère foi dans l'Église, choisisse un chanoine pour ministre des finances?

Voltaire avait toute confiance en son ministre. Il ne voulut voir qu'une fois le grand-livre de la dette publique, tenu par le chanoine. Il s'en rapporta toujours à sa parole. Il avait raison, jamais ministre des finances n'administra une fortune royale avec plus d'économie. Dans ses mains, l'argent de Voltaire devint or. Et pourtant, que d'argent donné ou prêté sans intérêts! Le poëte eut beau vouloir enrichir son ministre, l'abbé Moussinot voulut mourir pauvre, disant — un vrai philosophe que ce chanoine! — que l'embarras des richesses faisait le chemin de la vie plus difficile pour le sage*.

si elle était faite à leurs dépens. Doit-on fouiller dans les affaires d'une famille pour critiquer un poëme et une histoire? Quelle lâcheté! Mais elle est trop commune. Qu'il soit permis de faire une remarque à cette occasion : c'est un spectacle qui peut servir à la connaissance du cœur humain, que de voir certains hommes de lettres ramper tous les jours devant un riche ignorant, venir l'encenser au bas bout de sa table, et s'abaisser devant lui, sans autre vue que celle de s'abaisser. Ils sont bien loin d'oser en être jaloux : ils le croient d'une nature supérieure. Mais qu'un homme de lettres soit élevé au-dessus d'eux par la fortune et par ses places, ceux mêmes qui ont reçu de lui des bienfaits portent l'envie jusqu'à la fureur. Virgile à son aise fut l'objet des calomnies des Mévius. »

* Les curieux trouveront dans la correspondance de Voltaire

17.

Ce qui a le plus manqué à Voltaire, c'est un ministre des cultes. Si Dieu se fût montré plus tôt dans son œuvre, son œuvre eût gagné en grandeur et en sympathie ; mais Voltaire cherchait son Dieu et ne le trouvait pas : il le cherchait trop sur la terre. Les douleurs de Job et de Lazare l'empêchaient d'entendre l'hymne des archanges. « Je n'ai qu'une heure à vivre, disait-il, ô Dieu que je ne connais pas, laissez-moi vivre mon heure pour ceux qui souffrent ! » Et il écrivait à d'Alembert, à Diderot, à Condorcet, à tous les

toute l'histoire de ce ministère. Je reproduis ces deux lettres pour donner un avant-goût de toutes les lettres écrites à l'abbé Temporel :

« Je vous prie, mon cher abbé, de faire chercher une montre à secondes chez Le Roy, soit d'or, soit d'argent, il n'importe ; le prix n'importe pas davantage. Si vous pouvez charger l'honnête Savoyard que vous nous avez déjà envoyé ici à cinquante sous par jour (et que nous récompenserons encore outre le prix convenu) de cette montre à répétition, vous l'expédierez tout de suite.

» Une compote de marrons glacés, de cachou, de pastilles et de louis d'or, est arrivée avec tant de mélange, de bruit et de sassements continuels, que la boîte a crevé. Tout ce qui n'est pas or est en cannelle, et cinq louis se sont échappés dans les batailles ; ils ont fui si loin qu'on ne sait où ils sont. Bon voyage à ces messieurs ! Quand vous m'enverrez les cinquante suivants, mon cher ami, mettez-les à part bien cachetés, à l'abri des culbutes.

» Je vous recommande toujours les Guise, d'Auneuil, Villars, d'Estaing et autres ; il est bon de les accoutumer à un payement exact, et de ne pas leur laisser contracter de mauvaises habitudes. Point de politesses dangereuses, même envers les Altesses.

» Au chevalier de Mouhy, encore cent francs et mille excuses, encore deux cents et deux mille excuses à Prault. Un louis d'or à d'Arnaud sur-le-champ. »

frères : « Ne perdons pas un instant, l'heure des ténèbres va revenir. »

Et les frères se mettaient vaillamment à l'œuvre
en bâtissant l'*Encyclopédie*.

Le moyen âge avait élevé des cathédrales; le dix-
huitième siècle a bâti l'*Encyclopédie*, ce monument
de la pensée libre, multiple, presque anonyme, écrit
pierre à pierre avec la foi des générations nouvelles.
Au frontispice du temple, la main des frères malgré
les docteurs qui y inscrivent : *Deo*, imprime : *Au
progrès*. Refondre l'universalité des connaissances
humaines, jamais semblable entreprise n'avait tenté
les esprits les plus audacieux. Tel est pourtant le pro-
gramme de cette œuvre titanique. Il fallait pour cela
un concours d'esprits d'élite que rien n'épouvantât.
Le Verbe s'était fait homme : il va se faire légion.

L'*Encyclopédie* fut une croisade contre l'ignorance
et contre les préjugés : l'armée nouvelle des intelligences ne s'avance point à la conquête d'un tombeau;
elle cherche les lois de la vie universelle.

Vue de loin, l'*Encyclopédie* a le caractère grandiose
d'un monument surhumain, parce qu'il est encore
aujourd'hui illuminé du feu divin et infernal de la
révolution. Mais ceux qui l'ont bâti — ils sont restés
plus grands que leur œuvre — ne voyaient là souvent
qu'une tentative de grande architecture. « L'*Encyclopédie*, disait Voltaire, est bâtie moitié marbre, moitié
boue. » Diderot, dont c'était l'œuvre, n'était pas moins
sévère : « On n'eut pas le temps d'être scrupuleux sur

le choix des travailleurs. Parmi quelques hommes
excellents, il y en eut de faibles, de médiocres, et de
tout à fait mauvais. De là cette bizarrerie dans l'ouvrage, où l'on trouve une ébauche d'écolier à côté
d'un morceau de maître, une sottise voisine d'une
chose sublime. Les uns, travaillant sans honoraires,
perdirent bientôt leur première ferveur; d'autres, mal
récompensés, nous en donnèrent pour notre argent.
L'*Encyclopédie* fut un gouffre où ces espèces de chif-
fonniers jetèrent pêle-mêle une infinité de choses mal
vues, mal digérées, bonnes, mauvaises, détestables,
vraies, fausses, incertaines, et toujours incohérentes
et disparates. » D'Alembert lui-même, qui n'avait pas
comme les autres ses heures de franchise, avoue pourtant à son tour que l'*Encyclopédie* est « un habit d'ar-
lequin où il y a quelques morceaux de bonnes étoffes
et trop de haillons. »

Voilà l'*Encyclopédie* jugée par elle-même. Je ne
veux pas lire toutes les injures que ses ennemis ont
inscrites sur ses murailles.

Bien ou mal faite, elle avait une âme, l'âme du bien
et du mal, elle faisait beaucoup de bien, elle faisait
un peu de mal. Voltaire dirigeait les batailles du fond
de son cabinet, battant des mains à toutes les victoires,
pleurant de rage sur toutes les défaites. « Dieu soit
loué! écrit-il à d'Alembert, vous faites la lumière et
voilà les fantômes de la superstition qui fuient dans les
ténèbres. » D'Alembert lui répond : « Écrasez l'infâme,
me marquez-vous sans cesse; eh! mon Dieu, laissez-la

se précipiter elle-même. Savez-vous ce que dit le médecin du roi? *Ce ne sont pas les jansénistes qui tuent
les jésuites, c'est l'Encyclopédie, mordieu! c'est l'Encyclopédie!* Ce maroufle d'Astruc est comme Pasquin;
il parle quelquefois d'assez bon sens. Pour moi qui
vois tout en ce moment couleur de rose, je vois d'ici
les jansénistes mourant de leur belle mort l'année
prochaine, après avoir fait périr cette année les jésuites
de mort violente; je vois les protestants rappelés, les
prêtres mariés, la confession abolie. » Oh! philosophe
couleur de rose! Quelques mois après, les jésuites
furent chassés de France. D'Alembert écrivit leur
oraison funèbre : « Je suis si aise de voir leurs talons,
que je n'ai garde de les tirer par la manche; c'est que
le dernier jésuite qui sortira du royaume entraînera
avec lui le dernier janséniste dans le panier du coche,
et qu'on pourra dire le lendemain : *les ci-devant soi-
disant jansénistes,* comme nos seigneurs du parlement
disent aujourd'hui : *les ci-devant soi-disant jésuites.*
Le plus difficile sera fait. Quand la philosophie sera
délivrée des grands grenadiers du fanatisme, les autres,
qui ne sont que des cosaques et des pandours, ne
tiendront pas contre nos troupes réglées. » D'Alembert
écrivait ce jour-là dans le style pittoresque; il était
sans doute encore dans un jour couleur de rose, car il
finissait sa lettre par cet aphorisme : « Il n'y a de bon
que de se moquer de tout. » C'était l'opinion de mademoiselle de Lespinasse, qui se moquait de lui avec
le chevalier de Mora. Ce n'est pas ainsi que Socrate,

ce n'est pas ainsi que Platon, ce n'est pas ainsi
qu'Épicure eût parlé de ses ennemis vaincus. Le
fanatisme s'en va, c'est bien, puisque c'est le fanatisme; mais c'est le fanatisme de la foi. D'ailleurs,
vous qui avez si vaillamment combattu le fanatisme,
n'êtes-vous pas fanatiques de la philosophie?

Voltaire se reposait de la guerre dans la guerre. Il disait : « Quand tout n'est pas fini, rien n'est commencé. »
N'espérant pas constituer sur un piédestal de granit
son gouvernement parmi les républicains de Genève,
et voulant à tout prix avoir ses ministres sous la main,
il proposa au roi de Prusse d'établir à Clèves une petite
république de philosophes français qui prêcheraient
la vérité à l'abri des prêtres et des parlements. Beaucoup de lettres furent écrites dans ce dessein. Frédéric
consentit à livrer le Sunium : « J'offre un asile aux
philosophes, pourvu qu'ils soient sages. » Voltaire
triomphant écrit à ses amis qu'ils sont désormais des
hommes, puisqu'ils ont une patrie; que le jour de la
vérité se lève plus lumineux que jamais, qu'ils doivent
dire adieu sans se retourner à cette France inhospi-
talière qui n'allaite que des esclaves. « Que les philosophes fassent donc une confrérie comme les francs-
maçons; qu'ils s'assemblent, qu'ils se soutiennent,
qu'ils soient fidèles à la confrérie. S'ils font cela, je me
fais brûler pour eux. Cette académie secrète vaudrait
mieux que l'Académie d'Athènes et toutes celles de
Paris. » Mais Voltaire avait compté sans les philosophes,
ou plutôt sans les hommes. D'Alembert est amoureux

de mademoiselle de Lespinasse et de l'Académie; il ne
sort de chez l'une que pour aller chez l'autre. Périsse
la philosophie plutôt que s'exiler de ces deux patries!
la patrie du cœur et la patrie de l'esprit. « Tu n'es
qu'un Géronte et un académicien! » s'écrie Voltaire
avec dépit. Il compte sur Diderot. « Celui-là est un
homme antique, il me vengera du géomètre, » et il
lui écrivit cette belle lettre : « On ne peut s'empêcher
d'écrire à Socrate quand les Mélitus et les Anytus se
baignent dans le sang et allument les bûchers. Un
homme tel que vous ne peut voir qu'avec horreur le
pays où vous avez le malheur de vivre. Vous devriez
bien venir dans un pays où vous auriez la liberté entière
non-seulement d'imprimer ce que vous voudriez, mais
de prêcher hautement contre des superstitions aussi
infâmes que sanguinaires. Vous n'y seriez pas seul,
vous auriez des compagnons et des disciples. Vous
pourriez y établir une chaire, qui serait la chaire de
la vérité. Votre bibliothèque se transporterait par eau,
et il n'y aurait pas quatre lieues de chemin par terre.
Enfin vous quitterez l'esclavage pour la liberté. Je ne
conçois pas comment un cœur sensible et un esprit
juste peut habiter le pays des singes devenus tigres.
Si le parti qu'on vous propose satisfait votre indignation et plaît à votre sagesse, dites-un mot, et on tâchera
d'arranger tout d'une manière digne de vous, dans le
plus grand secret, et sans vous compromettre. Le
pays qu'on vous propose est beau et à portée de tout.
L'Uranibourg de Tycho-Brahé serait moins agréable.

Celui qui a l'honneur de vous écrire est pénétré d'une admiration respectueuse pour vous, autant que d'indignation et de douleur. Croyez-moi, il faut que les sages qui ont de l'humanité se rassemblent loin des barbares insensés. »

C'est l'éloquence de l'esprit qui part du cœur. On dirait Platon parlant à Socrate.

Mais Diderot est amoureux de mademoiselle Voland, sans compter qu'il aime sa femme. Diderot l'athée a l'habitude, depuis quelque temps, de conduire sa fille au catéchisme. D'ailleurs, il est né artiste avant tout : or voilà le Salon de 1765 qui va s'ouvrir. Il a donné rendez-vous à Greuze, à Vanloo, à Boucher, à Allegrain, à Falconnet, à Houdon. Périsse la philosophie, plutôt qu'un tableau ou une statue! Et puis, Diderot aime ses pénates, ses livres, son nid « ouaté par l'amour et l'amitié. » Diderot non plus n'ira pas à Clèves*. Il répondra comme d'Alembert : qu'il veut combattre l'ennemi face à face; que ce n'est pas hors de France, mais à Paris même, qu'il faut jeter son ennemi par les fenêtres de Notre-Dame, ou par les fenêtres des Tuileries. Qu'il est superflu d'aller ouvrir un club en Allemagne, quand le baron d'Holbach leur ouvre sa

---

* Diderot, d'ailleurs, est un sceptique qui ne croit pas toujours à la royauté de Voltaire. « M. de Voltaire avec tout son esprit aura beau faire, il verra toujours devant lui deux ou trois hommes supérieurs en chaque genre, qui le dépasseront de la tête sans avoir besoin de se hausser sur la pointe du pied. »

maison toute pleine d'auxiliaires *. « Vous êtes des
Parisiens de la décadence! leur cria Voltaire. Pour
moi, j'ai déjà saboulé trois parlements du royaume :
Paris, Toulouse et Dijon. Je suis l'avocat de la vérité,
et je plaiderai avec la bonne foi du diable **.

Quoique Buffon eût bâti son église à côté de l'*Encyclopédie*, il a pareillement son action.

Philosophe par excellence sous le règne de la philosophie, il a magnifiquement exposé les harmonies
de Dieu et de l'univers. Moins spirituel que Voltaire,
moins hardi que Jean-Jacques Rousseau, il égala
Montesquieu dans l'art de penser et dans l'art d'écrire;
selon Grimm, Montesquieu aurait eu le « style du
génie, » et Buffon, « le génie du style ». Cette distinction est un peu pointilleuse; j'aime mieux trouver
entre ces deux grands hommes des contrastes plus
simples : l'un a saisi admirablement l'esprit des lois
de la société, et l'autre l'esprit des lois de la nature.

* En effet, Louis XV n'a pas songé à fermer ce club révolutionnaire, plus terrible mille fois que le club des jacobins ou des
montagnards; un club qui s'appelait tour à tour d'Holbach, Condorcet, Diderot, d'Alembert, Helvétius : tous les Titans révoltés.

** Voltaire avait deviné Diderot, cette foi robuste en l'humanité, ce philosophe artiste qui avait étudié au cap Sunium
avec Platon, et dans le Parthénon avec Phidias; mais il y avait
si loin de Voltaire à Diderot, du grand seigneur au plébéien,
qu'ils ne se virent qu'une fois, quand Voltaire allait mourir,
quand déjà Diderot avait un pied dans la tombe. Diderot n'alla
pas à Fernex parce qu'il avait peur des millions de Voltaire, quoique ces millions-là fussent faciles à vivre.

Leur langage sévère et magistral a cette solennité qui
convient aux grands ordres de faits; si Buffon a,
comme on disait alors, sacrifié plus souvent aux Grâces
que Montesquieu, c'est toujours en habit de cérémonie. « M. de Buffon renonce quelquefois à l'esprit de
son siècle, mais jamais à ses pompes. » Dans son style
d'apparat, Buffon avait en effet des vues neuves et
indépendantes, les unes favorables, les autres contraires à la philosophie de son temps. Cette comète
qui enlève des parties du soleil; ces planètes vitrifiées
et incandescentes qui se refroidissent par degrés les
unes plus tôt que les autres, à mesure que leur tempé-
rature s'adoucit; ces glaces croissantes des pôles; ces
vastes mers qui se promènent de l'orient à l'occident;
ces îles, débris surnageants des continents ensevelis;
ces hautes chaînes des montagnes, arêtes osseuses de
la surface du globe, tout cela fut sévèrement jugé par
des esprits mathématiques comme l'étaient d'Alembert
et Condorcet. Ce grand dix-huitième siècle, qu'on se
représente comme l'âge d'or des hypothèses, était
aussi géomètre par excellence; il mesurait la raison,
la poésie même, à l'échelle des calculs. Buffon, en
cela, fut plutôt de notre temps que du sien, car il
avait l'imagination de la science. Quand la chaîne des
événements lui manque, il la crée. Où la nature ne
parle point, il interprète son silence. Poëte à sa façon,
il n'est nulle part si à l'aise que dans le merveilleux
des idées et des faits. Hume exprime quelque part son
étonnement à la lecture de la cosmographie de Buffon;

ce sentiment de surprise fut celui de tous les philosophes. Le dix-huitième siècle assistait, pour ainsi
dire, à une seconde création du globe.

Quand Turgot écrivit dans l'*Encyclopédie*, Rivarol
le peignit d'un seul mot : « C'est un nuage qui écrit
sur le soleil. » Oui, Turgot fut un nuage dans le ciel
orageux du dix-huitième siècle, mais un nuage qui
marchait avec le soleil et qui devait féconder un
champ.

Voltaire disait de son ministre Turgot qu'il avait
trois choses terribles contre lui : les financiers, les
fripons et la goutte. Aussi succomba-t-il contre ces
trois adversaires; mais, avant de succomber, il avait
eu le temps de montrer la France future à la France
dégénérée.

Ce grand citoyen était un sage. Il disait que la
famille est un sanctuaire dans le temple de la société,
et il vivait seul, n'ayant pu saintement entrer dans le
mariage. C'était plus qu'un sage, c'était plus qu'un
citoyen, c'était plus qu'un philosophe, c'était un
homme. Quand il tomba du ministère, Voltaire lui
écrivit une épître sous ce mot éloquent : *A un homme* *.

L'*Encyclopédie* osait entrer à Versailles.

Quesnay, ce vrai paysan du Danube, qui habitait un
petit entre-sol au-dessus des appartements de madame
de Pompadour, passait tout son temps à rêver d'économie politique avec ses amis les plus illustres philo-

* Avant cette épître, le roi Voltaire avait anobli son ministre :
« Je bénis en m'éveillant M. le duc de Sully-Turgot. »

sophes. Ceux qui n'allaient pas à la cour venaient une
fois par mois dîner gaiement chez Quesnay. Marmontel
raconte qu'il y dînait lui-même en compagnie de Diderot, d'Alembert, Duclos, Helvétius, Turgot, Buffon.
Ainsi, au rez-de-chaussée on délibérait de la paix et
de la guerre, du choix des ministres, du renvoi des
jésuites, de l'exil des parlements, des destinées de la
France; au-dessus, ceux qui n'avaient pas la puissance, mais qui avaient les idées, travaillaient, sans
le savoir, aux destinées du monde : on détruisait à
l'entre-sol ce qu'on faisait au rez-de-chaussée. Il arrivait que madame de Pompadour, ne pouvant recevoir
les convives de Quesnay au rez-de-chaussée, montait
pour les voir à table et causer avec eux.

Madame de Pompadour a eu aussi son action dans
les batailles du temps.

A ceux qui s'offensent de voir cette figure consacrée
par l'histoire, je redirai les paroles de Montesquieu.

Montesquieu alla voir Voltaire aux Délices. Le duc
de Richelieu, qui était accouru de Lyon pour savoir
comment jouait Voltaire dans l'*Orphelin de la Chine*,
surprit le président, cette gravité tempérée d'esprit,
en contemplation devant deux portraits. Ces deux portraits semblaient se regarder en raillant tout le monde :
c'était Voltaire et madame de Pompadour, deux chefs-
d'œuvre qui prouvaient que le pastel a le relief comme
il a la transparence, le dessin énergique comme il
a l'éclat fondant, — quand c'est le pastel de La
Tour. « Eh bien! monsieur le président, dit le duc de

Richelieu à celui qui venait de signer la *Grandeur et
la Décadence des Romains*, vous étudiez là l'esprit et
la grâce? — L'esprit et la grâce! s'écria Montesquieu,
y pensez-vous? Vous voyez là un homme et une femme
qui seront peut-être les représentants de notre siècle. »

En effet, Voltaire avait dit du dix-septième siècle
le siècle de Louis XIV; on pouvait déjà prédire que le
dix-huitième siècle s'appellerait *le siècle de Voltaire
et de madame de Pompadour*. Qu'on étudie ces deux
figures, et on trouvera que tout est là, moins les hé-
roïsmes de Fontenoy, moins les vertus des mères de
famille. C'est la révolution avant la Révolution. J'ai dit
le rôle de Voltaire, cet homme des temps nouveaux qui
se fait un piédestal sur les ruines des temps condamnés;
madame de Pompadour, cette fille de la Poisson, qui
vient s'asseoir sans vergogne sur le trône de Blanche
de Castille, n'est-ce pas déjà le peuple qui entre aux
Tuileries et qui joue avec le sceptre jusqu'à ce que le
sceptre tombe en quenouille?

Voltaire avait donc un pied partout. Comme la lumière, il pénétrait dans toutes les maisons, même
dans celles de ses ennemis. On avait beau fermer les
persiennes et les volets. L'esprit est comme le soleil :
quand il se lève tout le monde le voit.

Mais je ne dirai pas le génie, l'héroïsme et la folie
de tous ces vaillants et téméraires soldats de la pensée.
Je passe devant la science de Condorcet, l'athéisme
de d'Holbach et l'esprit sans spiritualisme d'Helvétius.
Je vais droit à l'œuvre.

Dans cette grande expédition à la recherche de la
vérité, la science ouvre la marche. Jusqu'au dix-septième siècle, la science était l'humble servante de la
théologie. Çà et là, les hommes avaient osé démentir
les opinions reçues, mais leur voix s'était éteinte dans
la torture ou dans les flammes du bûcher. Maintenant
le bûcher ne fait plus peur : la lumière en sort.
D'Alembert appuie l'échelle des mathématiques sur
l'édifice du dogme. Désormais la conscience indivi-
duelle est la base de la certitude; le calcul en est la
démonstration, les chiffres prouvent et démontrent
tout, et c'est l'essaim nouveau que la main du philosophe lâche comme une volée de sauterelles sur le
champ des anciennes croyances. A la philosophie de
l'autorité se substitue la philosophie de la raison. Tous
les phénomènes du monde physique sont ramenés à
des causes naturelles; le merveilleux est détrôné; il
n'y a plus qu'un miracle, la vie universelle. Les cieux
sont ouverts; les espaces étoilés que traverse la pensée humaine s'étonnent de recevoir des lois. L'homme
commande à la création : « Voilà ce que tu es, dit-il
à l'univers, et je te défends d'être autre chose. » Antée
sera quelquefois renversé dans sa lutte sublime et terrible avec l'inconnu : que lui importe? A chaque fois
il touche la terre, c'est-à-dire la base matérielle des
sciences, et ses forces renaissent. Pauvre enfant perdu
ou trouvé, d'Alembert a sucé la mamelle sèche de l'in-
fortune. Souffrir, c'est aimer; aimer c'est apprendre.
Sa mère est la pauvre femme d'un vitrier, son amante

est l'algèbre. Mais ce volcan sous la neige a des clartés
qui étonnent. Sa raison s'échauffe par moment et s'é-
lève jusqu'à la sympathie universelle. Mathématicien
panthéiste, il trouve Dieu au bout de ses calculs ; il le
trouve partout et toujours ; il le découvre dans l'ordre
immuable de la nature, dans les progrès de la raison
humaine, dans l'immensité de l'invisible, comme dans
les abîmes du monde microscopique. Le chiffre est la
clef avec laquelle il ouvre la porte du temple nouveau,
et ce temple c'est l'infini.

D'Alembert a pris d'assaut le monde physique ; il a
même élevé les mathématiques jusqu'à la découverte
des lois morales. Diderot va découvrir l'homme. La
physiologie est son domaine. « Connais-toi toi-même ! »
cette sentence de la sagesse antique l'arrête. Il s'interroge, il descend sans pâlir dans le grand mystère.
Tout le côté surnaturel de l'àme humaine appuyé sur
les traditions est impitoyablement nié, discuté, démenti. Quand il ne nie point, il explique. Le sanctuaire n'a point de profondeurs dans lesquelles ne
pénètre sa curiosité ardente. L'expérience est sa règle
et son compas : à cette mesure de certitude il rapporte
les phénomènes de l'imagination. Rien ne l'étonne :
les visions? folie. Il découvre chez les hallucinés le
même ordre de merveilles qu'on admire chez les saints
et les prophètes. La page des légendes est déchirée.
L'homme rentre dans le cercle des faits nécessaires :
plus bas, il rampe ; plus haut, il délire. D'abord ce
fougueux esprit s'élance à la connaissance d'une cause

première; il veut « élargir Dieu; » bientôt l'orgueil
le gagne, il doute; plus tard, comme l'Être suprême
tarde à se montrer, comme il manque au rendez-vous
que lui avait assigné cette fière et sombre raison, impatiente de tout soumettre à son contrôle, Diderot nie
Dieu. L'athéisme de Diderot étonne : il avait tant besoin de tourner les yeux vers un ciel habité, ne fût-ce
que pour supporter le poids de la lutte! Après tout,
on se demande si cet athée de génie n'est pas une démonstration en faveur du principe qu'il voulait combattre. Dieu a voulu que l'homme eût la faculté de le
nier lui-même; sans cela, où serait la preuve que
l'âme est destinée à le comprendre? Et puis, ce que
Diderot niait ce n'était pas Dieu, c'était le mot. N'é-
tait-il point, en effet, un des plus fervents adorateurs
de la vie universelle? Il a fait plus que de reconnaître
l'existence de Dieu, il l'a aimé, il l'a aimé dans la nature et dans l'humanité.

Opposer la science à la foi religieuse, secouer sur
les générations modernes l'arbre de la connaissance
du bien et du mal, disperser le fruit défendu, c'était
le premier devoir des encyclopédistes ; car eux aussi
avaient leur mission. Mais il fallait réformer toutes les
branches de la raison humaine. Après la science,
l'histoire. La philosophie de l'histoire avait été tracée
par Bossuet : « L'homme s'agite et Dieu le mène; »
cette grande parole fixait la cause et la limite des événements. Bossuet avait rattaché l'histoire de tous les
peuples de la terre à celle du peuple juif, pour ratta-

cher ensuite le peuple juif à l'Église. La tentative était
grandiose ; l'autorité de l'historien était imposante.
Mais si ces esprits affamés de lumière (je parle des
encyclopédistes) respectaient le génie, ils lui préfé-
raient la vérité. L'éloquence de Bossuet avait beau
faire, elle n'imposait plus silence aux libres penseurs.
Les *libertins,* comme il les appelait, lui vivant, du
haut de son sublime orgueil, avaient déchiré les langes
du dogme. L'homme ne s'agite plus, il se conduit, il
marche. L'histoire est désormais la science des progrès de l'esprit humain. Dieu a voulu, disent-ils, que
les peuples fissent eux-mêmes leurs destinées. Où
Bossuet croyait découvrir un dessein providentiel, ils
voient des lois, les lois du développement indéfini.
Les sociétés humaines se succèdent et se continuent :
le progrès engendre le progrès. L'historien ne regarde
plus les faits se dérouler dans la pensée divine ; il
assiste au spectacle de ce qui s'accomplit dans le
temps et dans l'espace. Les premiers hommes sont
pasteurs : de l'état pastoral ils passent à la vie agricole, de la vie agricole ils s'élèvent à un degré de
civilisation croissante où les arts, les sciences, les in-
dustries, créent des besoins nouveaux : ces besoins
deviennent le germe de nouvelles découvertes. Où
s'arrêtera le perfectionnement? Nulle part, répondent
fièrement ces adeptes de l'unité humaine. Leur religion (car ils en ont une) ne reconnaît plus qu'un seul
principe du mal, l'ignorance. Chasser les ténèbres,
faire la lumière, c'est accomplir l'œuvre sainte : les

philosophes sont les prêtres de l'avenir. Tous les cultes
sont nés dans le cerveau de l'homme, tous périront.
Ils ont eu leur raison d'être dans l'histoire : ils tradui-
sent l'idéal de chaque époque ; mais le moment est
venu où les temples sereins, *edita doctrinâ sapientûm
templa serena*, s'ouvriront pour recevoir les générations futures.

De l'histoire à la politique il n'y a qu'un pas : ce
pas est franchi. Avant le dix-huitième siècle, l'ordre
social était un mystère. Chaque citoyen adorait en
silence la main invisible qui distribuait la misère ou
la richesse, qui élevait les uns, abaissait les autres,
frappait ou consolait, et promenait sur toutes les têtes
inégales le secret de ses impénétrables desseins. Eh
bien, sur cet ordre antique dont l'obscurité faisait la
force, les encyclopédistes appellent les lumières de la
raison et de la science ; pour la première fois, le
monde apprend que toutes les institutions sont d'ori-
gine humaine. Les priviléges sont l'œuvre du temps :
on descend jusqu'à leur base, et l'esprit découvre avec
effroi que la plupart d'entre eux reposent sur une
injustice, sur une violation du droit plus ou moins
masquée par les artifices du violateur. L'économie
politique intervient et démontre que la création des
richesses est soumise à des lois variables, dont la balance est dans la main du travail. De cette vue hardie,
on passe à la distribution des biens ; mais ici les fon-
dements de l'édifice social s'ébranlent, la conscience
tremble, et l'on entend dans l'ombre le rugissement

des révolutions futures. La noblesse et le clergé, ces
deux piliers de l'État, n'échappent point à l'examen
impitoyable des faits : les membres les plus utiles de
la société sont désormais ceux qui rendent le plus de
services; le tiers état (car il n'est guère question du
peuple, cette masse sombre et confuse) travaille, produit et fait circuler les richesses; c'est donc lui qui
est la tête de la nation. Le gouvernement lui-même
a beau se dérober dans les hauteurs du droit divin,
Voltaire et les encyclopédistes l'y poursuivent. La
monarchie n'est plus considérée que comme une des
formes variables du pouvoir : le temps l'a vue naître;
le temps peut en précipiter le déclin. N'y a-t-il point
d'ailleurs l'exemple de la Hollande, qui se gouvernait
elle-même? Et puis, qu'était la vieille royauté? un
prestige. Les prestiges ne résistent point à la discussion : les raisonner, c'est les détruire. La base du
souverain pouvoir était atteinte. En vain quelques-uns
des philosophes se disaient les amis de l'impératrice
Catherine de Russie et du roi de Prusse. Il y a quelque
chose de plus fort que l'homme : sa pensée. Or, la
pensée des encyclopédistes se tourne vers le soleil
levant de la démocratie. « Le peuple est le souverain
de droit. » Quand une semblable parole a été dite,
l'histoire n'a plus qu'à compter les dernières pulsa-
tions d'une autorité qui s'éteint.

On le voit, l'*Encyclopédie* était un antre au fond
duquel une armée de cyclopes forgeaient les armes de
la Révolution française. Les voyez-vous d'ici suant,

haletants, sombres dans la lumière, tirer une à une
de la fournaise ces armes de géant que manieront les
demi-dieux de la Constituante et de la Convention nationale? Leur œuvre est de battre l'idée sur l'enclume,
de lui donner la forme éclatante et solide, de la rougir au feu. D'autres la rougiront dans le sang. A eux
l'initiative, à d'autres l'action. La division du travail
est une loi de l'histoire.

Que fût-il advenu si les encyclopédistes eussent été
là pour soutenir la guerre dont ils avaient préparé les
armes? Ce qui manqua, vers les derniers temps de la
Révolution française, ce fut la défense morale des
principes. Le glaive avait pris la place de la discussion : on frappait, on ne répondait plus. Les hommes
de 93 ont trop compté sur la force du silence. Si le
mouvement eût continué par la parole; si, au milieu
de cette grande confusion des éléments, de ce chaos
d'un monde bouleversé, le *fiat lux* de la raison humaine eût éclairé les sommets de l'avenir, les multitudes épouvantées ne se fussent point retournées vers
les ténèbres. Voltaire et ses ministres ont abandonné
trop tôt le champ de bataille. Eux vivants, la révolution eût été la lutte des idées : la révolution moins
l'échafaud ; on aurait vu plus tôt la terre promise sans
traverser la mer Rouge.

XI.

LES ENNEMIS DE VOLTAIRE.

D'Argenson, ami de Voltaire, disait à d'Aguesseau, ennemi de Voltaire : « Vous vous damnez sans y penser par votre haine contre Voltaire. » M. Joseph de Maistre avait-il lu d'Argenson quand il a écrit dans ses colères plus ou moins catholiques : « Toujours alliée au sacrilége, sa corruption brave Dieu en perdant les hommes. Avec une fureur qui n'a pas d'exemple, cet insolent blasphémateur en vient à se déclarer l'ennemi personnel du Sauveur des hommes; il ose du fond de son néant lui donner un nom ridicule, et cette loi adorable que l'Homme-Dieu apporta sur la terre, il l'appelle l'INFAME. Abandonné de Dieu qui punit en se retirant, il ne connaît plus de frein. D'autres cyniques étonnèrent la vertu, Voltaire étonne le vice. Il se

plonge dans la fange, il s'y roule, il s'en abreuve; il
livre son imagination à l'enthousiasme de l'enfer, qui
lui prête toutes ses forces pour le traîner jusqu'aux
limites du mal. Il invente des prodiges, des monstres
qui font pâlir. Paris le couronna, Sodome l'eût banni.
Profanateur effronté de la langue universelle et de ses
plus grands noms, le dernier des hommes après ceux
qui l'aiment! Comment vous peindrais-je ce qu'il me
fait éprouver? Quand je vois ce qu'il pouvait faire et
ce qu'il a fait, ses inimitables talents ne m'inspirent
plus qu'une espèce de rage sainte qui n'a pas de
nom. Suspendu entre l'admiration et l'horreur, quelquefois je voudrais lui élever une statue... par la main
du bourreau. »

Voltaire est assez haut placé sur son piédestal pour
défier toutes les colères, même les colères éloquentes.
Je n'ai donc pas craint de jeter à ses pieds ces armes
et ces flammes d'un ennemi qui déchire et qui brûle.
Les ennemis de Voltaire passent, Voltaire ne passera pas.

Je ne veux répondre au comte de Maistre que par
des paroles de Jean-Jacques Rousseau, un autre ennemi de Voltaire. Voici ce que le républicain de
Genève écrivait au roi de Fernex : « Ne soyez point
surpris de sentir quelques épines inséparables des
fleurs de votre couronne. Les injures de vos ennemis
sont les cortéges de votre gloire, comme les acclamations satiriques étaient ceux dont on accablait les
triomphateurs. »

Le duc de Saint-Simon, ce don Quichotte de la
noblesse, fut le plus hostile à reconnaître Voltaire.

Que de contradictions! Saint-Simon, contemplateur
du passé, sacrifiait Louis XIV qui en était le symbole
le plus majestueux. Voltaire, précurseur de l'avenir,
écrivait le *Siècle de Louis XIV*, ce monument impé-
rissable où il s'efforçait de cacher les crimes et les
misères du grand règne par l'aspect grandiose de l'architecture. Saint-Simon peignait une fresque venge-
resse; Voltaire peignait sa fresque hyperbolique avec
l'accent enthousiaste de l'amour du grand et du beau,
sinon de l'amour du bien, sinon de l'amour du vrai.
C'est que Voltaire avait le cœur patriotique; il voulait
que le règne de Louis XIV fût un grand règne, comme
il avait voulu que Henri IV fût un grand roi; aussi
Voltaire est un grand homme, et Saint-Simon n'est
qu'un grand seigneur. Saint-Simon aimait la vérité pour
la vérité; il l'aimait, comme il l'a dit, jusque contre
lui-même. Voltaire n'aimait pas la vérité pour la
vérité. Il l'aimait quand elle était une arme contre ses
ennemis : le mauvais prince et le mauvais prêtre. Il la
masquait çà et là pour la faire parler plus hardiment
ou pour sauvegarder ses amis : la France et l'humanité. Saint-Simon est un peintre à la Michel-Ange,
beau, terrible, grandiose. Ses portraits, ses tableaux,
ses fresques, sont enlevés avec la fureur du génie qui
se moque de toutes les poétiques, parce que le génie
porte toujours en lui le beau et le vrai. Dans son jugement, il y a du *Jugement dernier;* mais son point de

vue l'égare sur les lointains lumineux de l'avenir, qui
sont les horizons de l'avenir. « Arouet, dit Saint-Simon
avec son impertinence de grand seigneur, Arouet, fils
d'un notaire qui l'a été de mon père et de moi jusqu'à
sa mort, fut exilé et envoyé à Tulle pour des vers fort
satiriques et fort impudents. Je ne m'amuserais pas à
marquer une si petite bagatelle, si ce même Arouet,
plus tard grand poëte et académicien sous le nom de
Voltaire, n'était devenu, à travers force aventures tragiques, une manière de personnage dans la république des lettres, et même une manière d'important
parmi un certain monde. »

Le grand seigneur voyait bien ce qu'il voyait, mais
ne prévoyait pas. C'est qu'il se tournait toujours vers
le passé*. Or, dans le passé, qu'était-ce qu'un homme
de génie comme Voltaire pour un duc et pair comme
Saint-Simon?

M. de Maurepas fut aussi l'ennemi de Voltaire. Il ne
lui pardonnait pas d'avoir plus d'esprit que lui quand
ils soupaient ensemble. Aussi l'a-t-il chansonné plus
d'une fois. « Chantez toujours, lui dit Voltaire, vous ne
me ferez pas lire pour cela les *Étrennes de la Saint-
Jean*. » Et il renvoyait le ministre à l'école de Mazarin,
qui ne chantait pas, lui.

Je voudrais passer vite devant Fréron, mais Voltaire

---

* Oui, c'est la lumière de l'avenir qui a manqué à Saint-Simon
pour être un historien. Il ne pensait guère, cet homme entêté de
ses titres et dédaigneux de l'art d'écrire, que sa plume serait son
titre cent ans plus tard.

s'y est trop arrêté. « Pourquoi permet-on que ce coquin
de Fréron succède à Desfontaines ? Pourquoi souffrir
Raffiat après Cartouche ? Est-ce que Bicêtre est plein ? »

C'est ainsi que Voltaire parle de Fréron, la première fois qu'il se décide à parler de lui. Il est vrai
que depuis plusieurs années déjà, Fréron avait décidé
dans ses papiers que Voltaire n'était ni poëte, ni historien, ni philosophe. Où Fréron avait-il trouvé cela ?
Était-ce dans sa prison de Vincennes, où il cherchait
la vérité au fond d'une bouteille, lui qui ne l'avait
jamais cherchée au fond d'un puits ? Il y a un beau
mot dans un ancien : « Si tu vas à la guerre avec
l'esprit de la justice, tu pourras perdre la bataille;
mais ta défaite sera la victoire, car tu auras combattu
pour la justice. » Malheureusement pour lui, Fréron
ne combattait pas Voltaire dans l'esprit de la justice.
C'était un bon homme qui disait du mal pour vivre :

> Qui sur sa plume a fondé sa cuisine;
> Grand écumeur des bourbiers d'Hélicon,
> Cet animal se nommait Jean Fréron.

Voltaire ne se corrigea jamais de ce tort de vouloir
faire la critique du genre humain, et de ne pas vouloir que Fréron fît la critique de Voltaire. C'est dans
cette idée que la critique appelle le poëte un tyran et
non un roi. Certes, Fréron n'était ni un Aristote ni un
Marc-Aurèle. On pouvait à bon droit l'accuser de
n'être pas le représentant direct de la sagesse et de
la justice. Mais ce n'est pas toujours la science ou la

bonne foi qui dit la vérité. Le soleil tamise sa lumière
jusqu'au fond des forêts les plus ténébreuses. L'eau
trouble ne réfléchit-elle pas le bleu du ciel? Quel que
soit le point de vue, il faut reconnaître que Fréron,
sans avoir comme Bayle le génie de la critique, en a
souvent les révélations soudaines, les lumières impré-
vues, les moqueries spirituelles. Ce qui le fortifie
surtout, c'est sa patience. Voltaire, qui ne cache pas
son jeu pour se venger de Fréron, quoiqu'il change
tous les jours de masque, est emporté par sa passion
et par sa colère. Il frappe jusqu'à l'imprudence, jusqu'à l'homicide, car il a tué l'honneur de Fréron!
(Sans être précisément un homme d'honneur, Fréron
avait son honneur.) Le critique, au contraire, subit
les coups du poëte avec un sourire perpétuel. Peut-
être est-il fier de ce duel d'un quart de siècle, qui lui
permet de se mesurer avec un géant, lui le nain qui
se fait un marchepied avec les œuvres d'autrui. Quand
Voltaire écrit une lettre contre lui, il la copie avec
complaisance; il encadre dans son cabinet les vers les
plus furieux de son ennemi. Une brochure paraît-elle
pour rire de tous ses ridicules; il l'achète, il va la
lire en plein café Procope, il la fait relier avec amour.
Voltaire croit qu'il ne frappe pas assez fort et il écrit
toute une comédie pour mettre en scène ce coquin de
Fréron, pour lui donner le fouet en public, comme il
le dit lui-même. Fréron veut être deux fois en scène:
une fois en effigie et une fois en personne. En effet,
pendant qu'on le promène sur les planches, chargé de

toutes les infamies, pendant qu'on l'attache à ce pilori
aristophanesque où Voltaire a bien laissé quelque
chose de lui-même, Fréron est dans une belle loge
avec sa femme, une femme charmante; pour la faire
plus belle encore, le critique veille tous les soirs un
peu plus tard, car elle aime la parure et Fréron aime
sa femme. Il l'aime de toutes les haines qu'il a vouées
à Voltaire et aux philosophes; il l'aime de tout l'amour
qu'il garde en sa maison, le pauvre critique qui passe
sa vie à déclarer qu'il n'y a rien de beau.

L'Alexandre du monde littéraire avait, comme on l'a
dit, trouvé son Callisthène dans Fréron. *Non, vous
n'êtes pas un dieu*, et Voltaire a tonné. Mais en riant
de ses foudres, Fréron lui a dit comme Lucien :
« *Jupiter, tu te fâches, donc tu as tort. Tu t'ériges
en réformateur*, mais je te réformerai. Tu te crois un
théologien, mais je t'apprendrai ton catéchisme. Tu
dis que tu marches avec la lumière, je te prouverai
que tu ne marches qu'avec une lanterne sourde. »

Et pourtant que fût-il advenu si Voltaire eût répondu aux offres de service de Fréron? Car ce qui
gâte un peu la critique de Fréron, c'est que Voltaire
avait dédaigné ses éloges.

Et quel fut le dernier mot de toutes ces haines et de
toutes ces vengeances? Le 30 mars 1776, Voltaire
écrit à M. d'Argental : « Savez-vous que j'ai reçu une
invitation d'assister à l'inhumation de Fréron, et de
plus une lettre anonyme d'une femme qui pourrait
bien être la veuve? Elle me propose de prendre chez

moi la fille à Fréron et de la marier. Si Fréron a fait le
Cid, Cinna, Polyeucte, je marierai sa fille incontesta-
blement. »

Voilà une épitaphe de Fréron qui n'était pas digne
de Voltaire, car la tombe d'un ennemi est le seuil de
la réconciliation *.

---

* « J'ai dédaigné de parler de Desfontaines; il n'a pas assez
illustré ses vices. » Ce n'est pas moi qui dis cela; c'est Voltaire,
après avoir écrit l'*Ode sur l'Ingratitude*.

Voltaire n'a pas dédaigné de parler de l'abbé Guénée : les
Lettres à quelques juifs restent comme le seul monument de polémique antivoltairienne.

Dirai-je un mot de tous ces ennemis obscurs, indignes même
de ce mot ennemi qui représente un homme? N'a-t-il pas une
fois pour toutes répondu à ces plumitifs de mauvaise encre par
cette lettre au sieur Fez, libraire d'Avignon :

« Vous me proposez par votre lettre datée d'Avignon du 30°
avril, de me vendre pour mille écus l'édition entière d'*un
recueil de mes erreurs,* que vous avez, dites-vous, imprimé en
terre papale. Je suis obligé en conscience de vous avertir, qu'en
faisant en dernier lieu une nouvelle édition de mes ouvrages, j'ai
découvert dans la précédente pour plus de deux mille écus d'erreurs. Et comme en qualité d'auteur je me suis probablement
trompé de moitié à mon avantage, en voilà au moins pour douze
mille livres. Il est donc clair que je vous ferais tort de neuf mille
francs, si j'acceptais votre marché.

« Ce qui pourrait m'empêcher d'accepter votre proposition, ce
serait la crainte de déplaire à M' l'inquisiteur de la foi, ou pour
la foi, qui a sans doute approuvé votre édition; son approbation
une fois donnée ne doit point être vaine, il faut que les fidèles
en jouissent; et je craindrais d'être excommunié si je supprimais
une édition si utile, approuvée par un jacobin et imprimée à
Avignon.

« A l'égard de votre auteur anonyme, qui a consacré ses veilles

Voltaire et Jean-Jacques, que je suis allé hier inter-
roger au Panthéon, sont-ils réconciliés depuis qu'ils
vivent ensemble dans la mort. Se sont-ils donné la
main avec leur main de justice *?

à cet important ouvrage, j'admire sa modestie ; je vous prie de
lui faire mes tendres compliments, aussi bien qu'à votre marchand d'encre. »

Je ne parlerai pas des contemporains : « L'esprit français, a
dit M. Paul d'Ivoi, ressemble beaucoup au fier Sicambre qui
brûla tout ce qu'il avait adoré pour adorer tout ce qu'il avait
brûlé. Depuis longtemps, c'est une mode de jeter au feu tout le
dix-huitième siècle ; Voltaire surtout a été la victime de bon
nombre d'auto-da-fé. Les plus grands poëtes ont maudit son
nom, les ingrats ! Victor Hugo nous le peint avec son

> Rire de singe assis sur la destruction.

« On lui a fait, à ce pauvre Voltaire, une sorte de masque satanique, charge perfide de la figure si spirituelle et si vivante de
Houdon ; Voltaire, c'est le génie du mal, rien que cela, et on lui
refuse tout autre génie que celui du mal. »

* Oui, si j'en crois les beaux vers de ce voltairien qui a vécu
et qui est mort en Voltaire, Marie-Joseph Chénier :

> O Voltaire ! son nom n'a plus rien qui te blesse :
> Un moment divisés par l'humaine faiblesse,
> Vous recevez tous deux l'encens qui vous est dû :
> Réunis désormais, vous avez entendu,
> Sur la rive du fleuve où la haine s'oublie,
> La voix du genre humain qui vous réconcilie.

Jean-Jacques ne pardonna pas assez à Voltaire, qui dans une
seule lettre avait plus raison que tout le *Discours sur l'inégalité
des conditions* :
« J'ai reçu votre livre contre le genre humain ; je vous en
remercie. Vous plairez aux hommes à qui vous dites leurs vérités, mais vous ne les corrigerez pas. On n'a jamais employé tant
d'esprit à vouloir nous rendre bêtes ; il prend envie de marcher

Voltaire, qui poursuivait le même but sous mille
métamorphoses, ne pardonnait pas à Jean-Jacques
ses contradictions. Voltaire était l'homme de l'idée,

à quatre pattes quand on lit votre ouvrage. Cependant, comme
il y a plus de soixante ans que j'en ai perdu l'habitude, je sens
malheureusement qu'il m'est impossible de la reprendre, et je
laisse cette allure naturelle à ceux qui en sont plus dignes que
vous et moi. Je ne peux non plus m'embarquer pour aller trouver
les sauvages du Canada ; premièrement, parce que les maladies
dont je suis accablé me retiennent auprès du plus grand médecin
de l'Europe, et que je ne trouverais pas les mêmes secours chez
les Missouris ; secondement, parce que la guerre est portée dans
ces pays-là, et que les exemples de nos nations ont rendu les
sauvages presque aussi méchants que nous. Je me borne à être
un sauvage paisible dans la solitude que j'ai choisie, auprès de
votre patrie, où vous devriez être.

» Je conviens avec vous que les belles-lettres et les sciences
ont causé quelquefois beaucoup de mal. Les ennemis du Tasse
firent de sa vie un tissu de malheurs ; ceux de Galilée le firent
gémir dans les prisons, à soixante et dix ans, pour avoir connu
le mouvement de la terre ; et ce qu'il y a de plus honteux, c'est
qu'ils l'obligèrent à se rétracter. Dès que vos amis eurent
commencé le *Dictionnaire encyclopédique,* ceux qui osèrent être
leurs rivaux les traitèrent de déistes, d'athées, et même de jansénistes.

» Avouez que ni Cicéron, ni Varron, ni Lucrèce, ni Virgile, ni
Horace, n'eurent la moindre part aux proscriptions. Marius était
un ignorant. Le barbare Sylla, le crapuleux Antoine, l'imbécile
Lépide, lisaient peu Platon et Sophocle ; et pour ce tyran sans
courage, Octave Cépias, surnommé si lâchement *Auguste,* il ne
fut un détestable assassin que dans les temps où il fut privé de
la société des gens de lettres.

» Avouez que Pétrarque et Boccace ne firent pas naître les
troubles de l'Italie ; avouez que le badinage de Marot n'a pas

Jean-Jacques était l'homme du sentiment. Le premier prenait la tête, le second prenait le cœur : c'étaient saint Paul et saint Jean. Mais il y a plus

produit la Saint-Barthélemy, et que la tragédie du *Cid* ne causa pas les troubles de la Fronde. Les grands crimes n'ont guère été commis que par de célèbres ignorants. Ce qui fait et fera toujours de ce monde une vallée de larmes, c'est l'insatiable cupidité et l'indomptable orgueil des hommes, depuis Thamas Kouli-Khan, qui ne savait pas lire, jusqu'à un commis de la douane qui ne sait que chiffrer. Les lettres nourrissent l'âme, la rectifient, la consolent; elles vous servent, Monsieur, dans le temps que vous écrivez contre elles; vous êtes comme Achille; qui s'emporte contre la gloire, et comme le père Malebranche, dont l'imagination brillante écrivait contre l'imagination.

» M. Chapuis m'apprend que votre santé est bien mauvaise; il faudrait la venir rétablir dans l'air natal, jouir de la liberté, boire avec moi du lait de nos vaches, et brouter nos herbes. »

Voici la réponse de Jean-Jacques :

« C'est à moi, Monsieur, de vous remercier. En vous offrant l'ébauche de mes tristes rêveries, je n'ai point cru vous faire un présent digne de vous, mais m'acquitter d'un devoir, et vous rendre un hommage que nous vous devons tous, comme à notre chef. Sensible d'ailleurs à l'honneur que vous faites à ma patrie, je partage la reconnaissance de mes concitoyens, et j'espère qu'elle ne fera qu'augmenter encore, lorsqu'ils auront profité des instructions que vous pouvez leur donner. Tout ce qui vous approche doit apprendre de vous le chemin de la gloire et de l'immortalité.

» Permettez-moi de vous le dire, par l'intérêt que je prends à votre repos et à notre instruction : méprisez de vaines clameurs par lesquelles on cherche moins à vous faire du mal qu'à vous détourner de bien faire. Plus on vous critiquera, plus vous devez vous faire admirer. Un bon livre est une terrible réponse à de mauvaises injures. »

d'un beau chemin où ils se rencontraient; Voltaire
disait :

> J'ai fait un peu de bien, c'est mon meilleur ouvrage;

et Jean-Jacques inscrivait cette belle maxime : « On
n'a rien fait quand il reste quelque chose à faire. »

N'est-il pas étrange de penser que Jean-Jacques,
cette éloquence passionnée du dix-huitième siècle,
dont la grande voix retentit encore dans la France du
dix-neuvième siècle, est venu débuter à l'Opéra —
lui qui allait écrire contre les spectacles — par le
Devin du village, un cri d'oiseau perdu, une bouffée
de vent dans les ramures, le glouglou de la fontaine
sur les myosotis. C'était la nature même, mais la nature à sa première chanson d'amour; la nature moins
les battements de cœur, les mélancolies nocturnes,
les larmes désespérées. Toute la France chanta Jean-
Jacques, poëte et musicien, avant de trembler à la
voix de Jean-Jacques, philosophe et révolutionnaire.
Madame de Pompadour ne se contenta pas de jouer
Colette à son théâtre de Bellevue, elle joua Colin.
Louis XV chantait tout le jour : *Quand on sait aimer
et plaire...*

Voltaire se vit disputer pied à pied par Jean-Jacques
le royaume de l'opinion publique. Ces deux grands
hommes occupèrent longtemps la scène du monde,
mais ce fut Voltaire qui eut le dernier mot. Frédéric II
voulut aussi reconnaître Rousseau pour son frère, il
l'appela près de lui; mais Jean-Jacques avait trop

humé l'air des Alpes pour pouvoir respirer dans le
palais des rois, même des grands rois. Il répondit à
Frédéric : « Vous voulez me donner du pain ; n'y a-t-il
aucun de vos sujets qui en manque? Puissé-je voir
Frédéric le Juste et le Redouté couvrir ses États d'un
peuple nombreux dont il soit le père! et Jean-Jacques
Rousseau, l'ennemi des rois, ira mourir au pied de
son trône. »

Voltaire voulut régner en roi absolu, parce qu'il
disait que sa raison était la raison souveraine. Il croyait
parler par la voix de Socrate, Platon, Marc-Aurèle.
Jean-Jacques croyait parler au nom de Dieu lui-même ;
il disait que c'était une tyrannie d'imposer une morale
et une religion, même quand cette morale et cette
religion étaient consacrées par Socrate et par Jésus-
Christ. Il ne s'agenouillait pas devant les ruines du
passé ; il voulait qu'entre la nature et Dieu il n'y eût
que l'homme libre. Voltaire apportait pieusement
devant cet homme libre tous les trésors de la sagesse
humaine. Il éclairait la route au flambeau de la raison,
tandis que Jean-Jacques disait à l'homme libre :
« Marche! Dieu te voit et te donne ses lumières. »
Jean-Jacques était plus grand, Voltaire était plus vrai.
C'est là un des caractères du génie de Voltaire d'avoir
sacrifié tout, même la grandeur, pour la recherche de
la vérité ; Jean-Jacques, au contraire, sacrifiait la
vérité quand elle l'empêchait d'être sublime. Ou plutôt
si la vérité de Voltaire allait toute nue, celle de Jean-
Jacques accrochait aux buissons la queue de sa robe.

Jean-Jacques, qui avait été laquais et qui avait dérobé un ruban, croyait trop que l'homme est un demi-dieu qui se souvient du ciel. Voltaire, qui était né grand seigneur et qui donnait beaucoup aux pauvres, croyait que l'homme libre de tout faire dérobe le fruit défendu et tue Abel *.

Les écrivains royalistes ont imprimé qu'ils n'avaient jamais injurié Voltaire et Rousseau comme s'étaient injuriés ces deux hommes illustres. Mais quand l'heure de la colère était passée, Jean-Jacques souscrivait à la statue de Voltaire, et Voltaire n'attendait qu'une rencontre pour se jeter dans les bras de Jean-Jacques. Écoutez Grimm, qui aimait la vérité pour la vérité. « A propos de M. de Voltaire et de J.-J. Rousseau, il faut conserver ici une histoire qu'un témoin nous conta. Il s'était trouvé présent à Fernex le jour que M. de Voltaire reçut les *Lettres de la Montagne,* et qu'il y lut l'apostrophe qui le regarde; et voilà son regard qui s'enflamme; ses yeux qui étincellent de fureur, tout son corps qui frémit, et lui qui s'écrie avec une voix terrible : « Ah! le scélérat! ah! le monstre! il faut que je le fasse assommer... entre les

---

* Pendant les cinquante premières années du dix-neuvième siècle, Jean-Jacques a dépassé Voltaire dans l'opinion des lettrés, mais durant la seconde moitié du siècle — et à jamais — Voltaire reprendra sa vraie place dans tous les esprits. Il est le premier. Son peuple, d'ailleurs, lui a toujours maintenu la couronne. Par exemple, de 1817 à 1824, on a vendu 1,598,000 volumes de Voltaire, et seulement 480,000 de Jean-Jacques.

genoux de sa gouvernante. — Calmez-vous, lui dit
notre homme, je sais que Rousseau se propose de vous
faire une visite, et qu'il viendra dans peu à Fernex. —
Ah! qu'il y vienne, répond M. de Voltaire. — Mais
comment le recevrez-vous? — Comment je le recevrai?... Je lui donnerai à souper, je le mettrai dans
mon lit, je lui dirai : Voilà un bon souper; ce lit est
le meilleur de la maison; faites-moi le plaisir d'accepter
l'un et l'autre, et d'être heureux chez moi. Ce trait
peint M. de Voltaire mieux qu'il ne l'a jamais été, il
fait en deux lignes l'histoire de toute sa vie. »

Voltaire et Rousseau finissaient toujours par se
rendre justice. « Ce n'est pas le génie qui lui manque,
disait Voltaire; mais c'est le génie allié au mauvais
génie. » — « Ses premiers mouvements sont bons,
disait Rousseau; c'est la réflexion seule qui le rend
méchant. »

Un ami de Rousseau voulait ridiculiser l'apothéose
de Voltaire au Théâtre-Français. « Eh! qui donc cou-
ronnera-t-on? » s'écria l'ennemi de Voltaire.

XII.

VICTOIRES ET CONQUÊTES
DE VOLTAIRE.

On ne pourrait pas compter les campagnes de Voltaire depuis ce jour où, prisonnier du roi de France à la Bastille, il jura d'abattre toutes les bastilles : bastilles de la royauté, bastilles de l'Église, bastilles de la coutume.

Je ne parlerai pas de ses victoires, je ne parlerai que de ses conquêtes.

Sa première conquête fut sa fortune, parce qu'elle lui donna des soldats. Mais ce n'était là qu'une guerre de partisans.

Sa première conquête fut de réveiller par la *Henriade* l'esprit des L'Hôpital et des Coligny, c'est-à-dire l'esprit de la liberté religieuse.

Sa seconde conquête, quand il revint d'Angleterre
avec une flotte de libres penseurs commandés par
Newton et par Locke, fut le triomphe de la liberté
philosophique, le triomphe de la religion du droit et
non du droit d'après la religion. Ce jour-là, le carté-
sianisme, atteint dans son château fort d'abstraction,
fut obligé de faire une alliance avec les faits, et la
défaite de Bacon fut réparée.

Sa troisième conquête, la plus décisive, fut celle
qu'il remporta contre le droit divin, en faisant asseoir
sur tout trône — excepté sur le trône de Louis XV
— l'humanité, dont il est le César.

Vers ce temps-là, pourquoi le cacher? il eut une
défaite à Versailles en déposant ses insignes de souverain
pour devenir gentilhomme ordinaire de Louis XV. Il
s'était embastillé pour la troisième fois.

Mais il eut sa revanche à Berlin. Il dit : « *Que la
lumière française éclaire le monde*, et sa lumière fut. »
Voltaire en Prusse, c'était déjà Napoléon à Sans-Souci.

Dirai-je toutes ses conquêtes à l'heure où il croit
abdiquer? A Fernex, ce royaume entre quatre États,
il règne sur l'Europe et la transforme par la justice
des sages, qui est la sœur de la bonté, sans que ses
soldats aient une goutte de sang à verser, sans imposer son peuple par l'argent ni par les larmes.

Nul plus que lui ne contribua à réformer le vieux
code pénal du moyen âge, à bannir de nos mœurs ces
peines vengeresses, *ultrices pœnæ*, sombres Euménides
à face ridée qui planaient sur la législation du dix-

huitième siècle. Qui n'applaudit à ses efforts pour
ouvrir quelques perspectives nouvelles et éclairées à
travers cette forêt peu vierge, mais sauvage, *silva
selvaggia,* qu'on appelait alors la jurisprudence? Où ce
fils d'un notaire du Châtelet de Paris avait-il étudié
les lois*? Dans sa conscience. Il promulgue son code,
et ce code sera bientôt celui de l'humanité**. Qui

---

* « Le roi Voltaire a conquis beaucoup de choses sur les frontières de l'ignorance, et sans verser une goutte de sang humain.
Arsène Houssaye a gravé le nom de toutes les victoires de Voltaire sur l'arc de triomphe qu'on veut voir, avec les yeux de
l'imagination, à l'angle de la rue de Beaune. Un pont sépare les
Tuileries de Voltaire des Tuileries des rois! On suit, dans le livre,
l'itinéraire du Jules César de la philosophie à travers les champs
de bataille de la pensée; il passe le Rubicon du Pas-de-Calais, il
descend en Angleterre, fait alliance avec Newton et Locke, rentre
sur le continent, bat l'armée des cartésiens, répare la défaite
de Bacon; se déguise en courtisan pour entrer à Versailles, sub-
jugue la noblesse par l'esprit philosophique; introduit *Zadig* à
Trianon; marche sur Berlin, où il prépare l'hôtellerie de Napoléon Ier; fait sa campagne de Russie, et fond avec son souffle les
glaces morales de Pétersbourg; enfin, à l'âge où les conquérants
se reposent sur leurs lauriers rougis, il établit son quartier général à Fernex, sur les frontières de quatre États, et de là il agite
encore le monde par sa parole, et achève le bélier d'airain qui
renversera la Bastille et commencera la Révolution. » MÉRY.

** Tout le monde a reconnu que Voltaire a fait la préface du
Code civil.

« Être Français, s'écrie-t-il, c'est être libre! On a réformé
toutes les coutumes, pourquoi hésiterait-on de réformer les ab-
surdités des Goths et des Vandales? Il fallait donc craindre de
renverser leurs huttes pour bâtir à la place des maisons com-
modes. Les lois et la jurisprudence sur la mainmorte, nées en

donc a aboli en France la torture? Louis XVI, dit
l'histoire ; mais Voltaire lui avait fait signe. Louis XVI
eût pu dire ce jour-là : « Il n'y a que deux hommes
qui aiment vraiment le peuple, Voltaire et moi! » Et
cet autre jour où l'Assemblée constituante adoucit la
peine de mort, fit luire le rayon du droit dans l'antre
de la vieille justice, jeta les armes rouillées de l'antique procédure dans l'abîme où venait de s'engloutir
le passé féodal, ce jour-là qui présidait? Voltaire invisible, Voltaire consolé d'avoir vécu, en voyant que la
mort avait sacré sa pensée et ses écrits.

Les anciens rois cassaient les arrêts des tribunaux
quand les tribunaux leur semblaient avoir mal jugé.
Au dix-huitième siècle, ce droit souverain remonte à
Voltaire. Sa conscience est le tribunal d'appel auquel

même temps que les lois sur la magie, les sortilèges, doivent finir
pour elles. La France ne connaît pas d'esclaves; elle est l'asile et
le sanctuaire de la liberté; c'est là qu'elle est indestructible, et
que toute liberté perdue retrouve la vie! »

Et plus loin : « Il est un peu fâcheux pour la nature humaine
qu'un père déshérite ses enfants vertueux pour combler de biens
un premier-né qui souvent le déshonore; qu'un malheureux qui
fait naufrage ou qui périt de quelque autre façon dans une terre
étrangère laisse au fisc de cet État la fortune de ses héritiers ; on
a presque peine à voir, je l'avouerai encore, ceux qui labourent,
dans la disette, ceux qui ne produisent rien, dans le luxe; de
grands propriétaires qui s'approprient jusqu'à l'oiseau qui vole
et au poisson qui nage; des vassaux tremblants qui n'osent délivrer leurs moissons du sanglier qui les dévore; le droit du plus
fort faisant la loi, non-seulement de peuple à peuple, mais encore
de citoyen à citoyen. »

s'adressent en dernier ressort les innocents frappés par
la sentence des cours officielles. Il est vrai que ce tribunal vivant avait pour base l'opinion publique. Il y a
quelqu'un qui a plus de conscience que tous les juges,
c'est tout le monde. La force de Voltaire dans toutes
les questions de droit, c'est d'avoir été le roi du sens
commun, le roi de l'opinion universelle. Ce qu'il dit,
tout le monde l'a pensé ou le pensera demain. Avec
une telle autorité on peut absoudre Calas et les autres
victimes des erreurs de la justice humaine. La révélation du génie appuyée sur le sentiment des multitudes,
c'est l'esprit de Dieu porté sur les eaux : cela féconde
le chaos, même le chaos des lois.

On peut dire de Voltaire ce que Napoléon III a dit
de Napoléon Ier, que, comme Josué, il arrêta la lumière
et fit reculer les ténèbres.

Parmi les conquêtes du roi Voltaire, il faut marquer cet air de domination qu'il a inspiré aux gens de
lettres. Balzac demandait qu'on créât des maréchaux
de France littéraires; c'est fait depuis Voltaire, car,
depuis Voltaire, une bonne plume est un bâton de
maréchal. Avant Beaumarchais, il osa traiter d'égal à
égal avec les ministres, et, ce qui est bien plus hardi,
avec les comédiennes. Il n'affranchit pas seulement
les serfs du mont Jura, il affranchit par la suprématie
de l'esprit les serfs littéraires; car avant lui, quand on
n'était ni Corneille ni Molière, on n'était que M. Pancrace. Voyez l'attitude de l'auteur de la comédie dans
la loge de la comédienne :

Vous cependant au doux bruit des éloges
Qui vont pleuvant de l'orchestre et des loges,
Marchant en reine et traînant après vous
Vingt courtisans l'un de l'autre jaloux,
Vous admettez près de votre toilette
Du noble essaim la cohue indiscrète ;
L'un dans la main vous glisse un billet doux ;
L'autre à Passy vous propose une fête ;
Josse avec vous veut souper tête à tête ;
Candale y soupe, et rit tout haut d'eux tous ;
On vous entoure, on vous presse, on vous lasse.
Le pauvre auteur est tapi dans un coin,
Se fait petit, tient à peine une place.
Certain marquis l'apercevant de loin,
Dit : « Ah ! c'est vous ; bonjour, monsieur Pancrace,
« Bonjour : vraiment votre pièce a du bon. »
Pancrace fait révérence profonde,
Bégaye un mot, à quoi nul ne répond,
Puis se retire, et se croit du beau monde !

Aujourd'hui les rôles ont changé : M. Pancrace est caressé par la comédienne et se prélasse dans le beau monde. On a peur de lui et on dit en le voyant venir : « Il a peut-être autant d'esprit que M. de Voltaire. »

La plus grande conquête de Voltaire, ce fut son œuvre posthume : la *Révolution française*[*]. Il fit la

[*] « Le Voltaire que nous admirons et que nous aimons, le Voltaire que nous admirerons et aimerons toujours, c'est le Voltaire qui retrouva, avec Montesquieu, les droits imprescriptibles de l'humanité, le Voltaire qui, avec Beccaria, effaça du Code pénal la vengeance et prépara l'abolition de la torture, le Voltaire qui défendit Calas, qui défendit Sirven, qui défendit le chevalier de La Barre ! C'est ce Voltaire qui éprouvait tous les ans un accès

révolution et ne laissa aux assemblées politiques, la
Constituante, la Législative, la Convention, que la
peine de décréter ses pensées [*]. Après lui, l'ancienne
France était effacée de la carte de l'intelligence humaine; il avait démoli l'édifice des anciennes croyances
religieuses, politiques, sociales; il avait ouvert dans

de fièvre le jour de Saint-Barthélemy. C'est ce Voltaire enfin qui,
en annonçant la liberté au monde, ouvrait à l'avenir le splendide
portique de 1789! » EDMOND DELIÈRE.

[*] Il y a aujourd'hui deux opinions sur les causes de la Révolution française. Les philosophes voient fermement un grand fait
amené par une grande idée, une action conduite par un principe.
Les néo-chrétiens représentant l'ancienne France décident que la
Révolution n'a eu rien à débattre avec la philosophie du dix-huitième siècle. Ils prouvent, avec M. Granier de Cassagnac, que
« c'est Louis XVI et non la philosophie qui a conçu et réalisé le
premier événement auquel se rattache la Révolution; ils prouvent que cet événement est une pensée de réforme, non pas im-
posée par le pays à la monarchie, mais spontanément offerte par
la monarchie au pays. » Je ne veux pas diminuer l'action de
Louis XVI et de ses ministres; mais où avaient-ils fait leurs classes
de philosophie et de politique? à l'école de Voltaire.

Sur toutes les questions voltairiennes le lecteur étudiera le
pour et le contre dans les travaux de MM. Michelet, Blanc,
Veuillot, Chasles, Pelletan, Limayrac, Esquiros, Renan, Dami-
ron, Noël, Lanfrey, Bersot. — A Genève on écrit beaucoup
pour Voltaire, pareillement en Allemagne. — En Angleterre on
écrit beaucoup contre Voltaire. Pourquoi? Voltaire fut l'hôte toujours reconnaissant de la Grande-Bretagne.

Peut-être le lecteur, après avoir écouté tous ces sages en frac,
ne sera-t-il pas plus convaincu; mais il aura parcouru avec un
rayon lumineux un pays qui n'est que ténèbres quand Voltaire
n'est plus là.

la sombre forêt de l'avenir des perspectives éclairées
par la lumière de la raison ; il avait reconstruit parmi
les ruines la citadelle de la cité nouvelle. Montaigne
et Pascal doutaient : il affirme. Les voyez-vous, ses
ministres, s'élever de degré en degré sur cette échelle
de Jacob, construite pour escalader le ciel? Rien ne
les arrête : ni le génie de Bossuet, dont la majestueuse
figure gardait le seuil de l'histoire universelle, ni la
grâce toute-puissante de Fénelon. Ces hardis envahis-
seurs s'élancent en tumulte sur le champ illimité des
connaissances humaines : « A moi la science, » dit
l'un ; « à moi l'histoire, » s'écrie l'autre ; « à nous la
philosophie, à nous l'univers moral, à nous le fini et
l'infini, l'alpha et l'oméga! nous sommes les rois de
l'empire des idées. Christophe Colomb a découvert un
monde ; nous marchons sur les flots, au milieu des
éclairs et des tonnerres, à la découverte du dieu
inconnu. »

Toutes ces victoires et toutes ces conquêtes ont été
consacrées par le couronnement de Voltaire aux Tuileries et par ses funérailles au Panthéon, funérailles
réparatrices comme pour César et Napoléon.

XIII.

LA MORT DE VOLTAIRE.

Ce fut surtout à l'heure de sa mort que la royauté
de Voltaire a été universellement reconnue. Quand il
mit un pied dans la tombe, il mit un pied dans l'immortalité.

Homme étrange jusqu'à la fin! Depuis un demi-
siècle, il disait à toute l'Europe qu'il n'avait qu'un
moment à vivre, lui qui était né mourant. Son tombeau, fait d'une simple pierre, s'ouvrait contre l'église
qu'il avait bâtie. Il avait beaucoup gambadé, selon son
expression, autour de son tombeau, sans que l'heure
sonnât de s'y coucher. Ses amis étaient venus et revenus lui dire adieu; il attendait la mort de pied ferme,
quand madame Denis, ennuyée d'un si long séjour à
Fernex, mit tout en œuvre pour un voyage à Paris. Il

se décida à partir; il avait quatre-vingt-quatre ans! Un jour d'hiver, un jour de neige, un jour de bise, le mardi 3 février 1778, le roi Voltaire se mit en route et voyagea toute une semaine pour revoir sa bonne ville de Paris. Il arriva le septième jour*. Croyez-vous que ce fut pour lui un jour de repos? non. En descendant de voiture, il ne monta pas dans cette maison à jamais consacrée, du quai des Théatins, où l'attendait la marquise de Villette devant un feu d'enfer, car la Seine charriait ce jour-là. Il s'en alla à pied, enveloppé dans sa pelisse, chaussé de bottes à la Souwarof, encapuchonné dans une perruque de laine surmontée d'un bonnet rouge, il s'en alla, suivi par les gamins, chez *ses chers anges,* quai d'Orsay, chez le comte d'Argental, qui ne l'attendait pas, mais qui le reconnut dans cet étrange accoutrement, quoique l'absence eût été bien longue.

Voltaire se jeta dans les bras de son meilleur ami et lui dit avec des larmes dans les yeux : « J'ai interrompu mon agonie pour venir vous embrasser. » Le comte d'Argental pleura lui-même en disant qu'il voudrait mourir sur ce beau mot de l'amitié.

Voltaire alla chez le marquis de Villette avec son ami d'Argental. « Ah! mes anges, la fin de la vie est triste, et le commencement doit être compté pour

---

* A la barrière de Fontainebleau, les commis lui demandèrent s'il n'avait rien à déclarer. « Messieurs, il n'y a que moi de contrebande, » répondit-il.

rien. — Oui, mon cher Voltaire, mais, vous l'avez dit, le milieu est un orage presque toujours fécond. » Ils arrivaient sur le quai des Théatins — le quai Voltaire — en face des Tuileries * !

Le bruit de son arrivée à Paris se répandit comme une bonne nouvelle. Pour ce peuple enthousiaste et railleur, c'était plus qu'un homme, c'était un dieu qui venait lui porter bonheur.

L'Académie et la Comédie vinrent les premières lui faire leur cour. L'Académie, pour cet hommage à son souverain, avait dépêché le prince de Beauvau; un prince! elle ne pouvait moins faire. La Comédie aurait voulu avoir Le Kain à sa tête, — Le Kain, l'élève de Voltaire; — mais Voltaire était arrivé trop tard, on avait enterré Le Kain la veille. Ce fut Bellecour qui

---

* J'ai passé deux saisons dans l'appartement de ce grand esprit, dans ce cabinet qui, selon Grimm, ressemble beaucoup plus « au boudoir de la volupté qu'au sanctuaire des Muses ».

Sous ces lambris dorés, — dorés pour lui et non pour moi, — sous cet harmonieux plafond où les Muses de Vanloo tressent toujours des couronnes, comme s'il était encore là celui qui les aima toutes sans passion sérieuse, j'ai relu avec une passion sérieuse les contes de Voltaire. C'était relire tout Voltaire.

J'ai déménagé pour deux raisons : la première, c'est que je n'écrivais plus, sous prétexte que Voltaire avait bien assez fait de livres comme cela. La seconde, c'est que les Anglais demandaient trop souvent à voir l'appartement de M. de Voltaire, qu'ils voulaient bien appeler l'homme le plus spirituel de France, ce qui faisait dire à mon groom, gamin de Paris qui n'aimait pas les Anglais : « Oui, mylord, l'homme le plus spirituel de France et d'Angleterre. »

porta la parole; mais Voltaire fut plus touché des
larmes de mademoiselle Clairon, agenouillée silencieu-
sement devant lui, les mains jointes sur les bras de
son fauteuil, que des compliments du comédien.

Gluck vint lui dire avec enthousiasme : « On m'attend à la cour de Vienne, mais j'ai retardé mon
voyage pour être de la cour de Voltaire. » Goldoni lui
fit un compliment en français, il lui répondit en italien.
L'ambassadeur d'Angleterre disait le lendemain à Versailles : « M. de Voltaire ne parle qu'anglais. » Tous
les ambassadeurs avaient voulu lui faire leur cour.

Le lendemain, tout Paris vint frapper à sa porte*;
tout Versailles y vint aussi. Les plus enracinés dans
la royauté déchue, ceux-là même qui disaient encore :
« Louis XVI, par la grâce de Dieu, » commençaient
enfin à comprendre que le vrai roi était celui qui avait
épousé l'opinion publique. Tout l'armorial de France,
les d'Armagnac, les Richelieu, les Montmorency, les
Polignac, les Brancas se rencontrèrent au petit lever
du roi Voltaire. « En un seul jour, on vit entrer dans
l'hôtel cent cordons bleus. » La duchesse de la Vallière,
trop malade pour quitter son lit, lui envoya les rubans
de sa coiffure, comme si elle le voulait couronner
encore. A tous ces grands noms, Voltaire, toujours en
inquiétude du lendemain, préféra ceux de Franklin et
de Turgot. Quand l'ex-ministre de Louis XVI, je veux

* Madame Vestris étant venue le surprendre à son petit lever,
il lui dit : « J'ai passé la nuit pour vous comme si j'avais vingt
ans. » Il avait refait avec amour le rôle d'Irène.

dire du roi Voltaire, se montra à la porte de la chambre,
le malade s'élança de son fauteuil et lui saisit la main
avec effusion. « Voilà donc la main qui a signé le salut
de la France! Turgot, vos pieds sont d'argile, mais
votre tête est d'or. »

Franklin lui présenta son petit-fils : « Mon enfant,
mettez-vous à genoux devant Voltaire et demandez-lui
sa bénédiction. » Voltaire se leva, imposa les mains
sur la tête de l'enfant, et dit avec une religieuse
émotion : « Dieu et la liberté! » L'ancien et le nouveau
monde venaient de communier.

Ils se revirent à l'Académie des sciences, ils s'embrassèrent au bruit des acclamations : c'était Solon
qui embrassait Sophocle, a dit Condorcet [*].

[*] Selon les gazetiers : « M. de Voltaire avait un habit rouge
doublé d'hermine, une grande perruque à la Louis XIV, noire,
sans poudre, et dans laquelle sa figure amaigrie était tellement
enterrée, qu'on ne découvrait que ses deux yeux, brillants comme
des escarboucles. Sa tête était surmontée d'un bonnet carré rouge
en forme de couronne, qui ne semblait que posé. Il avait à la
main une petite canne à bec-de-corbin : son sceptre de Ferney. »

« M. de Voltaire se plaignit de la pauvreté de la langue française (M. l'abbé Delille venait de lire un poëme); il parla de
quelques mots peu usités, et qu'il serait à désirer qu'on adoptât,
celui de *tragédien*, par exemple, pour exprimer un acteur jouant
la tragédie. *Notre langue est une gueuse fière*, disait-il en parlant de la difficulté d'introduire des mots nouveaux; *il faut lui
faire l'aumône malgré elle.* »

Je reproduis aussi ces lignes du même journal, qui prouvent
jusqu'au dernier jour le patriotisme trop souvent nié de l'auteur
de la *Henriade* :

« M. de Voltaire se trouvant chez madame la maréchale de

L'évêque d'Orléans pensa que le jour était venu
d'envoyer au grand pécheur son mandement contre les
incrédules. Mais Voltaire dit qu'il était encore trop
voltairien pour se laisser prendre, et il écrivit ces
quatre vers à l'évêque, en lui envoyant sa tragédie :

> J'ai reçu votre mandement ;
> Je vous offre ma tragédie,
> Afin que mutuellement
> Nous nous donnions la comédie.

Chaque jour que Voltaire passa à Paris fut marqué
d'un triomphe. Les Académies vinrent en corps lui
rendre hommage ; hormis les courtisans et les prêtres,
tout ce qu'il y avait d'illustre à Paris vint demander
audience au patriarche de Fernex. Bernardin de Saint-
Pierre rapporte qu'il a entendu, dans les carrefours,
des portefaix qui se demandaient des nouvelles de la
santé de Voltaire.

Le lundi 30 mars 1778, un triomphe plus éclatant
que n'en obtinrent jamais monarque ou héros accueillit Voltaire, après plus d'un demi-siècle de gloire
et de persécution. Pour la première fois depuis son
retour à Paris, il était allé au théâtre et à l'Académie ;

Luxembourg, il fut question de la guerre. Cette dame souhaitait
que les Anglais et nous entendissions assez bien nos intérêts et
ceux de l'humanité pour la terminer sans effusion de sang. —
Madame, dit le philosophe bouillant, en montrant l'épée du maréchal de Broglie, qui était présent, *voilà la plume avec laquelle
il faut signer ce traité.* »

« les hommages reçus à l'Académie n'ont été que le
prélude du triomphe du théâtre. » Tout Paris était sur
son chemin; un cri de joie universelle, des acclamations, des battements de mains ont éclaté partout à
son passage. Grimm est si enivré de ce triomphe,
qu'il en devient éloquent. « Et quand on a vu ce vieillard respectable, chargé de tant d'années et de tant
de gloire, quand on l'a vu descendre appuyé sur
deux bras, l'attendrissement et l'admiration ont été
au comble. La foule se pressait pour pénétrer jusqu'à
lui, elle se pressait davantage pour le défendre contre
elle-même. » Les comédiens jouaient *Irène*. Voltaire
se plaça dans la loge des gentilshommes de la chambre.
Aussitôt qu'il parut, le comédien Brizart vint apporter
une couronne de laurier en priant madame de Villette
de la placer sur la tête de cet homme illustre. Les
spectateurs applaudirent par des cris de joie. Voltaire
retira aussitôt sa couronne, les spectateurs le sup-
plièrent de la garder. Il y avait plus de monde encore
dans les corridors que dans les loges; toutes les femmes
étaient debout. Beaucoup d'entre elles étaient descen-
dues au parterre pour le mieux voir. C'était plus que
de l'enthousiasme, c'était une adoration, c'était un
culte. On commença la pièce, une mauvaise pièce; on
la joua mal; jamais pièce ne fut plus applaudie. Voltaire se leva pour saluer le public. Au même instant
on vit paraître sur un piédestal, au milieu du théâtre,
le buste du poëte. Tous les acteurs et toutes les ac-
trices soulevaient autour du buste des guirlandes et

des couronnes. « A ce spectacle sublime et touchant,
s'écrie Grimm, qui ne se serait cru au milieu de Rome
ou d'Athènes? Le nom de Voltaire a retenti de toutes
parts avec des acclamations, des tressaillements, des
cris de joie et de reconnaissance. L'envie et la haine,
le fanatisme et l'intolérance n'ont osé rugir qu'en
secret; et pour la première fois peut-être, on a vu
l'opinion publique en France jouir avec éclat de tout
son empire *. Pendant que tous les comédiens surchar-

* Voici un autre témoignage contemporain, celui de M. le
comte de Ségur :

« Il faut avoir vu à cette époque la joie publique, l'impatiente
curiosité et l'empressement tumultueux d'une foule admiratrice
pour entendre, pour envisager et même pour apercevoir ce
contemporain de deux siècles, qui avait hérité de l'éclat de l'un
et fait la gloire de l'autre.

« C'était l'apothéose d'un demi-dieu encore vivant.

« On pouvait dire qu'alors il y avait pendant quelques semaines
deux cours en France, celle du roi à Versailles et celle de Voltaire à Paris. La première, où le bon roi Louis XVI, sans faste,
vivait avec simplicité, paraissait l'asile paisible d'un sage, en
comparaison de cet hôtel du quai des Théatins où toute la journée on entendait les cris et les acclamations d'une foule idolâtre
qui venait rendre avec empressement ses hommages au plus grand
génie de l'Europe.

» Dans sa maison, qu'on eût dit alors transformée en palais
par sa présence, assis au milieu d'une sorte de conseil composé
des philosophes, des écrivains les plus hardis et les plus célèbres
de ce siècle, ses courtisans étaient les hommes les plus marquants
de toutes les classes, les étrangers les plus distingués de tous les
pays.

» Son couronnement eut lieu au palais des Tuileries, dans la
salle du Théâtre-Français : on ne peut peindre l'ivresse avec

geaient le buste de couronnes et de guirlandes, madame Vestris s'avança au bord de la scène pour adresser au dieu même de la fête des vers improvisés par
le marquis de Saint-Marc. On joua ensuite *Nanine,* en
laissant le buste sur le théâtre. A la sortie du spectacle, Voltaire, ne respirant plus que par le sentiment
de sa royauté, se croyait délivré de tant d'honneurs;
mais tout n'était pas fini : les femmes le portèrent,
pour ainsi dire, dans leurs bras jusqu'à son carrosse.
Il voulait monter, on le retint encore. « Des flambeaux!
des flambeaux! que tout le monde puisse le voir! »
Enfin, monté dans son carrosse, il lui fallut donner
sa main à baiser; on s'accrochait aux portières; on
montait encore sur les roues, que déjà les chevaux
prenaient le pas; la foule, de plus en plus ivre d'enthousiasme, faisait retentir les airs de son nom. Le
peuple, qui était aussi de la fête, criait avec admiration : « Vive Voltaire! Il a été cinquante ans persécuté!
vive Voltaire! » Arrivé à la porte de l'hôtel, Voltaire se
retourna, tendit les bras en pleurant et s'écria d'une
voix brisée : « Vous voulez donc m'étouffer sous des
roses? » *

Voltaire était tellement habitué à vivre pour ainsi

laquelle cet illustre vieillard fut accueilli par un public qui remplissait à flots pressés tous les bancs, toutes les loges, tous les
corridors, toutes les issues de cette enceinte. En aucun temps la
reconnaissance d'une nation n'éclata avec de plus vifs transports. »

* L'enthousiasme des Parisiens était traversé par quelques
railleries. Un joueur de gobelets disait sur la place Louis XV :
« Le grand Voltaire, notre maître à tous. »

dire dans l'équipage de la mort, qu'il croyait vivre
toujours.

Cependant le docteur Tronchin disait par ordon-
nance : « M. de Voltaire vit à Paris sur le capital de ses
forces; il ne devrait vivre que de la rente. » En effet,
il menait la vie la plus agitée et la plus laborieuse :
non-seulement il travaillait, discutait et donnait audience du matin au soir; mais le soir venu, il allumait
la lampe pour veiller. Qui le croirait? ce révolutionnaire universel voulait apporter l'esprit de la révolution
jusque dans le Dictionnaire de l'Académie. Pour se
reposer, il montait dans son carrosse, « son carrosse
couleur d'azur, parsemé d'étoiles, » pour aller chez
une duchesse ou chez une comédienne. A force d'avoir
l'esprit en éveil, il en vint à ne pouvoir plus dormir;
il prit de l'opium, se trompa sur la dose et tomba
dans le demi-sommeil de la mort *, après avoir écrit
à d'Alembert : « Je vous recommande les vingt-quatre
lettres de l'alphabet; » et au comte de Lalli, dont le
père venait d'être réhabilité par le parlement : « Le
mourant ressuscite en apprenant cette grande nouvelle.
Il embrasse bien tendrement M. de Lalli. Il voit que le
roi est le défenseur de la justice : il mourra content. »

L'histoire de la mort de Voltaire est couverte d'un
nuage. Un curé, qui avait converti l'abbé de l'Attai-
gnant, abbé sans foi et poëte sans poésie, voulut con-

---

* Ainsi les deux hommes les plus illustres du dix-huitième
siècle, Voltaire et Jean-Jacques Rousseau, sont morts par le
poison.

vertir aussi Voltaire. Il lui écrivit pour lui demander
audience. Voltaire accorda l'audience et lui dit : « Je
vous dirai la même chose que j'ai dite en donnant la
bénédiction au petit-fils de l'illustre et sage Franklin :
Dieu et la liberté! J'ai quatre-vingt-quatre ans, je vais
bientôt paraître devant Dieu, créateur de tous les
mondes. C'est encore ce que je dirai. — Ah! monsieur,
dit le curé, que je me croirais bien récompensé si
vous étiez ma conquête! Ce Dieu miséricordieux ne
veut pas votre perte. Revenez donc à lui, puisqu'il
revient à vous. — Mais je vous dis que j'aime Dieu,
reprit Voltaire. — C'est beaucoup, dit le curé; mais
il faut en donner des marques, car un amour oisif ne
fut jamais le vrai amour de Dieu, qui est actif. » Le
curé s'en alla, il revint et obtint du mourant une profession de foi très-chrétienne; mais le curé de Saint-
Sulpice perdit tout en voulant tout avoir. Jaloux d'être
devancé par un autre, il exigea un désaveu de toutes
les doctrines contraires à la foi. Voltaire ennuyé demanda un peu de repos pour mourir. Le curé de
Saint-Sulpice ne se tint pas pour battu : bravant les
railleries de d'Alembert, de Diderot, de Condorcet,
de tous les philosophes qui encourageaient Voltaire
« à mourir comme un sage, » il vint jusqu'au dernier
jour lui crier aux oreilles : « Croyez-vous à la divinité
de Jésus-Christ? » Selon Condorcet, Voltaire aurait répondu, de guerre lasse : « Au nom de Dieu, monsieur,
ne me parlez plus de cet homme-là! » Je ne crois pas à
cette antithèse sacrilége; ou bien si Voltaire l'a faite, il

n'avait plus sa tête, comme a dit le curé. Je crois
plutôt à cette simple réponse rapportée par d'autres
contemporains : « Laissez-moi mourir en paix. »

Il mourut trois heures après, « expirant des fati-
gues de sa gloire, » selon l'expression de M. Mignet,
et oubliant de faire un testament digne d'un roi. Sa
mort fut aussi agitée que sa vie ; le repos, du reste,
n'était pas encore venu pour lui. Paris rejeta son corps.
On voulut exiler encore une fois celui qu'on avait si
souvent exilé. Voltaire s'était préparé une simple tombe
dans le cimetière de Fernex, « un pied dans l'église,
un pied hors l'église, » sous le ciel où il avait vieilli
et où il avait fait du bien ; on ne voulut pas même lui
accorder ce coin de terre qui était à lui. On décida
que celui qui avait fait bâtir l'église n'avait pas droit
de cité dans le cimetière. L'abbé Mignot, son neveu,
emporta en toute hâte le corps du poëte dans un mo-
nastère dont il était l'abbé. L'évêque de Troyes, indigné qu'un pareil homme reposât dans la terre sainte
de son diocèse, envoya la défense de l'enterrer. Il
n'était plus temps : Voltaire était scellé dans une des
chapelles ; le prieur fut destitué.

Voltaire fut vengé. Son frère de Prusse ordonna un
service solennel dans l'église catholique de Berlin, où
parut toute son Académie ; et, à la tête de son armée,
tout en défendant les droits des princes de l'Empire, il
prononça l'éloge de son frère Voltaire, qui, selon lui,
valait toute une académie et dont la mémoire devait
s'accroître d'âge en âge. « Il m'a fallu parcourir l'espace

de dix-sept siècles pour trouver un homme, le seul
Cicéron, digne de lui être comparé. »

L'impératrice de Russie porta aussi le deuil de son
frère et allié. Elle voulut avoir sa bibliothèque, que
dis-je! elle voulut avoir tout Fernex. « C'est dans son
superbe parc de Czarsko-Zelo que doit être bâti le
château pareil à celui de Fernex, avec toutes ses atte-
nances et dépendances. Il y sera élevé un muséum,
dans lequel on arrangera les livres dans l'ordre où ils
étaient placés. Le sieur Wagnières, secrétaire du
défunt, doit se rendre à Pétersbourg à cet effet. La
statue du maître s'élèvera au milieu. * »

Une grande dame, madame la marquise de Boufflers,
qui n'était pas poëte, le devint pour chanter Voltaire :

Dieu sait bien ce qu'il fait, La Fontaine l'a dit :
Si j'étais cependant l'auteur d'un si grand œuvre,
Voltaire eût conservé ses sens et son esprit ;
Je me serais gardé de briser mon chef-d'œuvre.

---

* Cette souveraine a joint aux présents qu'elle a fait remettre
à madame Denis une lettre écrite de sa main. La suscription est :
*Pour madame Denis, nièce d'un grand homme qui m'aimait
beaucoup.* Cette épître singulière est un monument à conserver.
« Je viens d'apprendre, madame, que vous consentez à remettre
entre mes mains ce dépôt précieux que monsieur votre oncle
vous a laissé, cette bibliothèque que les âmes sensibles ne verront jamais sans se souvenir que ce grand homme sut inspirer
aux humains cette bienveillance universelle que tous ses écrits,
même ceux de pur agrément, respirent, parce que son âme en
était profondément pénétrée. Personne avant lui n'écrivit comme
lui : il servira d'exemple et d'écueil à la race future. Il faudrait
unir le génie à l'esprit, être M. de Voltaire pour l'égaler. »

Celui que dans Athène eût adoré la Grèce,
Que dans Rome à sa table Auguste eût fait asseoir,
Nos Césars d'aujourd'hui n'ont pas voulu le voir,
Et monsieur de Beaumont lui refuse une messe.

Oui, vous avez raison, monsieur de Saint-Sulpice :
Eh ! pourquoi l'enterrer? n'est-il pas immortel?
A ce divin génie on peut sans injustice
Refuser un tombeau, mais non pas un autel*.

Ce ne fut pas tout : le 11 juillet 1791, par un jour
orageux, — soleil et pluie, — Voltaire fut porté au
Panthéon, le Saint-Denis des rois de la pensée**. Ce
fut moins le triomphe d'un homme que le triomphe
de la philosophie et de l'humanité. Je ne parle pas
seulement de cette sombre et vaillante multitude qui
accompagnait le char du vainqueur immortel : je parle
des morts de tous les temps, victimes connues ou

* Il y eut en même temps les injures de quelque rimeur
embourbé dans l'infamie.

De vice et de talent quel monstreux mélange!
Son âme est un rayon qui s'éteint dans la fange.
Il est tout à la fois et tyran et bourreau.
Sa dent d'un même coup empoisonne et déchire.
Il inonde de fiel les bords de son tombeau,
Et sa chaleur n'est plus qu'un féroce délire.
S'il n'avait pas écrit, il eût assassiné....

** « Le jour n'avait pas été assez long pour ce triomphe. Le
cercueil de Voltaire fut déposé entre Descartes et Mirabeau. C'était
la place prédestinée à ce génie intermédiaire entre la philosophie
et la politique, entre la pensée et l'action. Cette apothéose,
c'était l'intelligence qui entrait en triomphatrice sur les ruines
des préjugés dans la ville de Louis XIV. C'était la liberté qui prenait possession du temple de Sainte-Geneviève. » LAMARTINE.

inconnues qui triomphaient, elles aussi, dans ces funérailles, semblables à une apothéose. Sortez de vos
tombeaux, de vos bastilles plus noires que des tombeaux; levez-vous sur vos chaises de fer; agitez au
milieu des flammes vos mains à demi consumées!
Debout! Calas, Sirven, La Barre, vous tous qui avez
bu au calice amer de l'injustice humaine, soyez
contents, soyez consolés : voici Voltaire, la justice et
la réparation, qui passe!

Jamais roi, jamais César n'eut un pareil cortége : la
mère lui présente son enfant, le fruit de la douleur;
la jeune Amérique, que Voltaire a bénie dans le fils
du vieux Franklin, lui offre les libertés conquises avec
l'épée de la France, chacune des fleurs qui tombent sur
son cercueil couvre une des blessures de l'humanité.

Devant cette majesté qui entre dans la gloire, les
profondeurs de la société, les antres de l'histoire, les
oubliettes, l'enfer de la vieille Thémis, s'éclairent
d'un rayon vengeur. Le bûcher s'éteint; le fouet tombe
des mains du bourreau; le gibet tremble; l'arbre de
la mort demande à l'arbre de la vie de lui pardonner,
le bec du vautour dit à Prométhée : « Tu m'as vaincu! »

Le Masque de fer, le gazetier de Hollande, toutes
les figures anonymes de la souffrance suivent les roues
de ce char, qui s'avance vers l'Église de pierre du dix-
huitième siècle; tous ceux qui ont été jetés sans linceul à l'oubli, au vent, aux gémonies, s'enveloppent
des plis de son drap funèbre.

Peuple, voici ton roi! Roi, voici ton peuple!

La belle fête! C'est la fête du roi, mais c'est la fête
du peuple. C'est la fraternité qui ferme le passé et qui
ouvre l'avenir.

Une ère nouvelle commence : la torture, la question, la roue, les lettres de cachet, toutes les ombres
sinistres du passé s'envolent en agitant leurs ailes
maudites. A cette vue, l'humanité se soulève à demi
sur son lit d'airain. La joie, l'attendrissement, la reconnaissance, sortent des noirs sépulcres, des donjons,
des chambres ardentes, des Montfaucons déserts, des
in pace vides. Les larmes de joie coulent du cœur
humain, qui se rouvre à l'espérance. Et c'est avec ces
larmes que le roi Voltaire est sacré pour l'éternité.

XIV.

LE DIEU DE VOLTAIRE*.

Dieu et la liberté! disait Voltaire en donnant sa bénédiction au petit-fils de Franklin.

En disant ces mots, il donnait un Dieu au nouveau

---

* « C'est un malheur, mais la France est de la religion de Voltaire, » a dit Napoléon Ier.

Si la France est de la religion de Voltaire, c'est que Voltaire a fait, comme Dieu et comme Napoléon, les hommes à son image.

Napoléon, qui voulait la religion, voulait comme Voltaire, — il voyait plus loin que Voltaire, — que la religion fût la suprême philosophie :

« Moi aussi je suis un philosophe, et je sais que, dans une société quelle qu'elle soit, nul homme ne saurait passer pour vertueux et juste, s'il ne sait d'où il vient et où il va. La simple raison ne saurait nous fixer là-dessus; sans la religion, on marche continuellement dans les ténèbres. »

monde, qui avait la liberté et qui n'avait pas de Dieu.
Il donnait la liberté au monde ancien, qui avait Dieu
et qui n'avait pas la liberté.

Dieu et la liberté, c'est là tout Voltaire.

Mais quel Dieu et quelle liberté?

N'est-ce pas la liberté révoltée contre Dieu? La
liberté de tout dire et de tout nier? Non, c'est la liberté
de faire le bien, la liberté de faire le mal, si le mal
conduit au bien; la liberté de conscience, la liberté de
parler, la liberté d'écrire. Il commence par proclamer
le libre arbitre : « On prétend que Dieu ne nous a pas
donné la liberté, parce que si nous étions des agents,
nous serions en cela indépendants de lui; et que ferait
Dieu, dit-on, pendant que nous agirions nous-mêmes?
Je réponds à cela deux choses : 1° ce que Dieu fait
lorsque les hommes agissent, ce qu'il faisait avant
qu'ils fussent, et ce qu'il fera quand ils ne seront plus;
2° que son pouvoir n'en est pas moins nécessaire à la
conservation de ses ouvrages, et que cette communication qu'il nous a faite d'un peu de liberté ne nuit en
rien à sa puissance infinie, puisqu'elle même est un
effet de sa puissance infinie. On objecte que nous
sommes emportés quelquefois malgré nous, et je
réponds : Donc nous sommes quelquefois maîtres de
nous. La maladie prouve la santé, et la liberté est la
santé de l'âme. »

Maintenant que Voltaire nous fait libres vis-à-vis de
Dieu, il veut nous faire libres vis-à-vis du pape, vis-à-vis
du roi, vis-à-vis de l'opinion. Nous n'avons qu'un

maître; c'est notre conscience, cette parcelle de Dieu tombée en nous.

Voltaire, qui n'est pas panthéiste, trouve dans la nature l'âme de Dieu, et veut que l'amour de Dieu remplisse le monde. Mais on a allumé assez de bûchers, et l'inquisition a fait son temps. Voltaire ne veut plus entendre les matines de la Saint-Barthélemy. Il permet à Galilée de tourner autour du soleil, et à Spinosa de voir Dieu partout, — ou même de ne le trouver nulle part.

S'il condamne les athées, c'est qu'ils sont armés pour faire le mal. « Une société particulière d'athées, qui ne disputent rien, et qui perdent doucement leurs jours dans les amusements de la volupté, peut durer quelque temps sans trouble; mais si le monde était gouverné par des athées, il vaudrait autant être sous l'empire immédiat de ces êtres infernaux qu'on nous peint acharnés contre leurs victimes. En un mot, des athées qui ont en main le pouvoir seraient aussi funestes au genre humain que des superstitieux. Entre ces deux monstres la raison nous tend les bras. »

La raison! pourquoi Voltaire ne dit-il pas Dieu?

Il revient plus d'une fois sur ce thème. « Le fanatisme est certainement mille fois plus funeste que l'athéisme; car l'athéisme n'inspire point de passion sanguinaire, mais le fanatisme en inspire; l'athéisme ne s'oppose pas aux crimes, mais le fanatisme les fait commettre. Supposons avec l'auteur du *Commentarium rerum gallicarum*, que le chancelier de L'Hospital

fut athée; il n'a fait que de sages lois, et n'a conseillé
que la modération et la concorde : les fanatiques com-
mirent les massacres de la Saint-Barthélemy. Hobbes
passa pour un athée; il mena une vie tranquille et
innocente : les fanatiques de son temps inondèrent de
sang l'Angleterre, l'Écosse et l'Irlande. Spinosa en-
seigna l'athéisme : ce ne fut pas lui assurément qui
eut part à l'assassinat juridique de Barneveldt; ce ne
fut pas lui qui déchira les deux frères de Witt en morceaux et qui les mangea sur le gril. Je ne voudrais
pas avoir affaire à un prince athée qui trouverait son
intérêt à me faire piler dans un mortier : je suis bien
sûr que je serais pilé. Je ne voudrais pas, si j'étais
souverain, avoir affaire à des courtisans athées dont
l'intérêt serait de m'empoisonner : il me faudrait prendre au hasard du contre-poison tous les jours. Il est
donc absolument nécessaire, pour les princes et pour
les peuples, que l'idée d'un Être suprême, créateur,
gouverneur, rémunérateur et vengeur, soit profondément gravée dans les esprits. Il y a des peuples athées,
dit Bayle dans ses *Pensées sur les comètes*. Les Cafres,
les Hottentots, les Topinambous, et beaucoup d'autres
petites nations n'ont point de Dieu : ils ne le nient ni
ne l'affirment; ils n'en ont jamais entendu parler.
Dites-leur qu'il y en a un, ils le croiront. Dites-leur
que tout se fait par la nature des choses, ils vous croiront de même. Prétendre qu'ils sont athées est la même
imputation que si l'on disait qu'ils sont anticartésiens :
ils ne sont ni pour ni contre Descartes. Ce sont de

21

vrais enfants : un enfant n'est ni athée ni déiste ; il
n'est rien. »

Et Voltaire conclut que puisqu'il y a un Dieu, il faut
croire en Dieu [*].

Quand Voltaire avait passé trois heures dans sa
bibliothèque, il allait se reposer dans son parc, sous
quelque ramée chantante, où la nature, qui ne parle
ni hébreu, ni grec, ni latin, comme a dit Malebranche,
lui prouvait, dans son éloquence, le néant des systèmes.
« O mon Dieu ! je te cherche : où es-tu ? » disait-il
après une injure à Patouillet et avant une aumône faite
à deux mains, ne se rappelant pas sans doute les
paroles de saint Jean : « Quand nous verrons Dieu tel

[*] Les incrédules qui ont lu Voltaire lui ont prêté leur athéisme,
comme en politique les furieux de liberté lui ont prêté leur dé-
magogie. M. de Barante a relevé Voltaire des inconséquences de
ses écoliers sans discipline.

« Babouc, chargé d'examiner les mœurs et les institutions de
Persépolis, reconnaît tous les vices avec sagacité, se moque de
tous les ridicules, attaque tout avec une liberté frondeuse. Mais
lorsque ensuite il songe que de son jugement définitif peut ré-
sulter la ruine de Persépolis, il trouve dans chaque chose des
avantages qu'il n'avait pas d'abord aperçus, et se refuse à la
destruction de la ville. Tel fut Voltaire. Il voulait qu'il lui fût
permis de juger légèrement et de railler toute chose ; mais un
renversement était loin de sa pensée : il avait un sens trop droit,
un dégoût trop grand du vulgaire et de la populace, pour former
un pareil vœu. Malheureusement, quand une nation en est arrivée à philosopher comme Babouc, elle ne sait pas, comme lui,
s'arrêter et balancer son jugement ; ce n'est que par une déplo-
rable expérience qu'elle s'aperçoit, mais trop tard, qu'il n'aurait
pas fallu détruire Persépolis. »

qu'il est, nous serons semblables à lui, » ou les paroles
de saint Augustin sur la sagesse éternelle, qui ne parle
à la créature que dans le secret de sa raison. C'était
tous les jours pour Voltaire un nouveau voyage dans
les profondeurs plus ou moins ténébreuses, plus ou
moins étoilées. Il portait jusque dans les abîmes de la
pensée humaine le flambeau de la raison. Seulement,
tout émerveillé qu'il était par les hypothèses lumineuses de la philosophie, comme l'astrologue par les
étoiles dans le ciel nocturne, il se laissait tomber dans
le puits de la vérité et y éteignait son flambeau.

Si Dieu n'existait pas, il faudrait l'inventer.

C'est le cri d'un logicien qui veut gouverner le
monde. Voltaire, qui ne veut gouverner que sa raison,
commence par reconnaître la nécessité d'un Dieu, qui
est l'âme et la lumière du monde, qui sera la récompense des bons et le châtiment des méchants.

Il ne veut pas d'un Dieu tout fait; il veut créer son
Dieu comme tous les philosophes, ce qui fait que,
depuis le commencement du monde, c'est Dieu qui
est créé à l'image de l'homme.

Comme Socrate, Voltaire ose méconnaître les dieux
de son pays, il cherche Dieu hors de l'Église; il s'incline devant le Christ, mais sans plus d'émotion que
s'il passait devant Platon. Selon Platon, Dieu nous a
donné deux ailes pour aller à lui, l'amour et la raison.
Jésus dit que l'amour est la souveraine raison. Mais
Voltaire ne croit pas que l'amour dise le dernier mot,

et il interroge sa raison. « Si un catéchisme annonce
Dieu aux enfants, Newton le démontre aux sages. Le
mouvement des astres, celui de notre petite terre
autour du soleil, tout s'opère en vertu des lois de
la mathématique la plus profonde. Comment Platon,
qui ne connaissait pas une de ces lois, le chimérique
Platon, qui disait que la terre était fondée sur un
triangle équilatère, et l'eau sur un triangle rec-
tangle, l'étrange Platon, qui dit qu'il ne peut y avoir
que cinq mondes, parce qu'il n'y a que cinq corps
réguliers; comment, dis-je, Platon qui ne savait pas
la trigonométrie sphérique, a-t-il eu cependant un
génie assez beau, un instinct assez heureux pour
appeler Dieu l'*éternel géomètre,* pour sentir qu'il existe
une intelligence formatrice? Spinosa lui-même l'avoue.
Il est impossible de se débattre contre cette vérité qui
nous environne et qui nous presse de tous côtés. Mais,
où est l'éternel géomètre? Est-il en un lieu, ou en
tout lieu, sans occuper d'espace? je n'en sais rien.
Est-ce de sa propre substance qu'il a arrangé toutes
choses? je n'en sais rien. Est-il immense sans quantité
ou sans qualité? je n'en sais rien. Tout ce que je sais,
c'est qu'il faut l'adorer et être juste. »

C'est la parole du sage et non du chrétien. Plus
tard il cherchera et ne trouvera pas mieux l'image du
Créateur. « Si le Phlégéthon et le Cocyte n'existent
point, cela n'empêche pas que Dieu existe. Je veux
mépriser les fables et adorer la vérité. Si on m'a peint
Dieu comme un tyran ridicule, je ne le croirai pas

moins sage et moins juste. Je ne dirai pas, avec
Orphée, que les ombres des hommes vertueux se promènent dans les Champs-Élysées; je n'admettrai point
la métempsycose des pharisiens, encore moins l'anéan-
tissement de l'âme avec les sadducéens. Je reconnaî-
trai une Providence éternelle, sans oser deviner quels
seront les moyens et les effets de sa miséricorde et de
sa justice. Je n'abuserai point de la raison que Dieu
m'a donnée; je croirai qu'il y a du vice et de la vertu,
comme il y a de la santé et de la maladie; et enfin,
puisqu'un pouvoir invisible, dont je sens continuellement l'influence, m'a fait un être pensant et agissant,
je conclurai que mes pensées et mes actions doivent
être dignes de ce pouvoir qui m'a fait naître. »

En philosophie, c'est toujours la loi de Voltaire :
qu'il vaut mieux renoncer aux dogmes d'Épicure qu'à
la raison. Il n'a qu'un dogme : la raison. Mais il a le
tort de n'avoir pas d'autre loi en religion, là où le
sentiment, sur ses ailes de flamme, s'élance au delà
des mondes, pendant que la raison chemine toujours
sur la terre. Comment montera-t-il jusqu'à Dieu? « Il
y a l'infini entre Dieu et nous. » Est-ce avec le compas
de la géométrie qu'il mesurera les espaces? En vain il
va de Lucrèce à Spinosa, n'étudiant que le monde
visible et cherchant le grand mot dans la nature. Mais
il se détourne et lève les yeux : « Nous ignorons ce qui
pense en nous. » Il appelle Dieu, il croit au lendemain
de sa vie : « Nous ne pouvons savoir si cet être inconnu ne survivra pas à notre corps. » Il reconnaît

que ce n'est pas seulement M. de Voltaire qui pense
en lui; il est possédé d'un esprit qui a vécu et qui
vivra, une monade, une flamme, un démon, un dieu,
et il décide que « l'immortalité de l'âme n'est pas une
vérité probable, mais une vérité mathématique. Dieu
est sage, il proportionne les moyens à la fin; or la
destinée de l'âme est immense, et la vie physique
mesurée à quelques jours. Dieu est juste; il donne à
chacun selon ses œuvres; or, toute punition et toute
récompense n'est pas donnée ici-bas*. »

Les ennemis de Voltaire l'expliquent à leur gré,
comme les impies expliquent l'Évangile. On le prend
au mot sur une lettre ou une satire échappée à la
colère du moment; on le condamne, grâce à une contradiction inspirée un jour de bataille. Avant tout,
Voltaire était poëte; il croyait à ses vers; il ne prévoyait pas qu'on réimprimerait après lui sa polémique
en prose. On n'a fait grâce à sa personne d'aucun
billet, même des billets de confession. Dans sa poésie,
comment parle-t-il à Dieu au bord de la tombe?

> O Dieu qu'on méconnaît, ô Dieu que tout annonce,
> Entends les derniers mots que ma bouche prononce!
> Si je me suis trompé, c'est en cherchant ta loi;
> Mon cœur peut s'égarer, mais il est plein de toi.

> * Un calife autrefois, à son heure dernière,
> Au Dieu qu'il adorait dit pour toute prière :
> « Je t'apporte, ô seul roi, seul être illimité,
> « Tout ce que tu n'as pas dans ton immensité,
> « Les défauts, les regrets, les maux et l'ignorance.
> Mais il pouvait encore ajouter *l'espérance*.

Il cherchait la loi de Dieu, mais si la révélation lui
montrait la loi écrite, il brisait les tables de la loi.
C'est la justice de Dieu et non Dieu lui-même qui
remplit son cœur.

Son amour ne brûle pas du sacré enthousiasme,
c'est l'amour de Dieu, moins le sentiment divin ; aussi,
son Dieu n'a-t-il ni majesté ni poésie. C'est un Dieu
géomètre — l'éternel géomètre de Platon — moins
l'horizon radieux du philosophe grec. Voltaire ne veut
monter jusqu'à Dieu que par le chemin de la raison,
avec le compas de Newton, et non avec les ailes de
l'âme.

Il n'est spiritualiste qu'à mi-chemin. Tout en disant
à Spinosa les paroles de Bossuet : « Chez vous tout est
Dieu, excepté Dieu même, » il n'est pas éloigné d'adorer Dieu dans la nature ; il ne voit pas que la nature
est une œuvre divine, où le Créateur ne s'est pas plus
enfermé que Michel-Ange dans ses groupes. Il a des
aspirations vers le bien plutôt que vers le beau ; il ne
couronne pas la vérité des fleurs divines de l'idéal, il
est plus fanatique qu'enthousiaste de la raison.

Comment Voltaire aime-t-il Dieu ? Aimera-t-il Dieu
pour lui-même ?

« Les disputes sur l'amour de Dieu ont allumé autant
de haines qu'aucune querelle théologique. Les jésuites
et les jansénistes se sont battus pendant cent ans à qui
aimerait Dieu d'une façon plus convenable, et à qui
désolerait le plus son prochain. Dès que l'auteur du
Télémaque, qui commençait à jouir d'un grand crédit

à la cour de Louis XIV, voulut qu'on aimât Dieu d'une
manière qui n'était pas celle de l'auteur des *Oraisons
funèbres*, celui-ci, qui était un grand ferrailleur, lui
déclara la guerre et le fit condamner dans l'ancienne
ville de Romulus, où Dieu était ce qu'on aimait le
mieux après la domination, les richesses, l'oisiveté,
le plaisir et l'argent. Si madame Guyon avait su le
conte de la bonne vieille qui apportait un réchaud
pour brûler le paradis et une cruche d'eau pour éteindre
l'enfer, afin qu'on n'aimât Dieu que pour lui-même,
elle n'aurait peut-être pas tant écrit. Elle eût dû sentir
qu'elle ne pouvait rien dire de mieux. Mais elle aimait
Dieu et le galimatias si cordialement, qu'elle fut quatre
fois en prison pour sa tendresse. »

Voltaire prodiguait trop son cœur aux hommes pour
que ses expansions eussent le temps de chercher le
chemin du ciel. Il n'était pas de ceux qui s'agenouillent
comme Marie, et qui s'anéantissent aux pieds du Sauveur dans des extases infinies. Il voulait être lui-même
un sauveur sur la terre, et, comme Marthe, il s'occu-
pait de tant de choses qu'il remettait les affaires de
Dieu au lendemain.

L'horreur des ténèbres avait jeté de trop bonne heure
Voltaire dans ce plein midi de la raison qui supprime
les demi-teintes du sentiment. Quand le jour est plus
vif, le regard voit peut-être moins loin. Comme ces
jeunes filles de Lacédémone, habituées à être nues,
qui gardaient leur sagesse à la condition de perdre
leur pudeur, Voltaire, vis-à-vis de Dieu, s'est dépouillé

trop tôt de la robe de lin du lévite, et la sagesse du
philosophe n'a pas rayonné de tout son prisme, parce
qu'elle n'était pas emportée en avant par les saintes
vertus de l'enthousiasme. Dans son horreur du mal,
dans son amour du bien, il a les vertus de l'apôtre,
mais il n'en a pas la poésie. Il avait trop peur d'ense-
velir la vérité sous les symboles; il ne voulait pas,
comme la sibylle, que la forêt fût ténébreuse.

Chose étrange! le théologien qui succède à Bossuet,
ce tonnerre qui parle du ciel, c'est Voltaire, ce soleil
de la raison. C'est la même fureur de vérité. Ils dépen-
seront tous les deux leur vie à convaincre leur siècle.

Il y a la tradition de la foi et la tradition de l'histoire.
Bossuet ne connaît que l'histoire de Dieu sur la terre.
Voltaire ne connaît dans le ciel que l'histoire de
l'homme. Bossuet va de Dieu à l'homme, Voltaire de
l'homme à Dieu. L'homme de Voltaire est un exemplaire du Créateur aussi bien que l'homme de Bossuet.
Mais, tandis que l'évêque de Meaux le condamne à
porter sa croix, le pape de Fernex le relève du péché
originel et déclare qu'on s'est déjà trop égorgé pour
l'amour de Dieu. Il pleure de vraies larmes sur les
quatre-vingt-dix mille victimes de la Saint-Barthélemy.
« Il est bon, pourtant, que de si grands exemples de
charité n'arrivent pas trop souvent. Il est beau de
venger la religion, mais, pour peu qu'on lui fît de tels
sacrifices deux ou trois fois chaque siècle, il ne reste-
rait enfin personne sur la terre pour servir la messe. »

Bossuet avait rappelé Dieu dans l'Église, mais Dieu

ne descendait plus tous les jours, quand Voltaire y
chercha des inspirations. Et Voltaire arma l'ange de la
paix pour faire la guerre à l'Église, pour fouetter les
sept péchés capitaux qui ont pris pied dans la maison
du Seigneur, pour inscrire sur le fronton : *Liberté de
conscience*; pour chasser le mauvais prêtre qui veut
que son royaume soit de ce monde, pour prêcher dans
la chaire des abbés de cour sa justice et sa charité,
pour tuer l'inquisition : « Il n'en reste plus que le
nom, s'écriera-t-il bientôt, c'est un serpent dont on
vient d'empailler la peau. »

Et quand l'Église s'indignait d'être ainsi violée dans
sa force, Voltaire lui criait : « Je n'agiterais pas dans
ton sein mon glaive de feu, si tu étais restée l'épouse
fidèle de Jésus-Christ. Mais tu as trahi Dieu, et je viens
au nom de Dieu, armé de son amour, châtier la femme
adultère, qui laisse mendier à sa porte pendant qu'elle
festoie avec le bien des pauvres. » C'a été une des
forces de Voltaire de parler toujours au nom des vertus
chrétiennes. C'a été sa force contre l'Église que de lui
prendre ses armes pour la combattre *.

---

* Ainsi avait fait Pascal. M. Edgard Quinet a dit : « Ce qui
fait de la colère de Voltaire un grand acte de la Providence, c'est
qu'il frappe, il bafoue, il accable l'Église infidèle par les armes
de l'esprit chrétien. Humanité, charité, fraternité, ne sont-ce pas
là les sentiments révélés par l'Évangile ! Il les retourne avec une
force irrésistible contre les violences des faux docteurs de l'Évangile. L'ange de colère verse, dans la Bible, sur les villes condamnées, tout ensemble le soufre et le bitume, au milieu des sifle-
ments des vents : l'esprit de Voltaire se promène ainsi sur la

Mais, dans l'aveuglement de son amour de Dieu,
— de son Dieu à lui, — il porta sa main, — ce jour-là
sacrilége, — sur le Dieu de tout le monde, sur
le Fils de Dieu. Il croyait le délivrer de sa couronne
d'épines, mais il fit saigner une fois de plus le front
du Sauveur.

Le génie humain s'élève toujours assez haut pour
comprendre que la parole de Jésus était la parole de
Dieu. Mais Voltaire ne savait pas lire l'Évangile. Mais
Voltaire n'admettait pas que la plus belle philosophie,
si elle n'a que des équations d'algèbre pour rem-
placer la victime du Calvaire, sera impuissante à
consoler Lazare et Madeleine *. Aussi n'a-t-il pas
connu l'homme dans sa grande figure, c'est-à-dire
l'homme divinisé.

Voltaire, qui disait qu'on ne fait rien de rien, prenait,
comme Prométhée, de l'argile pour faire des hommes,
quand le christianisme lui enseignait qu'il fallait

face de la cité divine. Il frappe à la fois de l'éclair, du glaive, du
sarcasme. Il verse le fiel, l'ironie et la cendre. Quand il est las,
une voix le réveille et lui crie : Continue! Alors il recommence,
il s'acharne ; il creuse ce qu'il a déjà creusé ; il ébranle ce qu'il a
déjà ébranlé ; il brise ce qu'il a déjà brisé ! car une œuvre si longue, jamais interrompue et toujours heureuse, ce n'est pas l'affaire seulement d'un individu ; c'est la vengeance de Dieu trompé,
qui a pris l'ironie de l'homme pour instrument de colère. »

* Voltaire lui-même, quand il est malade, blessé par un pam-
phlétaire ou blessé par la fièvre, s'exaspère jusqu'à perdre sa
philosophie. Pascal gagne la sienne à souffrir, parce que la souffrance lui apprend mieux le mystère de Jésus.

prendre la chair éternellement ressuscitée de Dieu. —
Ecce homo! — dit l'humanité en voyant le Christ, et le
trait d'union sublime qui marie le ciel à la terre.

Oportet hæreses esse : « Il faut qu'il y ait des hérésies, » a dit l'Apôtre ; et les siècles amoncelés lui ont
toujours donné raison. Le débat ne s'est pas interrompu, et dans un âge où les avocats de la foi ont
continué leurs controverses avec les protestants de la
conscience. Le jour où, à la tribune, un des plus vaillants soldats que l'Évangile ait comptés dans nos temps,
M. de Montalembert, s'écriait : « Nous sommes les fils
des croisés, et nous ne reculerons pas devant les fils
de Voltaire, » M. de Montalembert entrait dans le vrai
sens de la question éternelle ; et lui-même, en cette
déclaration de résistance, il concluait, comme le disciple du Sauveur, à la fatalité de ces hérésies, dont la
plus ardente et la plus vivace fut celle qui dure encore,
et qui pour pape revendique le roi Voltaire.

Combien de sages qui sont allés par delà les audaces
de Voltaire ! Lamennais a été plus amer que Candide
quand il s'est écrié : « Voulez-vous que je vous dise ce
que c'est que le monde ? une ombre de ce qui n'est
pas, un son qui ne vient de nulle part et qui n'a pas
d'écho, un ricanement de Satan dans le vide. »

On a dit de Voltaire : « Ce maître des philosophes
avait élevé un mur entre le ciel et lui. » Mais n'est-ce
pas avec les murs de l'Église, ruinée par les prêtres,
que Voltaire avait bâti son mur ? Et le mur s'élevait-il
plus haut que l'Église pour cacher le ciel ?

Et d'ailleurs, ce n'est pas un mur que Voltaire a
mis entre le ciel et lui, c'est la nature.

Voltaire restera seul grand parmi les grands hommes
de son siècle, parce qu'il s'est plus humilié que les
autres devant la nature, parce qu'il n'a pas voulu,
comme ses contemporains, refaire l'œuvre de Dieu
« Je m'en rapporte toujours à la nature, qui en sait
plus que nous. Je ne vois que des gens qui se mettent
sans façon à la place de Dieu, pour créer un monde
avec la parole. Qu'ils disent donc comme lui : *Fiat
lux!* » N'est-ce pas parler avec la vraie éloquence de
celui qui a créé toutes les lumières, la lumière du
monde et la lumière de l'esprit? Devant cette humilité
du philosophe, on est tenté de prendre en pitié la
lanterne sourde de tous ces Diogènes qui cherchent
Dieu dans l'homme; mais quand on voit Voltaire porter d'une main si ferme et lever si haut le flambeau
de la raison, on s'approche de lui avec respect et on
reconnaît que c'est quelquefois le feu du ciel qui brûle
dans sa main.

Oui, cet homme qui rit souvent, qui se perd à force
d'esprit, qui se retrouve à force de raison, est plus
près de la sagesse que les penseurs moroses, amers
ou majestueux de son siècle. Qui songe aujourd'hui à
habiter la Salente de Fénelon ou la forêt de Jean-Jacques? Qui voudrait vivre dans les royaumes ou dans
les républiques de l'abbé de Saint-Pierre, de Fontenelle, de l'abbé de Mably, de Holbach? Autant vaudrait vivre dans un rêve. Voltaire est toujours éveillé.

L'humanité trouverait toutes ses lois dans ses œuvres[*].
Aussi, à sa mort, il prévit que le temps n'était pas éloigné où la Sorbonne toute vivante rendrait moins de
décrets que Voltaire du fond de son tombeau.

Le Dieu de Voltaire est obscurci par les nuages de
la contradiction. La lumière humaine vacille toujours
dans les mains de l'homme.

Voltaire (n'est-ce pas une des faiblesses du génie
gentilhomme?) ne voulait pas à certains jours d'une
politique et d'une religion à l'usage de tout le monde.
Il songeait à créer une république de philosophes,
comme Platon avait créé la sienne. Il croyait que les
gueux devaient rester ignorants, pour n'avoir que les
aspirations de la nature. « La philosophie, disait-il,
ne sera jamais faite pour le peuple. La canaille d'aujourd'hui ressemble en tout à la canaille d'il y a quatre
mille ans[**]. » Il dit encore : « Nous n'avons jamais
voulu éclairer les cordonniers et les servantes. C'est le
partage des apôtres. » C'est le blasphème d'un grand

---

[*] « L'humanité, en effet, Voltaire ne travailla jamais, et c'est
sa grandeur pour un coin de l'espace, ou pour une heure du
temps. Mais n'est-ce pas là la gloire du dix-huitième siècle tout
entier? » Guizot.

[**] Voltaire, en 1791, eût peut-être émigré avec Rivarol. Il
s'est toujours un peu moqué des républiques. « Quand je vous
suppliais, écrivait-il au roi de Prusse, d'être le restaurateur des
beaux-arts dans la Grèce, ma prière n'allait pas jusqu'à vous
conjurer de rétablir la démocratie athénienne : je n'aime point le
gouvernement de la canaille. » Mais il aimait la canaille, ce fond
de douleur de l'humanité.

seigneur et non d'un philosophe. Mais tout en blasphé-
mant et tout en niant la canaille, Voltaire travaillait
pour Dieu et pour le peuple. Il dit quelque part des
apôtres : « Ces douze faquins. » Il fut, sans le savoir,
le treizième faquin.

Oui, le treizième faquin, lui qui prêchait la justice,
lui qui prêchait la paix, lui qui, dans le plus beau de
ses vers, proclame que Jésus-Christ

    A daigné tout nous dire en nous disant d'aimer

Et quand il parle ainsi de son rôle d'ouvrier dans
la vigne du Seigneur :

  Mais, de ce fanatisme ennemi formidable,
  J'ai fait adorer Dieu, quand j'ai vaincu le diable.
  Je distinguai toujours de la religion
  Les malheurs qu'apporta la superstition *.
  L'Europe m'en sut gré ; vingt têtes couronnées
  Daignèrent applaudir mes veilles fortunées,
  Tandis que Patouillet m'injuriait en vain.

---

* « Peut-être que parmi nous plus d'un eût agi comme Voltaire,
s'il eût vécu sous un système qui regardait Alexandre Borgia
comme un de ses guides spirituels ; un système qui maintenait
dans tous ses excès criminels une aristocratie empruntant une
partie de ses ressources aux dépouilles de l'autel ; un système qui
pratiquait la persécution comme moyen de conviction, et qui
jetait dans les flammes un enfant de dix-huit ans, accusé d'avoir
ri pendant que passait une procession de prêtres. Telles étaient les
effroyables erreurs et les abus qui se présentaient à l'esprit de
Voltaire lorsqu'il attaqua les superstitions romaines, et dévoila
le libertinage et l'intolérance du clergé usurpateur. » Lord
BROUGHAM.

J'ai fait plus en mon temps que Luther et Calvin.
On les vit opposer, par une erreur fatale,
Les abus aux abus, le scandale au scandale;
Parmi les factions ardents à se jeter,
Ils condamnaient le pape et voulaient l'imiter.
L'Europe par eux tous fut longtemps désolée.
Ils ont troublé la terre, et je l'ai consolée.

Souvent, là où le Christ finit l'œuvre d'amour, Voltaire commence l'œuvre de justice. Voltaire a écrit l'Évangile des droits de l'humanité quand on commençait à ne plus lire l'Évangile des droits de Dieu. Voltaire, qui a eu aussi dans sa vie des heures de rédemption, croyait que les derniers apôtres avaient dit leur dernier mot. Selon lui, l'Église envahissante masquait le ciel. On avait bâti un temple à Dieu pour cacher Dieu. Voltaire voulut montrer Dieu dans le cœur de l'homme. Du pied du Golgotha il dit de sa voix railleuse, amère et attendrie : « Ce n'est pas seulement Dieu que vous avez cloué là sur le gibet; que vous avez flagellé et couronné d'épines; que vous avez abreuvé de fiel et de vinaigre; que vous avez insulté jusque dans ses mortelles souffrances; ce n'est pas seulement Dieu qui pleure ses larmes et son sang depuis dix-huit siècles, c'est l'humanité. Dieu n'a sauvé que l'homme divin, je sauverai l'homme humain. »

Un jour tout sera bien, voilà notre espérance;
Tout est bien aujourd'hui, voilà l'illusion.

Tout sera bien, c'est le dernier mot de la philoso-

phie de Voltaire. « La Vérité est la fille du Temps. »
Dieu n'a pas voulu, quand il tira le monde du néant,
parachever son œuvre; il a daigné la remettre aux
mains de sa créature. Les grands sculpteurs et les
grands peintres, s'il est permis de les comparer au
Maître des maîtres, ont signé leurs chefs-d'œuvre
avant d'y avoir dit leur dernier mot. Il faut bien que
tout le monde soit content, même la critique. On ne
retouche pas aux œuvres des peintres et des sculpteurs, parce qu'on espère les surpasser, mais on retouche tous les jours d'une main pieuse à l'œuvre de
Dieu.

Tout homme porte en soi un exemplaire de l'infini;
tout homme naît avec les aspirations du beau et du
bien; tout homme meurt en regrettant les journées
perdues sans l'amour et sans la justice. Pendant que
la moisson jaunit et que la forêt chante, la raison travaille. C'est l'arche sainte lancée dans la mer des
siècles, qui marche, marche, marche toujours vers le
rivage. Le rivage n'est pas loin; la colombe est déjà
partie. Quand l'arche abordera, *tout sera bien*, car on
verra enfin descendre sur la terre la Vérité, la Raison
et la Justice, ces trois vertus théologales de la philosophie, qui sont les vertus théologales de l'Église de
Voltaire.

Pourquoi Voltaire a-t-il laissé l'Amour à la porte?
Pourquoi cette Église, comme le poëme de pierre des
architectures gothiques, ne s'élève-t-elle pas plus haut
dans les nues?

XV.

LES OEUVRES DE VOLTAIRE.

I.

Les œuvres de Voltaire se composent de soixante-dix volumes[*]. Son œuvre, c'est la raison armée d'esprit.

À son point de départ dans la vie, Voltaire semble avoir compris qu'il avait trop de chemin à faire pour descendre toujours au fond des choses, lui qui voulait régner à toutes les surfaces. En poésie comme en histoire, en histoire comme en philosophie, il ouvre

[*] Voltaire ne comptait pas. Il s'effrayait quelquefois de tant de papier sillonné. « Sans compter, disait-il, que je ferais un beau volume de mes sottises ! »

une glorieuse campagne; mais dès qu'il a pris quelques drapeaux, il crie victoire et court à d'autres
aventures. Il voyage à bride abattue sur les deux
hémisphères de la pensée. Rien ne l'arrête, il ira
partout, même quand il ne saura pas son chemin. Mais
connaîtra-t-il bien le pays parcouru? Non. Il a tout vu
à vol d'oiseau, avec le regard de l'aigle, il est vrai,
mais le vol de l'aigle est trop rapide. Comme l'aigle
aussi, il a osé regarder le soleil, mais le soleil ne
lui a-t-il pas donné plus d'éblouissement que de
lumière?

Au lieu de chercher la Muse dans la forêt ténébreuse
de l'inspiration, il l'a violée gaiement après souper,
sans bien savoir si c'était la Muse. Au lieu d'étudier
pieusement les archives du passé pour écrire l'histoire,
il inventait l'histoire. « On fait l'histoire, l'histoire
n'est jamais faite. » Dieu n'a-t-il pas créé le monde à
son image? Voltaire créait à l'image de son esprit.
Le philosophe était-il plus convaincu que le poëte et
l'historien, lui qui, tour à tour, riait de ses timidités
et surtout de ses audaces?

Ce qui domine dans son œuvre comme dans ses
œuvres, c'est le sentiment du bien plutôt que le sentiment du beau; car, pour le philosophe, le beau n'est
pas toujours le bien. Toutefois, j'essayerai de démon-
trer que le sentiment du beau, qui est le sentiment de
l'art, a aussi préoccupé Voltaire.

Winckelmann disait avec quelque raison : « La plupart des écrivains ne sont pas plus en état de parler

22.

des œuvres d'art que les pèlerins ne le sont de donner
une exacte description de Rome. » On avait la foi, on
n'avait pas les yeux. Les écrivains français réfugiés en
Hollande s'épuisaient en disputes théologiques et ne
dépensaient pas une heure devant Rembrandt, qui était
pourtant un fier théologien, et devant Ruysdaël, qui
chantait la poésie de l'œuvre de Dieu. Jean-Jacques
lui-même, Jean-Jacques, qui avait une palette si
lumineuse et un pinceau si vif, passait par Venise
sans voir les peintres vénitiens. S'il rapportait un
tableau de l'Adriatique, c'était un tableau à la Jean-
Jacques et non à la Giorgione.

Voltaire, avant que Diderot eût parlé, avait le
sentiment de l'art. A chaque page de ses lettres, on
voit qu'il aspire au pays des chefs-d'œuvre. Il dit sans
cesse qu'il ne veut pas mourir sans avoir reçu au
Vatican, non pas la bénédiction du pape, mais celle
de Michel-Ange, ce pape éternel de l'art moderne. Il
veut voir Titien à Venise, Raphaël à Rome. Il veut
voir à Pompéi et à Herculanum les vestiges de l'art
antique. Quoique toujours malade, il n'ira pas en
Italie pour le soleil, mais pour les enfants du soleil.
Que lui importe s'il souffre! c'est sa destinée. Son
esprit passe toujours avant son corps.

Voltaire proclame la suprématie universelle des arts
plastiques. « Il n'en est pas de la peinture comme de
la musique et de la poésie. Une nation peut avoir un
chant qui ne plaise qu'à elle, parce que le génie de sa
langue n'en admettra pas d'autres; mais les peintres

doivent représenter la nature, qui est la même dans
tous les pays *. »

Voltaire a jugé un peu de haut, dans son *Siècle de
Louis XIV*, les peintres français du dix-septième
siècle. Mais il a vu juste, comme presque toujours,
plus juste que Diderot jugeant les peintres du dix-
huitième siècle. Voltaire voyait par l'œil simple, Diderot
était trop artiste pour bien voir : la passion a toujours
des prismes devant les yeux. Que si, dans cent ans, on
consulte le jugement de nos meilleurs critiques contemporains sur les peintres du dix-neuvième siècle,
on s'apercevra, je le crains bien, qu'ils se sont plus
trompés que Voltaire.

---

* Voltaire s'élève contre les académies, parce que pour lui la
seule académie, c'est la nature; pour lui, le goût académique est
mortel; il restreint le talent au lieu de l'étendre :

« Les académies sont, sans doute, très-utiles pour former les
élèves, surtout quand les directeurs travaillent dans le grand
goût : mais si le chef a le goût petit, si sa manière est aride et
léchée, si ses figures grimacent, si ses tableaux sont peints comme
les éventails; les élèves, subjugués par l'imitation ou par l'envie
de plaire à un mauvais maître, perdent entièrement l'idée de la
belle nature. Il y a une fatalité sur les académies : aucun ouvrage
qu'on appelle académique n'a été encore, en aucun genre, un
ouvrage de génie : donnez-moi un artiste tout occupé de la crainte
de ne pas saisir la manière de ses confrères, ses productions
seront compassées et contraintes : donnez-moi un homme d'un
esprit libre, plein de la nature qu'il copie, il réussira. Presque
tous les artistes sublimes ou ont fleuri avant les établissements
des académies, ou ont travaillé dans un goût différent de celui
qui régnait dans ces sociétés. »

L'historien était en Prusse lorsqu'il écrivit le *Siècle de Louis XIV*. Il regrettait, pour parler des peintres, de ne pas revoir leurs tableaux; mais son vif souvenir lui permit de ne pas se tromper. Selon lui, Poussin est le peintre des penseurs, mais il lui reproche d'avoir outré le sombre du coloris de l'école romaine. Pour Voltaire, Le Sueur est un peintre qui avait élevé son art au plus haut point, mais qui mourut trop jeune. On méprise beaucoup Le Brun; Voltaire, tout en lui préférant Le Sueur, le reconnaît grand maître. « Son tableau de la *Famille de Darius*, qui est à Versailles, n'est point effacé par le coloris du tableau de Paul Véronèse, qu'on voit à côté. » Et Voltaire constate que par le dessin, la composition, la grandeur et le sentiment, on laisse derrière soi les peintres qui n'ont que leur palette. Il veut qu'il n'y ait de grands peintres que ceux-là qui travaillent pour être gravés.

Voltaire n'aime pas beaucoup Mignard, mais il salue avec sympathie Bourdon et Valentin. Non-seulement il proclame Rigaud un grand portraitiste, mais il signale comme un chef-d'œuvre digne d'être comparé aux tableaux de Rubens le tableau où Rigaud a représenté le cardinal de Bouillon ouvrant l'année sainte.

Où Voltaire se trompe, c'est devant le *Salon d'Hercule* de Lemoine, qu'il regarde avec trop d'enthousiasme comme une des grandes pages de l'histoire de l'art; mais il ne se trompe ni sur Desportes, ni sur Oudry, les peintres d'animaux; ni sur Raoux, ce

peintre inégal qui se souvient des Vénitiens et des
Flamands; ni sur les Boulogne, le bon Boulogne et
le mauvais Boulogne; ni sur Watteau, qui excelle dans
le gracieux, « comme Teniers a excellé dans le gro-
tesque; » ni sur Santerre, dont il vante les grâces et
les voluptés, dont le coloris « vrai et tendre » lui fait
chanter un hymne devant le tableau d'*Adam et Ève*.
où Santerre a représenté, après la lettre, Philippe
d'Orléans et la marquise de Parabère.

Dans une lettre au comte d'Argental, Voltaire s'indigne de voir la cour préférer le dernier des Coypel[*]
au dernier des Vanloo. Il s'indigne avec raison; car,
entre le peintre prétentieux qui se laissait comparer
à Raphaël, et le peintre sans prétention qui peignait
d'immortels déjeuners de chasse avec un pinceau parisien et une palette flamande, il y avait tout un abîme.

Voltaire croyait que le dix-huitième siècle l'empor-
terait par le ciseau sur le siècle de Louis XIV.

Il attendait son voyage à Rome pour avoir une opi-
nion sur l'architecture; il admirait la colonnade du
Louvre, mais il ne levait jamais les yeux sur Notre-
Dame de Paris. S'il vante la façade de Saint-Gervais,

---

[*] Coypel, qui croyait écrire avec son pinceau et peindre avec
sa plume :

> On dit que notre ami Coypel
> Imite Horace et Raphaël,
> A les surpasser il s'efforce :
> Et nous n'avons point aujourd'hui
> De rimeur peignant de sa force,
> Ni peintre rimant comme lui.

c'est qu'il a demeuré rue de Longpont. Il avait mieux
étudié la gravure. Il possédait beaucoup d'estampes
d'après les écoles italienne, flamande et française. Il
aimait les ciselures, les médailles, les montres, les
éventails. On consultait son goût chez le duc de Sully,
chez la marquise de Mimeure, chez le maréchal de
Villars, sur les tentures, les tapisseries [*], les porcelaines. Dans les jardins, quoiqu'il appréciât Le Nôtre,
il ne voulait pas, comme Boileau, qu'on taillât sous
ses yeux l'if et le chèvrefeuille.

Voltaire aimait les beaux livres et se préoccupait de
l'art typographique. Il veillait sur les éditions de ses
œuvres avec une sollicitude jalouse. Non-seulement il
désignait les peintres et les dessinateurs pour les
estampes, mais il rédigeait lui-même les sujets à
graver.

Il disait sans cesse, en traversant le vieux Paris,
sans air et sans soleil, qu'il lui semblait plutôt un re-
paire de truands qu'un pays habité par le peuple le

---

[*] Voltaire voulut avoir la *Henriade* en tapisserie. Il écrivit de
Cirey à l'abbé Moussinot :

« Allez donc, mon cher ami, dans le royaume de M. Oudry.
Je voudrais bien qu'il voulût exécuter la *Henriade* en tapisserie ;
j'en achèterais une tenture. Il me semble que le temple de
l'Amour, l'assassinat de Guise, celui de Henri III par un moine,
saint Louis montrant sa postérité à Henri IV, sont d'assez beaux
sujets de dessins : il ne tiendrait qu'au pinceau d'Oudry d'immor-
taliser la *Henriade* et votre ami. »

Mais son trésorier l'avertit que cette édition de la *Henriade* le
ruinerait, et il y renonça.

plus spirituel de la terre : « Quand donc un autre
Louis XIV bâtira-t-il le Versailles du peuple? C'était
en vain qu'il parlait de Paris aux ministres et aux
maîtresses du roi; on lui répondait que le Trianon
était un séjour charmant. Et Voltaire s'écriait avec
chagrin : « S'il ne se trouve ni un roi ni un homme
pour rebâtir Paris, il faut pleurer sur les ruines de
Jérusalem. »

Et quand il voit que Louis XV ne bâtira ni Versailles
ni Paris, qu'il se contentera d'édifier la Madeleine,
pour que toutes ses maîtresses aillent y répandre un
jour les larmes de la pénitence, Voltaire s'adresse aux
Parisiens eux-mêmes. Il leur rappelle que Londres,
consumée par les flammes, se releva en deux années
devant les bravades de toute l'Europe, qui lui disait :
« Dans vingt ans tu ne seras encore qu'une ruine [*]. »

---

[*] « Nous possédons dans Paris de quoi acheter des royaumes :
nous voyons tous les jours ce qui manque à notre ville, et nous
nous contentons de murmurer. On passe devant le Louvre et on
gémit de voir cette façade, monument de la grandeur de Louis XIV,
du zèle de Colbert et du génie de Perrault, cachée par des bâti-
ments de Goths et de Vandales. Nous courons aux spectacles, et
nous sommes indignés d'y entrer d'une manière si incommode et
si dégoûtante. Nous n'avons que deux fontaines dans le grand
goût, et il s'en faut bien qu'elles soient avantageusement placées :
toutes les autres sont dignes d'un village. Des quartiers immenses
demandent des places publiques, et tandis que l'arc de triomphe
de la porte Saint-Denis et la statue équestre de Henri le Grand,
ces deux ponts, ces deux quais superbes, ce Louvre, ces Tuileries, ces Champs-Élysées égalent ou surpassent les beautés de

Voltaire s'est indigné, lui aussi, de voir le Louvre inachevé :

> Monument imparfait de ce siècle vanté
> Qui sur tous les beaux-arts a fondé sa mémoire,
> Vous verrai-je toujours, en attestant sa gloire,
> Faire un juste reproche à sa prospérité?
>
> Faut-il que l'on s'indigne alors qu'on vous admire;
> Et que les nations qui veulent nous braver,
> Fières de nos défauts, soient en droit de nous dire
> Que nous commençons tout pour ne rien achever?
>
> Sous quels débris honteux, sous quel amas rustique
> On laisse ensevelis ces chefs-d'œuvre divins!
> Quel barbare a mêlé la bassesse gothique
> A toute la grandeur des Grecs et des Romains?
>
> Louvre, palais pompeux dont la France s'honore,
> Sois digne de ce roi, ton maître et notre appui;
> Embellis les climats que sa vertu décore,
> Et dans tout ton éclat montre-toi comme lui.

L'ancienne Rome, le centre de la ville, obscur, resserré, hideux, représente le temps de la plus honteuse barbarie.

« A qui appartient-il d'embellir la ville, sinon aux habitants? On parle d'une place et d'une statue du roi; mais depuis le temps qu'on en parle, on a bâti une place dans Londres, et on a construit un pont sur la Tamise. Il est temps que ceux qui sont à la tête de la plus opulente capitale de l'Europe la rendent la plus commode et la plus magnifique. Ne serons-nous pas honteux à la fin de nous borner à de petits feux d'artifice vis-à-vis un bâtiment grossier, dans une petite place destinée à l'exécution des criminels? Qu'on ose élever son esprit, et on fera ce qu'on voudra. Il s'agit bien d'une place! il faut des marchés publics, des fontaines, des carrefours réguliers, des salles de spectacle; il faut élargir les rues, découvrir les monuments qu'on ne voit point, et en élever qu'on puisse voir. »

Les vers de Voltaire, écrits sur les genoux de madame de Pompadour, qui décorait la vertu de Louis XV,
ne firent pas continuer le Louvre. En ce temps-là,
Paris était à Versailles, et le palais des chefs-d'œuvre
était le Parc-aux-Cerfs.

II.

Que redirai-je en feuilletant une fois encore ces
œuvres de Voltaire, que ne protègent ni les dieux ni
les Muses peut-être, mais qui ont donné au monde
poétique un dieu et une Muse de plus?

Voltaire, comme l'a dit un historien, est toute la
poésie du dix-huitième siècle. Ce qui ne l'oblige pas à
être un grand poëte.

Quand Arouet se baptisa Voltaire, la place était à
prendre dans la poésie. Il n'avait qu'à paraître avec ses
rayons lumineux pour chasser dans le ciel nocturne
toutes ces étoiles plus ou moins scintillantes qui s'ap-
pelaient Chaulieu, Hamilton, Dufresny, Jean-Baptiste
Rousseau, l'abbé de Choisy, Destouches, Piron, La
Motte. A sa première tragédie, quelque mauvaise qu'elle
fût, il devait vaincre Crébillon le tragique. Campistron
s'était vaincu lui-même. A sa première épitre il devait
vaincre Chaulieu, qui s'en allait, et Gresset, qui venait.
Mais il ne devait pas atteindre André Chénier, ni Lamartine, ni Victor Hugo. Il n'avait pas, comme disait Pindare, « la chaste lumière des muses sonores ».

J'ai dit que Voltaire n'avait pas écrit ses confessions;

il a mieux fait, il les a chantées. Dans sa poésie familière, il est personnel et intime comme les muses les
plus expansives du dix-neuvième siècle.

Il aimait mieux les figures de l'Olympe que les
figures de la Bible, mais il n'est pas plus olympien
que biblique. Il est le poëte de son temps [*].

Voltaire, historien, faisait trop l'histoire, mais il la
faisait à la manière de Xénophon et de Tite-Live [**].
Et puis, à côté du lumineux historien des faits, qui

[*] Je ne sais pas s'il a lu beaucoup la Bible, j'en doute. Au
dix-huitième siècle, la poésie de la Bible passait après la poésie
de l'Olympe. « Je suis fâché, comme bon chrétien, disait Voltaire,
que le sacré n'ait pas le même succès que le profane; mais est-ce
ma faute si Jephté et l'arche du Seigneur sont mal reçus à
l'Opéra, lorsqu'un grand prêtre de Jupiter et une catin d'Argos
réussissent à la Comédie? »

[**] L'historien qui a raconté Cromwell avec la familiarité d'un
Bossuet doctrinaire avait le droit de caractériser l'historien de
Charles XII. « S'il mêlait les travaux, il ne confondait pas les
tons : il ne jeta sur Charles XII rien de la pompe un peu factice
qu'il donnait à ses Romains de théâtre. L'ouvrage est dans un
goût parfait d'élégance rapide et de simplicité. Pour les choses
sérieuses, les descriptions de pays et de mœurs, les marches,
les combats, le tour du récit tient de César bien plus que de
Quinte-Curce. Nul détail oiseux, nulle déclamation, nulle parure :
tout est net, intelligent, précis, au fait, au but. On voit les hommes
agir; et les événements sont expliqués par le récit. Il y a même
un rapport singulier et qui plaît entre l'action soudaine du héros
et l'allure svelte de l'historien. Nulle part notre langue n'a plus
de prestesse et d'agilité, nulle part on ne trouve mieux ce vif et
clair langage, que le vieux Caton attribuait à la nation gauloise,
au même degré que le génie de la guerre : *Duas res gens gallica
industriosissime persequitur, rem militarem, et argute loqui.* »

continue la tradition de la Grèce poétique, il y a chez
Voltaire l'historien philosophe dont M. de Pongerville a
résumé le génie en quelques traits décisifs : « Voltaire
trouva dans le passé des leçons pour l'avenir. Avec lui
l'histoire devint le tribunal où comparurent les oppres-
seurs et les opprimés ; on jugea les prétentions des uns et
les droits des autres. On se persuada, enfin, que l'homme
peut penser ce qu'il veut, et dire ce qu'il pense *. »

La nature, qui embaume les livres de Jean-Jacques,
ne montre pas un pan de sa robe dans ceux de Voltaire **, c'est la nature académique de Boileau qui
inspire le poëte de la *Henriade*.

---

* Voltaire joue donc un grand rôle comme historien. « La mission qu'imposait l'histoire au dix-huitième siècle — et à Voltaire
— était d'en finir avec le moyen âge ; il a rempli cette tragique
mission ; il n'a rempli que celle-là : un siècle, un seul siècle n'est
guère chargé de deux missions à la fois ; il a détruit, il n'a rien
élevé : il ne pouvait faire davantage. »

C'est M. Victor Cousin qui dit cela. M. Victor Cousin a-t-il
oublié que le dix-huitième siècle — que Voltaire — a fondé la
raison humaine ? — après Descartes.

Selon M. Victor Hugo, « Voltaire, comme historien, est souvent admirable ; il laisse crier les faits. L'histoire n'est pour lui
qu'une longue galerie de médailles à double empreinte. Il la
réduit presque toujours à cette phrase de son *Essai sur les mœurs :*
« Il y eut des choses horribles, il y en eut de ridicules. » En effet,
toute l'histoire des hommes tient là. Puis il ajoute : « L'échanson
Montecuculli fut écartelé ; voilà l'horrible. Charles-Quint fut déclaré rebelle par le parlement de Paris ; voilà le ridicule. »

** Toutefois, Voltaire écrivant ces vers :

> L'arbre qu'on a planté rit plus à notre vue
> Que le parc de Versailles et sa vaste étendue,

Dans toute la *Henriade*, la nature ne se montre pas
davantage. « Il n'y a pas, disait Delille, d'herbe pour
nourrir les chevaux, ni d'eau pour les abreuver. » Au
seizième siècle, la nature inspirait les poëtes; Boileau
vint, qui lui mit la perruque solennelle de la cour de
Louis XIV : ainsi, dans l'*Épître* à son jardinier, que
dis-je, jardinier? *Antoine, gouverneur de mon jardin
d'Auteuil,* Antoine *dirige* l'if et *exerce* sur les espaliers
l'*art de La Quintinie.* De là une note du poëte pour
expliquer cet hémistiche : « Jean de La Quintinie,
directeur des jardins fruitiers et potagers du roi. »
Une autre note avait déjà averti le lecteur que Boileau
n'eût pas daigné parler de son jardinier, si Horace
n'avait pas chanté son fermier. Comme Boileau était
écouté des poëtes de son temps, la poésie dédaigna au
dix-septième siècle la jupe rayée des hameaux et la
primevère des prairies, les cascades de la fontaine et
les harmonies de la forêt, les rêveries du sentier et les
spectacles de la montagne. Il fut décidé que le jardin
de Versailles était seul digne, grâce à ses ifs et à ses
statues, d'être chanté dans les grands vers. La Fontaine, qui n'écoutait personne, osa chanter la fumée
des fermes et la rosée des chemins. Par malheur,
Voltaire était de l'école de Boileau.

Voltaire jugeait vite et jugeait bien[*]. Il disait de

---

apprenait aux beaux désœuvrés le chemin des solitudes, comme
l'a dit poétiquement un prosateur : « En France, quand nous
revenons à la nature, il faut que la muse nous mène par la main. »

[*] Souvent avec un seul mot il peint un homme et son œuvre :

Rivarol : « C'est un feu d'artifice tiré sur l'eau. » Quoi
de plus original et de plus vrai que ce qu'il dit de
Marivaux : « C'est un homme qui connaît tous les sentiers qui aboutissent au cœur humain, mais qui n'en
sait pas la grand'route. » Nul mieux que lui ne déco-
chait l'épigramme. « *OEdipe*, s'écriait La Motte, c'est
le plus beau sujet du monde : il faut que je le mette
en prose. — Faites cela, dit Voltaire, et je mettrai
votre *Inès* en vers. » Parlant de Marmontel et de sa
Poétique : « Comme Moïse, il conduit les autres à la
terre promise, quoiqu'il ne lui soit pas permis d'y
entrer. » Il se moquait finement des jugements du
monde. Un jour, chez le prince de Conti, on déchi-
rait, avec quelque raison, les fables de La Motte en
vantant celles de La Fontaine. « A propos, dit Voltaire, je sais une fable de La Fontaine qui n'a jamais
été imprimée. — Comment! une fable de La Fontaine? dépêchez-vous donc de nous la dire. » Et Voltaire l'ayant dite : « Voilà de l'admirable! Ce n'est pas

*Gentil Bernard, l'abbé Greluchon, Babet la Bouquetière, Flo-
riannet,* et voilà quatre poëtes jugés. Et quel fin critique quand
il n'a pas à juger Shakspeare et Corneille : « Il y a dans tous les
arts un je ne sais quoi qu'il est bien difficile d'attraper. Tous les
philosophes du monde fondus ensemble n'auraient pu parvenir à donner l'*Armide* de Quinault, ni les *Animaux malades
de la peste* que fit La Fontaine sans savoir même ce qu'il faisait.
Il faut avouer que dans les arts de génie tout est l'ouvrage de
l'instinct. Corneille fit la scène d'*Horace* et de *Curiace* comme
un oiseau fait son nid, à cela près qu'un oiseau fait toujours
bien, et qu'il n'en est pas de même de nous autres chétifs. »

comme ces vilaines fables de La Motte ; que de naturel ! que de grâce ! — Eh bien ! messieurs, s'écria
Voltaire, cette fable charmante que vous admirez tous
est pourtant de La Motte*. »

Voltaire est presque abandonné au théâtre, parce
que, plus fidèle aux idées de son siècle qu'à l'idée
éternelle de la grandeur et de la beauté, il s'est fait
une arme de chacune de ses tragédies pour combattre
des préjugés qu'il a vaincus. Napoléon, qui pardonnait à Voltaire quand Talma jouait *OEdipe*, relisait
Mahomet à Sainte-Hélène. « Quand la pompe de la
diction, les prestiges de la scène ne trompent plus
l'analyse ni le vrai goût, alors Voltaire perd immédia-
tement mille pour cent. On ne croira qu'avec peine
qu'au moment de la révolution, Voltaire eût détrôné
Corneille et Racine : on s'était endormi sur les beautés
de ceux-ci, et c'est au premier consul qu'est dû le
réveil. » Mais Voltaire s'était lui-même rendu justice.
« Vous savez bien, fripon que vous êtes, écrit-il à Voisenon, que les tragédies de Crébillon ne valent rien,
et je vous avoue en conscience que les miennes ne
valent pas mieux ; je les brûlerais toutes si je pouvais ;

---

* Et comme il avait de l'imprévu dans son esprit familier ! On
contait dans un cercle des histoires de voleurs ; quand vint son
tour il parla ainsi : « Il était une fois un fermier général... J'ai
oublié le reste. »

Et un soir qu'on parlait de l'incorruptibilité du roi de Prusse :
« Par où diable, s'écria-t-il, pourrait-on prendre ce prince ? il
« n'a ni conseil, ni chapelle, ni maîtresse. »

et cependant j'ai encore la sottise d'en faire, comme
le président Hubert jouait du violon à soixante-dix ans,
quoiqu'il en jouât fort mal et qu'il fût cependant le
meilleur violon du parlement*. »

Faut-il parler des comédies de Voltaire? « Voltaire
n'a été bon plaisant que dans son propre rôle. » C'est
M. Villemain qui a dit cela. Toutefois, qui donc a le
droit de se montrer si sévère contre *Nanine* et l'*Enfant prodigue?* Alfred de Musset se retrouvait en famille dans la maison d'Euphémon, et *Louison* est la
petite-nièce de *Nanine*.

C'est dans ses contes qu'il faut surtout chercher
Voltaire : c'est là que son génie s'épanouit en toute
liberté; c'est là qu'il nous surprend par sa gaieté profonde et sa raison souveraine; c'est là qu'avec son rire
éclatant il nous jette la vérité à pleines mains : c'est
Rabelais, c'est Montaigne, c'est Voltaire **.

Il y a un chef-d'œuvre de Voltaire qui renferme tout
Voltaire : c'est *Candide*, un simple roman; mais ce
simple roman, c'est tout l'esprit français***, depuis la

---

* Dans ses *Études sur les tragiques grecs*, M. Patin a répandu
la vraie lumière sur la tragédie antique et la tragédie du dix-
huitième siècle; il a savamment expliqué pourquoi Voltaire ne
pouvait et ne savait continuer Sophocle.

** C'est aussi Swift, quand il conte *Micromégas;* c'est aussi
Richardson, quand il écrit le dénoûment de l'*Ingénu;* c'est aussi
Diderot, quand il fait pleurer *Jeannot et Colin*.

*** Tout l'esprit humain comme un autre roman, *Manon Les-
caut*, ce chef-d'œuvre qui date du même temps, renferme tout
le cœur humain.

23

LE ROI VOLTAIRE.

philosophie jusqu'à la grâce. Oui, tout Voltaire : l'imagination et la raillerie, la grandeur et la concision. La
simplicité s'y promène toute nue, mais avec les mains
pleines de roses et de diamants, comme la reine de
Golconde. Oui, tout l'esprit français est là. Que dis-je?
Swift et Sterne ont-ils plus d'humour? L'Arioste est-il
plus romanesque? Cervantes se joue-t-il mieux de la
folie et de la raison? Dans l'antiquité, qui donc eût
raconté ce poëme enjoué de la misère humaine? Voltaire, qui jusque-là s'était montré plutôt un dessinateur qu'un peintre, semble avoir trouvé, comme par
merveille, une palette préparée par un des rois de la
couleur. Comme sa touche est spirituelle et lumineuse!
Quelles oppositions! quels effets! quels miracles! Tous
ses tableaux sont étincelants d'une immortelle lumière.
C'est qu'il avait pris une torche de l'enfer pour regarder l'humanité de face et de profil. Le vieux Dante
n'était pas descendu si loin. L'humanité s'était laissé
surprendre un jour de colère sur son lit de douleur [*].

[*] « Voltaire sentait si bien l'influence que les systèmes méta-
physiques exercent sur la tendance générale des esprits, que c'est
pour combattre Leibniz qu'il a composé *Candide*. Il prit une
humeur singulière contre les causes finales, l'optimisme, le libre
arbitre, enfin, contre toutes opinions philosophiques qui relèvent
la dignité de l'homme; et il fit *Candide*, cet ouvrage d'une gaieté
infernale : car il semble écrit par un être d'une autre nature
que nous, indifférent à notre sort, content de nos souffrances,
et riant comme un démon, ou comme un singe, des misères de
cette espèce humaine avec laquelle il n'a rien de commun. »
MADAME DE STAËL.

Voltaire n'est pas seulement dans ses contes, il est dans toute son œuvre ; les ébauches mêmes indiquent la main puissante d'un grand maître ; le plus mauvais de ses pamphlets est encore digne de nos études, comme la plus simple de ses lettres, datée d'une heure ou d'un jour, est écrite pour l'immortalité.

Aujourd'hui que la langue française est devenue un labyrinthe où la pensée ne tient pas toujours le fil d'Ariane, ce style de Voltaire nous frappe et nous séduit comme un beau rayon de lumière. Rien n'est plus franc, rien n'est plus simple, rien n'est plus beau ; jamais l'esprit et la raison n'ont si bien marché du même pas. Il ne lui manque rien, si ce n'est la grandeur qui naît du sentiment. « Voltaire rit de tout, dit M. de Sacy ; mais un vers dur le fait sauter sur son fauteuil ; une faute de goût le met en colère même contre une impiété, et la seule chose qu'il ne pardonne pas à un philosophe, c'est de mal écrire. Vous haussez les épaules de cette passion pour les mots ? Eh bien, avec votre dédain pour ces futilités littéraires, ayez, je vous prie, la grâce et la légèreté de Voltaire ; écrivez avec plus de naturel et de liberté que lui ; faites pétiller plus d'idées dans un style plus coulant et plus simple ! Le style, c'est la beauté de la pensée, comme les bois, les eaux, la lumière, sont les beautés du monde. » Le style de Voltaire, c'est la beauté de sa pensée. Il avait horreur des phrases. « Vos belles phrases ! lui dit-on un jour. — Mes belles phrases ! mes belles phrases ! Apprenez que je n'en ai pas fait

23.

une de ma vie. » — Quel éloge de lui-même! quelle
critique des autres !

III.

Pour bien juger un homme, il faut, après l'avoir
vu à distance, aller jusqu'à lui, évoquer, comme disait
Bacon, le génie de son temps, se faire pour une heure
un homme de son siècle. Après toutes les métamorphoses provoquées par Voltaire, dans la France des
idées, les armes de cet impitoyable combattant nous
paraissent émoussées, à nous critiques d'un autre
siècle; mais si par enchantement nous allions nous
réveiller sous le règne de Louis XV, combien ne
serions-nous pas émerveillés de l'héroïsme téméraire
de cet homme qui fut longtemps seul de son parti! En
effet, quelle était la France de Louis XV, la France
des idées, la tête de la nation? Aux beaux jours de
l'antiquité, le penseur n'avait qu'à dire à sa pensée :
« Va, le jour est venu. » Mais en l'an de grâce 1750,
trois siècles après la découverte de l'imprimerie, la
pensée du philosophe rencontrait à chaque pas une
sentinelle qui lui disait : « On ne passe pas. » Le livre
ne s'envolait pas comme un oiseau de la fenêtre du
penseur; il était soumis au censeur, à l'exempt, à
l'humeur du ministre, à la critique du confesseur, à
la fantaisie de la maîtresse, le ministre ne parlant
qu'après la maîtresse et le confesseur. On sait trop
bien que Voltaire et Jean-Jacques, d'Alembert et

Diderot n'avaient pas, comme Molière et Corneille, approbation et privilége du roi. Si Voltaire secouait ses mains pleines de lumières, c'était hors de France, dans les marais de la Hollande, dans les brouillards de l'Angleterre, dans les déserts de la Suisse. Si une seule fois le censeur laissait passer une œuvre de Voltaire; cette œuvre s'appelait la *Princesse de Navarre* ou le *Poëme de Fontenoy!* Mais si Voltaire ose penser, halte là! on a commencé par la Bastille, on a continué par l'exil, on va finir je ne sais où. En attendant, Voltaire, gentilhomme du roi de France, ami du roi de Prusse et de l'impératrice de Russie, prend des pseudonymes pour oser dire la vérité. Ce n'était qu'un jeu, direz-vous cent ans après, tout en souriant des folies de Louis XV. C'était si peu un jeu, que Voltaire, malgré sa témérité, passa toute sa vie aux portes de la France, lui qui tenait au cœur de la France. C'était si peu un jeu, que Voltaire, mort, n'eut que par surprise un tombeau dans sa patrie.

Voltaire a dit : « Si quelqu'un veut se donner la peine de nous répondre, ce sera un Prométhée qui nous apportera le feu céleste. » Voltaire voulut s'appeler Prométhée II, mais il lui manqua le feu céleste.

Voltaire est plus grand que sa philosophie, parce qu'il y a en lui plus qu'un philosophe; il y a en lui plus qu'un poète, il y a un homme. Si Dieu ne rayonne pas comme le soleil de l'infini dans la sagesse du philosophe ni dans les vers du poëte, Dieu inspire l'homme vers la vérité et la justice.

Le mot qui résumerait le plus nettement le génie
de Voltaire serait la raison. Toutes ses œuvres sont là
pour l'attester, poésie ou prose, poëme ou pamphlet,
tragédie ou conte. Cette raison sans merci nous a
supprimé bien des pages charmantes où son esprit eût
si luxueusement doré les arabesques de la fantaisie.
Oui, la raison, cette vigne sans ivresse où se sont
abreuvés Charron, Montaigne, Molière, La Fontaine.
La raison, n'est-ce pas le sentiment du beau et du
bien? n'est-ce pas la corne d'abondance d'où tombent
tous les fruits du génie? Est-ce avec autre chose que
Voltaire a produit des chefs-d'œuvre littéraires et
remué l'humanité? N'est-ce pas avec la raison qu'il a
vaincu les mauvais philosophes et les mauvais dévots?

Dans l'œuvre de Voltaire, la raison se montre à
chaque pas, comme une âme qui éclaire et qui anime.
Il y a un poëte qui chante, mais il y a aussi un homme
qui va dire la vérité. Ce n'est point assez de parler la
langue des dieux, il veut parler aussi la langue des
hommes. « Sa prose est une épée; elle brille, elle
siffle, elle pousse en avant, elle tue, » a dit M. Désiré
Nisard. C'est avec cette épée flamboyante qu'il traverse
l'histoire, la philosophie et la religion, répandant la
lumière et combattant l'erreur — souvent par l'erreur.

En poésie, dans la poésie de Voltaire lui-même, la
raison a souvent tort, car la raison proscrit l'enthousiasme et la témérité. Or y a-t-il un grand poëte sans
ces deux majestueux défauts? Voltaire n'a pu se sauver
que dans le conte, l'épître et la satire. Là, c'est

l'esprit qui parle dans toute sa grâce, dans tout son feu, dans tout son charme. Quelquefois la fantaisie vient d'un pied léger se hasarder dans le domaine de Voltaire; elle y chante le *Mondain*, elle y dit *les Vous et les Tu*. Mais presque toujours, dans cette poésie étincelante, l'esprit seul a la parole.

Si la raison a tort dans la poésie qui s'élève sur les ailes de la rêverie et de l'enthousiasme, la raison reprend bien sa place dans la poésie qui raisonne tout en rimant, dans la poésie qui parle à l'idée tout en parlant au sentiment. Ainsi, n'est-ce pas la raison qui a présidé à ces tragédies, ces contes, ces épîtres, où Voltaire court de rime en rime à la recherche de la vérité?

Suivez pas à pas cette raison par toutes ses routes fertiles : en philosophie, elle a créé la critique; elle a saisi hardiment, d'une main impitoyable, le côté ridicule de toutes les philosophies qui s'étaient pavanées ici-bas dans leur robe de pourpre ou dans leurs guenilles. En politique, la raison de Voltaire produit l'amour de la patrie et l'amour de la liberté; elle relève l'homme à sa hauteur, elle proscrit les traces dernières de la féodalité, elle glorifie la noblesse du cœur et de l'esprit*. En religion, la raison de Voltaire se passionne; mais n'est-ce pas souvent la raison? S'il est allé trop loin, c'est qu'il pressentait qu'il per-

---

* C'est l'école de Voltaire en politique qui a dit, par la bouche éloquente de l'un des siens : « Le problème n'est pas de supprimer le mal ou de transformer le monde, mais de faire prévaloir le bien dans le monde tel qu'il est. »

drait du terrain. N'écrivait-il pas à d'Alembert : « Le temps fera distinguer ce que nous avons pensé d'avec ce que nous avons dit? »

Et quand on a lu Voltaire, quand on a vécu sa vie, quand on a étudié ce grand homme dans son œuvre comme dans ses œuvres, on dit avec Gœthe : « On n'est point surpris que Voltaire se soit assuré en Europe, sans contestation, la monarchie universelle des esprits : ceux mêmes qui auraient eu des titres à lui opposer reconnaissaient sa suprématie, et donnaient l'exemple de n'être que les grands de son empire. Depuis sa mort, la renommée fait encore retentir d'un pôle à l'autre le bruit de sa gloire immortelle. Voltaire sera toujours regardé comme le plus grand homme en littérature des temps modernes, et peut-être même de tous les siècles; comme la création la plus étonnante de l'auteur de la nature, création où il s'est plu à rassembler une seule fois, dans la frêle et périlleuse organisation humaine, toutes les variétés du talent, toutes les gloires du génie, toutes les puissances de la pensée. »

Que dire après Gœthe, celui-là qui a continué le dix-huitième siècle en plein dix-neuvième siècle?

XVI.

LA DYNASTIE DE VOLTAIRE.

Où commence et où finit Voltaire? Les libraires ne parviendront jamais à publier ses œuvres complètes. On a eu beau aller jusqu'à soixante-dix volumes, on a beaucoup omis. Le tome LXXI des œuvres de Voltaire, c'est la révolution française; le tome LXXII, c'est l'esprit nouveau.

Byron a dit, parlant de son héros Napoléon Ier : « L'homme peut mourir, l'âme se renouvelle. » Napoléon III a dit : « Les grands hommes ont cela de commun avec la Divinité, qu'ils ne meurent jamais. »

Voltaire ne mourut pas en 1778.

On a dit que la Révolution française avait été l'apôtre du dix-neuvième siècle. Or la Révolution française a été la parole armée de Voltaire. Un instant, la royauté

et l'Église respirèrent, en croyant que six pieds de
terre devaient avoir enfin raison de ce révolutionnaire,
qui était venu, avec son rire satanique, promener la
torche ardente du libre examen devant leurs monuments foudroyés. Mais Voltaire, qui était un esprit et
non un corps, venait de sortir plus radieux des ténèbres
du tombeau. Il avait jeté ses guenilles au vent pour
aller plus vite dans l'espace : le soleil avait dévoré le
nuage.

Non, Voltaire ne dort pas là-bas sous les dalles
tumulaires de cette abbaye obscure. Son esprit, jusque-
là enchaîné dans la prison d'un corps maladif qui lui
imposait le tourment du sommeil, son esprit est
réveillé pour jamais. On aura beau faire, on ne l'at-
teindra pas. Il défie maintenant toutes les bastilles et
tous les bûchers.

Et de tous côtés fleurira le voltairianisme. Le nouveau monde va devenir le monde nouveau, avec le
catéchisme de Voltaire.

Pendant que Ducis lui succède à l'Académie française, Beaumarchais le remplace dans son œuvre révolutionnaire. En France, c'est l'esprit qui tue, quand
c'est la raison qui arme l'esprit. Le *Mariage de Figaro*,
c'est la révolution avant la révolution, parce que
c'est le tableau d'une société qui tombe d'elle-même.
Beaumarchais arracha les masques un jour de fête, et
toute la France se reconnut. Mais, comme la fête
durait encore, la France rit gaiement d'elle-même sans
s'effrayer du danger. Que dis-je? à cette belle heure

du carnaval, elle regardait l'abîme avec je ne sais
quelle ivresse faite de courage, de poésie et d'imprévu;
elle y jetait ses couronnes et ses bouquets, ses sourires
et ses pâleurs, tous les souvenirs de la veille, toutes
les aspirations du lendemain; elle ne demandait qu'à
s'y jeter elle-même.

Voltaire avait commencé la guerre avec une gaieté
amère, Beaumarchais la finissait avec un éclat de rire.

Louis XVI, qui savait lire, et qui ne savait pas rire,
avait mis son *veto* sur cette comédie révolutionnaire;
mais Marie-Antoinette, qui voulait rire, la joua à
Trianon. Quand elle monta sur l'échafaud, ne se sou-
vint-elle pas que dans son règne il y avait eu aussi *la
folle journée*, comme dans le *Mariage de Figaro?*

Chamfort continuait Voltaire avec l'esprit voltairien.
Rivarol le continuait avec l'esprit qui rit de tout, de
Voltaire lui-même*. Mais le jour des tempêtes est
arrivé, Voltaire ne rira plus que sous le masque de
Camille Desmoulins, et encore l'espace d'un matin,
comme les roses de Ferney. Voici l'heure de toutes les
révoltes. 1789 a sonné le glas funèbre et les matines
joyeuses.

Napoléon Ier, qui n'aimait pas Voltaire, a pourtant
dû reconnaître que Voltaire avait préparé son peuple.
La France voltairienne et la France napoléonienne sont

---

* Voltaire a dit de Rivarol comme on avait dit de Voltaire :
« C'est le Français par excellence. » Voltaire disait plus justement encore : « C'est un Français d'Italie. »

la même France, avec deux Églises. Napoléon III a dit
de Napoléon Ier qu'il avait été l'exécuteur testamentaire
de la Révolution[*]. C'est une grande parole : or, qui
avait dicté le testament?

Voltaire et Napoléon ont fait le dix-neuvième siècle;
le premier, un grand esprit, a donné la lumière; le
second, un grand génie, a débrouillé le chaos.

Voltaire avoue à chaque page de son œuvre qu'il
n'est pas maître de lui. Il se croit de la famille de ces
esprits dont les actions sont écrites là-haut. Il a ruiné
mathématiquement le fatalisme. Mais si le premier
venu est libre de faire le bien et le mal, l'homme de
génie a une étoile, parce qu'il travaille pour Dieu,
même si c'est un athée. Une invisible destinée conduit
Voltaire. Jeune, il quitte le lit de sa maîtresse pour
armer la raison; mourant, il soulève la pierre du sépulcre pour plaider la cause des sacrifiés.

C'est l'histoire de Napoléon, qui va de conquêtes en
conquêtes sans pouvoir s'arrêter. Le héros, qui n'avait
que son épée, ne se contentera pas tout à l'heure
d'être maître de la France; il voudra conquérir le
monde. C'est l'esprit de la révolution qui le pousse,
la révolution qui a trouvé son homme pour faire le
tour du globe. Le soldat français sera le peuple initia-

---

* Au commencement de la Révolution, c'est Voltaire qui pré-
domine; après lui, Jean-Jacques vient, Jean-Jacques est remplacé
par Diderot. Voltaire siége à la Constituante, Jean-Jacques préside à la fête de l'Être suprème, Diderot assiste aux fêtes de la
Raison.

teur, le peuple martyr, le peuple apôtre. Il ira semer
son sang jusqu'aux sables des Pyramides, jusqu'aux
neiges de Moscou.

Napoléon, c'est le peuple fait empereur. Quand il
monte sur le trône de France, il y fait monter la Révolution avec lui. Le pape, qui vient de le sacrer, sacre
la Révolution. Le peuple se salue et se reconnaît tous
les jours en passant sous le balcon des Tuileries.
« Savez-vous pourquoi ils m'aiment ? c'est que je
suis le peuple couronné, » disait Napoléon à Benjamin
Constant.

Waterloo, c'est la revanche des rois. Quand on jette
Napoléon à Sainte-Hélène, il semble que la France
soit jetée elle-même sur le rocher anglais. Les vieux
débris tentent vainement de reconstituer le monument
du passé. Le peuple souffre et n'a plus foi ; le peuple
demande son empereur, vivant ou mort. Sa grande
armée se retrouvera debout, comme le grenadier de
Henri Heine : « Je resterai dans ma tombe comme une
sentinelle, avec ma croix sur le cœur et mon fusil à
la main, et quand il passera à cheval je sortirai tout
armé du tombeau pour le défendre, lui, l'Empereur. »

Cependant, où est Voltaire. Il est redevenu ambassadeur avec Talleyrand, et roi de France avec Louis XVIII,
ce qui ne l'empêche pas de chanter des chansons dans
la mansarde de Béranger ; d'écrire des pamphlets dans
la vigne de Paul-Louis Courier ; de monter à la tribune avec le général Foy et Benjamin Constant ; de
courir toujours le monde et de s'appeler tour à tour

Goethe et Byron [*]; de hanter le Vatican et de rattacher l'école d'Athènes à l'école de Voltaire.

Je reconnais aujourd'hui Voltaire dans chaque génération, dans ses ennemis comme dans ses amis. Joseph
de Maistre et Louis Veuillot ont ri du rire de Voltaire
contre les voltairiens. Henri Heine a bu la raillerie
dans la coupe de Candide; Alfred de Musset paraphrase
les Vous et les Tu; Proudhon, fils de Jean-Jacques, a
été baptisé par Voltaire [**]. Victor Hugo appelait, il y
a vingt ans, Voltaire un singe de génie; mais l'esprit
de Voltaire a pénétré le génie de Victor Hugo, qui
est maintenant en train de sacrer

    « Celui qui dépensa le génie en esprit. »

A l'Académie, tout nouveau venu salue Voltaire roi
de l'opinion publique et roi de l'esprit humain. Ainsi a
fait hardiment Ponsard, ainsi a fait bravement Émile
Augier. L'Académie elle-même n'a-t-elle pas dit, par

[*] Lord Byron, un peu fils de Voltaire, l'a reconnu avec un
accent d'amour filial : « Voltaire a été appelé un *écrivain super-
ficiel* par ce même homme, de cette même école qui appelle l'Ode
de Dryden une *chanson d'homme ivre;* cette *école,* avec tout
son bagage d'épopée et d'excursions, n'a rien produit qui vaille
ces deux mots dans *Zaïre : Vous pleurez!* ou un seul discours
de *Tancrède.* Toute la vie de ces apostats, de ces renégats, avec
leur morale au thé et leurs trahisons politiques, ne peut offrir,
malgré leurs prétentions à la vertu, une seule *action* qui égale ou
approche la défense de la famille de Calas par ce grand et immortel génie, Voltaire l'universel! »

[**] Chez Voltaire, tout disparaît devant l'homme; chez Proudhon, l'homme lui-même disparaît.

la bouche éloquente de M. de Salvandy : « Ce que Voltaire a détruit tombait en ruines, ce qu'il a fondé est indestructible*. »

Et, pourtant, un jour est venu où la France tout entière, épouvantée de ces révoltes qui l'ont conduite à l'échafaud, qui l'ont frappée de mort à la retraite de Russie, qui l'ont assassinée à Waterloo, un jour est venu où la France a répudié Voltaire comme son mauvais génie, a menacé son tombeau et a expatrié son esprit. C'était en 1815. Il avait beau crier : « C'est moi qui suis Voltaire, c'est moi qui suis Paris, c'est moi qui suis la France, c'est moi qui suis le monde. J'ai été de toutes les victoires de Bonaparte, j'ai veillé sous sa tente pour le protéger même lorsqu'il me condamnait. Ces victoires perdues pour la France sont des conquêtes éternelles pour l'humanité, car nous avons ensemble labouré la terre par un sillon de lumière. » Il avait beau crier, on le condamnait. Et pendant que Napoléon s'en allait à Sainte-Hélène, César sans épée, mais malgré lui César encyclopédiste, Voltaire s'envolait en Allemagne, tout droit chez Gœthe, avec les vestiges du dernier drapeau de Waterloo.

Mais c'est en vain que la France peu à peu reprise par les ténèbres, la France humiliée devant les rois

---

* Où n'est-il pas, ce fanatique de la raison? Il conte avec Mérimée, il écrit l'histoire avec Thiers, il raille avec Gozlan, il raisonne avec Karr, il s'indigne avec Michelet, il bataille avec About. Je le sens là qui me tempère aux jours d'enthousiasme en me rappelant que « il faut rire de presque tout ».

de l'Europe qu'elle a si longtemps humiliés, défend à
Voltaire de revenir jamais. Elle lui ferme les colléges,
parce qu'elle se dit que pour ce fléau de l'Église, la
jeunesse est une vaillante armée; elle réveille contre
lui les haines apaisées; elle met à toutes les frontières
quatre hommes et un caporal pour défendre le passage
à l'impie. Mais voilà qu'un jour l'impie est revenu.
L'imprimerie donne des millions d'ailes à son verbe;
les deux mondes réapprennent leurs droits à son école.
Et un soir de distraction il entre au cabaret. Le roi
Voltaire se fait peuple pour chanter les airs du soldat
et de l'ouvrier, les airs connus mais toujours nouveaux
qui disent le courage et l'amour. Le ci-devant gentilhomme du roi Louis XV verse à boire au peuple de
1815, pour lui verser à plein verre le patriotisme et
la liberté. Et voilà que toute la France chante avec lui.
Et voilà qu'un cri du cœur part et retentit dans tous
les cœurs. La France qu'il a réveillée, la France lève
la tête en chantant le *Vieux drapeau*.

Le vieux drapeau, ce n'est pas seulement la bannière
qui conduisait à la victoire les volontaires de 92 et les
grenadiers de Napoléon; le vieux drapeau, c'est aussi
le drapeau de Voltaire, car si les héros y ont inscrit le
mot *Patrie*, Voltaire y a inscrit le mot *Esprit humain*.

XVII.

LA COMÉDIE VOLTAIRIENNE.

———————

La vie de Voltaire est une comédie en cinq actes et en prose — une belle comédie à la Molière avec des tableaux à la Shakspeare, — où rayonne la raison humaine dans le génie français.

Le premier acte de la comédie voltairienne se passe à Paris avec les grands seigneurs et les comédiennes; il commence aux fêtes du prince de Conti et finit à la mort de mademoiselle Lecouvreur. C'est un imbroglio où la folie française s'éclaire çà et là du rayonnement tempéré de la raison anglaise. C'est l'époque de la Bastille et de l'exil; mais c'est l'âge des premiers triomphes du poëte et des premières aventures de l'amoureux. Tout le monde a de l'esprit, même quand il faut avoir du cœur. On entre sur la scène en riant

24

de tout, même des dieux. Voltaire est déjà l'ami des
rois et l'ennemi de leur royauté, car il pressent la
sienne. Comme les dieux de l'Olympe, il a franchi
l'espace en trois pas.

Le second acte, plus reposé, mais non pas plus
sévère, où l'amour joue encore son rôle, se passe au
château de Cirey et à la cour du roi Stanislas. Ce
second acte peut s'appeler l'amour de la science et la
science de l'amour. Voltaire et la marquise du Chastelet ont retrouvé le paradis perdu, et ils mangent la
pomme jusqu'à l'amertume. Apollon ne joue pas de la
lyre, et Daphné, au lieu de se cacher dans les chastes
ramées, meurtrit son sein sous les livres de géométrie. Leur amour n'est bientôt qu'une fumée sans feu.
Le mari joue les Sganarelle, mais l'amant finit par les
jouer à son tour; car le jour où Voltaire ramène ses
passions sur le rivage, comme le nautonier prudent
ramène son navire quand le vent va manquer aux
voiles, Saint-Lambert, imprudent comme la jeunesse,
emporte en pleine mer la maîtresse de Voltaire, qui
meurt bientôt au premier tourbillon.

Que si on trouve que ces deux premiers actes de la
comédie durent trop longtemps, je répondrai : J'aurais
voulu les faire bien plus longs; car il a raison le poëte
Sainte-Beuve qui a dit : « Ce n'est pas tant la vie qui
est courte, c'est la jeunesse. »

Le troisième acte se passe à la cour de Frédéric II,
à Berlin, à Potsdam, à Sans-Souci, où Voltaire donne
des leçons de grammaire et prend des leçons de philo-

sophie. C'est une caricature du Sunium et du Palais-
Royal. On parle mal de la sagesse et on ne soupe pas
bien. L'Académie de l'algèbre tient trop de place à
cette cour sans femmes et sans Dieu. Voltaire joue son
rôle avec toutes ses grâces diaboliques, avec tout son
esprit surhumain, avec toutes ses colères de lion ap-
privoisé. Mais le Salomon du Nord a des griffes plus
longues que les siennes, il les montrera dès qu'il aura
vu le fond de la poétique de Voltaire; — et le courtisan s'enfuit pour faire à son tour le métier de roi, —
le seul métier qui fût possible en ce temps-là.

Le quatrième acte se joue à Fernex. Le roi Voltaire
prend pied du même coup dans quatre pays, en attendant qu'il règne partout. Il a une cour, il a des vassaux, il a des curés; il bâtit une église et baptise tous
les catéchumènes de la philosophie de l'avenir; il
apprend l'amour aux puritaines de Genève; il dote la
nièce de Corneille; il venge la famille de Calas, il
plaide pour l'amiral Byng, pour Montbailly, pour La
Barre, pour tous ceux qui n'ont pas d'avocat; il joue
Mahomet et *César,* ce qui fait que son ennemi Jean-
Jacques lui écrit : « Je vous hais, parce que vous
avez corrompu ma république en lui donnant des
spectacles. »

Le cinquième acte se passe à Paris, comme le premier. Mais cet homme qui, au début de l'action, était
embastillé, proscrit, bâtonné, revient en conquérant.
Tout Paris se lève pour le saluer; l'Académie croit
qu'Homère, Sophocle et Aristophane sont revenus

24.

sous la figure de Voltaire ; la Comédie le couronne de
l'immortel laurier. Mais il est bien question du poëte
à cette heure suprême ! Paris tout entier le tue dans
ses embrassements, ce roi de l'opinion qui lui apporte
en mourant la conquête des droits de l'homme. Ah !
ce fut un beau triomphe, car c'est du jour de la mort
de Voltaire que le roi Tout-le-monde a pris sa place au
banquet de la vie.

La moralité de cette comédie fut révélée en ce grand
jour de fête qui s'appela l'*Apothéose de Voltaire;* car
ce jour-là la Révolution était faite, et on reconnut les
conquêtes impérissables de celui qui s'est résumé par
ces deux mots : *Dieu et la Liberté!*

APPENDICE.

I.

LE TESTAMENT DU ROI VOLTAIRE.

Voltaire a légué à la France la Révolution de 1789, à l'Europe la haine des ténèbres, à l'humanité l'évangile du bien, au monde la monnaie de l'esprit.

Tous les philosophes, de Platon à Descartes, avaient bâti des châteaux de fées et combattu des chimères. Voltaire éleva le temple de l'esprit humain et combattit « les monstres de la superstition ».

On a dit qu'il aurait mieux fait de mourir sans testament, comme on a dit de Jean-Jacques qu'il aurait mieux fait de mourir sans confession. Voltaire, en effet, écrivit à son dernier jour un testament sous la dictée de sa nièce, où il oubliait les pauvres parce que madame Denis était insatiable. Mais était-ce bien là le testament de Voltaire?

Non, le testament d'un homme de génie, c'est son œuvre.

Une bonne fortune m'a mis entre les mains les derniers papiers de Voltaire — des pensées écrites au jour le jour, souvent pendant les heures blanches de la nuit, — les dernières malices de ce démon sans repentir, les dernières vérités tombées de cette grande âme.

J'ai cherché dans toutes les pages de Voltaire sans retrouver ces pensées, à part quelques-unes recueillies dans le *Dictionnaire philosophique*. Je les donne dans le beau désordre où je les trouve, comme le graveur qui traduit une ébauche de maître sans oser corriger les fautes du dessin.

On retrouve ici le Voltaire universel : religion, amour, philosophie, littérature, beaux-arts, histoire : toutes les capitales et toutes les provinces du roi tyrannique de l'esprit humain.

Il ne faut pas forcer le peuple ; c'est une rivière qui se creuse elle-même son lit ; on ne peut faire changer son cours.

Il en est des différents ouvrages comme de la vie civile. Les affaires demandent du sérieux, et le repos de la gaieté. Mais aujourd'hui on veut tout mêler : c'est mettre un habit de bal dans un conseil d'État. Il faut qu'il y ait des moments tranquilles dans les grands ouvrages, comme dans la vie après les instants de passion.

Pourquoi dit-on toujours *mon Dieu* et *notre Dame ?*

L'auteur le plus sublime doit demander conseil. Moïse, malgré sa nuée et sa colonne de feu, demandait le chemin de Jéthro.

Inscription pour une estampe représentant des gueux .

REX FECIT.

Nous sommes esclaves au point que nous ne pouvons nous empêcher de nous croire libres.

Un médecin croit d'abord à toute la médecine; un théologien à toute sa philosophie. Deviennent-ils savants? ils ne croient plus rien; mais les malades croient et meurent trompés.

O grandeur des gens de lettres! Qu'un premier commis fasse un mauvais livre, il est excellent; que leur confrère en fasse un bon, il est honni.

Celui qui a dit qu'il était le très-humble et très-obéissant serviteur de l'occasion a peint la nature humaine.

Le bonheur est un état de l'âme; par conséquent il ne peut être durable. C'est un nom abstrait composé de quelques idées de plaisir.

Turc, tu crois en Dieu par *Mahomet*; Indien, par *Fo-hi*; Japonais, par *Xa-ca*, etc. Eh! misérable, que ne crois-tu en Dieu par toi-même?

Qui doit être le favori d'un roi? Le peuple : mais le peuple parle trop haut.

L'amour est de toutes les passions la plus forte, parce qu'elle attaque à la fois la tête, le cœur et le corps.

Il faut avoir une religion, et ne pas croire aux prêtres; comme il faut avoir du régime, et ne pas croire aux médecins.

Il n'y a point d'avare qui ne compte faire un jour une belle dépense : la mort vient et fait exécuter ses desseins par un héritier. C'est l'histoire de plus d'un roi de ma connaissance.

Plusieurs savants sont comme les étoiles du pôle, qui marchent toujours et n'avancent point.

On dit des gueux qu'ils ne sont jamais hors de leur chemin; c'est qu'ils n'ont point de demeure fixe. Il en est de même de ceux qui disputent sans avoir des notions déterminées.

L'homme doit être content, dit-on; mais de quoi?

L'abbé de Saint-Pierre a voulu la paix universelle : il ne connaissait pas les lois du monde :

Un homme éternue; un chien épouvanté mord un âne; l'âne renverse la faïence d'un pauvre homme; la faïence renversée blesse un petit enfant. Procès.

Nous traitons les hommes comme les lettres que nous recevons; nous les lisons avec empressement, mais nous ne les relisons pas.

Qui a dit que les paroles sont les jetons des sages et l'argent des sots ?

L'ennuyeux est la torpille qui engourdit, et l'homme d'imagination est la flamme qui se communique.

La plupart des hommes pensent comme entre deux vins. N'est-ce pas, monsieur de Maurepas ?

Le lit découvre tous les secrets : *Nox nocti indicat scientiam.*

Cromwell disait qu'on n'allait jamais si loin que quand on ne savait plus où on allait.

Πολιτικος signifiait citoyen : il signifie aujourd'hui ennemi des citoyens.

Prière des pèlerins de la Mecque : « Mon Dieu, délivre-nous des visages tristes ! » Ces pèlerins-là avaient été à Pompignan.

On peut dire de la plupart des historiens d'aujourd'hui ce que disait Balzac de La Motte Le Vayer : « Il fait le dégât dans les bons livres. »

On s'est réduit partout à la vie simple. La semaine sainte de Rome et le carnaval de Venise n'ont plus de réputation. On va au bal comme à la messe, par habitude.

Les avares sont comme les mines d'or qui ne produisent ni
fleurs ni feuillages. — L'honneur est le diamant que la Vertu
porte au doigt. — La plus grande des dignités pour un homme
de lettres est sa réputation. — Peser le mérite des hommes !
il faudrait avoir la main bien forte pour soutenir une telle balance. — La science est comme la terre ; *on n'en peut possé-
der qu'un peu.*

Un républicain aime plus sa patrie que ne le fait le sujet
d'un roi, parce qu'on aime plus son bien que celui d'autrui.

Pénétration, science, invention, netteté, éloquence, voilà
l'esprit.

L'âme est un timbre sur lequel agissent cinq marteaux ;
chacun frappe en un endroit différent. Il n'y a pas de point
mathématique ; donc l'âme est étendue, donc elle est matérielle. Dois-je dépouiller un être de toutes les propriétés qui
frappent mes sens, parce que l'essence de cet être m'est inconnue ? Il se peut faire que nous devenions quelque chose après
notre mort : une chenille se doute-t-elle qu'elle deviendra
papillon ?

Ceux qui se rendent au dernier avis sont comme ces In-
diens qui croyaient qu'on allait au ciel avec ses dernières
pensées.

Tout corps animé est un laboratoire de chimie. *Deus est
philosophus per puem.*

Quand Roland eut repris son sens commun, il ne fit presque
plus rien. Belle leçon pour finir en paix sa vie !

Les poëtes, qui ont tout inventé excepté la poésie, ont
inventé les enfers et s'en sont moqués les premiers.

> *Felix qui potuit rerum cognoscere causas,*
> *Atque motus omnes et inexorabile fatum*
> *Subjecit pedibus, strepitumque Acherontis avari!*

Les rois sont trompés sur la religion et sur les monnaies,
parce que sur ces deux articles il faut compter et s'appliquer.
La philosophie seule peut rendre un roi bon et sage. La religion peut le rendre superstitieux et persécuteur.

On demandait grâce à Épaminondas pour un officier débauché; il la refuse à ses amis et l'accorde à une courtisane.

Christophe Colomb devine et découvre un nouveau monde :
un marchand, un passager lui donne son nom. Bel exemple
des quiproquo de la gloire !

Ambassade d'un peuple de sauvages à Cortez : « Tiens,
voilà cinq esclaves : si tu es dieu, mange-les; si tu es homme,
voilà des fruits et des coqs d'Inde. »

Réponse d'un roi de Sparte à des orateurs de Clazomène :
« De votre exorde il ne m'en souvient plus; le milieu m'a
ennuyé; et quant à la conclusion, je n'en veux rien faire. »
C'est la réponse de Dieu aux suppliques des dévots.

Le roi Amasis, parvenu d'une condition servile au trône, fit fondre une cuvette dans laquelle il se lavait les pieds, et en fit un dieu.

On ne dit guère aujourd'hui un *philosophe newtonien*, parce qu'à l'attraction près, qui est si probable, tout est démontré dans Newton, et que la vérité ne peut porter un nom de parti. On dirait les *philosophes cartésiens*, parce que Descartes n'avait que des imaginations, et que ceux qui suivaient sa doctrine étaient du parti d'un homme — et non de la vérité.

Aristote était un grand homme, sans doute; mais que m'importe? je n'ai rien à apprendre de lui. C'était un grand génie, je le veux : mais il n'a dit que des sottises en philosophie. — Manco-Capac et Odin, Confucius, Zoroastre, Hermès, auraient peut-être été de nos jours de l'Académie des sciences. L'homme de génie serait tombé aux pieds du savant.

Le siècle présent n'est que le disciple du siècle passé. On s'est fait un magasin d'idées et d'expressions où tout le monde puise.

Le père Tournon a fait six volumes de l'*Histoire des dominicains!* — et je n'en ai fait que deux de celle de Louis XIV! Et j'en ai fait un de trop.

Il n'y a pas une idée fixe dans Homère; il y en a mille dans le Tasse.

Vous voulez connaître le Dante. Les Italiens l'appellent divin; mais c'est une divinité cachée; peu de gens entendent ses oracles; il a des commentateurs, c'est peut-être encore une raison de plus pour n'être pas compris. Sa réputation s'affermira toujours, parce qu'on ne le lit guère. Il y a de lui une vingtaine de traits qu'on sait par cœur : cela suffit pour s'épargner la peine d'examiner le reste.

Quel est l'homme le plus heureux? Ce n'est ni moi, ni vous. Est-ce Archimède ou Nomentanus?

Je suppose qu'Archimède a un rendez-vous la nuit avec sa maîtresse. Nomentanus a le même rendez-vous à la même heure. Archimède se présente à la porte; on la lui ferme au nez; et on l'ouvre à son rival, qui fait un excellent souper, pendant lequel il ne manque pas de se moquer d'Archimède, et jouit ensuite de sa maîtresse, tandis que l'autre reste dans la rue, exposé au froid, à la pluie et à la grêle. Il est certain que Nomentanus est en droit de dire : « Je suis plus heureux cette nuit qu'Archimède, j'ai plus de plaisir que lui; » mais il faut qu'il ajoute : Supposé qu'Archimède ne soit occupé que du chagrin de ne point faire un bon souper, d'être méprisé et trompé par une belle femme, d'être supplanté par son rival, et du mal que lui font la pluie, la grêle et le froid. Car si le philosophe de la rue fait réflexion que ni une catin ni la pluie ne doivent troubler son âme; s'il s'occupe d'un beau problème, et s'il découvre la proportion du cylindre, de la sphère, il peut éprouver un plaisir cent fois au-dessus de celui de Nomentanus.

Dans les temps les plus raffinés, le lion d'Ésope fait un traité avec trois animaux, ses voisins. Il s'agit de partager une proie en quatre parts égales. Le lion, pour de bonnes raisons qu'il déduira en temps et lieu, prend d'abord trois parts pour lui seul, et menace d'étrangler quiconque osera toucher à la quatrième. C'est là le sublime de la politique.

Qui est-ce qui disait que son fils allait étudier, et qu'il prêchait en attendant?

Tous les siècles se ressemblent-ils? Non; pas plus que les différents âges de l'homme. Il y a des siècles de santé et de maladie.

La raison a fait tort à la littérature comme à la religion; elle l'a décharnée. Plus de prédictions, plus d'oracles, de dieux, de magiciens, de géants, de monstres, de chevaliers, d'héroïnes. La raison seule ne peut faire un poëme épique. Ah! si le Tasse avait traversé la *Henriade*!

On a une patrie sous un bon roi, on n'en a point sous un méchant.

Où fut la patrie d'Attila et de cent héros de ce genre, qui en courant toujours n'étaient jamais hors de leur chemin?

Le premier qui a écrit que la patrie est partout où l'on se trouve bien est, je crois, Euripide dans son *Phaéton*.

Il est triste que souvent pour être bon patriote on soit l'ennemi du reste des hommes. L'ancien Caton, ce bon citoyen, disait toujours en opinant au sénat : « Tel est mon avis, et qu'on ruine Carthage. » Être bon patriote, c'est souhaiter que sa ville s'enrichisse par le commerce, et soit puissante par les armes. Il est clair qu'un pays ne peut gagner sans qu'un autre perde, et qu'il ne peut vaincre sans faire des malheureux.

Celui qui brûle de l'ambition d'être édile, tribun, préteur, consul, dictateur, crie qu'il aime sa patrie, et il n'aime que lui-même. Chacun veut être sûr de pouvoir coucher chez soi, sans qu'un autre homme s'arroge le pouvoir de l'envoyer coucher ailleurs. Chacun veut être sûr de sa fortune et de sa vie. Tous formant ainsi les mêmes souhaits, il se trouve que l'intérêt particulier devient l'intérêt général : on fait des vœux pour la république, quand on n'en fait que pour soi-même.

Quand nous avons découvert l'Amérique, nous avons trouvé toutes les peuplades divisées en républiques; il n'y avait que deux royaumes dans toute cette partie du monde. De mille nations, nous n'en trouvâmes que deux subjuguées.

On aime la gloire et l'immortalité, comme on aime sa race qu'on ne peut voir.

La religion est comme la monnaie, les hommes la prennent sans la connaître.

Confucius dit : « Jeûner, vertu de bonze; secourir, vertu de citoyen. »

Les grammairiens sont pour les auteurs ce qu'un luthier est pour un musicien.

Belles paroles de Suzanne de Suze en mourant : « Grand Dieu, je t'apporte quatre choses qui ne sont pas dans toi : le néant, la misère, les fautes et le repentir. »

Les paroles sont aux pensées ce que l'or est aux diamants; il est nécessaire pour les enchâsser, mais il en faut peu.

Lord Peterborough, en voyant Marly, dit : « Il faut avouer que les hommes et les arbres plient ici à merveille. »

Il disait de George Ier : « J'ai beau appauvrir mes idées, je ne puis me faire entendre de cet homme. »

Et pourtant Milord ne se faisait entendre de mademoiselle Lecouvreur qu'à force d'or.

Un protestant avait converti sa première femme; il ne put convertir la seconde : ses arguments n'étaient plus si forts. Newton faisait souvent ce conte.

Il est aisé de tromper les savants. Michel-Ange fait une statue que tous les connaisseurs prennent pour une antique. Boulogne fait un tableau, qu'on vend pour un Paul Véronèse; et Mignard attrapé lui dit : « Faites donc toujours des Paul et jamais des Boulogne ! »

Les rois et les ministres croient gouverner le monde. Ils ne savent pas qu'il est mené par des capucins : ce sont les prêtres qui mettent dans les têtes des opinions, souveraines des rois.

Le comte de Königsmark, depuis général des Vénitiens, pressé par Louis XIV de se faire catholique, lui répondit : « Sire, si vous voulez me donner trente mille hommes, je vous promets de rendre toute la France turque en moins de deux ans. »

Les jansénistes ont servi à l'éloquence, et non à la philosophie. La science de dire vaut mieux que l'art de ne pas dire.

La superstition est tout ce qu'on ajoute à la religion naturelle. Les philosophes platoniciens affermirent la religion chrétienne; les nouveaux philosophes l'ont détruite. Tout auteur d'une religion nouvelle est nécessairement persécuté par l'ancienne; mais la nouvelle persécute à son tour. La morale est la même d'un bout du monde à l'autre. Confucius,

Cicéron, Platon, le chancelier de l'Hôpital, Locke, Newton, Gassendi, sont de la même Église. Dieu a fait l'or; les alchimistes veulent en faire.

La force et la faiblesse arrangent le monde. S'il n'y avait que force, tous les hommes combattraient; mais Dieu a donné la faiblesse : ainsi le monde est composé d'ânes qui portent et d'hommes qui chargent.

Les jacobins ont une bulle qui leur ordonne de célébrer la fête de l'immaculée Conception, et une bulle qui leur permet de n'y pas croire. Quand ils sont docteurs, ils jurent l'immaculée; reçus dominicains, ils l'abjurent.

Chaque nation a son grand homme : on fait sa statue d'or : on jette au rebut les autres métaux dont l'idole était composée; on oublie ses défauts. Voilà comme on canonise les saints; on attend que les témoins de leurs vices soient morts.

La cause de la décadence des lettres, c'est qu'on a atteint le but : ceux qui viennent après veulent le passer.

Tout est devenu bien commun, tout est trouvé; il ne s'agit que d'enchâsser.

Le premier qui a dit que les roses ne sont point sans épines, que la beauté ne plaît point sans les grâces, que le cœur trompe l'esprit, a étonné. Le second est un sot.

L'amour vit de contrastes. La Béjard disait qu'elle ne se consolerait jamais de la perte de ses deux amants : l'un était Gros-René, et l'autre le cardinal de Richelieu.

Les protestants ont réformé l'Église romaine en la rendant
plus attentive sur elle-même ; mais cette Église, devenant plus
décente et plus sévère, a anéanti le génie italien. Il n'a plus
été permis de penser en Italie. La liberté a enlevé le génie
anglais ; l'esclavage a flétri l'esprit italien.

Les idées sont précisément comme la barbe : elle n'est
point au menton d'un enfant : les idées viennent avec l'âge.

Dryden, dans le *Spanish Friar,* dit : « Il reste à savoir si le
mariage est un des sept sacrements, ou un des sept péchés
mortels. »

De toutes les religions, celle qui exclut le plus les prêtres
de toute autorité civile, c'est sans contredit celle de Jésus :
*Rendez à César ce qui est à César. — Il n'y aura parmi vous
ni premier ni dernier. — Mon royaume n'est point de ce monde.*
Les querelles de l'Empire et du sacerdoce, qui ont ensan-
glanté l'Europe pendant plus de six siècles, n'ont donc été de
la part des prêtres que des rébellions contre Dieu et les hommes,
et un péché continuel contre le Saint-Esprit.
Depuis Calchas, qui assassina la fille d'Agamemnon, jusqu'à
Grégoire XII et Sixte V, deux évêques de Rome qui voulurent
priver le grand Henri IV du royaume de France, la puissance
sacerdotale a été fatale au monde.

La pape prétend disposer du temporel des rois ; oui, mais
non pas du temporel des savetiers.

La religion fut d'abord aristocratique; plusieurs dieux. La philosophie la fit monarchique; un seul principe. L'inscription d'Isis est du temps de la philosophie : « Je suis tout ce qui est et sera; nul mortel ne lèvera mon voile. »

Ces pensées de Voltaire, retrouvées près d'un siècle après sa mort, ne sont-elles pas un autre testament? Ne dirait-on pas qu'il rouvre son tombeau pour nous faire entendre une fois de plus le cri de la vérité, le cri du combat, le cri de la passion?

Chose étrange! ce cercueil qui attend toujours son campo-santo, semble renfermer un mort vivant. C'est Lazare qui ressuscite quand passe l'esprit du Seigneur. Qui donc oserait écrire sur ce cercueil : *Ci-gît Voltaire!*

II.

POÉSIES INÉDITES DE VOLTAIRE.

Je connais plus de dix volumes de poésies et lettres de
Voltaire que je n'ai vues imprimées dans aucune édition des
œuvres de l'illustre poëte. Pourquoi ne pas les publier?
pourquoi les publier? les lettres ni les poésies ne change-
raient rien à l'esprit ni à la renommée de Voltaire. C'est
toujours la monnaie bien frappée de cet or un peu pâle
qui renferme si peu d'alliage. Mais cette même monnaie
n'enrichirait guère le trésor de Fernex.

Je ne donne ici que les vers et les lettres qui peignent
quelques heures oubliées ou inconnues de la jeunesse de
Voltaire. Je n'ai pas tous les autographes de ces pages
inédites, je n'ai pour le plus grand nombre que des copies
du temps. Mais que ceux qui ne reconnaîtront plus Voltaire
me jettent la première pierre.

Je commence par deux franches épigrammes :

J. B. ROUSSEAU.

Pauvre Rousseau, vétéran rimailleur,
Comme on te berne, hélas! comme on se moque
De tes écrits! que je plains ta douleur!
Des gens de bien la haine réciproque
Était ton lot, mais sur le ton railleur
Tout honnête homme aujourd'hui te provoque.
Ton temps n'est plus; l'hiver n'a point de fleur;
Quitte la rime, Apollon te révoque :
Il t'aima peintre, et te hait barbouilleur.

L'ABBÉ DE SAINT-PIERRE.

N'a pas longtemps, de l'abbé de Saint-Pierre
On me montrait le buste tant parfait,
Qu'onc ne sus voir si c'était chair ou pierre,
Tant le sculpteur l'avait pris trait pour trait.
Adonc restai perplexe et stupéfait,
Craignant en moi de tomber en méprise ;
Puis dis soudain : Ce n'est là qu'un portrait,
L'original dirait quelque sottise.

Voltaire, qui était du beau monde, ne croyait pas déchoir en écrivant les billets galants de madame d'Averne au duc d'Orléans. En voici un, à propos d'une ceinture qu'elle avait donnée à ce prince :

Pour la mère des Amours
Les Grâces autrefois firent une ceinture ;
Un certain charme était caché dans sa tissure :
Avec ce talisman la déesse était sûre
De se faire aimer toujours.
Eh ! pourquoi n'est-il plus de semblable parure ?
De la même manufacture
Sortit un ceinturon pour l'amant de Vénus.
Mars en sentit d'abord mille effets inconnus :
Vénus, qui fit ce don, ne se vit pas trompée ;
Aussi depuis ce temps le sexe est pour l'épée.
Les Grâces, qui pour vous travaillent de leur mieux,
Ont fait un ceinturon sur le même modèle.
Que ne puis-je obtenir des dieux
La ceinture qui rend si belle,
Pour l'être toujours à vos yeux !

Voici des petits vers à La Condamine :

Vos vers servent à me confondre :
Je sens que je ne puis répondre

A votre style séducteur;
C'est en vain que je veux semondre
Le Dieu du peuple rimailleur :
Lui qui m'inspire trop d'ardeur,
A présent me laisse morfondre.
Ma muse, lasse et sans chaleur,
De grands vers ne saurait plus pondre.
Je deviens un sec raisonneur,
Un métaphysique hypocondre,
Avec Pascal un chicaneur,
Un vrai philosophe de Londre.
Et je vous prierai de refondre
Et mon esprit et mon humeur;
Mais ne blâmez jamais mon cœur,
Car sur un œuf ce serait tondre.

Je ne sais à qui sont adressés ceux-ci :

Que toujours de ses douces lois
Le dieu des vers vous endoctrine,
Qu'à vos chants il joigne sa voix,
Tandis que de sa main divine
Il accordera sous vos doigts
La lyre agréable et badine
Dont vous vous servez quelquefois.
Que l'Amour encor plus facile
Préside à vos galants exploits,
Comme Phébus à votre style;
Et que Plutus, ce dieu sournois,
Mais aux autres dieux très-utile,
Rende par maint écu tournois
Les jours que la Parque vous file
Des jours plus heureux mille fois
Que ceux d'Horace et de Virgile.

Cette jolie épître est datée de la cour de Sceaux :

La paresse froide et muette
N'a point dicté l'œuvre parfaite

Où votre esprit en vers heureux
De votre cœur est l'interprète.
C'est peu pour être un bon poëte
D'être un aimable paresseux;
Que la muse la plus fertile
Joigne l'étude au sentiment :
Ce qui paraît le plus facile
Est écrit difficilement.
Parler juste, avec harmonie,
Avec esprit, sagesse et feu,
C'est un art qui n'est point un jeu;
Un rien qui semble coûter peu
Veut de la peine et du génie.

Le dieu qui sait vous captiver,
A tant d'autres peu favorable,
Vous donna ce génie aimable
Avec l'art de le cultiver;
Et guida chez vous sur sa trace
Les devoirs, les plaisirs, les arts.
Cueillant les lauriers du Parnasse,
Arrachant les palmes de Mars,
Soyez et l'Achille et l'Homère,
Et sous les berceaux de Cypris
Chantez plus d'une Briséis;
A plus d'une vous savez plaire.

Voici un fragment sans doute détaché d'une lettre du
même temps :

Je vois cet agréable lieu,
Ces bords riants, cette terrasse,
Où Courtin, La Fare et Chaulieu,
Loin du faux goût, des gens en place,
Pensant beaucoup, écrivant peu,
Parmi des flacons à la glace
Composaient des vers pleins de feu;

Enfants d'Aristippe et d'Horace,
Des leçons du Portique instruits,
Tantôt ils en cueillaient les fruits,
Et tantôt les fleurs du Parnasse.
Philosophes sans vanité,
Beaux esprits sans rivalité,
Entre l'étude et la paresse,
A côté de la volupté
Ils avaient placé la sagesse.
Où trouver encor dans Paris
Des mœurs et des talents semblables?
Il n'est que trop de beaux esprits,
Mais qu'il est peu de gens aimables!

C'est une note qui résonne souvent sur le clavecin de
cette muse familière.

Nous arrivons aux amoureuses :

A MADEMOISELLE DE CORSEMBLEU.

Si ton amour n'est qu'une fantaisie,
Qu'un faible goût qui doit passer un jour,
Si tu m'as pris pour me quitter, Sylvie,
Cruelle, hélas! que je hais ton amour!
Ton changement me coûtera la vie.
Viens dans mes bras te livrer sans retour,
Que tes baisers dissipent mes alarmes,
Que la fureur de tes embrassements
Ajoute encore à mes emportements,
Que ton amour soit égal à tes charmes.

A MADEMOISELLE AURORE DE LIVRY

PENDANT UNE MALADIE DE L'AUTEUR.

Sors de mon sein, fatale maladie.
Dieux des enfers, impitoyables dieux,

N'attentez pas aux beaux jours de ma vie,
Ils sont sacrés, ils sont pour Aspasie.
Je vis pour elle et je vis pour ses yeux;
Mais si jamais son amour infidèle
Vient à s'éteindre, ou commence à languir,
Ah! c'est alors qu'il me faudra mourir;
De mon trépas reposez-vous sur elle.

Heureusement, Voltaire ne mourut pas.

Voltaire demeura environ trois ans en Angleterre; il a
eu le temps d'apprendre tout le bel esprit de Londres; et
quand on est de la compagnie de Bolingbroke, par exemple, on ne manque d'adresser des vers amoureux, quand
même ils ne seraient pas plus anglais que ce madrigal à
lady Hervey :

TO LADY HERVEY.

Hervey, would you know the passion
   You have kindled in my breast?
Trifling is the inclination
   That by words can express'd.
In my silence see the lover;
   True love is by silence known :
In my eyes you'll best discover
   All the power of your own *.

Les vers à Laura Harley exprimaient à peu près le même
sentiment.

Voltaire fut plus encore le poëte que l'amant d'Adrienne
Lecouvreur. Aussi retrouve-t-on çà et là beaucoup de
mauvaises rimes voltairiennes en l'honneur de la prin-

---

* Voulez-vous savoir, Hervey, la passion que vous avez allumée dans
mon cœur? Si je pouvais l'exprimer par des paroles, vous la croiriez bien
faible. Mais jugez de sa force sur mon silence : le silence prouve le
véritable amour : et seulement dans mes yeux vous découvrirez tout le
pouvoir des vôtres.

cesse. J'ai copié ce quatrain au bas du portrait de mademoiselle *Lecouvreur* peint par Santerre :

> Éloquence des yeux, du geste et du silence,
> Grand art de peindre l'âme et de parler au cœur,
> Quand vous embellissiez la scène de la France,
>   Il était une Lecouvreur.

Voici maintenant une fable amoureuse :

PYGMALION.

A MADEMOISELLE LECOUVREUR.

> Certain sculpteur, d'Amour je sais le fait,
> En façonnant une sienne statue,
> La tâtonnait, tout tâtonnant disait :
> Que de beautés ! Si cela respirait,
> Que de plaisirs ! Notez qu'elle était nue.
> Bref, dans l'extase, et l'âme tout émue,
> Laissant tomber son ciseau de sa main,
> Avide, baise, admire et baise encore.
> Dans ses regards, dans ses vœux incertains,
> Des yeux, des mains, de tous ses sens dévore,
> Presse en ses bras ce marbre qu'il adore,
> Et tant, dit-on, le baisa, le pressa
> (Mortels, aimez, tout vous sera possible),
> Que de son âme un rayon s'élança,
> Se répandit dans ce marbre insensible,
> Qui par degrés devenu plus flexible,
> S'amollissant sous un tact amoureux,
> Promet un cœur à son amant heureux.
> Sous cent baisers d'une bouche enflammée
> La froide image à la fin animée
> Respire, sent, brûle de tous les feux,
> Étend les bras, soupire, ouvre les yeux,
> Voit son amant plus tôt que la lumière.
> Elle le voit, et déjà veut lui plaire,

Craint cependant, dérobe ses appas,
Se cache au jour; dompte son embarras;
En rougissant à son vainqueur se livre,
Puis, moins timide, et souriant tout bas,
Avec transport de tendresse s'enivre,
Presse à son tour son amant dans ses bras,
S'anime enfin à de nouveaux combats,
Et semble aimer même avant que de vivre.

ENVOI.

O Lecouvreur, ô toi qui m'as charmé,
Puissent mes vers transmettre en toi ma flamme!
Permets qu'Amour pour moi te donne une âme.
Qui n'aime point est-il donc animé?

Piron écrivit la même fable à mademoiselle Lecouvreur,
mais elle ne descendit pas de son piédestal pour le poëte
bourguignon : elle n'aimait que les poëtes grands seigneurs.

Je ne veux pas, pour la gloire du poëte, transcrire ses
vers à mademoiselle Lecouvreur, quand il lui envoie pour
étrennes un manteau de lit :

> Recevez, charmante Adrienne,
> Recevez ce manteau de lit.
> . . . .
> . . . .

Que de rimes à la marquise du Chastelet :

> Un certain dieu, dit-on, dans son enfance,
> Ainsi que vous confondait les docteurs;
> Un autre point qui fait que je l'encense,
> C'est qu'on nous dit qu'il est maître des cœurs :
> Bien mieux que lui vous y régnez, Thémire,
> Son règne au moins n'est pas de ce séjour;
> Le vôtre en est, c'est celui de l'Amour;
> Souvenez-vous de moi dans votre empire.

L'esprit sublime et la délicatesse,
L'oubli charmant de sa propre beauté,
L'amitié tendre et l'amour emporté,
Sont les attraits de ma belle maîtresse.
Vieux rêvasseurs, vous qui ne sentez rien ;
Vous qui cherchez dans la philosophie
L'Être suprême et le souverain bien,
Ne cherchez plus, il est dans Émilie.

Nymphe aimable, nymphe brillante,
Vous en qui j'ai vu tour à tour
L'esprit de Pallas la savante,
Et les grâces du tendre Amour ;
De mon siècle les vains suffrages
N'enchanteront point mes esprits :
Je vous consacre mes ouvrages,
C'est de vous que j'attends leur prix.

Ma flamme est un embrasement
Que tout allume et renouvelle ;
La vôtre n'est qu'une étincelle
Prête à s'éteindre à tout moment :
Quel crime d'aimer faiblement !
Il vaudrait mieux être infidèle.

Madame du Chastelet suivit le conseil de Voltaire.

Je finis par ces quatre vers, qui sont presque une épitaphe :

A MADAME ***.

Sous la couronne des vingt ans
Vous tenez le sceptre à Cythère,
Où je sais que depuis longtemps
On n'y dit plus que *feu Voltaire*.

III.

LETTRES INÉDITES DE VOLTAIRE.

J'imprime ici sans commentaire les lettres de Voltaire qui sont des pages arrachées à l'histoire de sa jeunesse, ou qui peignent des figures du dix-huitième siècle, comme mademoiselle Sallé, maîtresse de Thieriot, à ses heures perdues :

A MADEMOISELLE DE C.

Vous êtes comme Vénus, vous aimez la tempête.

> Le plaisir inquiet des raccommodements
>   Est-il fait pour les vrais amants?
> Douce sérénité, sois toujours mon partage,
> Préside à mon bonheur ainsi qu'à mon amour.
> Ah! je n'ai pas besoin des horreurs d'un orage
>   Pour savoir jouir d'un beau jour.

Je vous attends sous la figure de Minerve.

A THIERIOT.

Aristote a dit que la tragédie a été instituée pour purger les passions. Je le veux bien. Mais j'ai beau faire des tragédies, vous avez toujours des passions. Nicolle avait donc raison, dans son ignorance, d'écrire contre la tragédie. J'espère bien lui donner tort par mon troisième acte.

A MADAME ***.

J'irais bien, si je n'avais peur de vous y rencontrer.

> Je crains les belles et les rois,
> Ils abusent trop de leurs droits,
> Ils exigent trop d'esclavage.
> Amoureux de ma liberté,
> Je ne veux plus être arrêté
> Par les chaînes que fait le sage.

Vous autres, vous brisez vos chaînes; mais nous, nous les traînons toujours.

A THIERIOT.

— 1724. —

J'ai eu l'impertinence d'acheter les plus beaux tableaux de M. de Noré, et en revenant dans mon trou, et considérant mes tableaux, mes ouvrages et moi, j'ai dit :

> Vous verrez dans ce cabinet
> Du bon, du mauvais, du passable :
> J'aurais bien voulu du parfait,
> Mais il faut se donner au diable,
> Et je ne l'ai pas encor fait.

Adieu. Gardez-vous du parfait amour.

— 1725. —

Ce matin je regardais mes tableaux. Vous ai-je dit que j'avais un Albane? C'est le *Voyage de Vénus*.

> Le pinceau de l'Albane en ses heureux contours,
> Par deux cygnes brillants qu'il attelle avec grâce,
> Conduit la mère des Amours.
> Le cygne est un oiseau que j'aimerai toujours;
> Virgile en était un, et le divin Horace
> Lui-même s'est montré le cygne du Parnasse.

Je ne veux plus aimer que par les yeux, et je vous conseille de ne plus tomber que dans cette volupté qu'indique saint Paul, si vous ne voulez pas chanter bientôt le chant du cygne. Adieu.

AU MÊME.

Le mardi, de mon palais de la Bastille.

On doit me conduire demain ou après-demain de la Bastille à Calais. Je vous attends avec impatience, mon cher Thieriot. Venez sans perdre une heure. C'est peut-être la dernière fois que nous nous verrons. Je serai si loin de vous à Londres! Mais enfin je verrai le soleil, s'il passe par là.

A M. THIERIOT.

Près de Londres, le 27 mai 1727.

Mon cher Thieriot, j'ai reçu bien tard, à la campagne où je suis retiré, votre charmante lettre du 1er avril. Vous ne sauriez imaginer avec quel chagrin j'ai su votre maladie; mon amitié, pour ce qui vous regarde, passe les limites d'une amitié ordinaire. Rappelez-vous le temps où je vous écrivais que je pensais que vous deviez avoir la fièvre parce que je sentais le frisson; ce temps est revenu. J'étais très-malade en Angleterre quand vous souffriez tant en France, et votre absence ajoutait encore plus d'amertume à mes souffrances. A présent j'espère que vous êtes mieux, puisque je commence à revivre.

Si vous êtes sérieusement dans l'intention de traduire quelque ouvrage qui en vaille la peine, je vous conseille d'attendre encore un mois ou deux, de prendre soin de votre santé, de vous fortifier dans la langue anglaise et de donner le temps à l'ouvrage de M. *Pemberton* de paraître. Cet ouvrage est une explication claire et précise de la philosophie de sir *Isaac Newton*, qu'il entreprend de rendre intelligible aux hommes les plus irréfléchis et les moins exercés dans ce genre. Il semblerait que l'auteur ait voulu principalement écrire pour votre nation.

Si je suis encore en Angleterre quand l'ouvrage sera publié, je ne perdrai pas un moment pour vous l'envoyer; si j'en suis parti, j'ordonnerai à mon libraire de vous envoyer le livre. Je pense qu'il sera facile de le traduire, le style en étant fort simple et tous les termes de philosophie les mêmes en français et en anglais.

Adieu, ne parlez point de l'écrivain anonyme, ne dites pas que ce n'est point du mylord *Bolinbroke*, ne dites pas que c'est un méchant ouvrage, vous ne pouvez juger ni de l'homme ni de cet écrit. Je viens d'écrire un thème anglais au chevalier *Dessaleurs*. J'ai adressé la lettre quai des Théatins; s'il ne l'a pas reçue, il faut l'en avertir et qu'il ne la perde pas, car j'y ai mis toute ma médecine. Adieu, portez-vous bien. La vie n'est pas de vivre, mais de se bien porter.

> *Non vivere, sed valere vita.*

Si vous avez besoin de vous mettre au régime de la diète, commencez vite et observez-la longtemps. Je vivrai demain, dit le fou, aujourd'hui c'est trop tard; le sage vécut hier; je suis le fou, soyez le sage, et adieu.

Avez-vous lu le petit et trop petit livre écrit par *Montesquieu* sur la décadence de l'empire romain? On l'appelle la décadence de *Montesquieu*. Il est vrai que ce livre est loin d'être ce qu'il devrait être, mais cependant il contient plusieurs choses qui méritent d'être lues, et c'est ce qui me fâche encore plus contre l'auteur, qui a traité si légèrement une matière si importante. Cet ouvrage est plein d'indications. C'est moins un livre qu'une ingénieuse *table des matières*, écrite dans un style original. Mais, pour pouvoir s'étendre pleinement sur un pareil sujet, il faut être libre. A Londres, un auteur peut donner un libre cours à ses pensées, ici il doit les restreindre; nous n'avons ici que la dixième partie de notre âme. Adieu; la mienne est entièrement attachée à la vôtre.

J'ai eu le malheur de perdre toutes mes rentes sur l'hôtel de ville, faute d'une formalité. Comme je fais maintenant tous mes efforts pour les recouvrer, je crois qu'il ne serait pas pru-

dent de faire connaître à la cour de France que je pense et
que j'écris comme un libre Anglais. Je désire ardemment vous
revoir ainsi que mes amis; mais j'aimerais mieux que ce fût
en Angleterre plutôt qu'en France. Vous qui êtes un parfait
Breton, vous devriez passer le canal et venir nous trouver. Je
vous assure de nouveau qu'un homme de votre trempe ne se
déplairait pas dans un pays où chacun n'obéit qu'aux lois et à
ses propres fantaisies. La raison est libre ici et n'y connaît
point de contrainte; les hypocondriaques y sont surtout bien
venus. Aucune manière de vivre n'y paraît étrange. On y voit
des hommes qui font six milles par jour pour leur santé, se
nourrissent de racines, ne mangent jamais de viande, portent
en hiver un habit plus léger que le costume de vos dames dans
les jours les plus chauds. Tout cela est ici regardé comme une
singularité, mais n'est taxé de folie par personne.

AU MÊME.

Londres, 10 mars 1729.

N'écrivez plus à votre ami errant, parce qu'au premier
moment vous le verrez paraître. Avant que je puisse me
cacher à Paris, je m'arrêterai quelques jours dans un des villages voisins de la capitale : il est vraisemblable que je m'arrêterai à Saint-Germain, et je compte y arriver avant le 15.
C'est pourquoi, si vous m'aimez, préparez-vous à venir m'y
trouver au premier appel. Vous pouvez emprunter une voiture
de *Noré ex Timonis familia oriundo*, et vous pourrez demeurer
avec votre ancien ami trois ou quatre jours. Nous jouirons des
premiers jours du printemps, et nous resserrerons les liens
sacrés de l'amitié. Adieu, portez-vous bien. Attendez-moi et
aimez-moi.

AU MÊME.

Saint-Germain, 25 mars 1729

Si vous pouvez oublier quelque jour votre palais doré, vos
fêtes et *fumum et opes, strepitumque Romæ*, venez ici, vous

trouverez une chère simple et frugale, un mauvais lit, une pauvre chambre, mais il y a un ami qui vous attend.

Vous devriez venir à cheval, si votre M. Nove en a un à vous prêter; j'en ferai prendre soin.

C'est chez *Châtillon*, perruquier à Saint-Germain, rue des Récollets, vis-à-vis des révérends pères récollets, *facchini zoccolanti*. Il faut demander *Sansons*; il habite un trou de cette baraque, et il y en a un autre pour vous. *Vale, vale.*

AU MÊME.

Paris, 12 août 1729.

J'irai quelque jour dîner chez Nove, si ma misanthropie convient à la sienne. Je ne puis sitôt aller chez mademoiselle *Lecouvreur*; les papiers que je devais montrer au comte de *Saxe* sont encore chez l'ambassadeur de Suède.

Adieu. Voici la première prose que j'ai écrite depuis huit jours, les alexandrins me gagnent. Adieu, mon ami.

Mandez-moi s'il est bien vrai que *Bonneval* soit musulman. J'ai mes raisons, parce que j'écris demain à Constantinople où j'ai plus d'amis qu'ici, car j'y en ai deux, et ici qu'un, qui est vous; mais vous valez deux Turcs en amitié. Adieu.

A M. THIERIOT,

A LONDRES.

Paris, 9 juillet 1732.

Je ne vous ai pas écrit un seul mot ce mois-ci; mais il faut me le pardonner, car j'ai été un peu affairé. J'ai fait une *Zaïre*, qui est maintenant entre les mains des acteurs : on l'a trouvée touchante et pleine de ce que les Français appellent *intérêt*; mon intention, en composant cette nouvelle tragédie, était de mettre en contraste les idées les plus tendres et les plus majestueuses que puisse fournir notre religion, avec les effets les plus cruels et les plus attendrissants de l'amour. Si mes amis ne me trompent pas et ne se trompent pas eux-mêmes, cette pièce aura quelque succès. J'ai aussi travaillé à

corriger ma tragédie d'*Ériphyle*; je compte vous les envoyer
toutes deux par la prochaine occasion. Ces études continuelles
ne m'ont point empêché de penser à mes amis. J'ai vu mistress
Sallé aussi souvent que je l'ai pu : elle est maintenant un peu
indisposée. La mort de son frère a blessé son cœur au vif. Les
sentiments de l'amitié et de la nature balançaient en elle ceux
de l'amour. Son cœur est fait pour la tendresse, mais il semble
que tous ses sentiments se partageaient entre son frère et vous.
Maintenant que votre rival est mort, je pense que vous régne-
rez seul dans le cœur de mistress *Sallé*. Le parterre, les
loges, les dames, les petits-maîtres, et jusqu'à mademoiselle
Prévost, étaient en extase la dernière fois qu'elle dansa dans
le nouvel opéra. Quant à moi, j'en fus étonné, et, à mon jugement, sa danse d'*Amadis* ne fut jamais si surprenante et si
admirable.

Quels vers pourrais-je maintenant composer pour elle qui
pussent égaler ses talents ? M. *Bernard* a essayé de lui faire
un madrigal, mais il est loin d'avoir atteint son but. Je suis
dans le même cas ; je sens qu'il faudrait dans une inscription
une exactitude, une manière abrégée de peindre, un éclair de
sentiment, quelque chose de si serré ou concis, si clair et si
plein, que je désespère d'y parvenir. Je n'ai rien trouvé que ceci :

> De tous les cœurs et du sien la maîtresse,
> Elle allume des feux qui lui sont inconnus :
> De Diane c'est la prêtresse
> Qui vient danser sous les traits de Vénus.

Il me semble que ces quatre vers sont au moins un tableau
vrai, sinon animé, de son talent particulier pour la danse, et
de son propre caractère. Ils répondent aussi à l'intention du
peintre, qui la représente dansante devant le temple de Diane.

A THIÉRIOT.

J'allai hier chez votre divinité miss *Sallé*, que je trouvai
méditante avec votre frère et le jeune *Bernard*. Elle se plaignit
de ma négligence envers son portrait. *Bernard* jura qu'il

n'avait rien écrit sur un si beau sujet. Je me sentis tout à
coup inspiré par sa présence, et j'éclatai en ces vers :

> Les feux du dieu que sa vertu condamne
> Sont dans ses yeux, à son cœur inconnus;
> En soupirant on la prend pour Diane,
> Qui vient danser sous les traits de Vénus.

J'espère que mylord *Bolinebroke*, M. *Pope*, M. *Gay*, mylord
Hervey, M. *Pulteney*, sont à présent de vos amis. Vous parlez
sûrement leur langue avec eux, et la première lettre que je
recevrai de vous sera, je le suppose, tout à fait anglaise. Vous
me direz qui vous préférez de *Ben Johnson*, *Congrève*, *Van-
brugh* ou de *Wycherley*. Vous vous établirez juge entre *Dryden*, *Pope*, *Addisson* et *Prior*. A propos, si vous avez conservé
quelque souvenir de la poésie française, je vous dirai que j'ai
fait trois nouveaux actes qui seront joués sous très-peu de jours.

Mais j'ai à m'occuper d'un ouvrage plus galant. Hier
M. *Ballot* vint me voir, et me mena chez M. *Lancret*, où je vis
un fort joli portrait, représentant la plus charmante prêtresse
de Diane qui ait jamais paru sur le théâtre; le portrait de mademoiselle *Sallé* est, comme cela doit être, meilleur que celui
de *Camargo*. Cependant je trouve qu'il manque encore quelque chose à la ressemblance, qui n'est pas parfaite. Les vers
qui doivent être gravés au-dessous devraient aussi valoir mieux
que ceux qui furent faits par M. *de La Faye* pour *Camargo*.
Mais je ne veux point lutter contre l'aimable muse du jeune
Bernard : c'est un des plus assidus courtisans de mademoiselle *Sallé*, et il faut bien qu'il chante la nymphe qu'il voit
chaque jour. Quant à moi, je n'ai pas eu le bonheur de la
trouver chez elle : j'y suis allé trois ou quatre fois, elle était
toujours sortie. Je compte y retourner aujourd'hui, et m'en-
tretenir de vous avec votre divinité.

A MADAME LA DUCHESSE D'A···.

Vous ne voulez être ni Vénus ni Minerve. Vous avez raison,
c'est le vieux monde; et Paris vaut bien l'Olympe quand vous

y êtes revenue bras dessus bras dessous avec la jeunesse et la
beauté. Donc je ne rimerai plus pour vous avec le Dictionnaire du Parnasse.

Tout s'en va, même l'amour. Je crois que vous le cachez
dans votre oratoire. Il y a bien longtemps que je n'ai entendu
ses chansons.

> Philosophe autant qu'on peut l'être,
> En poursuivant la liberté,
> Je regrette l'amour, mon maître,
> Dure et douce captivité.

Ah! madame, rendez-moi mon maître!

VOLTAIRE.

Quand on a écrit sur Voltaire, on se fait pardonner tout
un volume par quelques pages de Voltaire lui-même. C'est
ce que j'ai fait ici pour le bon plaisir du lecteur et pour la
belle grimace des Patouillets.

FIN.

TABLE.

FIN DE LA TABLE.

Imprimé en France
FROC031624230919
22213FR00014B/165/P

9 782329 321073